I0762324

MI REFLEJO EN TU MIRADA

MI REFLEJO EN TU MIRADA

Carolina Concha

montena

Advertencia: este libro contiene escenas de violencia sexual y abuso de sustancias.

El papel utilizado para la impresión de este libro ha sido fabricado a partir de madera procedente de bosques y plantaciones gestionadas con los más altos estándares ambientales, garantizando una explotación de los recursos sostenible con el medio ambiente y beneficiosa para las personas

Mi reflejo en tu mirada

Primera edición: noviembre, 2025

penguinlibros.com

ISBN: 978-607-386-705-4

Impreso en México – *Printed in Mexico*

LA LUNA Y YO

La euforia de la noche en Nueva York comienza. Estoy en la pista de baile, dejo que el ritmo de la música me envuelva. Mi cuerpo empieza a sudar. Se me eriza la piel, las luces de colores me encandilan y provocan que vea borroso, pero siento la adrenalina subiendo a tope. Estoy con un hombre que acabo de conocer. Trato de recordar su nombre, pero no lo logro. La música está muy alta. Suena Bad Bunny. Me susurra al oído algo que no comprendo y, la verdad, ni siquiera me interesa. Solo me dejo llevar por la música.

Y a vece' e' Dolce, a vece' Bulgari
Cuando te lo quito despué' de lo' parties
Las copa' de vino, las libra' de mari
Tú estás bien suelta, yo de safari
Tú mueve' el culo fenomenal
Pa yo devorarte como animal
Si no te has venío, yo te vo'a esperar
En mi cama y lo vo'a celebrar

En realidad, esta noche no estoy aquí, solo está mi cuerpo, inconsciente, y solo pienso en que quiero perderme, desconocerme.

Se acerca otro hombre a darme un beso en el cuello, parece tener unos treinta años y tiene el cuerpo fuerte, sobre todo los brazos. Sus ojos son oscuros como la noche, eso hace que sea más sexi todavía. Los dos comienzan a pegarme a sus cuerpos, mientras uno me tiene de espaldas besando mi cuello, el otro me besa la boca y cuando se separa me pone una pastilla en la lengua.

Hoy no quiero pensar, solo quiero dejarme llevar por la euforia de la noche.

El deseo y el placer aumentan gracias a toda la droga que mezclé. Desde molly hasta oxi, las pastillas hacen que sienta todo mi cuerpo en éxtasis completo, una mezcla de sensibilidad en mi cuerpo con el tacto de estos hombres y a la vez quita toda la ansiedad. No hay ningún sentimiento entrometiéndose. Un buen coctel con alcohol y alguna otra pildorita que recibí en el baño de regalo. Noto mi respiración lenta, mi pulso débil, todo es confuso.

Despierto, no reconozco el lugar en donde estoy. Es una habitación enorme y estilosa, como en las que suelo amanecer en Nueva York. Me cuesta entrar en razón y recuperar la lucidez. Miro a mi lado y veo desnudo al último compañero de baile que recuerdo. Voy reaccionando cuando me doy cuenta de que tengo su camisa puesta. No recuerdo nada de lo que pasó anoche. Lo borré por completo, pero justo eso quería: desaparecer del planeta por algunas horas.

Me siento sucia de estar con ese hombre que ni siquiera recuerdo, me quiero duchar, salir de este lugar y correr.

Al levantarme, el tipo despierta. No me interesa.

Tomo mi ropa, mientras me dice:

—Buenos días, Mía. ¡Guau! La noche que tuvimos ayer.

No me molesto ni siquiera para contestarle. No voy a perder el tiempo, porque quise desenfreno y eso es lo que tuve. Sería bueno olvidarme de todo.

Ahora pienso en que se me pasó la mano. Siento náuseas a ratos.

Eso me suele ocurrir todas las mañanas en las que despierto arrepentida. Pero qué hacer si la noche me llama como una atracción ineludible hacia el precipicio. Esta vez me doy cuenta de que este dolor se va agudizando y siento una resaca del demonio y un vértigo en el estómago.

Me siento mareada, la cabeza me palpita. Empiezo a buscar el motivo de este sentimiento y pienso en que ayer se cumplió otro año más desde la muerte de mi madre.

Hace seis años que ya no está mi cómplice, mi mejor amiga. Sigo sintiendo ese dolor que parece partir mi corazón, siento el mismo nudo en la garganta que no me deja ni hablar. Comienzan a caer las lágrimas por mi rostro. El hombre se levanta de la cama de golpe.

—Mía, ¿qué te pasa, te sientes mal?

Me toma del hombro, yo quito su mano de manera agresiva. Él me mira con cara de asombro. Sigue mirándome mientras yo sigo llorando.

El dolor se siente más fuerte al reflexionar en qué pensaría mi madre si me viera en estas circunstancias, despertando en el departamento de alguien de quien ni siquiera recuerdo su nombre, otra vez sin poder controlar mis excesos.

¡Le fallé!, repito en mi cabeza sin parar.

No soy ni la sombra de Mila de los Ríos, esa mujer mágica, llena de amor, de luz.

Pienso que nadie podrá ser jamás como mi madre, no existe mujer alguna que pueda siquiera acercarse a lo que ella fue. Un ser de otro mundo.

Abro la puerta mientras el tipo me persigue.

—Mía, por favor, ¿qué pasó? ¿Qué hice mal? Quiero verte otra vez.

Ni siquiera me volteo para mirarlo, sé que me he convertido en una mujer fría.

Salgo del departamento y veo que la luna todavía no quiere irse a dormir, pareciera que me hablara, no puedo dejar de mirarla. Me siento hipnotizada por ella.

"Cada vez que mires la luna estaré en ella, iluminando tu mundo, celebrando tu vida. Será nuestro lugar de encuentro para conectarnos".

Eso me dijo mi madre el día de su muerte.

Siento que cada poro de mi cuerpo se comienza a abrir, mi corazón está a flor de piel. Una angustia empieza a perforar mi alma. Mi madre debe estar decepcionada de esta persona en la que me he convertido. Lloro desesperadamente y me caigo al piso. Me doy asco. Juré en los brazos de mi madre, cuando dio su último respiro, estar a su altura y fue lo que menos hice.

El frío me cala cada parte del cuerpo. Al respirar, entra directo a mis pulmones. Todo da vueltas a mi alrededor y no logro ver nada. Es invierno, todavía no termina de amanecer y lo único que veo es la luna. Al salir de ese departamento se me olvidó tomar mi abrigo y solo llevo una blusa transparente.

Me pongo boca arriba para mirar la luna, cómo quisiera que me llevara lejos. Necesito sentir por unos minutos ese calor que solo en los brazos de mi madre sentía. Quiero sentir su energía, su amor, sus palabras siempre tan precisas. Esa sabiduría que solo ella tenía.

Ya no siento mi cuerpo. No escucho a nadie en la calle, solo somos la luna y yo.

Se me ha dormido cada parte del cuerpo. Mi piel toca directo el pavimento que está congelado, se refleja la luna en la nieve.

Comienza a quemarme la espalda y duele. Pero no quiero, ni pienso moverme. En este momento solo estamos las dos. Siento esa conexión, tal como me lo dijo tantas veces mi mamá.

Se dibuja una sonrisa en mi cara, hace mucho no tenía esta sensación de plenitud. Hace mucho tiempo no me atrevía a mirar la luna, por pena. Ahora siento que nadie me mira.

Estamos solo ella y yo y el silencio del amanecer. Veo su cara, miro sus ojos, me sonríe con esa ternura y ese orgullo que siempre sentía por mí. No recuerdo la última vez que alguien me miró con orgullo, ese verdadero.

No sé si lo grito o lo digo solo en mi mente.

¡¿Por qué te tuviste que ir?! ¿Por qué me abandonaste? ¿Por qué me dejaste sola?

Mamá, necesito tanto tus abrazos, te necesito tanto, no quiero seguir en esta vida sin ti. Siento que poco a poco se va apagando la luz de la luna, mis ojos me pesan, hago un esfuerzo sobrehumano por no cerrarlos. Necesito que esta luz siga abrazándome, no quiero volver a perderme una vez más. Ya no lo puedo soportar.

永

ESCAPAR DEL DOLOR

Abro un ojo y una luz fuerte me alumbra, veo gente corriendo de un lado para el otro, logro enfocar dónde estoy, se ven camillas por todos lados. Un señor vestido de doctor me alumbra con una linterna. De a poco empiezo a escuchar su voz.

—Mía, ¿estás bien? ¿Me escuchas? ¿Ves esta luz?

La veo y a él lo escucho, pero no quiero contestar, no tengo ganas, siento un agotamiento extremo. Vuelvo a cerrarlos.

Despierto y están mi papá, mis abuelos y Michelle, mi única amiga.

Veo en sus caras la preocupación, los veo afligidos.

Lo último que recuerdo es sentir a mi mamá, ese calor que solo ella me transmitía. Quiero regresar.

¿Por qué no me llevaste contigo? ¿Por qué me vuelves a abandonar?

Mi padre me saca de mi pensamiento.

—Mía, de verdad necesito que reacciones, esta manera de vivir no te llevará a nada bueno. ¿Qué quieres? ¿Matarte?

—me reclama. Siento en su voz la angustia mezclada con enojo.

Pienso por un segundo: *¿Con qué moral me está criticando? Él que es un maldito alcohólico.*

No quiero mirarlo. Mi abuela está a su lado y veo la misma ternura y amor con la que me mira siempre.

—Mi amor, necesitas descansar, esta fama que tanto buscaste, el ser tan exitosa y siempre tan llena de trabajo, llena de compromisos sociales, te está matando. Tu mamá estaría muy preocupada si te viera.

Mientras termina de decir la frase, todos se miran, yo siento un dolor en el pecho. ¿Cómo se atreve a nombrarla?

Los ojos me brillan de rabia y me volteo para darles la espalda.

—Por favor, déjenme sola con Michelle, estoy muy cansada para discusiones y reproches.

Sin decir una sola palabra, se van retirando. Mi abuelo me toma la mano y la besa con mucho cariño. Me da lástima verlo, sé cuanto me ama, siempre he sido su niña consentida. Me duele lastimarlos, sé que todo lo que me dicen es desde el amor. Me siento muy culpable, pero siempre lo disfrazo con enojo, siempre hago lo mismo. Es mi mecanismo de defensa.

Siento que me tienen miedo, es miedo a que me vaya, miedo a perderme... El mismo miedo que tengo yo de no poder volver a levantarme.

Salen todos y me quedo con Michelle.

—Amiga, esta vez fue demasiado. Casi te mueres, te encontró una pareja, tirada en la calle, casi sin signos vitales, con una hipotermia extrema. Y sin considerar las drogas y el alcohol que encontraron en tu sangre. *What are you up to? You are like a sister to me*. Te excediste. Es como si desafiaras a la vida.

Le tomo la mano, es de las pocas personas que se atreve a regañarme, sabe que jamás la voy a dejar. Los demás siempre me buscan por conveniencia, porque los invito a los mejores eventos y a los mejores lugares donde bien sé brillar. Michelle es incondicional. La conozco desde que teníamos tres años. Vivía en mi casa literalmente. Por eso su español es perfecto. Porque mi madre siempre nos obligó a practicarlo. Estaban prohibidas las palabras en inglés.

—Lo sé, Michelle, pero te quiero contar algo. Anoche, después de años, estuve de nuevo con mi mamá. Hace tanto tiempo que no me atrevía a mirar directamente la luna. Ayer al caer, no tuve alternativa y no sabes todo lo que sentí. Hace años no percibía su luz, su calor. Es como si ella me estuviera hablando, acompañándome, como si me abrazara. Se diluyen mis peores temores cuando estoy con ella.

"Ayer se cumplieron seis años de su muerte, lo que menos quería era estar consciente. No quería sentir, quería anestesiarme. Desperté en un departamento de un tipo que no conocía, y cuando salí a la calle fue mágico.

Al recordarlo mis lágrimas comienzan a caer una por una. Michelle me abraza y lloro en sus brazos.

—Mía, ya es tiempo de que asumas esta pérdida. Amiga, necesitas tratar esta carencia, ha sido demasiado duro para ti. Son años evadiendo el dolor, no queriendo asumir su falta.

—*I know*. Lo sé…

—Amiga, tienes que hacer algo. Deberías tratarte con un especialista. Eres la mujer más guapa y talentosa. Haces películas y series a lo loco para no afrontar tu realidad. Es como si al estar en un personaje con otra vida, pudieras borrar la tuya por un rato. O como si quisieras mostrarles a todos que no te duele. Como si el éxito pudiera calmar tu tristeza. Pero ni todos los aplausos harán que este dolor se vaya. Necesitas ayuda.

Lloro y lloro para ver si las lágrimas esta vez limpian mi alma, como decía Mila de los Ríos: "Quiero escapar, necesito escapar de todo".

永

EL MEJOR COMIENZO

Camino por las calles de este pueblo mágico de Italia, se llama Camogli, es un municipio italiano de cinco mil habitantes de la provincia de Génova, en la región de Liguria, donde el cielo es más azul. Camino por las calles empedradas y angostas que me envuelven en una sensación de seguridad.

Elegí este pueblo para pasar una temporada, precisamente porque está lejos de ser un lugar *fancy*. Es un típico pueblo de pescadores y marineros caracterizado por las casas altas y pintadas de colores vivos. Parece sacado de un cuento. Se me hace un lugar romántico sumergido en un magnífico enclave natural. Acá se puede andar en modo relax sin dejar de lado la cultura, el mar y la buena cocina.

Camino y me deleito observando los trampantojos, esas pinturas que representan elementos arquitectónicos y decorativos en los marcos de los balcones.

Ya llevo días aquí y he conocido varios restaurantes a la orilla del mar. Me encanta el olor del pan italiano, recién horneado. Y ese aroma a pasta recién hecha.

Me voy llenando de la magia de este pueblito día a día. Me siento en una mesa con mi cuaderno de sueños, aquí escribo todo lo que pasa por mi mente. Es una bitácora de viaje, de sensaciones, de anhelos.

Italia es un país que me envuelve, pero Camogli me ha enamorado. En cada pasillo se respira romance. Aunque soy la mujer menos romántica del planeta, es como si un magnetismo envolviera mi ser.

Estoy como en una película de los años cincuenta. No quiero moverme de este lugar, hace mucho no disfrutaba de mis propios sentidos. Siento el aire en mi piel, alucino con los colores, el cielo, palabras en italiano que escucho.

Llego al restaurante Miramare y desde mi mesa observo la belleza del paisaje: por un lado, el mar y, por otro, todo rodeado de árboles, arbustos y maceteros de piedras repletos de flores. Rosales trepadores y jazmines se enredan en el techo del lugar.

Escucho a una pareja al lado mío, pero como siempre me pasa acá, me cuesta entender si están discutiendo o conversando normal. Los italianos tienen una pasión que se les escapa por los poros.

Un niño que va pasando se detiene a hablarme, es tan dulce que sus ojos brillan y son de una ternura inmensa. Aunque comencé mis clases de italiano y es muy parecido al español, no logro entender mucho.

—*Signorina, vuole un frutto?*

Me sonríe mientras me habla, y yo no puedo dejar de mirarlo. La mayoría de los italianos me parecen fascinantes, no solo por su belleza, sino por esa personalidad tan apasionante y cautivadora.

—Eres muy guapo, no entiendo mucho lo que me dices, recién estoy aprendiendo el idioma.

Él sigue señalando una fruta. Me imagino que quiere que se la compre. La tomo, pero no sé cuántos euros debo darle.

Le pasó un billete, mucho más de lo que me imagino que cuesta esa fruta. Pero tiene una bondad que no puedo resistir.

—*Signorina, nooo, le regalo un frutto per essere così bella, si merita la pesca più dolce di questa stagione.*

Le paso otro billete, seguramente siente que es muy poco, y me lo devuelve.

Me hace un gesto, pero no logro entender qué quiere decirme.

—Te está regalando el durazno. Dice que eres tan bella que te mereces el durazno más dulce de esta temporada. Dice que eres la mujer más hermosa que jamás haya conocido.

Me doy vuelta para ver de dónde viene esa voz, tan masculina, ronca, profunda.

Al hacerlo veo un hombre de no más de treinta años, con el pelo café, largo y ondulado, desordenado. Tiene ojos azul intenso y una piel bronceada… de un atractivo inexplicable.

Lleva unos pantalones de lino color crema con una playera, la combinación sería rara, si no la llevara él, porque ese *look* descuidado le queda a la perfección.

Me sonríe y yo le sonrío, para agradecerle su ayuda.

—Perdona la interrupción, vi que estabas en apuros y este pobre niño enamorado no sabía cómo explicarte que quería regalarte la fruta.

Le recibo el durazno y lo abrazo, para agradecerle.

Me doy vuelta para agradecerle también al guapo joven.

—Mil gracias, me salvaste, estaba a punto de entregarle todo mi dinero, pensando que eso quería. —Me río. Me paro y me presento—. Hola, rescatador de turistas. Soy Mía. Como podrás ver, las clases de italiano no han funcionado mucho.

Me río coqueta, porque este desconocido provoca cierta sensación de intimidad, pero me gana el nerviosismo.

—Hola, Mía. Qué weón soy, nunca me presenté. Este rescatador se llama Diego.

Al escuchar ese nombre me provoca algo extraño, es el nombre del hombre que me quitó a mi mamá. Me da un escalofrío porque le noto el acento chileno, inconfundible.

—Perdona la interrupción, no quise ser impertinente.

—Todo lo contrario, gracias por la ayuda.

El niño se acerca y me da un beso en la mejilla y sale corriendo.

Nos reímos los dos, yo sentada y él parado mirándome. Enseguida dirige su atención a mi cuaderno de sueños. Justo quedó abierto antes de que el niño llegara.

—¿Escribes?

Me apuro a cerrarlo, me da cierto pudor que vea algo tan íntimo.

—Solo por gusto, jamás lo había hecho, pero en este viaje surgió la idea de ir guardando aquí las cosas que me van sucediendo. Por ejemplo, voy a poner cómo hoy este niño se me acercó y me cautivó con su mirada.

—Así se comienza a escribir, es una forma de sacar a flote todos nuestros secretos, nuestros temores, sueños y las cosas que jamás le podríamos contar a nadie. Es una muy buena terapia, ¿sabías?

Me siento extrañada, él sigue parado y no sé si decirle que se siente o terminar la conversación, o seguir sentada con mi vino italiano.

No puedo creerlo, yo, Mía, que siempre he sido la mujer más segura, que manejo a los hombres a mi antojo, yo que siempre debo ser la primera en dar el paso… Pero este tipo me provoca algo que jamás sentí, un cierto pudor al mirarlo. Me inspira respeto, como si no quisiera que viera ese lado tan oscuro que tengo. Esa sombra que cargo y que siempre sé disimular tan bien.

—Siéntate, por favor. Claro, si tienes tiempo. Yo estoy disfrutando de un rico vino italiano.

—Acepto el vino, aunque dudo que sea mejor que el chileno. Y no solo lo digo por el vino.

Se ríe mientras muestra su sonrisa pícara.

Se sienta con una naturalidad increíble, una seguridad que muy pocas veces veo en un hombre. Siempre soy yo la dueña de la seguridad en la escena. Me siento cohibida.

—Cuéntame, Mía, ¿qué haces aquí? ¿Qué te trajo a esta ciudad? Obviamente, no eres italiana, ya me di cuenta.

Se ríe y al hacerlo noto sus dientes perfectos, pero su expresión es tan tierna… Es un tipo muy diferente. He conocido hombres guapísimos por el mundo: modelos, empresarios, actores de muchos países y jamás encontré en alguno esa forma de reírse con los ojos.

—Mira, es raro definir de donde soy. Nací en Nueva York, luego viví en Londres y hoy vivo donde me toque trabajar. Mi familia materna es chilena y por parte de mi padre, españoles. En definitiva, no me siento de ningún lugar en especial. Soy ciudadana del mundo. Veo que tú eres chileno, es imposible no distinguir ese acento. El weón infaltable y cómo no pronuncian las letras.

—Sí —se ríe—, imposible esconderlo. Pero la verdad llevo años viviendo fuera de Chile, cada vez voy menos. El trabajo, los estudios y los viajes no me permiten visitar mucho mi país. Pero el acento no se pierde.

Sin querer, recuerdo el rostro de mi madre y su manera tan particular de hablar el chileno. Cada vez que se enojaba, le salía un rosario de groserías en chileno. También cuando estaba feliz, no paraba de hablar con su particular acento. No me doy cuenta, pero me quedo pensativa, esta vez detenida en un sentimiento lindo, sin dolor. Creo que también puedo recordarla de manera luminosa, con bonitos recuerdos.

永

UNA PUERTA QUE NO VOLVERÁ A CERRARSE

Empieza el atardecer y el cielo se ve increíble, entre rojos y amarillos. Parece una película. Los atardeceres en Italia son una verdadera obra de arte. En verano se oscurece muy tarde, pasadas las nueve de la noche.

Me doy cuenta de que llevamos toda la tarde sentados en la misma mesa, entre copas de vino, conversaciones de viajes, de proyectos, de gustos por la comida, de todo menos de nuestras familias.

—Diego, hemos estado horas acá, perdí la noción del tiempo. Ya es hora de irme.

—¿Y por qué? ¿Tienes algo muy importante que hacer?

Nos reímos los dos a carcajadas. Obvio no tengo nada que hacer, estoy completamente de vacaciones. Diego llama al mesero.

—*Voglio Mangiare una pizza ai quattro*.

Pide una pizza y unas pastas a la burrata. Su italiano es perfecto y suena sensual en su boca. Es una melodía para mis oídos. La verdad, no tengo ganas de irme, hace mucho tiempo no pasaba un tiempo tan a gusto con alguien, menos con un hombre. Me siento diferente con él, pero no quisiera que viera mis sombras.

Mientras lo miro, pienso que, si supiera realmente la mujer que soy, seguramente no estaría sentado conmigo.

Él tiene una energía y una manera de ver la vida totalmente alucinante. Se ve que ha estudiado, que ha viajado, que ha vivido muchas cosas que lo hacen un hombre muy interesante y a la vez misterioso. Es profundo en su manera de pensar, muy apegado a la meditación. Alguien muy distinto a estos tipos que conozco en esta vida superficial y llena de placeres mundanos donde siempre he vivido.

—¿Dónde te estás quedando, Mía?

—En una casita muy linda que renté por Airbnb. Está en esa colina. —Se la indico—. La verdad, fue una decisión de último minuto. Un día sentí la necesidad de escapar, de irme para poder volver a encontrarme. Y empecé a buscar lugares alejados, no tan *fancy*, sin tanta gente, al menos con aires de pueblito… y me encontré con Camogli.

Me quedo pensativa y sigo hablando.

—¿Nunca te ha pasado que no te reconoces? Te levantas un día y no sabes realmente quién eres, de dónde vienes, a dónde vas, ni qué quieres realmente de la vida.

—Claro, Mía. Hubo un momento en mi vida que no sabía hacia dónde iba. Tenía dos alternativas, dejarme llevar y darme por perdido o tomar las riendas de mi vida. Decidí ser el hombre que siempre quise ser.

”Tengo una madre muy controladora, por decirlo de una manera suave. —Sonríe—. Es difícil luchar con una madre enferma, que siempre trata de manejar tu vida bajo chantajes. Y peor es moverte, porque te vuelves codependiente.

Sientes que si le pasa algo, es tu responsabilidad; así me lo hizo ver desde pequeño.

Lo miro extrañada. Este hombre tan sereno, tan profundo, tan lleno de luz… ¿cómo es posible que tenga una madre así?

—¿Qué enfermedad tiene tu madre?

—Es *borderline*, puede estar un día feliz, gritando, saltando, queriéndose comer el mundo y al siguiente quiere morirse. Literal. No quiere levantarse y tiene una manera muy especial de manipular las circunstancias para conseguir lo que quiere. Yo por años fui dependiente y sentía que, si yo no estaba, ella podría quitarse la vida y yo no me lo iba a poder perdonar.

—Tremendo…

—No sabes los años de terapias. No podemos intentar controlar todo aquello que no está en nuestras manos. Me costó entender que no es mi responsabilidad si ella decide desaparecer.

"Si yo te contara, Mía, todas las luchas que he tenido que lidiar conmigo mismo. Un día decidí irme al mismísimo infierno para tocar fondo, pero llegué y supe que tenía que salir de ese lugar.

"Es difícil porque es mi madre, la persona más importante en mi vida, pero si no me hace bien, necesito tomar distancia.

—Guau, Diego, estoy impresionada con lo que me cuentas. No me habría imaginado todos esos tormentos en ti. Tienes una manera de moverte en un espacio de paz que pareces siempre compartir sin condiciones… No vi venir esa tristeza que ahora veo en tus ojos.

—Mía, debo irme, ha sido un placer conversar contigo. Lo pasé la raja contigo hoy. ¿Te parece si nos vemos mañana? Te voy a dejar a tu casa, para saber dónde te estás quedando.

—Yo, encantada.

Caminamos por las calles de Camogli y me siento extasiada, un tanto alborotada, aturdida también por esto que me provoca este hombre. Creo que abrimos una puerta que no podremos volver a cerrar. Me desplazo como si por primera vez viera los colores, las calles, el cielo estrellado. Diego, a unos pasos de distancia… y sus ojos en mí.

永

BÚSQUEDAS SIN RESULTADO

Despierto al amanecer, llevaba tanto tiempo sin dormir toda la noche. Nada me perturbó. Recuerdo la tarde de ayer, y todo lo que me pasó, y mi estómago siente una sensación extraña, vertiginosa, pero agradable.

Me levanto, tomo mi café y miro por la ventana. La vista es inmejorable, las jacarandas están todas abiertas. Hacía mucho que no sentía la satisfacción de estar sola, sin necesidad de alguien que me divierta. Siempre he tratado de estar con gente, de abusar de algún tipo de sustancia que pueda adormecer mis sentimientos, con la esperanza de no pensar…

Salgo por la puerta y me siento en libertad. No he querido prender mi celular; necesito desconectarme. Pero apenas pienso en cómo podría ubicarme Diego sin teléfono, me rindo.

Tiene mi número, pero ni siquiera sabe mi apellido. Jamás podría encontrarme en redes sociales.

Yo tampoco le pregunté su apellido.

¿Y si no lo vuelvo a ver nunca más? Siento un malestar en el estómago de imaginarlo. No había pensado en eso.

Qué rara sensación de querer ver a una persona con la que estuve ayer. Más raro no haberlo besado, no haberme embriagado, ni haber terminado en la cama con él.

Lo quiero volver a ver, no solo por sus conversaciones, sino por sus silencios, por eso que siento cuando estoy a su lado.

Está guapísimo, sí, pero, además, me alucina su personalidad. Todo esto es demasiado nuevo para mí.

Me meto a la ducha, siento el agua correr por mi piel. No puedo sacarme a Diego de la cabeza. Anoche se fue y no dijo nada. Solo me dio un beso en la mejilla y un "nos vemos".

Estoy lista y no sé qué hacer. La verdad, esperaba que Diego viniera por mí, pero ni siquiera sé de sus planes. Tal vez tiene novia o está casado, tiene hijos. *Mía, ¡ya cállate! ¡¿Por qué tantas ocurrencias ahora?! No puedes ser tan tonta. Chao. Mejor salte a caminar.*

Recorro lugares, todo es muy lindo. Había estado muchas veces en Italia, pero jamás de esta forma, siempre me lanzaba de fiesta toda la noche y durante el día solía dormir.

Se me viene a la cabeza la última vez que estuve en Milán. Me contrató una marca muy exitosa y me ofrecieron una alta suma de dinero para que fuera modelo de sus diseños. En la pasarela estuve perfecta, porque sé bien para lo que soy muy buena. Me celebraron, me aplaudieron, recibieron miles de felicitaciones y se llenaron los bolsillos gracias a mí. Fue una noche redonda. Como ellos dijeron: "Mía Spencer de los Ríos vale cada euro".

Obvio, terminó el gran evento y nos fuimos a un antro de moda en Milán. De lo único que me acuerdo es de llegar con uno de los modelos que estaban contratados para el evento, famoso no sé en qué país, y, la verdad, no me importó. Solo sabía que todas querían estar con él y obvio que eso era suficiente para que fuera mi presa esa noche.

Me encantan esos retos que al final implican tan poco desafío, una mezcla de hacerme la indiferente y luego seducirlos con mis delirios. Siempre he manejado bien el arte de coquetear. Y también he adquirido cierta destreza para levantarme e irme antes de que se den cuenta. Eso los vuelve locos, son muy predecibles. Su hombría y su ego no les permite comprender que hay mujeres que también los pueden utilizar, como ellos tantas veces lo han hecho con otras.

Estoy en esos recuerdos y entre ellos aparece la cara de Diego, no recuerdo exacto su rostro, pero sí cómo sonríe con los ojos. Tiene una mirada tan penetrante como genuina.

Sin querer, recorro el pueblo buscándolo. No hay ni rastro de él. Decido sentarme en el mismo restaurante del día anterior. Tal vez llegue como lo hizo ayer.

Antes de sentarme a la mesa pido un vino Umbro Torgiano San Guido. Tomo mi libreta y comienzo a escribir en mi bitácora. Me encuentro de repente dibujando los ojos de Diego.

¡Mía! ¡¿qué estás haciendo?! Tú no eres así, me digo.

—*Ha bisogno di pensare ancora un po'*... —murmuro, lo que literalmente significa "necesito practicar esto un poco más".

Llega la misma mesera que nos atendió ayer y me sonríe.

—*É bello vederti di nuovo qui* (qué bueno es verla de nuevo por aquí).

Quiero preguntarle si ha visto a Diego. Me emociona pensar que ella nos vio juntos, me gustaría saber ¿vio cómo me miraba?, ¿vio que me sonreía de alguna manera especial? Cualquier cosa que me pudiera decir de él, que yo no haya logrado ver.

Quiero hacerle tantas preguntas, pero no puede verme demasiado desesperada. No puedo estar persiguiendo a un hombre, me niego a hacerlo. La Mía cabrona me lo prohíbe. No alcanzo a pedir nada para comer y solo le pido la cuenta.

—*Portami il conto.*

Paso todo el día caminando. No puedo mentir, muchas veces creí verlo en todas partes. Pienso que estoy obsesionada con este tipo. Es que estaba segura de que me iba a buscar. Este pueblo es muy pequeño. Me pregunto qué habrá hecho hoy.

Camino de regreso a casa y me lanzo a mi baño de tina. Una vela a mi lado, música relajante, mucha espuma y una copa de vino. Realmente parece que esto es todo lo que necesitaba. Me acuesto a estudiar italiano y decido olvidarme de este hombre misterioso. Tal vez nunca lo vuelva a ver. Y regresa ese dolor de estómago. No tengo apetito, tampoco quiero leer. Mejor apago la luz y entierro mi cabeza en la almohada. Solo quiero dormir.

永

EXTRAÑAS APARICIONES

Despierto después de un sueño muy lindo, diría que casi sublime, y con una sensación de tener a mi madre cerca. Apunto en mi cuaderno de sueños. No quiero olvidar ningún detalle, fue demasiado especial:

Al tratar de abrir el ventanal, siento una mano que me toca el hombro. Al darme vuelta, veo a mi madre. Nos abrazamos largamente, un calor recorre todo mi cuerpo. Una sensación de felicidad plena, como la que sentí la noche en la nieve en Londres.

Es hermosa, con la piel radiante, sus ojos, como siempre llenos de bondad, amor y esa energía que la caracterizaba siempre. Me observa con orgullo y amor, ese amor inmenso que no tiene comparación.

Estoy en mi lugar seguro, ese que tanto tiempo quise tener aunque fuera solo por un instante y lo esperé seis años. Ahora esta mujer está conmigo en este sueño tan real.

No me habla, solo me mira y me sonríe. A su lado me siento en paz. Quiero decirle algo, pero no salen palabras.

Ella me toca toda la cara y el pelo como cuando era una niña. Y soñábamos juntas con tantas cosas.

Ella fue la que me enseñó a volar a través de mis sueños, a cantar, a vivir cada experiencia como si fuera única.

A ratos me doy cuenta de que esto es un sueño, pero no quiero despertar. Miro mis manos y cuento mis dedos. Es como si fuera un sueño lúcido, de esos que sanan el alma y en los cuales yo jamás había creído.

Decido que quiero quedarme aquí por siempre, pero esos traicioneros destellos de lucidez me anuncian que se va a acabar... Quiero recordar cada detalle, quiero llevarme sus ojos, su amor puro e incondicional.

Ella empieza a desaparecer y yo comienzo a despertar.

Es raro, porque en vez de despertar triste, siento mucha tranquilidad. Fue tan lindo tenerla cerca.

Estoy en piyama: un short negro y una camiseta con tirantes del mismo color, con un encaje en el escote. Me siento a escribir hasta que escucho que alguien golpea mi puerta.

No quiero dejar la idea a medias en mi bitácora, ni mucho menos perder los detalles de lo que acaba de suceder. Escribo como poseída.

Golpean de nuevo. Me levanto de mala gana, abro la puerta y sorpresa, el hombre misterioso, parado frente a mí. Con la misma sonrisa y esos mismos ojos brillantes que tanto busqué por las calles del pueblo.

—Hola, Mía, ¿qué tal dormiste anoche?

Me quedo sorprendida. Está parado en la entrada de mi casa, con unas bermudas color crema y una camisa de lino blanca con botones. Mucho más guapo incluso de lo que podía recordar.

—Hola, hombre misterioso. Ya vi que desapareces y apareces cuando se te da la gana —le respondo sin pensar mucho en lo que digo.

Suelta una carcajada y por primera vez en mi vida, me sonrojo. No recuerdo que esto me haya pasado alguna vez antes. Ni en la secundaria.

Me doy cuenta de que estoy con piyama, toda despeinada, sin lavarme los dientes y toda esa mezcla me avergüenza mucho más. Me río para disimular.

—Perdón, Mía, vine sin avisar. Hoy me desperté de madrugada, hice una meditación, respiré profundo, salí a mirar el amanecer y decidí que quería llevarte a un lugar que te va a encantar. ¿Te parece el plan?

Trato de fingir que no me interesa que esté en mi casa, invitándome a salir. Porque tan solo ayer juraba que no volvería a saber de él.

—Mmm, sí, la verdad no tengo demasiados planes para este día. ¿Está lindo el lugar?

—Yo diría que más que lindo, te va a encantar respirar el aire puro.

—Tendrías que esperar a que me bañe y me cambie, no creo que quieras ir con esta mujer, en esta facha, con tan poco glamour.

Observo cómo sonríe, cómo me mira, y siento un escalofrío que recorre mi espalda. ¡Este hombre me perturba! Corro hacia la ducha.

—Claro, señorita Mía, yo aquí la espero, el tiempo que sea necesario.

Ni siquiera me doy vuelta a mirarlo: avanzo veloz. Me emociona salir con él y más el hecho de que haya aparecido, así, sin avisar. Ayer logró desaparecer sin dejar rastro. Y hoy reaparece iluminando todo a su alrededor. Es una caja de sorpresas.

Salgo del baño y elijo un vestido blanco corto, que cae perfecto en mi silueta. Casual, pero sexi a la vez. Me pongo unas sandalias de piso. Me maquillo lo más rápido que puedo, algo natural, pero reconozco que me veo muy bien. Salgo a la salita casi corriendo para contarle del impresionante sueño que tuve con mi mamá.

—Diego, no te imaginas lo que soñé. Mi madre apareció acá, a mi lado, tocándome. Hace mucho tiempo que no soñaba con ella. La sentí como nunca, como antes…

No sé en qué momento este tipo se ganó toda mi confianza. Ni siquiera sé por qué le estoy contando esto. Pero me mira como si de verdad le interesara. Me sonríe. Como si conociera bien de lo que le estoy hablando.

—¿Vamos? —me dice y me indica el camino casi sin querer interrumpir.

Yo asiento, tomo las llaves y lo sigo, sin parar de hablar de mi sueño. Le explico la gran mujer que fue, que jamás nadie podrá llegarle a los talones, que nunca volverá a existir una Mila de los Ríos. Hablo de su sabiduría, de su fortaleza, de su manera de vivir la vida. De cómo me dejó tantas lecciones y cómo yo no he seguido ninguno de sus consejos.

Le cuento cómo me las he arreglado para hacer todo lo contrario.

永

AQUÍ TÚ... COMO SI TE CONOCIERA DE OTRA VIDA

Caminamos por las calles del pueblito. Cada flor, cada casita, cada uno de los pajaritos, son maravillosos, parece una pintura de Sandro Botticelli, gran pintor renacentista. Hoy entiendo por qué los italianos tienen esa sangre tan caliente. Todo en Italia parece ser un estímulo directo a los sentidos, está lleno de arte en todos lados. Y cada sensación se multiplica al lado de Diego. Pasamos por afuera de un restaurante y se escucha Andrea Bocelli.

Es la musa que te invita
a tocarla suavecita
En mi piano a veces triste
la muerte no existe
si ella está aquí

Siento que cada nota de melodía penetra en mis venas y la hace circular con más fuerza en mi corazón.

Él sigue hablando de sus estudios espirituales, de su forma de habitar su universo. Su manera de vivir es pensando siempre en hoy y, de solo escucharlo, me tranquiliza. Ni siquiera le temo a los silencios con él. Me gusta tan solo compartir mi espacio con él.

Me es tan familiar… Es absurdo, pero parece que nos hemos conocido toda la vida.

Siempre he pensado que tengo que ser la que lleva la conversación. No vaya jamás alguien a aburrirse a mi lado. Tengo opinión para todo. Que de mí se diga cualquier cosa, menos que me falta escuela. Ni escuela ni calle.

Me callo y resulta que me encanta escucharlo. Su voz es tan ronca que me envuelve. Sus palabras se unen en una melodía. Ni sé cómo explicarlo, pero es diferente.

—Mía, no he parado de hablar y tú estás al lado, sin decir una palabra. Me preocupa. —Sonríe.

Ahora soy yo la que se ríe a carcajadas, estaba pensando lo mismo. ¿Acaso también lee mis pensamientos? ¿Habrá escuchado todo lo que pensé de él?

—¿Qué te causa tanta risa? ¿Te parece que hablo mucho?

—No, solo me gusta escucharte. Siento que venimos teniendo estas conversaciones hace años. Pero no. ¡Ni siquiera sé tu apellido!

Diego se arregla el pelo algo nervioso, titubea y me toma de la mano porque dice que ahora es urgente que iniciemos el camino que nos lleva a la cima de una colina.

Caminamos un buen rato y llegamos a la basílica de Santa Maria Assunta, combinación perfecta de una fachada neoclásica bien cuidada con el sendero de adoquines en blanco y negro. Con una vista directa al mar y una vista panorámica de toda la ciudad.

—¿Sabes que esta ciudad se remonta hasta el año 1000? Desde entonces se les llama a los ciudadanos camoglianos. Su oficio fue el arte de la pesca hasta que se convirtieron en armadores en el siglo XVII.

"Se llama de esta manera porque deriva de la deidad etrusca Camulos, dios de la guerra, pero también puede atribuirse a una expresión popular *cà a muggi*, literalmente 'casas amontonadas', por la particular disposición de la zona residencial. Peeero, yo prefiero quedarme con la leyenda original que se cuenta de Camogli.

—¡¿Cuál?! ¡Quiero detalles!

—Es una leyenda romántica y no sé si tú eres muy romántica.

Le doy un golpe en el brazo.

—Cuéntame, no seas malo.

Esto le provoca risa.

—La leyenda dice que Camogli viene de "casa de las esposas" porque desde estas casas en altura que miran hacia el mar, las esposas de los pescadores observaban con tristeza a sus maridos zarpar cada día. Y cuando ellos regresaban por las noches, podían ver las siluetas de sus mujeres en las ventanas, cada una en una casa de diferente color, para que fuera más fácil reconocerlas desde lejos.

Me quedo pensativa, me encanta cómo cada historia acá tiene un magnetismo alucinante. Pienso en esas mujeres de una época tan distinta, encapsuladas en un espacio que no les permitía volar, dedicadas al hogar y la familia, gozando con la ilusión de la llegada de sus maridos. Sintiendo en las venas la distancia y las amenazas también que les deparaba la altamar.

Nos quedamos los dos mirando la inmensidad del océano.

—Mira, por favor, esta vista. Dime que no es lo más lindo que han visto tus ojos. Esto es Italia.

Me quedo perpleja frente a esta belleza. No lo puedo creer, de verdad. Tanta armonía ante mis ojos y aire puro que llena mis pulmones y limpia mi alma.

Diego me mira. Siento cierta satisfacción en su rostro. Logró sorprenderme. Y a mí me alegra que lo haya hecho.

—¿Te gusta, Mía? Respira muy fuerte y sostén la respiración, eso limpiará todo rastro de tristeza. Por otro lado, te hace estar aquí, en el presente. En esta milésima de segundo estamos Mía y Diego en una montaña lejos, muy lejos de todo lo que nos pueda perturbar.

Nunca alguien me había dicho algo tan raro, pero tan certero. A mí, que vivo el día a mil, pero pensando siempre en el mañana, en qué experiencia nueva podría conseguir. Alcohol, drogas, sexo, aplausos y mucho éxito, eso suele ser lo que busco. Jamás pensé que me sentiría tan bien en la calma absoluta.

永

Y TÚ, ¿QUIÉN ERES?

Volvemos al pueblo y nos instalamos en una mesa entremedio de los limoneros, en Rapalá, un restaurante tradicional del pueblo. Es rústico, decorado con enormes bandejas llenas de frutas y flores. He estado en los mejores restaurantes del mundo, pero este restaurante rústico es definitivamente lo más encantador que he conocido.

Pedimos un vino italiano de la casa y nos traen una pasta en su receta más tradicional con albóndigas en su salsa. Un deleite para mi paladar. Tengo tanta hambre que, literal, me devoro los espaguetis tipo *La dama y el vagabundo*. Con bigotes de salsa de tomate incluidos.

Diego se ríe y parece que hasta se emociona al verme comer con tanto gusto.

Vuelvo a sentir esta magia en todo mi ser. Tengo ganas de comerme el mundo a pedazos y a Diego también. Pero no pienso solo en una noche de sexo como tantas otras. Trato de entender esta energía que se apodera de mí, una que es conocida, pero que parece había olvidado que existía.

—Quién diría que Mía, la actriz famosa y cosmopolita, está hoy comiendo este plato con tantas ganas, sin esas calorías que me dijiste que tenías que contar a diario. No te vi dudando antes de probar estos panes recién salidos de horno, con este aceite que está espectacular. Y te entiendo.

—¡Bueno, nunca dije que las actrices no comemos! Solo que nos cuidamos. Peor en los periodos de rodaje, pero acá no veo cámaras cerca. A todo esto, ¿cómo sabes que soy actriz? Solo te he hablado del modelaje y de ciertos viajes que he tenido que hacer por trabajo. No recuerdo en este país haberme presentado como actriz con nadie.

Me mira y resopla exagerado.

—Pfff, ¿quién no sabe reconocer a Mía Spencer de los Ríos? Ni que yo viviera debajo de una roca. Disfruto de mi soledad, sí, pero mira que tengo televisión en mi casa. Y a veces la enciendo. Poco, pero lo hago. También voy al cine, leo revistas y me paseo a ratos por las redes sociales.

—Me sorprendiste. Otra vez. Por cierto, ¿tú qué haces realmente? Hemos hablado de muchas cosas, pero no me has dicho a qué te dedicas que te da el dinero para viajar a todos esos rincones soñados de los que me has hablado. Tú tienes una ventaja que es que soy una persona pública... Claro, seguramente soñabas con conocerme —lo digo con cara de burla y picardía—. Pero yo no sé nada de ti.

Vuelvo a encontrar esa risa en sus ojos. Y me encanta que va aprendiendo de mi sarcasmo. Es muy difícil encontrar a alguien que tome al vuelo cada una de mis provocaciones.

—Cálmate, *Chill*.

—¿Qué me dijiste?

—Ahora así te llamas. Nada más para mí. Será tu sobrenombre.

—¿Chill?

—Sí, Chill… ena. Tan chilenita y tan tan *cool*.

Nos reímos y nos callamos para oír el viento que golpea contra los árboles, al mismo tiempo que un aroma a lavanda inunda el ambiente.

—Soy músico, te dije, un apasionado, pero en realidad estudié negocios internacionales. Y estoy encargado de la empresa de mi familia. También le presento proyectos a la ONU para distintas acciones con la infancia en África. Es la empresa la que me permite hacer todo esto otro como una necesidad vital. Puedo darme ciertos lujos, buenos hoteles, pasajes en primera, un buen auto, el estudio de grabación que tengo en mi casa o la última guitarra que sale al mercado. Muchas cosas que me hacen vivir muy bien, pero creo que cada vez voy encontrando mi felicidad en otros lados.

—Ajá, había una empresa familiar detrás.

—Los negocios se me dan bien, pero no es lo que me mueve. Me gusta mucho desconectarme del ruido de la ciudad cada vez que puedo, internarme en lugares que no conozco, descubrir nuevas montañas o ríos, escalar, surfear, esquiar y lanzarme en paracaídas de vez en cuando… y también conocer a gente como tú, con una vida tan diferente, pero a la vez tan parecida a la mía.

—¿También te parece que tenemos mucho en común?

—Mía, así como tú te sentiste atrapada, a veces, en la oscuridad, yo también estuve un gran tiempo sumergido en esa lucha. Ya viví mi noche más oscura.

—Jamás he escuchado ese concepto, pero lo imagino. Creo que sí lo he vivido. Quizás muchas veces. —No puedo parar de mirarlo, es imposible, esta conversación se me hace tan intensa…—. Por favor, Diego, sigue. Quiero saber más de esto.

Estoy fascinada, siento que no sé nada de este universo que él me viene a presentar. No puedo más que escucharlo y perderme en su mirada, quedarme pegada en su sonrisa de ojos brillantes.

Cambiamos de tema abruptamente y retomamos el del sueño con mi mamá. Comienzo a abrirme como una flor en primavera.

—Estoy segura de que ella no aprobaría en absoluto a la mujer que hoy soy: sin corazón, fría, calculadora, caprichosa, a veces utilizo a la gente a mi antojo ¡y me doy cuenta! A todos. Es el arte de conseguir las cosas sin importar a quién lastime. Y ya he lastimado a mucha gente. —Se lo digo con los ojos llorosos, llenos de rabia, de dolor. Diego solo me mira y asiente. Parece conocer bien a estos demonios—. Por lo menos, he llegado a la cima del éxito, cobro lo que se me antoja por hacer lo que me fascina y eso es lo único en lo que he seguido sus pasos. Soy disciplinada para conseguir lo que quiero.

—Mía, yo solo veo a una mujer increíble, apasionada, tal vez un poco perdida. Pasa que muchas veces debemos perdernos para poder encontrarnos. Morir para volver a vivir.

Me quedo perpleja porque esas mismas frases las decía mi madre.

Diego está callado, siento como si la historia la conociera. No me juzga, me guía sutilmente.

—Gracias por escucharme. Tú no sabes la historia de mi madre. Conoció al amor de su vida cuando tenía diecisiete años, precisamente en Chile. Diego era un hombre lleno de sombras, mujeriego. Al conocer a mi madre dejó a su novia. Ellos se enamoraron perdidamente, pero el destino quería otra cosa. Mi madre se fue un año a trabajar a Atlanta, se terminó la relación y eso hizo que la exnovia de Diego regresara y quedó embarazada de su hijo. Mi madre, deshecha, decidió irse a vivir a Nueva York donde conoció a mi padre. Producto de esa relación nací yo. Después de veinte años, un día apareció Diego en la oficina de mi mamá, en Nueva York, para lanzarse de una vez por todas a ese amor interrumpido. Ambas vidas se acomodaron para este reencuentro. Pero cuando, por fin, estuvieron libres para disfrutarse. Diego murió en un trágico accidente aéreo. Estoy segura de que esto provocó que mi madre se enfermara. No tenía energía, ni ganas de luchar contra la enfermedad. El cáncer de mierda se la llevó. Dejándome sola.

—Mía, entiendo perfectamente lo que sientes. Tienes todo ese coraje porque te golpeó el abandono. Te enoja no tenerla y, probablemente, te quieres castigar porque de alguna manera te sientes culpable.

"Tu mamá tenía una gran misión en esta tierra y era que tú nacieras. Todo lo que dejó, su legado, fue una lección para muchas personas. Ahora, ¿cómo podría avergonzarse de ti si eres su esencia? Su vínculo era tan fuerte que te puso Mía, porque te sentía suya. Aunque no supiera hasta cuándo la vida le iba a permitir tenerte a su lado.

Me corren las lágrimas, no recuerdo haber hablado de este tema con nadie. Jamás abrí tanto mi corazón, jamás expuse mis sombras. A veces me siento como un demonio, como si fuera un ángel negro.

Se me vienen a la cabeza las palabras de mi madre: "Acuérdate que las lágrimas nos limpian el alma y nos hacen mirar con más claridad". Eso lo recuerdo cada vez como si me lo hubiera dicho ayer.

—Públicamente, evito recordar a mi madre. Me duele y es como si viviera su muerte una y otra vez, no olvido esa playa en Chile. Por eso jamás quise volver a ese país, que sentí tan mío alguna vez. Me trae memorias maravillosas y dolorosas. Recuerdo cada una de las conversaciones. En la última, le juré en sus brazos que iba a estar a su altura. Y jamás lo hice.

Diego me toma la mano, siento que empieza a acariciarme las mejillas y me limpia las lágrimas una por una. Me siento una niña de nuevo. Es confuso porque siento una ternura inmensa. Me dejo consentir por él, siento que me desplomo en sus manos cálidas, grandes, es mi puerto seguro... pero me acaricia la espalda y, al mismo tiempo, una electricidad recorre mi cuerpo.

Siempre he creído no necesitar a nadie, pero ahora siento que nunca he estado más sola que en estos años: rodeada de gente siempre y tan vacía, con un hoyo en el corazón y un nudo en mi garganta.

No sé cuánto tiempo miramos este gran paisaje que nos regala la naturaleza. Inmenso, majestuoso. Ya es hora de partir a casa.

Abro la puerta agotada, extasiada, siento que vuelo.

Él solo me dice:

—Ha sido un placer. Mañana nos vemos, Mía Spencer.

¡Y yo muero por besarlo!

永

EL VIAJE COMIENZA

Me despierto con el sonido de la puerta. Me levanto de inmediato, porque la alegría de saber quién es me hace sentir un baile en mi estómago. Es un baile de mariposas en todo mi ser.

Abro y está él como siempre con la mejor sonrisa.

—*Good morning*, Mía.

Yo le respondo sonriendo. Me derrito por este hombre.

—Ponte un traje de baño. Te tengo una sorpresa.

Yo obedezco como una niña pequeña, brincando de felicidad.

—Claro que sí. Espérame unos minutos para darme una ducha rápida.

Llegamos a la bahía y nos espera un barco. Conversa con los encargados, camina, se detiene a platicar con algunos vendedores que están instalados con sus puestos, al lado de los pescadores que desde el alba venden la pesca del día. Siempre se ubicaba en la orilla del muelle. Yo me quedo alucinada mirando el paisaje. Embarcamos.

—Nos vamos —me dice y me entrega un pañuelo de colores hermoso con el que cubre mi cabeza.

—*Arrivederci* —nos dice el capitán.

Me emociono. Esta manera de sorprenderme siempre me descoloca. Creo adivinarlo y no lo consigo.

Empezamos a navegar por el Mediterráneo. Suena en el barco una melodía, que acaricia mis brazos.

Ti amo
Un soldo, ti amo
In aria, ti amo
Se viene testa vuol dire che, basta, lasciamoci.

El aire nos pega en la cara y siento cómo Diego me pone las manos en la cintura por atrás. De a poco me va abrazando. Hasta quedar su cara en mi pelo. Siento un escalofrío que recorre cada parte de mi cuerpo.

Mientras, me habla al oído:

—¡Mira esta maravilla! El mar tiene una fuerza, un poder radiante, hermoso, majestuoso. Mira su inmensidad. Es como tú, Mía.

Mi cuerpo tiembla completamente. Me acerco un poco más para sentirlo cada vez más pegado a mi cuerpo. Siento algo indescriptible, nunca antes conocido. Una química que me hace querer que jamás se acabe este instante.

—¿Te hago una confesión, Diego? Me gusta la mujer que soy cuando tú estás.

Lo siento acercarse a mi oreja, rozarla con sus labios. Muero de ganas de comerlo a besos. Estoy decidida a darme la vuelta y besarlo como si el universo se fuera a acabar.

En ese preciso instante, llega el capitán para decirnos que llegamos a Portofino. Pasa el momento, pero estoy feliz en este lugar alucinante.

El lugar donde nos bajamos tiene muchos restaurantes y muchas casas de colores rodean la bahía. Recorremos el pueblito. Entre vista y vista nos sacamos fotos.

—Chill, este lugar es conocido como Portus Delphini debido a la abundante cantidad de delfines que había en el golfo de Tigullio. Aunque su nombre podría asociarse a la riqueza, los orígenes de este pueblo pesquero fueron muy humildes.

Caminamos emocionados. Sobre todo yo. Subimos una colina y al llegar a su pico nos encontramos con la Chiesa di San Martino (iglesia de San Martín), que tiene una bella fachada de mármol y su espectacular interior la convierte en un templo sobrio y encantador.

Me acerco a la iglesia y en el atrio está instalada una señora que tiene un puesto en la calle, lleno de estampas de distintos santos. Me sonríe. La miro. Me quedo clavada en su rostro, es como si supiera que estoy feliz.

Diego me agarra la mano para entrar. Antes de moverme, la mujer me habla en español con un acento muy neutro:

—Que Dios siempre te bendiga. Y que san Judas sea siempre el que te ayude cuando estés perdida.

Tiene en la mano una estampa de san Judas. La recibo y saco de mi cartera un billete. No lo acepta y pone en mi mano una pulsera roja con cuentas, con una figura de la virgen guardiana. Le sonrío y entro con Diego diciéndole gracias con una sonrisa que me sale del alma.

Desde ese momento, siento una conexión con lo divino. Nunca fui muy religiosa, pero esto me hace sentir la divinidad.

—Mía, esta iglesia de San Martín data del siglo XII e inicialmente tuvo un estilo romántico. Con el paso del tiempo ha sufrido varias transformaciones.

Miro al interior y está decorado por hermosas pinturas en el techo y el altar. Al salir, quiero volver a agradecerle a la señora. Pero ya no está. Miro mi pulsera y guardo mi estampita. Siempre la llevaré conmigo. Es un signo hermoso de este día lleno de felicidad.

Volvemos a tomar el barco. Ha sido un día entre risas, abrazos y hablando de todo llegamos de nuevo a Camogli. Entramos en la casa.

—Chill, me estás volviendo loco. Cada vez que me miras siento que se revuelven mis emociones. No quiero que estos días se acaben nunca.

Me doy vuelta para mirarlo directo a los ojos.

—Diego, hace mucho tiempo no me sentía tan libre y feliz. Lo paso muy bien contigo —le digo y guardo otras cuantas cosas que pienso solo para mí.

Él se comienza a acercar… y suena su celular.

En la pantalla leo: "Mamá".

—Mañana nos vemos, debo tomar esta llamada, mi madre está con unos problemas y debo resolverlos.

Yo me quedo volando de felicidad… mientras mi boca está ansiosa por sentir la suya.

永

ENCIÉRRAME Y TIRA LA LLAVE

Diego llega temprano y entra como si fuera su casa.

—Buenos días, Mía. Hoy tengo pensado dar muchos paseos.

—Buenos días, Diego. ¿Hoy te caíste de la cama?

—Sí —sonríe—, quiero que aprovechemos el día. Báñate rapidísimo, mientras preparo café.

Antes de entrar a la ducha pongo música.

Me ducho rápido y salgo del baño envuelta en la toalla. Diego está parado con el café listo.

Me mira sorprendido, le desconcierta mi manera tan libre de andar en toalla delante de él. Yo estoy acostumbrada a cambiarme enfrente de todos los vestuaristas en el set y, bueno, también a que los hombres me vean así.

Él es diferente, un hombre místico y seductor. No sé si quiero acurrucarme con él por horas o abalanzarme sobre él y besarlo locamente.

Me mira y yo no puedo despegar los ojos de él, de sus brazos grandes y tonificados, de su piel color canela dorada.

Los rayos de sol que entran por el ventanal hacen que sus ojos resalten como nunca.

Mientras suena "One Of The Girls".

Lock me up and throw away the key
He knows how to get the best out of me
I'm no force for the world to see
Trade my whole life just to be

Me acerco sin pensarlo ni un segundo, siento un imán entre él y yo.

Él no para de mirar mis ojos y luego mi boca.

Camino despacio de una manera provocativa, quiero que me desee locamente, que me posea de una manera salvaje, que saque todas estas ganas que me queman por dentro.

Estoy cada vez más cerca de su boca; mi pierna al desnudo. Él rompe esta pared invisible que nos separa y me toca suave. Con cada movimiento me aprieta más fuerte. Quedo a unos centímetros de su boca. Y siento su respiración agitada y su corazón cada vez más frenético. Mi mirada es salvaje, normalmente me siento como una pantera frente a su presa... pero esta vez somos dos fieras.

Toma mi boca y me mete la lengua. Me siento extasiada. Devoro su boca en busca de más. Chupo su labio inferior. Siento un escalofrío que recorrió todo su cuerpo. Me coge de la barbilla y me hace mirarlo a los ojos. Saca su lengua y me la pasa por el labio superior. Después me succiona el labio inferior y siento su dureza contra mí.

Me dirijo a su oído y excitada le digo.

—¡Cógeme!

Siento su mano subiendo por mi pierna hasta llegar a mi entrepierna. Lo vuelvo a besar y me responde de una forma agresiva.

Lo agarro y le toco el pelo mientras beso cada centímetro de su boca, tengo tantas ganas de este hombre… Comienzo a sudar. Mi espalda está mojada. Siento un deseo inmenso de que me posea, es la primera vez que quiero que alguien tenga el control sobre mí.

Su mano cada segundo avanza más rápido y con más fuerza. Tiro la toalla y quedo completamente desnuda.

Ya no resisto las ganas de tenerlo dentro de mí.

Siento sus manos desatadas tocando cada centímetro de mi cuerpo, explorando, como si estuviera trazando un mapa.

Yo le desabrocho la camisa y aparecen su abdomen, sus brazos. Quiero que sea mío, solo mío. Lo observo y sin inhibiciones le abro los pantalones. Se los bajo.

Lo veo completamente desnudo frente a mí, es el hombre más sexi que ha estado frente a mis ojos. Observó su erección, se pega a mí y nos besamos con locura desenfrenada, tocándonos, conociendo cada parte de nuestras intimidades y deseos.

Nos encontramos con una pasión desbocada. Me besa cada parte del cuerpo, yo toco y saboreo cada parte del suyo. Cuando llego a su profundidad, lo observo, su miembro es perfecto para mí. Succiono con placer, me sorprendo, nunca me había provocado tanto hacerle sexo oral a alguien. No puedo de la excitación, veo como Diego se retuerce. Me excita ver su cara llena de calentura salvaje.

—Mía, necesito entrar en ti.

Se hunde dentro de mí y me penetra profundamente. Doy un gemido de placer, siento que estoy tocando un lugar jamás conocido, es fuego que me quema por dentro. No he parado de sentir mil sensaciones, escalofríos, estoy llegando al jardín de las delicias. Empuja una y otra vez dentro de mí y yo lo agarró del trasero obligándolo a sentirlo hasta el fondo.

Él hace lo mismo, intentando controlar mis movimientos, se lo permito, porque definitivamente sabe lo que hace.

Nos miramos a los ojos con un fuego que prende más mi cuerpo. Es la sensación más caliente que he tenido, nuestro sexo es primitivo, soy completamente suya.

Es como si estuviera a punto de perder la razón…. Y él sigue moviéndose con fuerza. Nunca me había sentido tan sexi…

Siento temblar sus piernas al momento de venirse. Yo tengo el mejor orgasmo de mi vida. El mejor sexo de toda mi existencia.

Me paro temblando, débil, y me pongo la toalla que está en el piso.

—Ufff. ¿Dónde dejaste tu paz interior? Creo que fue la mejor cogida de mi vida. Puedo decir que eres un *bad boy*.

Se muere de la risa. Sus ojos se ven más brillantes que de costumbre. El azul se volvió más profundo y más intenso. Me habla mientras se pone su ropa:

—O sea, ¿se supone que por ser una persona que trabaja en su interior no puede trabajar en su exterior también? Ser profundo no significa ser aburrido ¿eh?, ni menos malo en la cama.

Nos reímos sin parar. Se acerca y me da un beso suave en los labios.

—Tus labios saben a dulce —me dice.

—Debe ser el placer, que pone dulzor a mi boca.

Sus ojos tienen una mezcla entre culpa y gozo, creo que sigue recuperándose de nuestra experiencia.

—Mía, eres una mujer demasiado sensual. Eres tan salvaje que no puedo resistirme.

—Diego, somos adultos. No creo que esta haya sido tu primera vez. —Lo miro y me río—. Yo quise provocarte y me resultó.

永

UN EXTRAÑO ENCUENTRO EN BALI

Diego se queda conmigo todo el día y pasamos una noche increíble entre besos, cogidas desenfrenadas, historias y vino italiano. Traigo su camisa puesta y unas bragas abajo. Nos pusimos a ver *Notting Hill*, mi película favorita, con mi actriz favorita, Julia Roberts. Nos reímos porque me dice que esa historia le parece conocida.

—Vamos, Chill, debemos comer, ya siento mis órganos pegados a mi piel del hambre que tengo, me tienes sin energía.

No paro de reírme, tiene un humor particular. A veces siento que solo él y yo podemos reírnos de bromas tan bobas y absurdas.

Dejamos la cama con dificultad. Nos vestimos y salimos en búsqueda de algún nuevo lugar por descubrir. Llegamos a un bar que se llama Camogli Wine Bar.

No queríamos pensar demasiado y apenas nos sentamos pedimos unos *limoncellos*, aceitunas, quesos y una maravillosa *focaccia*, lo más famoso de este legendario y romántico pueblo. Este lugar es conocido por tener la mejor pizza.

La verdad, no me había dado cuenta del hambre que tenía. Comenzamos a comer y nos reímos. Hablamos de la Iglesia, el Vaticano y, claro, si ya estábamos en esa, un poco de política. Pero antes de enfrascarnos en una discusión que parecía no tener fin, acordamos volver a hablar de nuestros lugares favoritos en el globo terráqueo. También de comida.

Me burlo de él porque prefiere un chacarero (un sándwich de carne con tomate y porotos verdes y mayo, un clásico chileno) antes que el sushi. ¡Cómo puede ser eso! Debatimos por horas, entremedio de besos interminables.

—Diego, gracias, de verdad gracias por escucharme y darme buenos consejos. Desnudé mi alma frente a ti y solo eres un desconocido.

Me sonríe con picardía.

—Desnudaste más que tu alma…

—¡Ay! ¡Qué pesado! —Risas—. Te estoy hablando en serio. No sé nada de ti, solo los problemas con tu madre. Me gustaría saber, ¿quién es Diego?

Se queda mirando el horizonte. Vuelve su mirada hacia mí. Es la primera vez que me intimida. Siento que mira hacia la profundidad de mis ojos, como si penetrara cada partícula de mi piel.

—Soy un hombre normal, que cuando empecé a huir de mí mismo, sin saber a dónde ir, tuve la suerte de poder encontrarme. Te quiero contar algo muy importante que pasó en mi vida. Creo que ahí cambió todo. En uno de mis viajes, me fui a Bali, donde pasé muchos días en silencio, sin querer hablar con nadie ni saber nada de nadie. Un día, caminando, me encontré con un hombre, tenía unos sesenta años. Me buscó. Al principio casi no volteé a verlo. Pero luego su voz me atrapó. Me preguntó: "¿Estás perdido?". Yo al principio pensé que él me lo decía porque caminaba evidentemente sin destino. Se instaló delante de mí y nos miramos a los ojos. Le respondí un solo NO, fuerte y claro.

"'Si estás perdido, ven a sentarte acá', me dijo, mientras caminaba entre las piedras hacia la orilla de un río. Se sentó justo bajo la sombra. Solo se escuchaba el ruido del agua chocando con las rocas.

"Al principio solo estuvimos callados: él, fascinado en sus asuntos; yo, medio incómodo, observando el paisaje. Y luego me dijo que él también estuvo perdido mucho tiempo, caminando sin encontrar un rumbo. No sabía qué podría mostrarle la vida. Había perdido las esperanzas, no tenía motivos para vivir. Estaba con una fuerte depresión y había dejado ir al amor de su vida. Esa mujer lo era todo para él, sabía que jamás volvería a sentirse así de vivo y feliz. Con ella todo era pasión; si estaba a su lado, nada malo podría venir. Y ella lo abandonó al enterarse de que él había dejado embarazada a otra mujer.

"Todo habría sido el mismísimo infierno, si no fuera porque ese niño que llegó, vino a cambiarlo todo: fue su compañero, amigo, confidente. Lo hizo sobrevivir. Le devolvió las ganas de estar bien para él; de volverse a levantar y querer ser de nuevo la mejor versión posible para él. Ser el ejemplo con errores, pero con todo el amor que existe.

"Me acuerdo palabra por palabra lo último que dijo: 'Ese fue mi hijo. Y se llama igual que yo, Diego'. Todavía estaba pensando lo que significaba, cuando me dio el abrazo más fuerte y más profundo que jamás nadie me ha dado en mi vida.

”No sé, Mía, si fue un sueño o una aparición. Solo sé que ahí entendí lo clave que fui yo para mi papá. Siempre conocí su historia, pero nunca comprendí que yo había sido un protagonista fundamental en ella. Me pude observar a mí mismo por primera vez. Y comencé mi propia sanación.

永

EL ENCARGO

—Diego, no estoy entendiendo nada, ¿a qué te refieres? —digo y subo la voz. No sé por qué este tema me está alterando y me preocupa que me escuchen desde las mesas de al lado.

—Mía, esa persona que apareció estoy seguro de que era mi padre. El que murió hace siete años. Era Diego Cienfuegos.

En mi expresión apenas cabe el asombro.

Me llevo las manos a la cara, me tapo la boca. No sé cómo reaccionar. Siento que transpiro helado. Lo miro y lo miro. A Diego le brillan los ojos. Estoy frente a Diego Cienfuegos, el hijo del hombre que me quitó a mi madre, su gran y único amor.

No logro pronunciar ninguna palabra, estoy perpleja. No lo veo desde que tenía diecisiete años. Ha cambiado tanto. Es otro hombre. Pero si lo miro… esos ojos… ¡Cómo no lo reconocí antes!

—Mía, sé que esto es una gran sorpresa para ti. No sé cómo no te diste cuenta antes. Perdóname, necesitaba que me vieras como alguien nuevo. Alguien que conocieras sin prejuicios. Que al mirarme no miraras al hijo de ese hombre que sé que fue tan importante en tu vida también.

"Quería conocerte. Saber tu historia de tu propia boca ¡y no en las revistas! Contada desde lo más profundo de tu corazón.

—Es que no puedo creerlo.

—Yo jamás dejé de seguirte, estuve pendiente de tu vida todos estos años. Supe lo de tu accidente en Nueva York. Sabía que viajarías en el momento en el que sintieras que ya habías tocado fondo. Te seguí hasta acá.

No entiendo nada. No logro entender cómo no me di cuenta. Le conté toda mi vida, pensando que era un desconocido.

Diego saca un papel bien doblado del bolsillo de su camisa.

—Te quiero leer una carta que me escribió tu madre antes de morir.

En ese momento mi espacio comienza a dar vueltas desenfrenadas.

Diego:

Sé que tienes la nobleza de tu padre y un corazón más grande todavía. Sé que Mía se perderá por un tiempo, pero también sé que tendremos que darle tiempo a perderse, tiempo para que toque fondo, para que vaya superando solita cada una de las pruebas que la vida le quiera poner por delante. Escapará cuando ese momento llegue.

Diego, te encargo que la busques, que la encuentres y que tengas las grandes pláticas con ella. Conversaciones de alma a alma. Confío y veo en tus ojos esa bondad y sabiduría que también vi en tu padre. A pesar de que él tenía sus problemas de ira, detrás de eso había pura luz.

Te encargo a Mía.

No paro de llorar.

—No entiendo cómo mi madre sabía que me iba a perder. Yo le prometí el día que murió que llevaría su legado.

—Mía, tu madre te conocía más que nadie. Sabía que su muerte te traería muchos momentos difíciles de superar. No hay manera de aprender algo si no atravesamos el sufrimiento.

"Y sí, como siempre lo sentiste, ella te amó más que a nadie en esta vida. Tú le diste sentido a su vida y le prestaste tus alas para volar. Me hizo prometerle que iba a esperar hasta que fuera el momento perfecto para buscarte y encontrarnos.

Tomo la carta, me paro de la mesa de un salto y camino rápido. En segundos, comienzo a correr. O en minutos, no sé. Pierdo la noción del tiempo, pero solo sé que no quiero verlo ahora. Tengo sentimientos encontrados. Siento rabia, angustia y tristeza que perfora mi alma.

Diego me grita, pero no me detengo hasta llegar a mi casa. Me tiro en la cama y solo abrazo la carta. Nunca pensé encontrar un nuevo rastro de mi madre en la tierra. Me dediqué a buscar y guardar obsesivamente cada uno de sus recuerdos, de sus mensajes en pequeños papelitos que volaban por ahí, sus audios, sus videos, hasta los envoltorios de dulces que dejó en su velador. Solo estamos ella y yo en este momento y este corazón roto.

永

SOON YOU'LL GET BETTER

"Mamá, no quiero perderte. No sabría que hacer sin ti en mi vida. Tú eres mi todo, mi amiga, mi consejera, mi guía. No quiero estar en esta vida si no es contigo".

Recuerdo cada palabra que le dije ese día que me enteré de que ella tenía leucemia. Sentí miedo y angustia porque sabía que mi existencia no sería lo mismo sin ella. Y eso fue lo que pasó.

Sigo tirada en la cama, sin ganas de moverme. Y leo una y otra vez esta carta que es lo último de mi madre. Esta letra es de ella. Lo atesoro tanto. Cada palabra.

Sigo pensando en que ella sabía que yo iba a tocar fondo. Todo este tiempo pensando que ella debía de estar tan avergonzada, yo que no me atrevía a mirar la luna, por vergüenza.

Alguien toca la puerta, no quiero abrir. Estoy segura de que es Diego. No estoy preparada para escucharlo. Ni mirarlo a la cara.

Dejo que toquen la puerta muchas veces. Me pongo mis audífonos. No quiero sentir la presión de saber que él está afuera. Esperando.

Una parte de mi corazón muere por correr y abrir la puerta. Pero mi cabeza sabe que no debo hacerlo. No sé cómo reaccionaría. Tengo mucho coraje.

Sigo acostada leyendo por décima vez la carta. Las lágrimas corren y corren por mis mejillas. La música suena sin parar, Taylor Swift, "Soon You'll Get Better".

I know delusion when I see it in the mirror
You like the nicer nurses, you make the best of a bad deal
I just pretend it isn't real

Siento una mano en mi pierna. Me doy vuelta de un salto. Es Diego mirándome con sus ojos intensos.

No sé cómo reaccionar. Voy a empezar a hablar, más bien a reclamar. En ese instante, él me abraza con mucha fuerza, siento su energía. Al mismo tiempo, este abrazo es todo lo que necesitaba. Siento una calma tan grande que traspasa todo mi cuerpo. Hago el esfuerzo de hablar, pero no salen las palabras. Solo las lágrimas responden. Como si abrieran una llave y el agua comenzara a correr sin detenerse.

No sé cuánto tiempo estamos así. Él y yo en un abrazo apretado, pero lleno de dolor. En ese momento siento cómo cada parte de mí empieza a sacar todo lo guardado. Sombras y demonios. Años de sentirme abandonada, enojada, odiándome con todas mis fuerzas.

Luego de mucho tiempo, Diego habla:

—Mía, sé el dolor que significa para ti enterarte de que soy el hijo del hombre que se llevó a tu madre. Eso fue lo que sentiste, pero nunca fue una decisión de ella seguirlo, entendiendo que te iba a dejar sola. Te lo pido, necesito que me veas como cuando nos encontramos. Un desconocido con el cual tuviste la confianza de abrir tus heridas... Tu mamá lo supo siempre. Ella fue testigo de la conexión que tuvimos cuando éramos unos adolescentes.

—He aprendido a comprender a Diego, tu padre, con el tiempo...

—Mila me dijo: "Diego, me encanta cómo se llevan Mía y tú. Tienen una química muy linda. Como si se hubieran criado juntos. Aunque apenas se han visto. Contigo ella puede ser quien realmente es. No para de reír. Me gusta ver cómo te escucha, eso significa que te admira. Sé que cuando yo no esté, tú serás su guía. Pero tienes que saber que debe ser en el momento indicado. Ella es muy fuerte, pero debajo de ese caparazón, se esconde una mujer llena de miedos".

—Me conoce bien.

—Me contó que el día que supiste de su enfermedad, te aterrorizaste. Primero enojo, luego miedo, y luego la sombra de la soledad. Por eso saliste corriendo, para evadir.

"Me dijo que así reaccionas frente al desconsuelo. Necesitas escapar primero, evadir, soltar, disfrazar tu dolor con enojo. Solo cuando estuviste preparada para hablar del tema, pudo conversarlo contigo. Sabía en ese momento que no podía forzarte. Porque tienes tus tiempos. Necesitas asimilar, llorar, irte a lo más profundo. Literalmente me dijo: 'Si la fuerzas antes, no va a funcionar'. Me advirtió que aunque me enterara de que estabas mal, no te buscara hasta que estuviera seguro de que necesitabas salir de ese espacio que habitabas. Ese será el momento indicado. Me lo pidió, en serio, dijo: 'Diego, prepárate para ese día. Tú sabrás reconocerlo'.

No paran de correr mis lágrimas. Esa mujer me conocía tanto, tanto para saber que me perdería por un gran tiempo. Todo el tiempo que me he tardado en poder asimilar su muerte, su falta, su amor.

—Diego, ¡no lo puedo creer, esto parece una película! No puedo creer que seas tú. ¡Cómo no pude reconocerte! No puedo creer que solo han pasado seis años. No ha pasado tanto tiempo como para olvidarte. Esto es una locura. Eres otro hombre, pero en el fondo, sigues siendo el mismo.

永

UN GRAN DIOS

No hay nada mejor en este momento de mi vida que sentir su protección, su ternura, tocar su piel, sentir su aroma, mirar sus ojos y sumergirme en ellos. Ahora entiendo muchas cosas. Por qué Diego me evitó todos estos años. Mil veces lo busqué para poder recuperar recuerdos de mi madre, cualquier detalle. Siempre contestó con evasivas. Nunca tenía tiempo. Nunca estaba. Un día dejé de buscarlo. Siempre pensé que no le importaba nada la muerte de mi madre, ni de su padre.

Pero él estaba ahí, esperando el momento correcto.

Lo abrazo y en ese abrazo dejo tanto dolor, tanta soledad, tanta desesperanza… Me doy cuenta de que teniendo a Diego jamás volveré a sentirme así. Él siempre estará para ser mi amigo, mi amante.

Pasamos esa noche intentando ver alguna de mis películas favoritas. Cogimos, dormimos, despertamos, nos besamos. Volvimos a coger. Una y otra vez. Siento que me lleva al mismo cielo.

No puedo dejar de mirarlo, me seduce su manera de hablar, de mirar, de tocarse, de moverse el pelo, de tocarme la piel cada vez que puede.

Lo miro como si fuera un helado de dulce de leche.

Él, cada cierto rato, deja de conversar y me mira, pareciera que no puede evitar besarme. Me prendo cada vez que se acerca a mí. Entre nosotros hay una química increíble.

Entremedio, me habla de los lugares que ha visitado, tiene la capacidad de soltar casualmente alguna nueva aventura que resulta sorprendente. Siento que vivo con él cada uno de esos espacios. Me encanta mirarlo a los ojos, tiene un brillo que no sé si todos ven. Son los ojos más lindos y mi mejor compañía.

Disfruto cada instante. Nunca había sentido esta conexión con alguien, como si nos hubiéramos conocido en otra vida.

Nos dormimos abrazados.

A la mañana siguiente despierto y veo los ojos de Diego observándome. Sonríe.

—¿Cuánto rato llevas ahí mirándome? —digo y me río.

Me levanto de inmediato porque quiero prepararle el desayuno. Me nace consentirlo. Es como si quiera de alguna manera devolverle a él una parte de lo que me da, de lo que él me entrega cada día.

Estoy preparando jugo de naranja y abro la puerta para recibir un pan que me trae una vecina cada mañana, recién salido del horno. Intercambio unas palabras, agradezco, cierro la puerta, y camino para subir la música. Se escucha, de fondo, Florence & The Machine, "Big God".

You know I still like you the most
The best of the best and the worst of the worst
Well, you can never know...

Mientras se apodera la melodía de mí, siento unas manos en mi cintura.

—¡Vaya, qué sorpresa! ¿Acaso me estás viendo muy delgado esta mañana? ¿Será que hicimos mucho ejercicio anoche?

Diego siempre con su tono bromista.

—Solo quiero asegurarme de que tendrás suficiente energía para aguantar todo el día.

Nos reímos mientras Diego me toma fuerte por detrás y me aprieta contra él. Siento su sexo duro, en mis nalgas. Siento sus labios repartir cientos de dulces besos por mi cuello. Cierro los ojos y me dejo llevar. Sus manos comienzan a trazar figuras con sus dedos debajo de mi piyama de seda. Empieza tocando con la yema de sus dedos mi abdomen. Siento cómo mi piel se va erizando. Sube su pulgar hasta llegar a mis pechos. Los masajea y un temblor en mi cuerpo no se hace esperar.

Un jadeo sale por mi boca involuntario. Me doy vuelta con determinación.

Con su lengua recorre cada parte de mis labios y me enciende. Me levanta entre sus brazos para meterme la lengua directamente en la boca con una pasión desbordada.

Me sube a la mesa de la cocina, la despeja con una mano y me sienta en el borde para apretarme contra su parte íntima.

Me prende. Siento su mano que acaricia mis rodillas, mi respiración se acelera. Quiero más, siempre quiero más con él. Sube lentamente hasta llegar a mis muslos y los masajea con los dedos lentamente haciendo círculos en ellos.

Su mano sigue avanzando hasta llegar a mi tanga y siento sus dedos en ella.

Enrosco mis piernas en su cintura, mientras él me pega su entrepierna en el centro de mi deseo, mi apetito es incontrolable. Sentir su excitación dura y caliente sobre mí me hace querer tenerlo dentro.

Me sujeta de las piernas con fuerza y me las separa. Mientras entra en mí se me escapa un gemido desde lo más hondo de mi ser.

Es tan sensual, con su torso desnudo.

—Mía, te deseo tanto, me vuelves loco. Cierra los ojos y vente para mí.

Me muerdo los labios.

—Diego, te necesito. Tómame.

Obedece sin objeción. Succiona cada parte de mi cuerpo con deleite. Me dejo poseer, me siento poderosa. Y toco el cielo.

永

EL VIAJE QUE CAMBIÓ MI VIDA

Nada se compara a estos días. Hoy es el último. Ya han pasado dos meses desde que estamos acá en este pueblo que guarda una leyenda tan hermosa como nuestra historia. Estas vacaciones han sido mágicas. Cada palabra, cada caricia ha marcado mi piel para siempre.

Tengo un proyecto en México. Me cuesta tanto trabajo volver a la realidad. Sé que no podía durar para siempre. Los sueños siempre tienen fecha de caducidad. Cuando recibí la noticia, me cuestioné qué pasaría con nuestra relación. Tuve miedo de hablar sobre el tema.

Pero ese mismo día, yo sin saber cómo empezar, Diego me lo resolvió de una manera tan natural.

—Mía, ¿te gustaría que fuera a México contigo?

Mi cara fue de impacto. Nunca he vivido con nadie. Esta sería la primera vez.

Esa noche solo respondí con una broma y cambié de tema. Él se dio cuenta y me dejó ser. Pero yo no logré dormir pensando en mi respuesta.

Le tengo pánico a la convivencia, a la rutina y al aburrimiento. ¡Pero no me quiero separar de Diego! A la mañana siguiente, preparando los huevos del desayuno, le pido la sal y agrego:

—Obvio que quiero que vengas conmigo a México. ¿Qué vas a hacer con tu departamento en Madrid?

Me toma y me besa. La cuchara de palo vuela lejos, apaga el gas con una mano y con la otra me abraza. Así nos quedamos, miles de besos de amor en la cocina.

Todo marcha perfecto, estoy feliz porque voy a grabar una serie increíble. Siempre quise una historia así. Mi personaje es una mujer prodigiosa, un ser extraordinario que no puede explicarse por las leyes de la naturaleza: antes de los diez años ya dominaba uno o más campos científicos. Básicamente una mujer genio. Este personaje entrará a un lugar muy complicado, gracias a sus habilidades se unirá a un grupo de ladrones, integrado por otros cuatro personajes y juntos le robarán al gobierno y a todos los bancos de la Ciudad de México.

Seguimos despidiéndonos de nuestro pueblo. Vamos caminando por las calles angostas, vemos pasar las motocicletas, el más eficaz medio de transporte por estos lados.

Pasamos a abrazar a todos nuestros amigos. Hemos conocido a tanta gente maravillosa que jamás olvidaré. Cada uno de ellos ha sido parte de mi historia con Diego. Me encanta pensar que solo conocen a la Mía que hoy está con Diego. Me siento una mujer nueva, más linda. Cuando digo *linda*, me refiero a lo que está pasando por dentro, mi forma de reír, de vivir más ligera, más graciosa, más feliz.

Respiro profundo, quiero llevarme este olor, del cielo y del mar, del vino y del pan recién hecho con olor a aceite de oliva y orégano. Todos los colores de este pueblo y todos sus sabores.

Seguimos caminando durante la tarde y comienza a atardecer. Llegamos a la cima de un acantilado, rodeado de un mirador desde el que se divisa todo el horizonte. El mar brilla bajo las primeras estrellas que se asoman y se pueden ver barcos que navegan cerca de la costa.

Veo las terrazas que parecen emerger de las paredes de piedra, abajo está lleno de restaurantes que rodean los embarcaderos y de pronto siento su mano en mi espalda antes de recibir un cálido abrazo. En este lugar nació una nueva Mía. Pero si lo pienso bien, el pueblo aportó una locación de ensueño, en el que la atracción principal fue Diego. Llegó a mi vida y nada más importa.

Lo miro a los ojos y le digo:

—Diego, quiero decirte que estos días han sido para siempre en mi corazón.

永

MÁS LIBRE QUE NUNCA

Ya en Ciudad de México vuelven a aparecer mis miedos. Pienso en si podría volver a ser la Mía llena de sombras y demonios. No quiero que Diego vea esa parte de mí. Todo está saliendo tan bien, me siento tan en paz… No puedo creer que Diego haya decidido seguirme hasta acá. Qué nervios, por fin podrá ver mi trabajo de cerca.

Las grabaciones comienzan en una semana. Armamos nuestro nido de amor. Trajimos muchas cosas de Italia. Cada noche duermo en el pecho de Diego y él hace nudo con mis piernas. Me siento segura. Tenemos la costumbre de hablarnos al oído y una manera especial de besarnos. No hay nada que me haga más feliz que abrazarlo y sentirlo todo en mi cuerpo.

—Chill, ¿te gusta cómo quedó el cuadro? —me pregunta y mira fascinado un cuadro moderno y colorido mexicano que le compramos a uno de los pintores del bazar del sábado, en San Ángel Inn, un lugar fascinante lleno de artistas que muestran su trabajo en medio de la artesanía local. La gracia es que, además, esta plaza está rodeada de restaurantes con comida típica mexicana.

Hoy probamos los sopes de pollo, y nos comimos un rico pozole. Los dos conocíamos este país, pero no deja de sorprendernos. Cada día nos encantamos más. No creo que exista un lugar donde la gente sea más cálida. Nos atienden como si fuéramos unos reyes y siempre con una sonrisa en la cara. Cuando vas a una tienda, puedes pedir que te muestren la colección completa y no comprar nada y ellos siempre con la mejor actitud.

Es una ciudad en la que la temperatura casi siempre es igual: ni frío ni calor. Estamos en verano y por las tardes llueve. Se me figura estar viviendo en un cuadro de Diego Rivera y Frida Kahlo, pareja que, por cierto, decora también alguna de nuestras paredes.

—Diego, me encanta. —Miro cómo quedó y luego lo miro a él, muy coqueta y me acerco—. Pero prefiero este modelito.

Me lo como a besos. Cada caricia va aumentando de temperatura. La forma como me toca no tiene comparación con absolutamente nada que haya vivido antes.

Sus labios se posan sobre los míos con determinación y exquisitez. Me pone la piel de gallina. Pasa su lengua por mi labio superior y después por el interior. Su beso me ha robado el aliento. Cierro los ojos y disfruto del contacto.

Quiero que su placer sea mi placer. Lo amo… lo amo… lo amo.

Me desabrocha los jeans, tira de ellos y me los quita. Sigue con mis bragas. Siento sus poderosas manos por todo mi cuerpo. Me tumba en la cama y me siento más mujer que nunca. Me siento sensual, voluptuosa, espléndida.

—Todo el día pensé en este momento, polola (como le dicen en Chile a sus novias).

—Y tú me vuelves loca de placer. Me vas a volver loca. —Sus posesivas manos me tocan y encienden todos mis sentidos—. Mi cuerpo es tuyo, Diego.

Su boca baja por mis pechos. Sigue bajando hasta llegar a mi ombligo y mi respiración se acelera. Estoy tan excitada que escapa por mi boca un grito.

Me excito solo con imaginar lo que viene. Juega con su lengua explorando mi sexo, dándole pequeños mordiscos. Convulsiono. Mi cuerpo, roto de placer, se arquea.

Mientras se acerca a mí, se sube para atraerme hacia él. Con las respiraciones entrecortadas y el deseo instalado en la mirada, entrando a mi húmeda intimidad.

Mientras suena la música de fondo, Norah Jones, "Turn Me On", me muevo en círculos en busca de mi placer y lo consigo. Jadeo. Su cuerpo tiembla mientras el mío vibra enloquecido. Terminamos juntos en un suspiro lleno de pasión. Esto no solo es química. Es complicidad y confianza.

—Mía, no sabes lo que me haces sentir. —Diego habla con los ojos. Expresa tanto con ellos…

Lo beso, pero en ese beso le entrego mi alma. Por fin han caído mis caretas y me siento vulnerable. Pero no me importa. Me siento más libre que nunca.

永

UN SECRETO GUARDADO BAJO SIETE LLAVES

Cuento los días para empezar a grabar, ya tengo todo listo y los guiones más que aprendidos. Diego viajó por trabajo a Londres. Lo voy a extrañar mucho, pero sé que pronto regresará. Está empezando a colaborar con la ONU, sé que lo tiene muy feliz. Entró de lleno a diseñar mejoras en distintos proyectos urbanos a beneficio de la infancia. Eso es lo que más le apasiona en la vida. Le compré un vuelo a mi amiga Michelle para que viniera a visitarme. Después de recogerla en el aeropuerto, nos vamos a un restaurante de comida mexicana: San Ángel Inn, una hacienda del año 1616, con un jardín interior lleno de rosales y arbustos preciosos. En el sur de la ciudad.

Amo platicar con mi amiga, le cuento toda mi historia con Diego, ahora que estamos frente a frente y con unas margaritas de mango, le puedo entregar todos los detalles. Ella está igual de emocionada que yo. Michelle me cuenta que estuvo trabajando como loca y que está harta de su nueva jefa, quien se cree parida por Zeus. Me cuenta que la relación con su novio es bastante complicada.

—*Jack is very jealous and possessive*. Pero cuando estamos juntos lo disfruto mucho.

—Amiga, ¿por qué siempre eliges a hombres con ese perfil? Hace mucho quería hablar contigo. Me preocupan mucho tus ataques de pánico. Debes verlo con una terapeuta. Sabes cuánto te quiero.

Me mira con cara de que no quiere seguir con el tema. Estoy feliz de tener a mi hermana del alma en estos momentos, donde todo está tan bien con mi vida. Quiero que sepa que estoy mucho mejor, sé que se preocupa mucho por mí. Nos reímos horas a carcajadas.

Cuando suena el teléfono de Michelle, mira la pantalla nerviosa. Me comenta confundida:

—Regreso enseguida, es Jack, debo tomar la llamada.

Veo como se aleja hacia el baño, con una cara de angustia que ya le he visto antes. Me preocupa que tenga esa cara cuando le está marcando el novio, pero qué más puedo esperar, si yo siempre he visto cómo la hace sufrir.

Espero y espero y Michelle no vuelve, estoy que voy por ella, pero no quiero ser inoportuna. Pido al mesero otra margarita, ahora de tamarindo. Le estoy dando el primer sorbo y aparece Michelle, en un mar de lágrimas. Está sudando, le falta el aliento, le cuesta respirar, pero a la vez tiene náuseas.

Me paro de inmediato.

—Amiga, ¿qué pasa? ¿qué te hizo ese canalla?

—Jack, Jack… —No deja de sollozar, no logra pronunciar palabra.

Tiembla completa y veo su cara de terror. Como si pensara que se va a morir.

—Tranquila, llora todo lo que tengas que llorar y luego me cuentas. Las lágrimas, limpian el alma —le digo, como siempre me enseñó mi mamá.

Viene el mesero con un vaso de agua.

La tomo de los brazos y recuerdo cuando éramos pequeñas en Nueva York. Cuando su padre peleaba con su mamá, ella sufría este tipo de ataques. Yo la ayudaba haciéndola respirar.

—*Michelle, look at me, take a deep breath. Come on: one, two, three.*

Empezamos a inhalar y exhalar. Así hasta que de a poco su pulso se normaliza. Luego de muchas lágrimas y mis abrazos, puede pronunciar palabra.

—Mía, cuando le conté a Jack que me venía a México, se enojó mucho. No sabes todo lo que me dijo. Que si acaso quería venir a buscarme un amante acá, que era una zorra, que lo único que quería era dejarlo y encontrar a un mexicano que me cogiera bien rico. —Sigue llorando mientras me cuenta—: Siento unas ganas de irme a Nueva York y encararlo a gritos.

Tengo rabia, pero a la vez angustia por mi amiga. Su novio no es bueno para ella, pero lo hemos hablado tantas veces y ella siente que esa relación tóxica es una relación de amor. Amor y odio, quizás, en partes iguales.

¿Por qué elegir a quien no te respeta? Siendo Michelle una mujer extremadamente inteligente y guapísima. Algo la lleva siempre a tener relaciones con hombres que no la valoran. Hay una clara tendencia a ese espacio de maltrato y, ya estando ahí, es muy difícil salir.

Quién soy yo para juzgarla. Trato de ser comprensiva, pero siento mucho coraje.

—Michelle, el amor no es sufrimiento. Eres una mujer maravillosa, cualquier hombre sería muy feliz a tu lado. Eres luz para todo aquel que tiene la bendición de conocerte. Porque, amiga, quiero entender qué te hace estar al lado de un hombre para el cual nunca vas a ser suficiente, que nunca te ha respetado. Yo sé que te encanta estar en pareja, pero este hombre es lo peor.

—Lo sé, te juro que lo sé.

—El amor es otra cosa, amiga linda. El amor es querer tanto a la otra persona que lo que menos quieres es que sufra. El que te ama te mira como si fueras lo más precioso del universo, te protege, puede ser tu mejor amigo y tu mejor amante al mismo tiempo. No un tarado como este. Hay una frase que hoy me hace mucho sentido: "Nadie da lo que no tiene para dar".

Se hace un silencio largo, que rompo con una broma:

—Amiga, además Jack es feo. Yo le encuentro los ojos saltones, es frentón y estoy segura de que pronto se quedará sin pelo. Se parece un poco a Shrek.

La miro y nos reímos juntas. Después de las últimas copas, nos vamos al departamento y vemos nuestra película favorita, *Crepúsculo*. Mi corazón está pleno, me siento completa, mi carrera está mejor que nunca. Diego apareció y vino a mejorarlo todo en mi vida. Y estoy con la loca de mi amiga enamorándonos una y otra vez de Robert Pattinson. Entre risas, llegamos a la conclusión de que Diego es mucho más guapo.

Me levanto al baño a lavarme la cara, cuando escucho que Michelle grita.

—¡Mía, ven corre!

Me saca el susto de mi vida y probablemente solo esté molestando con alguna de sus bromas.

Le contestó en tono burlón.

—¿Qué quieres, loca?

Al caminar de regreso a la cama, veo en su rostro un terror inexplicable y comienzo a imaginarme lo peor. Es increíble cómo mi mente vuela en un segundo. Me llama para que vea el celular. Es una foto mía.

Siento que la presión me sube y veo todo borroso. Todo estaba tan bien, era obvio que venía la tormenta una vez más.

Alguien filtró las fotos de aquella noche en Nueva York. Estoy sacando la lengua, con dos pastillas en la boca y en la mano una copa de alcohol. Los dos hombres que me acompañaron esa noche: uno está dándome besos en el cuello, mientras el otro por detrás me abraza de manera obscena.

Reviso las redes sociales y en todas partes están hablando de la portada de la revista *Stars*: "Las adicciones de Mía Spencer. ¿Le quitarán su nuevo protagónico?". Uno de los estelares más importantes de la TV anuncia: "La vergüenza de la familia Spencer". Empiezo a leer los comentarios de mis fans divididos. Por mi mente comienzan a pasar toda clase de cosas: me van a quitar mi proyecto soñado y no lo puedo permitir. ¿Ya lo habrá visto mi familia? Solo es cuestión de minutos para que me marquen. Diego, Dios mío, Diego. ¿Qué le voy a decir? Vuelvo a mirar la página en internet y al lado de mi noticia veo una foto de Nicolás Springer.

El terror se apodera de mi cuerpo y de mi mente. Un recuerdo que me atormenta; el pasado que regresa. Un secreto que llevo años guardado bajo siete llaves.

Lo primero que hago es llamar a Diego. Entre sollozos, le cuento y le envío varios de los links donde aparece la noticia. Luego de mi larga explicación, él me responde tranquilo:

—Chill, no te preocupes, lo vamos a solucionar. Ahora mismo salgo para México.

永

LA CONFESIÓN

Estoy sumergida en esta pesadilla. Acostada en mi cama mirando el techo de mi habitación. Oigo unos pasos y es Diego. Tomó el primer vuelo que encontró. Lo abrazo y me siento de nuevo en un lugar seguro, en mi hogar.

Lloro en sus brazos, saco toda la angustia que tengo dentro, toda la vergüenza, el pudor, la culpa de los errores del pasado. Esa era otra mujer.

Me da asco ver mis fotos al lado de ese hombre que marcó mi vida de una manera tan horrible.

Me cuesta respirar.

—Cariño, eso es parte de tu pasado. Ya lo hemos conversado. Me habías contado este episodio. Será una lección para tus fans, todos cometemos errores. Ni la actriz más bella y exitosa está libre de esto. La fama te puede llevar a esos excesos y ya. Creo que debes enviar un comunicado donde reconozcas esos eventos y donde puedas explicarte.

Balbuceo entre lágrimas.

—Diego, necesito contarte algo más terrible. Es un secreto que llevo guardado desde hace muchos años. Nadie, absolutamente nadie, lo sabe. Es algo que me avergüenza terriblemente. Tengo mucho miedo de que, luego de que lo sepas, nunca vuelvas a mirarme como antes.

La cara de Diego es de evidente preocupación. Respiro profundo mientras me armo de valor para contarle esto que me perfora el corazón y atormenta mi alma.

—Mía, tú puedes contarme lo que sea. Somos un equipo y cualquier cosa que hayas hecho, es parte de tu pasado y ha sido un aprendizaje.

—Esto es mucho más grave que estas fotos que salieron publicadas. Pero para mí es demasiado importante no tener secretos entre nosotros. Estoy harta de andar por la vida guardado cosas y siento que el pecho está a punto de estallarme. La verdad, siento que me estoy ahogando.

Mis lágrimas no dejan de correr por mi rostro, inundan mis ojos, sin dejarme ver claramente.

—Cuando terminé de estudiar actuación en Londres, hice un casting y quedé en una serie muy importante, se llamaba *Utopía*.

"Yo tenía veintidós años. Era mi primer personaje importante a nivel mundial. En esa época yo estaba muy vulnerable, porque había pasado un par de años desde la muerte de mi madre. Además, mi papá estaba muy ausente, sumido en su soledad y en el alcohol.

"Yo lidiaba con una depresión.

"Desde que empezamos a grabar, tuve una súper buena relación con el productor que es muy famoso, adulado y respetado en partes iguales. Jamás nadie hablaba mal de él. Él impone su autoridad y su palabra es ley. Es una persona muy reconocida en la industria de las plataformas de *streaming*.

"Nicolás, desde el primer día, se mostró conmigo muy buena onda, preocupado por mí. A veces llegaba al set y todo se paralizaba, y lo hacía solo para acercarse a mí a darme algunos consejos en medio de la escena. Yo, por supuesto, los tomaba al pie de la letra. Me decía que veía en mí un gran potencial. La verdad, me sentía apoyada por él.

"Como yo era la protagonista, me quedaba hasta tarde y él aparecía al final para discutir conmigo el avance del proyecto y cómo podía seguir proyectando mi carrera.

"Él siempre tenía castings y conocía gente que me podría ayudar a abrirme nuevas puertas y oportunidades.

Diego empieza a ponerse tenso, como si ya presintiera lo que le voy a contar.

—Así estuvimos tres meses intensos de grabaciones —continúo—. Hasta que nos fuimos de viaje todos los del equipo a Hawái, donde se iba a grabar el final de la serie. Curiosamente, él se sumó al viaje. En el equipo se rumoreaba que estaba obsesionado conmigo, pero nada que no hubiera hecho antes. Yo era su estrella favorita del momento.

"El último día que terminaron las grabaciones, nos organizamos todo el *staff* para salir a celebrar.

—Mi amor, cómo no me contaste esto antes...

—Recuerdo tanto ese día, como si fuera ayer. Me acuerdo de que hacía mucho calor y me puse un vestido corto, delgado, típico de playa. Iniciamos la noche en una cena con todo el equipo. Comenzamos a brindar por el fin del rodaje, que había salido mejor de lo que esperábamos. Yo estaba muy feliz porque era un gran proyecto y era el pasaporte hacia mis sueños.

"Durante toda la noche, él fue tomando la palabra para lanzar alguna excusa por la que seguir brindando. Debo reconocer que nadie me obligaba a continuar bebiendo, yo ya estaba un tanto mareada, pero me servía para relajarme y evadir los nervios que me provocaba esta ansiedad camino a la fama. También para pasar ese dolor que me acompañaba cada día por la muerte de mi madre.

"Diego, tú sabías que yo pasé una época muy autodestructiva, pero hasta ese momento yo era una joven inocente, normal. Había estado con un solo hombre en mi vida, mi novio de los veinte, con quien estuve casi dos años.

"Luego de la cena, nos fuimos a un lugar al lado del hotel donde nos quedamos a bailar. Esa noche tomé mucho tequila. Cuando estaba bailando, me dio vueltas la pista de baile y casi me caigo. Suficiente por esa noche, pensé. Él se ofreció a acompañarme al hotel.

Respiro. Me cuesta seguir la historia. Me paro y me dirijo al baño a buscar pañuelos desechables para limpiarme la nariz y las lágrimas.

Diego se ve angustiado, pero me alienta a seguir.

—Me dijo: "Mía, ya tomaste demasiado. Te llevo a tu cuarto y descansas mejor". Yo en ese momento lo vi como algo normal ya que siempre se había preocupado por mí, juro que no vi nada malo. Debo reconocer que siempre se me había hecho un hombre interesante. Era atractivo, alto, inteligente y admirado, pero me llevaba veinte años de diferencia. ¡Yo ni lo miraba con otros ojos!

"Cuando llegamos a la habitación, él me ayudó a abrir la puerta. Me senté en un sillón y él entró conmigo. Se quedó a mi lado. Yo le pedí agua y él me la trajo. Luego me preguntó si me sentía mejor. Dijo: 'Creo que nos podríamos tomar el último caballito de tequila para terminar de celebrar'.

"En ese momento, sentí muy raro eso. No era congruente con mi estado ni con su declarada intención de cuidarme. Negué con la cabeza. Él dijo que se vivía una vez en la vida y esa noche tenía que quedar en mi memoria para siempre. Empezó a acercarse más y más, cambió el tono de voz, quería seducirme, tenerme como fuera.

"Yo no sabía cómo reaccionar, entre lo mal y lo mareada que estaba. Le dije: 'Nicolás, es mejor seguir conversando mañana. Hoy ya me excedí. Déjame, por favor, que quiero descansar'.

"Él me dijo que quería preguntarme algo, yo acepté con otro gesto. La pregunta fue: '¿Te gusto, verdad?'. Por supuesto, me saqué de onda. Le respondí que no. No había terminado de hablar cuando se acercó decidido, me agarró de la cara y me besó.

—¡Maldito, cabrón! —grita Diego, agarrándose el pelo de una manera desesperada. En su rostro veo odio.

Respiro hondo, muy hondo. Entre lágrimas y sollozos, sigo contándole esa noche que cambió mi vida.

—Yo, al principio, le respondí el beso, confundida. En ese momento se me hizo muy difícil rechazarlo. Él era el director y yo era una niña. Cuando empezó a tocarme las nalgas, lo detuve. Le dije que no me sentía cómoda. Luego logré zafarme un poco de él y me levanté como pude. Le dije: "Nicolás, de verdad, no me siento bien, prefiero terminar esta conversación otro día". Ahí empezaron los forcejeos, conmigo intentando escapar y él que se puso de pie para afirmarme con fuerza. Mis movimientos eran torpes. Recuerdo muy claramente esa repulsión que sentía.

"Él se volvió a acercar a mi cuerpo y me dijo: 'Mía, no sabes cómo me pones. Mira mi verga dura', mientras se bajaba el pantalón para mostrarme cómo se empezaba a tocar.

"En ese momento, vi a otra persona. No era el mismo hombre. Fue mi peor pesadilla. Él me intentaba besar y yo, desesperadamente, separarlo de mí. ¡No me dejaba moverme!

"Con gran esfuerzo logré sacar la voz y repetí: 'Nicolás, no me siento bien, de verdad. Por favor, ¡déjame!'.

"Yo casi no podía respirar, me invadía la angustia y el terror, estaba paralizada. ¡Pero no grité..., no grité, no pude gritar...! ¡Me anulé! Él dijo: 'Mía, sé que te gusto, que estás caliente por mí. La forma cómo bailabas, ¿te mojaste pensando en mí?'.

Comienzo a llorar, veo a Diego que está destrozado. Me siento ahogada en un mar de lágrimas, solo veo angustia. Mi cuerpo es una olla a presión, pero continúo:

—En ese momento, se volvió muy agresivo y me tomó muy violentamente. Metió sus manos por debajo de mi vestido, tomó mi tanga y me la bajó... Me violó, hasta que perdí la conciencia. Me acuerdo de haber sentido como si mi alma abandonara mi cuerpo. Como si mi parte física estuviera actuando por inercia. Solo carne, sin espíritu, sin vida.

Diego empieza a llorar en lo que parece una mezcla de terror y angustia, su cara no da crédito a lo que escucha. Todo mi cuerpo tiembla por completo. Siento que los brazos se me van durmiendo, que un cosquilleo va subiendo desde las manos hasta los hombros. Sudo, no me llega aire a los pulmones. Siento como si recién me hubiera pasado esta escena. Vuelvo a sentir dolor, impotencia, asco, repulsión.

Diego me toca la cara despacio y me hace mirarlo fijo a los ojos.

—Mi amor, ¡tú no tienes la culpa! Fuiste una víctima… ¡Tenemos que denunciarlo!

—Abusó de mí, no solo física, sino psicológicamente. Pero no, Diego…

—La verdad, quisiera matarlo.

Nos quedamos no sé cuánto tiempo abrazados llorando los dos, desconsolados. Sé que Diego revivió conmigo cada dolor, me acompañó a abrir estas heridas que llevo conmigo hace tantos años y está aquí para sanarlas.

永

MÚSICA QUE SANA

Sigo en la cama, siento que vacié toda la energía que tenía. Diego ha estado todo el día conmigo, me cocina y me lleva a la cama un plato, tratando de que coma lo que sea, pero siento la garganta cerrada, no logro que pase nada de alimento.

Agradezco más que me consienta, pues sé que quedó muy mal de la confesión que le hice. Trata de poner la mejor cara y la mejor actitud, como es él.

Cuando me lleva la comida, le digo que se siente en la cama.

—Amor, sé que lo que hemos vivido ha sido muy fuerte. Son demasiadas cosas y todas muy intensas. Para mí es revivir un dolor muy grande, en medio de toda esa maldita polémica por las fotos.

—Sí, Mía, no quiero que te presiones. Sé que debes denunciar a este miserable, pero entiendo también que ahora debes solucionar lo de la revista.

—Sí, puedo perder incluso mi serie y más todavía a mis fans, a quienes no pretendo inculcarles el uso de drogas como el camino a la felicidad.

—Lo que debes hacer es hablar con tu representante y preparar un comunicado dónde expliques la situación.

Después de hablar con Diego, decido contestarle a Lola, mi representante, que me ha llamado cien veces:

—Mía, ya sé que la noticia está en todos los portales de chismes. Tenemos tres opciones para poder arreglar este escándalo. Una es negarlo, inventar cualquier cosa sobre esas pastillas. Dos, no contestar nada y escapar permanentemente de los paparazzi, y dejar que la gente se quede con la impresión que quiera. Muchas veces la noticia simplemente se olvida. La tercera opción es decir la verdad y pedirles perdón a tus fans. Llorar y pedir perdón. Con un video grabado por ti.

—Ninguna opción me gusta, pero lo que tengo claro es que no quiero mentirle a nadie. Lola, perdona, pero muchas de las fanáticas que me siguen se esfuerzan día a día por ser como yo: como me visto, lo que digo o lo que hago. Soy un ejemplo para muchos, siento mucha frustración y mucha angustia por exponer a otros a esto.

—Pero no hay mucho más que hacer.

—Te voy a cortar, necesito pensar.

Tengo tanto enojo conmigo misma… Me tiro en el sillón y Diego solo me abraza. Sabe que en estos momentos debe darme espacio.

Suena mi teléfono y miro la pantalla. Es mi amiga Zoe Moon, cantante colombiana que acaba de ganar un Grammy. No tengo ganas de contestar aunque la adoro. Termina de sonar y al instante vuelve a marcarme. Si no contesto, lo más probable es que no deje de insistir, pero lo hago.

—Mía, sé que lo que menos quieres es hablar con alguien. Sé perfectamente cómo te sientes. —Escucho la voz de Zoe.

—Hola, Zoe, perdona, estoy tan triste y angustiada que no soy la mejor compañía para hablar hoy.

—Sé perfectamente lo que estás pasando. Yo viví algo muy similar años atrás. Cuando intentaba salir a flote en medio de varios episodios con drogas. Sabía que estaba dañando mi imagen y a mí. A pesar de todo, seguí haciendo lo que quería. Hasta que un día murió mi mejor amiga por una sobredosis. Fue ahí cuando toque fondo. Esto me hizo darle una vuelta completa a mi vida. Luego de eso, salí con la verdad por delante.

—Lo sé, Zoe, lo tengo muy claro. No quiero mentir, quiero que sepan que en ese momento de mi vida las cosas no estaban bien conmigo.

—Te invito a hacer algo que tal vez va a ser muy fuerte. ¿Quieres ir mañana a mi concierto en el Estadio Azteca? Van más de ochenta mil personas; la oportunidad perfecta para contarle al público tu verdad. —Me sorprende su invitación—. Piénsalo, sería increíble poder mostrarles quién eres ahora.

Estamos detrás del escenario, siento pánico. Diego está conmigo. Tenerlo cerca en estos momentos me da fuerza. Yo conozco bien a este público que viene a ver a Zoe Moon. Veo sus caritas emocionadas: jóvenes alborotados en primera fila, con carteles, como tantas veces me han esperado a mí también.

—Amor, yo estoy contigo. Muéstrale a toda esta gente lo que yo veo al mirarte. Muéstrale tu alma, la niña que estuvo perdida por el dolor y la mujer en la que se ha convertido hoy.

Comienza el concierto y estamos detrás del escenario. Zoe canta maravillosamente, el público está eufórico, extasiado, no me imagino en qué momento voy a entrar. Pienso en si no me van a bajar a pifias para poder seguir escuchando a Zoe.

En un momento, escucho que Zoe dice: "Quiero invitar a una mujer que está pasando por un momento difícil, como todos lo hemos tenido en algún momento de nuestras vidas. Porque el dolor sana con música. Quiero que venga a compartir este escenario, porque le tenemos preparada una sorpresa: Mía Spencer".

Cuando aparezco en el escenario siento que me tiemblan hasta las muelas. Suelo tener el dominio cada vez que me enfrento al público, pero esta vez no tengo control de ninguna parte de mi cuerpo.

Al entrar a esa plataforma espectacular y colorida, veo cómo el público cambia el *mood*. Unos aplauden, pero otros están molestos con la interrupción. Siento un miedo que me paraliza, quiero salir corriendo.

Zoe me llama a su lado y me abraza. Aprieta fuerte mi mano. No me salen las palabras, olvidé todo lo que tenía pensado decir. En ese momento, miro al *backstage* y está Diego parado mirándome. Solo con su mirada me abraza la distancia. Algo se activa dentro de mí, como una dosis de adrenalina.

Me lanza un beso y pone su mano en el corazón. Yo lo siento.

Comienzo a hablar, veo tantas caras distintas. Escucho algunos silbidos inconformes, pero sigo entregando mi testimonio. Aprovecho para mirar las caras de aquellos que están bajo los focos: chicos con toda una existencia por delante, ansiosos por vivir a concho.

—Sé que muchos de ustedes vieron mis fotos consumiendo drogas. Por si no las han visto, se las muestro.

Nos habíamos organizado para que las imágenes se vieran en todas las pantallas. Desde todo el estadio.

Un silencio sobrecogedor se apodera de todo el estadio. Hasta para mí es fuerte verme así en tamaño gigante.

—Quiero que sepan que sí, soy yo la de esta foto. Esto pasó hace casi un año. Sí, estuve en ese lugar y consumí una droga que me hacía evadir la mente, que me hacía perder la conciencia. Que me hizo bailar, cantar, beber y coger, y disfrutarlo todo al máximo.

”Suena bueno, ¿ah? Pero no lo es.

”¿Saben cuál es el final de la historia? Desperté en un lugar que no conocía, con un hombre que no recordaba haber visto jamás y con una angustia en el corazón… Me borré. Es una sensación horrible, más la angustia que te causan después todas estas sustancias.

”Sin entrar en más detalles, terminé tirada en una calle en Nueva York a quince grados bajo cero, mi cuerpo congelándose. Y volví a tomar conciencia cuando ya estaba hospitalizada y acompañada de mi familia. De ahí solo me quedaba lidiar con el dolor en mi alma, por ver sus rostros mirándome así, con lástima, sabiendo que lo tengo todo.

”Fuera de los focos, soy solo un ser humano como cualquier otro. Cometo errores y tengo miedos. Y muchos. Soy frágil también, aunque no se me nota.

—Mía —interrumpe Zoe—, yo también estuve ahí.

El público clama.

—Hoy les quiero decir que las drogas son el peor camino. Y que la vida es linda. No importa cuántas veces nos derriben, sino cuántas veces nos ponemos de pie.

Las lágrimas corren genuinamente por mi cara.

—Yo quiero pedirles perdón.

El público estalla en aplausos y gritos interminables.

Sigo llorando.

—Muchas gracias a todos ustedes. Y para todos ustedes, esta canción que escribimos juntas anoche. Con unas copas y algunas lágrimas. Dedicada a todas esas personas que están lidiando con el lado oscuro. A los que ya nos dejaron. Y a los que no van a dejarse derrotar.

永

REGRESANDO A LAS RAÍCES

Estamos en diciembre y la producción nos va a dar diez días de vacaciones. Ya hace tiempo quedó atrás el drama de las fotografías. Más bien, desde la confesión en el estadio siento que la gente me ve más verdadera, más real y eso me hace mucho bien. Recibí cientos de cartas hermosas de historias de personas que vivieron lo mismo que yo.

Diego me invitó para ir con él a Chile a pasar las fiestas decembrinas. La verdad, siempre tuve miedo de regresar, pero creo que ya es el momento. Me emociona ver a mi familia, a mis tías y a las amigas de mi mamá a las que adoro con todo mi corazón.

—Qué bien que viajamos en estas fechas, porque hace tiempo me están preguntando si podemos coincidir para hacer allá la *premiere* de la película que grabé hace dos años. ¡Y puedo invitar a mi papá! Seguro que esta vez sí cumple… me lo juró, debe ser verdad.

Sueño con comer esos mariscos, empanadas, un hot dog italiano y todo lo que sea un manjar. ¡Tengo que prepararme para subir unos cuántos kilos con seguridad!

Llamo a mi familia para organizar la agenda porque siempre se hace muy difícil conseguir que alcancen los días para hacer todo lo que quiero. Ellos están contentos y no paran de armar celebraciones para recibirnos.

Debo decir que en Chile es casi una obligación quedarte en la casa de un familiar, si no, es tomado como una ofensa. Mi mamá siempre me lo enseñó. Es como si le dijeras en su cara que no lo quieres.

Llego a nuestro departamento a terminar de empacar. Nuestro vuelo sale hoy a las diez de la noche. Diego está en su computadora trabajando.

Al verme, se le ilumina la cara. Y avanza a abrazarme, parece que no nos hubiéramos visto hace días. Como si no recordara que hicimos el amor como lo hicimos antes de irme a grabar.

—Pensé que por ser el último día ibas a trabajar hasta más tarde —me dice Diego mientras me da un beso—. Mía, quería preguntarte algo y quiero que me respondas con toda sinceridad. —Habla sosteniendo una sopa que acaba de preparar para los dos—. ¿Sería muy perturbador si te pido quedarnos en casa de mi mamá? Ya te he contado lo complicada que es mi vieja y puede ser incómodo para ti. Si prefieres que nos vayamos a un hotel, me dices y lo hacemos. Mi departamento ya lo vendí, porque nunca lo ocupaba.

—¿Tú quieres quedarte en la casa de tu mamá?

—Chill, yo feliz de quedarme en mi espacio, es mi casa, mi habitación desde niño. Al vender mi departamento dejé mis guitarras y todas mis cosas allá. Cada vez que voy a Chile me quedo donde mi madre. La quiero a pesar de todo.

Hace mucho que no estoy con ella. Pero para mí ahora lo más importante es que tú estés cómoda.

Lo miro, y se lo digo con tanta sinceridad:

—Yo estoy tan feliz donde tú estés. Cuando estoy contigo, me siento protegida. Tú eres mi hogar. Si quieres estar en esa casa donde estaban tus recuerdos, allá vamos. Y estar con tu madre para mí está bien.

Lo miro sin disimular en mi rostro el amor que siento por él.

—Yo estoy feliz de estar contigo.

Cuando me besa me doy cuenta de que él es feliz donde yo esté.

Desde el avión, veo los Andes, no puedo dejar de pensar en la emoción que a mi madre le provocaba cada vez que se enfrentaba a la majestuosa cordillera que atraviesa todo Chile. ¡Y a los chilenos se les olvida mirarla!

A ella se le erizaba la piel. Lo mismo que siento hoy al verla aparecer.

Llegamos al aeropuerto Arturo Merino Benítez, enorme, remodelado, nada parecido a lo que yo recordaba. El precioso mural *Verbo América*, que donó el pintor chileno Roberto Matta, lo hace ver majestuoso, moderno, gigante comparado con lo que era. Después de terminar con todos los trámites, nos encontramos con la mamá de Diego que está esperándonos.

Pienso que aunque sea la madre del hombre que tanto amo, es la misma mujer que hizo sufrir tanto a mi madre.

La misma que le hizo la vida imposible a la mujer más importante en mi vida, le dio la vida al que es hoy el hombre más importante para mí.

He aprendido que el odio no lleva a nada. Bárbara es una mujer que ha sufrido mucho. No debe ser fácil vivir con el hombre que amas sabiendo que él siempre ha amado a otra mujer. Que mientras estaba con ella pensaba en otra.

Luego de un gran abrazo y besos a su hijo, Barbie me mira con una cierta altanería. Mientras me da un beso que casi no toca mi mejilla.

Diego le lanza una mirada de reproche.

—Bienvenida, Mía.

—Gracias, Barbie, por recibirme en tu casa —respondo educadamente, sólo por Diego. La verdad, porque sé lo importante que es para él. Pero estoy pensando seriamente en cambiar de opinión e irnos a un hotel.

Tomamos la van rumbo a una hermosa casa ubicada en Vitacura, la misma en donde vivió el papá de Diego, en un barrio lindo, tradicional, lleno de plazas, donde están instalados varios de los mejores restaurantes de la ciudad.

Diego me toma la mano fuerte, sé que me quiere agradecer por cómo estoy llevando este encuentro de una manera diplomática. Nos sentamos a almorzar, como le llaman los chilenos a la hora de la comida. Tipo dos de la tarde.

Llega su nanita, que trabaja con ellos desde que Diego era un bebé, se llama Juanita. Me encanta el amor con que le habla Diego.

—Hola, señorita Mía, bienvenida a Chile. ¡Espero que le guste mi comida! Está muy flaca, se ve que no comen tan bien por allá afuera.

Diego, sin perder la oportunidad de molestarme con sus bromas. Dice entre risas:

—Juanita, ¡no sabes cómo come Mía! De verdad es una máquina de devorar comida.

Ambos estallamos en carcajadas, porque es completamente cierto.

Se acerca Diego, que le da un abrazo por atrás.

—Juanita, obvio que le va a gustar tu comida, es imposible que a alguien no le guste tu sazón.

Ella le dice "mi niño", es el cariño que le tiene. Sé que ha sido como su segunda madre. Las nanas en Chile muchas veces son parte de la familia y consideran a esos niños que han criado hasta la adultez (¡porque cómo se demoran en irse de la casa algunos!) como sus propios hijos.

Llegan a la mesa unos platos humeantes de carne mechada con arroz, qué cosa más rica. Es un filete de res que se cocina por muchas horas en una olla a presión. Se le agrega ajo, tomates fritos, vino blanco, pimienta y cebolla. Una buena carne mechada se deshace sola y se corta con el tenedor. Es una delicia.

El almuerzo transcurre entre conversaciones sobre el vuelo, nuestro tiempo en Italia y algo de nuestros inicios en México. No estoy cómoda. Bárbara casi no me mira y solo le habla a su hijo. Yo tampoco hago un mayor esfuerzo por agradarle. Diego se ve incómodo, intenta relajar la situación, pero sin éxito alguno.

Miro a Bárbara: es una mujer extremadamente guapa. Tiene cincuenta y tres años, su pelo es rubio lacio brillante. Se viste de forma juvenil, pero sofisticada, siempre impecable. No parece de la edad que tiene. Se cuida mucho a pesar de que cuando pasa por sus crisis depresivas, puede estar una semana en la cama sin moverse. Apenas vuelve a la vida, no para de ir al gimnasio. De una forma medio obsesiva incluso. Eso me ha contado Diego y se ve el esfuerzo, bien lo luce en el cuerpazo que tiene.

—Te he contado, madre, que Mía es actriz y de las mejores.

Me mira por primera vez en toda la comida. Me doy cuenta de que se levanta para verse superior.

—Debe ser difícil tu vida viajando y besuqueándote con tantos actores, imagino que hombres y mujeres. Qué asco, la verdad.

—¡Mamá, NO te atrevas a hablarle así a Mía! Ella es una actriz muy reconocida. Creo que será mejor irnos a un hotel. No voy a aguantar ninguna mala palabra, ni insolencias de este tipo.

Se levanta de la silla y me toma de la mano.

Ella inmediatamente se pone de pie y lo detiene del brazo.

Levanta su rostro y nos mira con los ojos llenos de lágrimas. Tiene un cambio radical en su tono de voz.

—Disculpa, Mía. Hoy no ha sido un buen día. Por favor, les pido que se queden. No me quiero quedar sola, no me siento bien. —Diego se queda callado y ella vuelve a decirle—: Perdón, hijo, no volverá a pasar.

Aprovecho la ocasión justo cuando Juanita entra para levantar los platos.

—Los dejo. Comida hecha, amistad deshecha, como dicen aquí. Estuvo muy rico el almuerzo, pero me disculpo, porque quiero ir a visitar a mi abuela y a mis tías. Están ansiosas por verme y yo a ellas —se lo digo solo a Diego y a Juanita, sin mirar a Bárbara.

永

MUJERES UNIDAS POR UN AMOR

Llego a la casa de mi abuela materna, Tita (como le digo de cariño), en Las Condes, una casona antigua y luminosa, con grandes ventanales. Está tal como la recordaba. Me están esperando en la puerta. Las adoro y me alegra tanto verlas. Nos damos un abrazo que dura minutos con cada una de ellas.

Mi abuela llora de la emoción y mi tía Javiera está a punto de hacerlo también, pero se contiene. Lo mismo Ema.

—Mía, nos debes contar cada detalle de tu historia con Diego —dicen casi a dúo mis tías.

Luego de ponernos al día sobre nuestra existencia y de contarles a grandes rasgos mi nueva vida con Diego (porque necesitaría días de análisis para poder explicar esta transformación), decido ir a dar un vistazo a la casa donde mi madre pasó toda su niñez y juventud. Me trae muchos recuerdos. Muy pocas cosas han cambiado. Sé que mi abuela, desde que murió mi madre, quiso mantener la casa lo más parecida posible. Dejó su cuarto intacto.

Hoy estar con ellas y en esta casa me llena el alma de amor, esta es la esencia de mi familia. Cada cuadro, cada pared, está lleno de fotos de mi madre. Siento cuando camino por estos pasillos la risa de mi mamá, su alegría, su euforia por la vida; la pasión que siempre le puso a todo. Entiendo bien cómo siempre pudo gozar ese núcleo inquebrantable de amor que tenía con su madre y sus hermanas.

Desde niña, tenía los ojos iguales a los que tenía cuando murió. Con ese brillo único.

Hay una foto en un marco hermoso, como si fuera antiguo, dorado, un poco más grande que el resto, en un lugar especial. En esta están mi madre, mis tías y yo. Estamos en Nueva York, fue el día que cumplí dieciséis años. Fueron todas a mi cumpleaños.

Les digo en voz alta, mientras me acerco a la foto:

—Me acuerdo mucho de este día. Cumplí dieciséis, ese día mi madre me regaló esto. —Toco mi collar mientras les cuento—: El collar de *eternity* y jamás me lo saco.

Hoy entiendo tanto la importancia de esa palabra y el significado que le dio ella. Ese concepto solo lo pude entender después de tantos años.

"La eternidad es el amor que jamás se va, es algo que está más allá de este planeta. El amor trasciende, jamás se apaga. Tú eres eso para mí, *eternidad* para mi alma, magia en mi vida", me dijo mi mamá el día que me lo entregó.

—Sí, Mía, la mandó a hacer acá en Chile, quería que fuera una copia idéntica a la medalla que tenía ella. Me acuerdo de que la llevé a Nueva York —me confiesa mi abuela.

Mientras sigo mirando la foto. Y digo:

—Mila de los Ríos será siempre *eternidad.*

Al decirlo me caen las lágrimas, pero de orgullo porque entiendo tantas cosas... Veo la muerte de una forma distinta, no como un fin, sino como una transformación. Ella no está viva en carne y hueso, pero su espíritu, su esencia, siempre están conmigo.

—Mi niña linda, mi nieta amada, eres una mujer maravillosa, tienes algo tan especial: la forma como ves la vida, tu espíritu. Tienes mucho de tu madre, pero eres además única e irrepetible. Mía, siempre tu madre estará en ti y tú en ella.

Mi abuela se limpia las lágrimas mientras me lo dice. La abrazo con fuerza. Teniéndola en mis brazos, pienso todo lo que esta mujer debe haber sentido ante la muerte de su hija mayor. De su Mila. Recuerdo que mi abuela llamaba todas las mañanas a mi madre y siempre le preguntaba lo mismo: "¿Cómo está mi niña hermosa?". Era una pregunta que salía desde lo más adentro de su corazón.

Mila me decía: "¿Sabes que cuando mi mamá me llama y me pregunta eso, lo hace desde lo más puro de la pregunta? No hay nada más que quiera saber. Solo saber si estoy bien, en todos los aspectos. Mía, cuando seas madre entenderás esto".

Creo que nunca me preocupé lo suficiente por lo que estaba pasando mi abuela. No debe haber nada peor en el mundo que la muerte de un hijo. ¡Pero yo no veía nada! Solo mi dolor y sufrimiento.

La aprieto con más fuerza, mientras le digo:

—Tita, no puedo imaginar los días oscuros que tuviste que vivir. Perdona que nunca te pregunté, nunca te escuché.

—Tranquila, Mía. Tú fuiste el gran amor de tu madre. Tu madre vivía y soñaba por ti. Cuando ella hablaba de ti la cara se le iluminaba, eras algo divino para ella.

Mientras, mi tía Javiera se une a nuestro abrazo y me dice:

—Quiero que sepas, Mía, que yo siempre sentí una admiración inmensa por mi hermana. Ella era mi guía, mi ejemplo, su forma de ser era tan auténtica…

”Aún recuerdo su cara cuando tú naciste, no cabía más amor en ella. Me dijo: ‘Nunca pensé que se me podría expandir el corazón de esta manera. Ella es perfecta. Mira su sonrisa. Es la niña más dulce’.

Ema se acerca y nos abrazamos las cuatro mujeres más importantes de mi madre. Unidas por una mujer que significó tanto para cada una de nosotras.

Con este abrazo estamos sellando un amor eterno. A esta casa hoy la miro de una forma tan diferente. La última vez veía todo borroso, recuerdo mucho llanto, fueron días antes de la muerte de mi madre. Y era una historia completamente diferente.

永

LA NIÑA HERIDA

Apenas vuelvo a la casa en la noche, hablo con Diego. Decidimos irnos a un hotel, apenas termine su jornada, porque había quedado de reunirse con sus amigos de la escuela. Quieren volver a ensayar en la sala de música. Aquí está la que fue su banda desde que tenían catorce años. Sus inseparables.

—Mi amor, prométeme que si te sientes incómoda o cualquier cosa que pase me llamarás de inmediato —me dijo apenas despertó. Nos podemos ir a un hotel esta misma tarde, terminando la tocada. No voy a dejar que mi madre te humille. Ya hablé con ella y se ha disculpado.

—Guapo, anda tranquilo, no soy una niña. Voy a aprovechar de estudiar un poco, al regresar tengo escenas muy complicadas. Y sé que estos días de fiesta será difícil hacerlo.

Me quedo leyendo y después de un rato, alguien toca la puerta de la habitación de Diego. Me levanto a abrir.

—Hola, Mía, ¿cómo estás?, ¿estás ocupada?

—Muy bien, Bárbara.

Viene con una cara de preocupación, ¡como si no estuviera segura de venir a hablar conmigo!

—Estoy estudiando mis escenas.

—Mía, quería disculparme contigo. Ayer fui una grosera. Me ganaron los celos. Si quieres, vuelvo más tarde.

—No, quédate.

—Mía, quiero que entiendas lo bien que le has hecho a mi hijo. De todo corazón, quiero conocerte y que nos demos la oportunidad de poder conversar. Tenemos en común que las dos queremos lo mejor para Diego.

—En eso tienes razón, Barbie. Él vino a verte.

—Mía, quiero pedirte un favor. Me gustaría que esta conversación quede entre las dos. Que no se entere Diego. Siempre que no te sientas incómoda.

Llego a pensar que se le olvida cómo me trató ayer.

—¡Claro que sí, Barbie! Esto entre nosotras no tiene nada que ver con mi relación con Diego. Me gusta que me tengas confianza.

—Sabes que tengo el trastorno límite de la personalidad y es una enfermedad horrible. Toda mi vida he estado lidiando con mis estados de ánimo, comportamientos y relaciones inestables. Me imagino que mi hijo te lo tiene que haber contado. Llevo muchos años en tratamiento.

"Lo que no sabe Diego, y espero que jamás lo sepa, es que posiblemente esto se desató por un episodio que sufrí en mi niñez.

Se detiene, noto que tiene un nudo en la garganta. Le cuesta seguir.

—Bárbara, yo me siento muy honrada de que quieras contarme algo tan íntimo. —La animo a seguir, me acerco y le tomo la mano.

—Cuando tenía once años, me fui como de costumbre en el verano a la hacienda de mi familia. Nos juntábamos todos los primos, con las familias completas. Todas las tardes en verano íbamos a una laguna y pasábamos toda la tarde disfrutando del agua. Una tarde regresé antes, porque sentía dolor de estómago, me recogí sobre mi cama un rato. Cuando me levanté al baño, sentí que alguien abría la puerta de mi habitación. Era uno de mis tíos, el mayor de los hermanos de mi mamá. Yo estaba arreglándome mi traje de baño. —Comienzan a caer las lágrimas rápidamente por su cara. Yo siento un escalofrío que recorre mi cuerpo—. Él se acercó y me abrazó. Me empezó a decir que me extrañaba y que había estado pensando en mí. Que a veces pensaba en mí por las noches. Me confundí y pensé que quería expresar su cariño, pero de pronto se acercó más y más y me tocaba los brazos. Empezó a recorrer mi cuerpo. Yo empecé a temblar, aún siento su aliento alcohólico y me dan náuseas. Me apretaba y me acercaba más a él. Yo no sabía qué hacer, me sentía totalmente vulnerable. No entendía su comportamiento. Luego agarró mi mano y me la puso en su miembro. Sentí tanto miedo, tanta impotencia… Trataba de escapar, pero me tenía inmovilizada. —Traga saliva para continuar—. Él me seguía tocando, tratando de sacarme la mitad de abajo de mi traje de baño. Yo no gritaba, solo me resistía.

"No sé cuánto tiempo me estuvo tocando y solo en un momento sentí como metió su dedo fuerte en mi vagina. Y recuerdo el ardor en mi intimidad y cómo sus asquerosas manos recorrían mi cuerpo. En ese momento, se separó de mí porque escuchamos unos pasos en el pasillo. Me subí el traje de baño y aproveché de salir corriendo.

"Me acuerdo de correr y correr, sin todavía entender nada. Mi propio tío, el hermano de mi mamá, el que siempre me enseñaron que tenía que respetar… No me cabía en la cabeza que pudiera haber hecho algo tan asqueroso. Sentí tanta vergüenza, tanto miedo…

"Lloré sola muchas noches. ¡Nunca se lo conté a nadie! Siempre me culpé por no gritar, por no decirles a todos lo que había pasado. En algún momento, aún siendo muy niña, llegué a pensar que fue mi culpa por estar con traje de baño.

"Desde ese día se fue la niña y apareció la mujer miedosa, insegura, posesiva, agresiva muchas veces.

—Barbie, tú solo eras una niña y no pudiste hacer nada. Fuiste presa de un hombre enfermo.

Mientras llora, la abrazo y, por primera vez, dejo de ver a esta mujer tan empoderada y miró a su niña interior completamente herida.

Luego de esta fuerte confesión, no puedo ni quiero dejarla. La consuelo, seguimos conversando.

—Mía, te quiero contar otra cosa. Ahora sí algo muy lindo que me está pasando. —Veo que se le sonrojan las mejillas. Traga saliva y me dice—: Hace ya unos meses fui un día a ver a mi terapeuta, Lorenzo, y me di cuenta de que cada semana esperaba ir con él, teníamos mucha química, me sentía tan escuchada y comprendida por él… Ese día me dijo que quería dirigirme con un colega, porque ya no me podría seguir viendo como su paciente. Al principio me decepcioné y no entendía el porqué, hasta que me lo explicó: 'Bárbara, necesito mandarte con otro colega que es muy bueno. Tiene años en esta carrera y siempre se está actualizando. Te mando con él, porque tengo toda la confianza de que será muy útil para tu tratamiento. Y la razón más importante, es porque confundí mis sentimientos. Solo pienso en que quiero que tú salgas conmigo. Muy poco ético de mi parte. Pero, sí claro, si tú aceptas y me das la oportunidad de conocernos fuera de estas cuatro paredes, me harías muy feliz'.

Le sonrío y le tomo la mano, para animarla a seguir.

—Él lleva divorciado muchos años. Se casó muy joven y me contó que el amor se fue con los años, pero que respeta mucho a su exesposa. Ese mismo día empezamos una relación hermosa.

Me lo cuenta tan emocionada que me alegro realmente. Me siento con ella y le digo:

—Debemos celebrar con un pisco sour.

—Mía, jamás un hombre me ha amado. Jamás he sentido que alguien muera por mí. Siempre he querido sentir lo que la gente llama amor.

"Tú sabes bien que yo amé a Diego con toda mi fuerza, pero ahora que ha pasado el tiempo he pensado que al final nunca fue nada más que una obsesión.

"Hoy que lo analizo, entiendo que era imposible amar a alguien que jamás me amó. Yo en esa época tenía a todos los hombres que quería. Todos morían por andar conmigo y Diego fue siempre el que no caía completamente. Yo pensaba que el día en que conoció a tu mamá, él dejó de sentir todo lo que alguna vez sintió por mí. Desaparecí. Y para mí la culpable siempre fue ella.

—Y no lo era…

—La verdad es que no. Él jamás me amó. A Diego le gustaba mi cuerpo. Le gustaba que era guapa, que era fuego, pero jamás me miró con amor.

”Te voy a confesar algo: el día en que él conoció a tu madre, le cambió la cara. Me acuerdo de que ella lo desafió, nunca le permitió ningún tipo de grosería. Y eso que éramos unos niños.

”A pesar de que Mila era una mujer muy correcta, y tal vez un poco tímida, tenía un carácter muy fuerte. Era muy segura de sí misma. Tú lo debes saber perfectamente.

”Me acuerdo de aquel verano cuando la vi la primera vez, ahí sentada indiferente a su entorno, y Diego atrapado con su personalidad. Ese día supe que él se enamoraría de ella. La observaba como si la venerara. Extasiado por su manera de hablar, tan directa, sin miedos. Era como si ella tuviera un imán que lo jalaba hacia ella.

”Cuando fuimos a la discoteca esa noche, él se la comía con la mirada. Lo recuerdo perfecto.

”Jamás había visto a Diego celoso y esa noche fue capaz de pelearse con uno de sus mejores amigos, solo por los celos que le provocaba. Al siguiente día, terminó conmigo. Y el cambio que sufrió su vida se veía claramente reflejado en su rostro.

”Mila, tu mamá le hizo mucho bien a Diego. Él cambió completamente y ella sacó lo mejor de él. Consiguió en muy poco tiempo lo que nadie había logrado.

—Conozco bien esa historia, pero es emocionante entender cómo se veía desde fuera. Era un amor que ninguno de los dos podía evitar —interrumpí.

—Cuando ella lo abandonó, él cayó en una depresión tan grande y yo tontamente tenía la ilusión de que esa sería mi oportunidad de tenerlo. Lo cuidé y puse todo mi amor en él. Sabiendo cuánto la seguía amando. Seguí insistiendo.

Pero jamás dejó de pensar en ella, se le veía en sus ojos, en todo su ser.

"El día que quedé embarazada, fue una noche de copas donde había estado borracho recordando a Mila. Cuando lo consolé, lo insté a que me tomara pensando en que yo era Mila. Por fin podía hacerle el amor a su antojo. Así fue como tuvimos sexo y así me embaracé de Diego.

"Lo presioné, lo chantajeé tanto con su hijo… Pero ni un solo día dejó de tener esa mirada triste, no dejaba de pensar en ella. Me acuerdo de la cantidad de noches en que la nombraba en sus sueños. Era como si la tuviera tatuada en toda su piel. Como si no hubiera cabida para nada más que ella. Como si todo el amor se hubiera ido con ella.

"Yo estuve tantos años enojada, deprimida, queriendo vengarme. Hoy miro atrás y pienso en todo el tiempo que perdí en eso.

—Hoy Lorenzo te observa con esa misma mirada, probablemente.

—He tenido otras parejas que no han durado mucho y todos huyen por mi enfermedad. Todos se entusiasman al principio, porque sigo siendo una mujer atractiva, lo sé, pero inevitablemente termino asustándolos. Lorenzo me conoce tal como soy. Logró ver a la mujer que sueña con amar intensamente. La mujer que quiere entregarse y que se entreguen a ella. Él me ha enseñado a amarme tal como soy, sin querer cambiarme, sin condiciones y eso lo valoro muchísimo.

"Él me ha visto en mis peores crisis y así y todo ha decidido quedarse. Creo que supo encontrar a la mujer tierna y cariñosa. Hoy entiendo que nadie se queda por obligación en una relación. Él es libre de irse cuando quiera, así que disfruto cada día.

—Nada mejor que una cita romántica donde puedan transparentar esto mismo.

—Él me ha hecho entender que existe un amor sin condiciones. Y me ha enseñado a quererme a mí misma antes que a nadie. Eso me hace amarlo.

"Te puedo decir, Mía, que Diego te ama, que veo esa misma mirada que tenía su padre cuando miraba a Mila, tu madre. Es una mirada que trasciende los ojos, que viene desde lo más profundo de su alma, es observar a una persona como si fuera la joya más preciosa. Como si fuera el aire que necesitas para vivir.

"Es como si fuera una droga, pero la que te salva en tus peores momentos. En esa persona encuentras la dosis perfecta, que puede ser tu salvación y el infierno, porque si no está ya no quieres vivir, pero si ella llega cambia todo. Los colores brillan más fuerte.

—Yo sé. Es muy difícil de explicar.

—Años atrás nunca entendí la historia de tu mamá con Diego. Hoy que los miro, veo que la vida te manda las oportunidades para aprender, aunque pasen los años. Ese aprendizaje lo manda hasta que lo entiendas.

"¿Tú crees que es casualidad que se hayan enamorado? Eso estaba escrito desde el inicio de la historia de tu madre y del papá de Diego. Es la ley del karma.

"Yo he vivido un infierno por años, porque me quise anteponer a un amor tan poderoso. Y no consigo entender por qué los dos murieron jóvenes, sin tener la posibilidad de ganar más vida para vivirlo. Pero aquí nos tiene nuevamente el universo, a tu familia y a la mía. Ahora les toca a ustedes disfrutarlo.

"Yo pensé que amaba a Diego más que a nada en este planeta. Incluso más que a mi hijo. Pero no era amor, era una obsesión. Tu madre fue muy generosa y se retiró. Siempre pensé que había sido una tonta, porque, a pesar de amarse como se amaban, renunciaba al amor de su vida. La tonta siempre fui yo.

Las lágrimas corren por mis mejillas, es como si Bárbara estuviera diciéndoselo a mi madre. Como si quisiera disculparse, a través de mí. Siento sinceras sus palabras. Yo sigo agarrando su mano. Veo lágrimas corriendo por su cara. Es como si así dejara aflorar cada sentimiento.

—Por darle la oportunidad a él de ser feliz con su hijo y de cumplir su labor de ser padre, dejó de ser feliz, dejó al amor de su vida. Ella sabía que él siempre había extrañado a Diego y, a pesar del amor que se tenían, eso siempre iba a interferir en su relación de amor. Mía, hermosa, tuviste a la mejor madre. Mi hijo te ama y estoy segura de que, desde ese cielo estrellado, Mila y Diego deben estar celebrando que tú y mi hijo están juntos.

永

LE ROGUÉ CON EL CORAZÓN EN LA MANO

He esperado este día por mucho tiempo, mi corazón late a mil por hora, hoy por fin es el estreno de la película que hice en Chile, hace dos años, en este hermoso país que para mí significa *familia*. Todas las personas que quiero vendrán hoy a la *premiere*. Tengo unas ganas enormes de ver sus reacciones; de saber qué opinan de la película, del guion, de las actuaciones, de Valentina, mi personaje, que es alucinante. Me da una sensación muy gratificante, es como si cada minuto de esfuerzo hoy valiera la pena para disfrutar junto a la gente que más amo. Mi padre me ha prometido venir.

Estoy en mi camerino con Fabiola y Rodrigo, el equipo de maquillaje que me espera en Chile. Ya estoy casi lista, faltan veinte minutos para que abran la alfombra roja. Logro escuchar el caos que hay afuera de estas cuatro paredes: la prensa, el público, los invitados llegando...

Entra Fabián Guzmán, mi *stylist* de hoy, uno de los mejores en todo Chile. Este hombre es la definición de ícono de la moda. Saca mi vestido de un portatraje: es hermoso.

Todos estamos impactados y parece que a Rodrigo le va a dar un infarto.

—¡Weona, qué hermoso! ¡Ojalá yo me pudiera poner algo así! —exclama Rodrigo.

Nos reímos a carcajadas todos. Hoy siento electricidad en todas partes, todos estamos de buen humor y demasiado emocionados por esta noche.

Me paro de mi silla, ya lista con maquillaje y peinado. Me miro en el espejo con una sonrisa de oreja a oreja, repito en mi cabeza afirmaciones: "Hoy toda la gente que amo estará orgullosa de mí. Hoy estaré orgullosa de mí".

Siempre ha sido importante para mí que las personas que quiero me vean con admiración, verlos y hacerlos felices me llena tanto el corazón.

Valentina me marcó, interpretarla representó un reto actoral, noches de desvelo, ideas locas dando vueltas en mi cabeza, múltiples desafíos. Pero creo que logré el resultado que estaba esperando.

La puerta del camerino se abre, es Diego, que cierra la puerta rápido después de entrar.

Fabián logra esconder el vestido con rapidez.

—¡Mi amor!, vine a darte un beso de la suerte. Ya están llegando todos poco a poco, tu madrina Coti y Galo, mi padrino, que eran los mejores amigos de nuestros padres, querían entrar para felicitarte, pero les dije que no, porque te ibas a poner a platicar y tienes que estar ya lista y concentrada.

Me río, porque me conoce muy bien. Sus labios tocan mi frente y sus brazos me arropan por la cintura, me carga en sus brazos dándome una vuelta, está feliz, estoy feliz.

—Amor, diles a todos que saliendo de ver la película vamos al Mestizo. Me encanta que hayas hecho la reserva en la terraza, me fascina la vista que tiene a la laguna del Parque Bicentenario. Así podemos celebrar con un pisco sour. Por ahora me gustaría vestirme y necesito que te vayas a sentar a tu lugar. Porque no quiero que veas el vestido. ¡Es una sorpresa!

—¡Suerte, Chill, a romperla! —grita mientras va saliendo.

Tomo el vestido para ponérmelo, es hermoso: blanco, largo, con una pierna al descubierto, tiene detalles preciosos en los hombros, es por eso que mi estilista decidió que la mejor opción era peinarme con un chongo agarrado hacia arriba, se ve muy distinguido, pero juvenil.

Ya estoy lista, pienso en esas mariposas que revolotean en el estómago. Me prometí que el día que las deje de sentir con la actuación, me retiraré. Y como creo que eso resulta imposible, seguiré en esta carrera por el resto de mi vida.

Tocan a la puerta para preguntar si ya estamos listos, para avisarnos que es hora del show. Salgo del camerino apoyada del hombro de Fabián. Caminamos hasta la entrada de la alfombra. Todo está perfecto. Veo por todas partes el cartel de la película.

La alfombra está divida con un par de vallas: de un lado está la prensa, el público y los invitados, y del otro estamos los actores, directores y agentes de PR.

Es mi turno de pasar, miro por todos lados para ver dónde están. Hasta que por fin los veo: está mi Tita, con una sonrisa enorme, Javiera, Ema, Galo y Coti. Les sonrío y todos aplauden a lo lejos.

Miro a Diego y a su derecha está Bárbara. Vinieron sus tíos, los hermanos de su padre que son gemelos: Mateo y León.

Mi corazón va a explotar de felicidad, está mi gente, mi familia aquí conmigo, en un logro más. Todos, menos... Caigo en cuenta después de unos segundos que mi papá no ha llegado. Estoy segura de que viene tarde...

Paso a la alfombra y empiezan a tomarme las fotos, los periodistas me hacen preguntas de mi personaje: ¿cómo fue trabajar con estos directores? y ¿qué siento por estar presentando esta película en Chile, el lugar donde vive mi familia materna?

Me tomo mi tiempo para contestar cada pregunta, y cuando terminan, me despido con una sonrisa y camino hacia el fondo.

Allá me esperan los directores, Matilda, la productora y mis amigos actores. La costumbre siempre es que cuando todos ya estén sentados en sus salas de cine, nosotros entramos a la sala principal a dar una plática corta de agradecimiento por vivir una noche tan especial de nuestra mano.

—Buenas noches a todos. Por fin llegó el gran día en el que les mostraremos el resultado de esta película, que hicimos con mucho corazón, mucha disciplina y trabajo duro. Estamos muy agradecidos con cada uno de ustedes —dice la productora.

Menciona a todos mis compañeros y al equipo de trabajo.

—Y, para terminar, Mía, gracias, por tu talento, tu pasión que sale por cada poro de tu ser, nos trajiste muchas enseñanzas. Eres el ejemplo de una profesional amante de su trabajo, gracias por regalarnos a Valentina.

Me entrega el micrófono y siento mis ojos húmedos.

—Matilda, gracias por la confianza, gracias a todos mis compañeros, ha sido un camino hermoso. Jamás podré poner en palabras lo que significa mi carrera. Me ha salvado infinidad de veces, me ha abrazado cuando lo necesito, y cuando no, también. Este proyecto es muy especial para mí... —Hago una pausa para continuar y recordar cómo estaba en ese momento de mi vida—. En esas épocas me sentía en un hoyo y cada día me percataba de que caía más al fondo y más rápidamente. En ese momento me ofrecieron este personaje y este gran proyecto. Lo pensé y decidí que mi carrera siempre ha sido lo único que he dejado que me acompañara en mis momentos de más oscuridad... pero también en los más felices. La actuación no me juzga y me hace usar todas mis emociones para lograr cosas increíbles. Sacar mis sentimientos de la mejor manera.

Me cuesta seguir, porque tengo un nudo en la garganta al recordar ese momento. Diego me lanza un beso.

—Es una carrera compleja, pero a la vez maravillosa, generosa, porque te deja volar, crear, imaginar, transmitir; es una locura. Pero una locura que espero llevar siempre conmigo.

Miro a cada uno de los espectadores y veo varios ojos brillantes. Miro a mi familia. Algunos lloran, otros tienen una sonrisa de orgullo en la cara, y otros, no están... Hay un asiento vacío al lado de mi abuela. ¡Mi papá no llegó! ¡No vino! Algo se rompe en mí en ese momento. Las lágrimas van cayendo, siento mareo y me da miedo caer al suelo en cualquier segundo.

Mi cabeza repite: *¿Por qué? ¿Por qué si le rogué con el corazón en la mano que viniera?*

Todos comienzan a aplaudir, pero yo me sumerjo y vuelo hacia el pasado; dos años atrás cuando empecé a grabar esta película. Terminé una escena muy fuerte, no logré salir del personaje y me quedé con las emociones a flor de piel. Caminé hacia mi camerino todavía llorando y con rabia en la mirada. Valentina, mi personaje, tuvo un ataque de ansiedad. Cuando estaba a punto de abrir la puerta escuché la voz de mi papá a mi lado. Las lágrimas se borraron enseguida. Jamás me había visitado, jamás había estado en un set de grabación conmigo y estoy segura de que nunca ha visto ninguna de mis películas. Después de tanto tiempo, de verdad estaba feliz, lo invité a pasar a mi camerino y nos quedamos platicando un buen rato antes de mi próxima escena.

Le conté lo mucho que significaba para mí esta película y su grabación. Llegué a confesarle que prefería estar en los zapatos de Valentina que en los de Mía, que no estaba bien, que estar en Chile era difícil porque eran demasiados recuerdos de mi madre, pero grabar me regresaba un poco la felicidad.

Hablamos de lo emocionante que sería la *premiere*. Me dijo que su sueño era tomarse el día de la presentación una foto conmigo en la alfombra, para poder mandarla a todos sus amigos y socios. Me dijo que quería imprimir la foto en grande y colgarla en la sala de su casa. Esa vez, de verdad, creí que estaba feliz y orgulloso de mí.

Ese día sentí una pequeña conexión con él, pero siempre estuve consciente de que no sabíamos cuánto duraría, porque ninguno de nosotros sabía cómo manejar su enfermedad: el alcoholismo lo llevaba a espacios inciertos. Me quedé con la idea de que al menos teníamos un plan a futuro, "nuestra foto en la alfombra roja" sería nuestro punto seguro de encuentro para conectar otra vez.

Lo llamé hace tres días para recordarle que ya se venía este día tan importante para mí, para nosotros. Estaba feliz, se despidió con un "Nos vemos, Mía, ya tendremos nuestra foto".

Esas palabras me llegaron al alma, sé que suena estúpido emocionarse con algo así, pero era una ilusión que tenía desde hace dos años. Nunca esperé nada de él, me acostumbré a vivir sin su presencia, jamás tuve expectativas, pero esto… ¡pensé que sí pasaría, pensé que estaría aquí!

Regreso a mi realidad cuando siento que Diego me toca la espalda, me doy cuenta de que todos me miran. Sigo con el micrófono en la mano.

Agradezco mientras Diego me acompaña a sentarme. Me agarro fuerte de él. Se sienta a mi lado y me susurra en el oído.

—Lo sé, mi amor, seguro que tu papá tiene una buena explicación. Él sabe lo importante que era este día para ti, escúchalo primero antes de juzgarlo.

Afirmo con la cabeza, intentando sonreír, porque tiene razón. No puedo pensar lo peor de él sin saber. Al final del día vino mucha gente que amo y tengo que estar agradecida por eso. Empieza la película.

永

ESTE HOMBRE YA NO ES MI PADRE…

Logro salir de la sala, luego de las felicitaciones de mis compañeros actores y la producción.

Al salir están todos mis invitados esperándome. Corren a abrazarme. Todos hablan al mismo tiempo, al parecer sí les gustó mucho la película. Sonrío, pero no puedo dejar de pensar en mi papá. Miro la entrada del cine y me quedo perdida unos segundos, imaginando que quizás todavía podría llegar. Quizás, solo quizás, alcanzamos a tomarnos nuestra foto…

—Por favor, vayan adelantándose al restaurante.

Quiero ir a cambiarme y sacarme este vestido que es muy lindo, pero nada cómodo. Así, aprovecho para desmaquillarme un poco.

—Yo me quedo contigo, Mía —me dice Diego.

—Mi amor, por favor ayuda a mi abuela, anda con ellos, la mesa está a tu nombre y tú conoces al dueño. Así preparas todo.

Me mira nada convencido, pero acepta. Miento porque en realidad salgo a la calle. Pido un Uber, en tres minutos aparece y me subo.

Le pido que me lleve al Hotel The Ritz-Carlton, donde siempre se quedaba papá cuando venía a Chile. Sé que tengo que preguntar directo por la habitación 802, su cábala, donde sea que vaya.

No sé qué tipo de impulso estoy siguiendo, pero no voy a poder estar tranquila sin saber. Quiero saber al menos si viajó a Chile. ¡¿Y si de verdad le pasó algo?! Mi cabeza da mil vueltas. Siento la sangre en mi cabeza y ese nudo en la garganta que no me suelta.

—Hola, señorita Spencer. ¿Cómo está? —me saluda el de la recepción, que ya me conoce hace años, desde que venía a Chile con mis padres.

Miro mi reflejo en el espejo y veo mi rímel corrido y mi pelo que parece un nido de pájaros.

—Todo bien, muchas gracias. Emiliano, necesito que me haga un favor enorme. Necesito saber si mi papá se está quedando en la habitación 802, por favor.

—Señorita, usted sabe que no le puedo dar esa información sobre nuestros huéspedes… pero, entre nosotros —habla bajito—, su papá reservó la habitación hace dos semanas. Llegó ayer por la noche, aunque no lo he visto salir de su cuarto.

Mis manos empiezan a sudar solo de pensar en que quizás le pasó algo y Diego tenía razón.

—¿Llamo a la habitación?

—No, por favor, Emiliano. Es una sorpresa. Te lo pido. ¿Me pasarías una llave? —pregunto mientras le sonrío con complicidad, pero creo que accede más bien por lástima. No puedo disimular mi angustia.

Me pasa una llave rápido y decido subir lo más de prisa que puedo

Ya frente a la puerta, respiro para agarrar valor. Abro la puerta, camino por el pasillo de la habitación y veo la inmensidad del cuarto. Ahí está él, con un whisky en la mano, caminando de lado a lado, mientras sus tobillos se doblan, se ríe y habla en susurro, divagando solo. Me quedo paralizada. Él ni siquiera se percata de mi llegada.

Su pelo está despeinado, solo lo veo de espaldas, hasta que mueve su cabeza y veo uno de sus ojos totalmente morado. Y un pequeño vidrio incrustado en el extremo derecho de su labio superior. Seguro se ha quedado dormido con la cara sobre el vaso, hasta que se rompió.

Creo que está con la misma ropa del día anterior. Lo supongo porque tiene manchas de sangre.

No sale ni una sola palabra de mi boca. Solo es un momento de entender que mi papá murió hace mucho tiempo. Sigue aquí físicamente, pero está muerto en vida. Ya no queda ni una sombra del hombre que era antes.

Veo cómo se sigue riendo, delirando. No pudo dejar de tomar solo un día y estar conmigo. Pienso que mi padre no me quiere, ¡le importo un carajo!

Hacemos contacto visual, sus ojos están rojos y apenas puede enfocarme.

—Hola, hola, Mía, hola.

Las palabras chocan con su lengua, no se le entiende nada.

Siento rabia, exploto con toda mi furia.

—¡A partir de ahora, estás muerto para mí, no quiero volver a saber de ti!

Trata de ponerse más alto, más erguido. Como si estuviera por encima de mí. Comienza a mover las manos, se acerca y su dedo índice lo pone muy cerca de mi cara. Siento su aliento alcohólico.

—¡Miss independiente ya habló! Todos quédense callados porque la actricita de tres pesos está hablando.

Inmediatamente, se ríe, parece un desquiciado. Como si lo que acaba de decir fuera la mejor broma de su vida.

No puedo decir nada, solo siento un dolor en el alma. Mi propio padre dándome en pleno corazón y sin escudo, al desnudo. El hombre que me dio la vida.

Salgo corriendo de ese lugar sin mirar atrás. Sin decir ni una sola palabra más.

Mi padre, cada vez que está bajo el efecto del alcohol, ataca a la gente que ama. Sobre todo a mí, por eso me alejé tanto tiempo de él. Sabe dar justo donde más me duele para lastimarme. Así es Franco Spencer. Era. Este hombre ya no es mi padre…

永

LA LUNA EN LA BOTELLA

Mientras voy camino al restaurante. Pienso en la escena que acabo de vivir y me duele el alma. Es tan triste ver a mi padre destruido y me duele pensar que no hay nada que pueda competir con su adicción. Lloro y mientras lo hago, pienso en cómo las personas que realmente me quieren esperan para celebrar conmigo.

Me seco las lágrimas una por una y me prometo a mí misma que esta es la última vez que volveré a sufrir por mi padre, la última que me va a afectar, que no quiero volver a llorar por él.

Me prometo que voy a disfrutar estos días en Chile y esta celebración con gente que quiero tanto y que me quiere. Voy a aprovechar cada instante con la gente que realmente amo.

Vuelve a sonar mi teléfono por décima vez, es Diego. Contesto mientras pienso que él es mi puerto seguro, él es mi presente…

Pasamos unos días maravillosos en Chile. El episodio de mi padre ha quedado guardado en lo más profundo de mi subconsciente. Y espero que se quede en ese lugar por mucho tiempo.

Para Navidad, vamos todos a la casa de Bárbara, pues mi suegra llamó directamente a mi abuela y a mis tías para pedirles que, por favor, pudiéramos pasar todos juntos estas fiestas tan importantes. Les dijo que vinimos a enseñarles muchas lecciones y les pidió perdón por todas las cosas desagradables que hizo antes.

Fue mi abuela quien no la dejó seguir hablando. No era necesario. Aceptaban encantadas porque ahora todas queremos mirar solo al futuro. Verme feliz es lo más importante para ellas.

La mesa está puesta con un arreglo navideño en el centro, decorada con flores de Navidad, noche buena y esferas en rojo y dorado. Cada lugar tiene el nombre de cada invitado. Los platos en rojo y los cubiertos en dorado. Se ve la dedicación que puso Barbie, para lucirse esta noche. Javiera y Ema llegaron con sus hijos, mis primos, que adoro por traviesos y divertidos. Emilia y Sebastián son hijos de Javiera. Martín y Alonso, de Ema. Pasar las fiestas con niños es maravilloso, no hay nada que se pueda comparar con ver sus caras de ilusión ante la llegada del Viejo Pascuero, como le llaman en Chile a Santa Claus.

Llegan también Coti y Galo. Qué felicidad ver a mi madrina. Cuando me ve, no para de abrazarme, de darme millones de besos, de mirarme una y otra vez.

Llega con una caja envuelta en una cinta de seda, un poco descolorida.

—Mía, mi niña hermosa, no sabes cómo te pareces a tu madre. Tienes su misma mirada, siempre transparente, brillante, como un sol que ilumina todo aquello que miras.

La abrazo con amor, mientras Gonzalo abraza a Diego con cariño. Es el hijo de su mejor amigo y también su ahijado. Diego lo mira con calidez, siempre estuvo cerca, muy cerca, como la extensión de su padre cuando ya no estaba.

—Coti, ¡eso es lo mejor que me puedes decir! Para mí es un orgullo parecerme a esa gran mujer que fue mi madre. Y sé cómo se adoraban. Sé que fuiste su gran confidente.

—Fue mucho más que una amiga para mí. Fue mi hermana del alma. Esa que te regala la vida. No hay día que no recuerde sus palabras, su risa, su cariño que siempre estaba cuando lo necesitaba.

Me entrega el paquete.

—Gracias, madrina, por mi regalo.

—Mi pequeña, quiero que sepas que este no es mi regalo. Este lo dejó tu madre. Para entregártelo justo en este momento.

Es como si ella hubiera escrito esta historia desde arriba, como si siempre hubiera sabido qué le iba a pasar.

Vuelven a correr las lágrimas por mi cara. Tengo una alegría enorme, el pecho se escapa de mi cuerpo. No puedo creer que mi madre dejó tantas cosas preparadas cuando sabía que iba a morir.

Sigo abrazando a Coti, así como tantas veces lo hizo con mi madre. Es como si el tiempo se repitiera años más tarde, con otros personajes, pero con el mismo amor.

Miro el paquete y quiero abrirlo. Pero me he detenido. Este es el último momento que tengo de mi madre en vida y, la verdad, en eso voy a ser egoísta. Quiero verlo cuando estemos solo ella y yo. Me escapo riendo y corriendo a una de las habitaciones.

Cuando lo abro veo que es una botella que adentro trae una luna en miniatura, se ve tan real… Y adentro un mensaje: "Siempre estoy contigo… Nunca lo olvides".

永

LA MISIÓN

Regresamos a México con el corazón más que lleno de amor y felicidad de haber pasado estos días en Chile con mi familia. Aún no puedo entender que el país que tanto significa para mí es también muy importante y significa tanto para Diego.

Llegamos a nuestro departamento, que hemos decorado con tanto cariño, haciendo que cada detalle sea único.

La verdad, creo que nunca en mi vida había sentido que tenía un lugar en el mundo. ¡Además compartido! Cosa que nunca ni siquiera soñé. Este espacio de Diego y mío es mi puerto seguro. Es el lugar donde siempre seremos él y yo y donde compartimos tantas cosas lindas.

Cada día es maravilloso a su lado. No existe un solo día que sea normal. No me refiero a planes de fiestas, de desmadre, sino a que cada día descubro a un Diego maravilloso, lleno de pasión por todo, por la vida, por mí.

Llego a la casa de trabajar tras un día agotador. Lo único que necesito es una buena dosis de Diego. Entro a nuestro departamento y veo a mi hombre hablando por teléfono.

A Diego lo llamaban por su nuevo proyecto. Debe viajar a África. Su trabajo con la ONU lo tiene feliz y esta vez le piden entrar en un proyecto de adopción para niños huérfanos de madres que han muerto por la hambruna.

La idea es buscar que distintas empresas se comprometan a poder sacarlos de África y reubicarlos con familias que los quieran adoptar. Es un trabajo muy difícil, con muchas entidades comprometidas, pero por mucho esfuerzo detrás, la adopción siempre conlleva un sinnúmero de dificultades.

—Mi amor, qué linda misión, me imagino lo gratificante que debe ser sacar adelante cada uno de estos casos.

—Sí, Chill, estos niños estaban destinados a sufrir de desnutrición. Si no logramos sacarlos de Sudán, su destino será fatal. Vamos a hacer muchas entrevistas a las futuras familias que están a la espera de poder tener un hijo. Deberán pasar por muchos filtros, porque tenemos que asegurarnos que estos niños caerán en buenas manos, de gente buena que los cuidará y les dará amor. El problema más grande es el gobierno que no está de acuerdo con sacar a los niños de su país.

Sé cuánto lo voy a extrañar ahora que se vaya a África en un viaje que no tiene boleto de regreso aún.

Diego me sirve una copa de vino. Mientras seguimos sentados en el sillón, cambiamos de tema, repasamos nuestro día y volvemos a reírnos… de nosotros mismos, como siempre. Mientras hablamos y yo pongo música, empieza a sonar "Kiss Me", de Ed Sheeran. Siento encenderse mi propio cuerpo, mis ganas. Me voy acercando a él con firmeza y decidida a disfrutarlo esta noche.

Llevo una blusa blanca de seda y unos jeans. Mientras voy acercándome, me voy desabrochando lentamente cada botón de mi blusa. Me mira con un placer en sus ojos y ese brillo que tanto conozco cuando trae fuego en su interior.

Cuando llego a unos centímetros de él, dejo caer mi blusa y me quedo solo con el brasier puesto. Me bajo un tirante, luego el otro y me acercó más todavía a él.

Lleva su boca a mis pechos libres: mis pezones se endurecen al tacto de su lengua, mientras yo le agarro la cabeza para sentirlo más cerca. Luego sube a mi boca y la mira con deseo. Lo sujeto por la nuca antes de cubrir sus labios con los míos. Cada beso se vuelve más vehemente.

Vuelve a mirar mis senos. Con sus ojos perdidos en mi piel, se acerca a mi oído y me dice en un susurro:

—Te deseo tanto, Mía.

Me desabrocha el botón de mis pantalones; me los quita. Desliza su dedo índice por mi calzón y lo va bajando lentamente.

Le quito la camisa, sin apartar la vista de su torso al desnudo. Le bajo el pantalón y quedamos piel con piel. Me aferro a su espalda, le clavo las uñas. Me enciende verlo fuera de sí, tan salvaje. Me levanta el muslo y se lo engancha a la cintura para que nuestros cuerpos estén más juntos.

Me agarra las caderas y me posee de forma posesiva y viril. Agarro su trasero y comienzo a moverme. Nuestra respiración es agitada y fuera de control. Me arqueo, gimo enloquecida. Estiro los pies y se tensa la pierna que tengo en su cintura mientras susurro su nombre una y otra vez.

—¡Diego!, ¡Diego!, ¡Diego!

—Eres un volcán, Mía.

Se hunde una y otra vez en mi interior. Voy a estallar de placer. Empuja la última vez antes de que yo le clave los dedos en las caderas. Terminamos con un gemido que sale desde mi garganta. Durante unos segundos estoy bloqueada, perdida, pero me siento poderosa… percibo cada latido de mi corazón. Me acuesto a su lado, lo abrazo y pongo mi cabeza en su pecho. Me quedo ahí horas, sintiendo su aroma. Para que se impregne en mi piel. Sé cuánto lo extrañaré.

永

¡ESTO NO PUEDE ESTAR PASANDO!

Pasan los días y Diego sigue en Sudán. Solo logramos hablar muy poco, una vez al día. A veces entremedio de las escenas.

Cada vez que me llama, me dice todo lo que me ama. Y yo muy frecuentemente le digo cuánto lo admiro y que estoy feliz de que esté haciendo esta hermosa labor. Aunque lo extraño como una loca. Jamás había pensado en alguien de esa manera.

Suena mi teléfono justo a la hora de la comida. Miro y es mi Diego.

—Hola, guapa, no sabes cuánto te extraño. —Luego de la declaración de amor habitual, me cuenta—: No me vas a creer, las coincidencias de la vida. Estoy trabajando con una chilena. Lo más increíble, es que es una amiga de tu madre de toda la vida. Se llama Carlota, está casada con Roberta.

Me acuerdo de haber leído su historia en el libro de mi madre, gracias al que conozco cada parte de su vida. Ellas pasaron por muchos problemas para adoptar a su hija. Como no lo lograron en Chile, tomaron la decisión de irse a vivir a Estados Unidos para hacer realidad su sueño de ser madres.

—Me acuerdo perfecto de todo lo que ella luchó por esa adopción. En Chile el camino ha sido muy largo para llegar a aprobar la adopción homoparental.

—Sí, amor. Me contó cómo quería a tu madre. Y lo amigas que fueron. Estaba muy emocionada de saber que estamos juntos.

—Mándale mis saludos y dile que qué linda misión que están cumpliendo allá. Me emociona también.

—Le daré tus saludos. No sabes lo feliz que estoy, estamos logrando muchas cosas, de a poco, pero seguro.

"A estos niños les cambia la vida y a las familias también, habitualmente es gente que pasa años en la lucha por convertirse en padres. El resultado ha sido increíble. Mañana tenemos una reunión muy importante. Ayudado de Médicos sin fronteras que hacen una labor maravillosa, muy admirable.

"Estos padres son escogidos con pinzas. Y están tan apoyados por terapeutas que logran acompañar de la mejor manera a los niños que tienen que superar el trauma mientras conocen y se acoplan con su nueva familia. Y lo logran.

"Son niños que son apoyados, además, desde lo nutricional, porque nacen en desventaja al venir de embarazos con madres con serios problemas de desnutrición y mucha carencia alimenticia durante sus primeros años.

No puedo creer que Diego sea tan increíble. No significa que no tenga defectos, ¡los tiene!, pero esos mismos defectos son perfectos para mí.

Al despedirnos, me dice que todavía no tiene una fecha de regreso.

—Mía, quiero agregar que eres lo mejor que me ha pasado en la vida.

Esta declaración me pone la piel de gallina. Me da un golpe hermoso en el corazón. Lleno de adrenalina y ternura. Porque yo siento y respiro cada palabra que me dice.

Ya han pasado tres días desde que hablé con Diego y no he sabido nada de él. Sé que no es fácil la comunicación. Trato de concentrarme, debo grabar una escena muy difícil donde ocupo todas mis emociones. Del llanto pasó a la rabia, al odio, luego a la euforia.

Me he concentrado mucho para que quede como lo espero.

Me reúno con el director para poder entender bien lo que quiere lograr con la escena.

Estoy conversando con él cuando llega corriendo Marito, el jefe de producción, muy alterado.

—Mía, tengo en línea a una señora llamada Carlota, dice que te está llamando al celular hace horas y no logra hablar contigo, que es urgente, desde África.

Me paralizo, me pongo tensa. Me acuerdo de lo que sentí cuando mi madre me llamó del aeropuerto y me dijo que el vuelo de Diego se había caído.

Me acuerdo de la cara de mi madre el día del accidente. Esa cara de no estar en este planeta, de desolación, de cuando no existe ni una sola luz al final del túnel. Esa sensación de que nada volverá a ser jamás como antes. La piel se me pone chinita de pánico. No quiero escuchar, quiero decirle a Marito que se calle, que no quiero saber nada. ¿Por qué una llamada urgente? Siempre las "malas noticias se saben primero" y yo no quiero ni necesito nada malo.

No ahora que por fin mi vida es tan feliz, tan plena.

Marito me habla y quiero salir corriendo, pero no avanzo.

—Mía, está la señora esperando en la línea de producción, por favor ven. Parece preocupada.

El director me toca el brazo. Me hace despertar.

—Creo que es importante.

Reacciono y corro al teléfono. Mientras, voy pidiéndole a Dios. "Por favor, te lo suplico que no sea nada de lo que pienso. ¡No me sueltes, te lo pido! ¡No sueltes a Diego!".

Ruego, desde lo más profundo de mi ser.

—Diego.

—No, Mía, soy Carlota, la amiga de tu mamá. —No quiero seguir la conversación. Nada bueno puede estar pasando—. Mía, ¿estás en la línea? Mía, ¿estás?

Tengo que hablar. Obligo a mi cerebro para que responda.

—Sí, acá estoy.

—Mía, te quería contar algo, no es para que te preocupes. Diego ayer salió a hacer unas negociaciones con lugareños y gente del gobierno local, se suponía que llegaría por la tarde y hoy ha pasado todo el día y no hemos sabido nada de él. Sabes que Diego es un hombre encantador, nadie jamás le dice que no, así que seguro que está bien.

"Pero quería avisarte que ya informamos a la ONU. Tú conoces a Diego, seguro que se las arregla donde esté, pero no quería que te llegara la noticia por otras partes.

—Gracias. No quiero hablar, no tengo nada que decir.

Es obvio que Diego está muerto, así es la historia de mi vida. Todo lo que quiero está destinado a morir. Yo arrastro una especie de maldición. Todo lo que se acerca a mí se muere.

—Okey, ¿me puedes avisar, por favor, si sabes alguna noticia de Diego?

Yo en silencio.

—Mía, ¿estás bien?

—Perdón, Carlota, tengo que volver a grabar, no puedo seguir hablando.

Corto sin esperar respuesta.

¡No puede estar pasando!, ¡no puede estar pasando! No puede estar pasando otra vez. ¡Se va la persona que más amo!

永

EL ALMA ME REGRESA AL CUERPO

Regreso a grabar, porque es lo que tengo que hacer. Mi cabeza va a explotar, pero lo voy a hacer.

Tengo a todo un equipo esperando grabar estas escenas: actores que han esperado por horas para realizar esta secuencia. Me pondré mi caparazón y seré la actriz profesional que siempre he sido, ante las cámaras y ante todo mi equipo. Aunque mi corazón está completamente devastado.

Quiero pensar que esa llamada jamás existió.

Comienza la pesadilla.

Tengo miedo de perderlo, miedo a que me abandonen otra vez.

Sabía que entregarse sin freno tenía un costo muy alto. Tengo terror.

Salgo del set y emprendo el viaje a nuestro departamento. Me tiro en el sillón y un temblor se apodera de mí. Lloro descontroladamente. Maldigo. Me odio por pensar que esto sí sería para siempre. ¿Dónde estará?, ¿cómo estará? Tengo un dolor profundo. ¡Y ni siquiera sé qué ha pasado!

Pobre mi Diego, no puedo imaginar que esté sufriendo. Se me aprieta el corazón. No puedo con esta angustia, en un segundo me levanto, empaco y me dirijo al aeropuerto. En el camino llamo a la asistente de producción, le explico mi situación y se ofrece para buscarme un vuelo lo antes posible.

Pienso en sus ojos, en su sonrisa. Lo amo tanto. No quiero que suelte mi mano. No quiero perderlo.

—Te lo suplico, protégelo, cuídalo. Por favor, Dios mío, quiero que esté bien.

En un segundo pienso en Diego papá. Y le ruego con todo mi ser que cuide a su hijo, que no se lo lleve, que tiene mucho que vivir en esta vida.

Suena mi celular. Llamada internacional. Miro la pantalla con un miedo que paraliza cada parte de mis órganos. Sigue sonando. Me decido a tomar la llamada, con las manos temblorosas.

—Mía.

Escucho su voz y el alma me regresa al cuerpo. Como si hubiera estado aguantando la respiración por meses y recién recuperara el aire.

—Diego, mi amor.

—Amor, estoy bien. Perdona por hacerte pasar este susto.

Empiezo a llorar en el teléfono, una especie de catarsis, pero que va disipando de a poco el peso que siento.

—Mía, por favor, no te enojes.

—Diego, tengo tanto miedo de perderte… No sabes la angustia de pensar que te había pasado algo.

—Chill, estoy bien, solo quiero volver. Esta misma noche tomo un vuelo a México, espérame en casa. Pronto te contaré todo en persona. Solo quiero abrazarte.

Diego abre la puerta del departamento y mi mundo vuelve a girar.

Nos abrazamos durante horas, entre besos en la boca y en toda la cara. Estoy en sus brazos, y al contacto con su piel todo recobra sentido. Lo miro y lo miro y aunque tiene la cara llena de moretones, no paro de agradecer cada instante de tenerlo vivo y sano delante de mí.

Comienza a narrar lo que vivió.

—A las autoridades de Sudán no les pareció nuestra iniciativa de sacar a los niños del país para ser adoptados por padres extranjeros. Cuando iba en la carretera nos detuvieron. —Diego, con la voz entrecortada, continúa relatando los horrores a los que fue sometido durante su cautiverio—. Nos interceptaron obligándonos a abortar la misión.

”Nos golpearon sin piedad y nos metieron en una pequeña y oscura celda. Durante esos tres días mi única compañía fueron los gritos de dolor de mis compañeros de prisión y el temor constante a perder la vida.

Me encuentro en shock al escuchar la terrible experiencia que ha vivido. Las lágrimas van rodando por sus mejillas en tanto yo escucho atentamente cada palabra que sale de sus labios.

Él, con la mirada perdida en el horizonte, continúa su relato.

—Logré escapar de mis captores. Mi actitud siempre fue enfrentar los obstáculos con coraje. Mía, recordé uno de mis libros favoritos, *El hombre en busca de sentido*, de Viktor

Frankl, un psiquiatra, neurólogo y filósofo que estuvo detenido en varios campos de concentración nazi.

"Dice que 'Nuestra mayor libertad humana es que, a pesar de nuestra situación física en la vida, ¡siempre estamos libres de escoger nuestros pensamientos!'.

A medida que más me habla, siento un inmenso orgullo por mi hombre, pero también un profundo temor de que vuelva a pasar por algo similar.

—Mía, quiero que sepas que a pesar de todo lo sucedido, no me dejaré vencer. Estoy más decidido que nunca a continuar con mi misión de salvar a esos niños.

Con esta confesión, mi miedo y angustia aumentan aún más. Al mismo tiempo pienso en la valentía y la determinación de mi novio. Siempre he sabido que Diego es un hombre apasionado por ayudar a los demás, pero nunca imaginé que su labor humanitaria lo llevaría a enfrentarse a situaciones tan peligrosas.

—Diego, ¿y por qué te secuestraron?

—Ellos pensaban que yo estaba haciendo un negocio con las adopciones. Finalmente, la ONU intervino, pidiendo ayuda al gobierno central. Mandaron a su gente para que me dejaran ir.

—De solo pensar que estuviste expuesto a esa gente...

No puedo continuar y solo lloro, como una niña pequeña.

Se acerca y me abraza tan fuerte, como si quisiera sacar toda la angustia que tengo guardada.

—Mía, me preocupa tanto lo que haya podido detonar en ti este episodio. Me siento culpable por hacerte pasar por esta situación. Sé de tu tema con la muerte y el abandono. No me perdono por causarte este dolor.

—Cómo te voy a culpar. Jamás. Y sé que te expones mucho. Siempre lo entendí así, pero no pensé que sería para tanto.

Nos abrazamos en lo profundo. Como si alguien que amas mucho apareciera desde el más allá y lo tuvieras por unos segundos en tu vida de nuevo.

—Mía Spencer, te amo toda y para siempre.

永

¡MALDITO MIEDO! NO TE QUIERO QUERER...

No quiero perderlo. Me doy cuenta de que lo que Diego dice de mi miedo es real. Tengo un serio problema de apego. Desde su desaparición en Sudán y mi incertidumbre de no saber de él, no puedo dejar de pensar en que volverá allá y se volverá a exponer a ese peligro.

Pasan unos días en los que lo llamo todo el día. No logro concentrarme en mis grabaciones. Tanto así, que el director me preguntó si estaba bien. Nunca había tenido que repetir escenas como ahora. Me da vergüenza con mis compañeros. No puedo sacarme de la cabeza la imagen de Diego como rehén en ese lugar.

Pienso en la manera de tenerlo conmigo todo el tiempo. Quiero saber dónde está.

Apenas tengo un minuto de descanso, lo llamo.

—Diego, ¿qué haces? ¿Dónde estás?

—Chill, estoy en una conferencia con China, para comercializar nuevos productos para la empresa. Te llamo en tanto termine.

—Sí, perdón por interrumpir.

Me estoy volviendo loca, paranoica. No me gusta cómo me siento.

Sé que debo trabajar ese aprender a soltar, no apegarme de esta manera enfermiza a las personas que quiero. Pero me costó tantos años empezar a superar la muerte de mi madre, que ahora solo quiero pensar que lo tengo para siempre.

Desde ese día en el que pensé que Diego estaba muerto, algo cambió en mí. Sé que ya estoy perdidamente enamorada de él, que una parte de mí tiene mucho miedo a perderlo. Esa parte perdió la libertad y la Mía a la que nada le importaba ya no existe. Sé que era mi escudo de protección. Pero hoy tengo el corazón abierto, vulnerable, estoy amando con cada parte de mi ser.

No quiero que Diego sienta esa presión de mi parte. Él también está demasiado apegado a mí. Nos estamos haciendo daño. Me miro fijo al espejo de mi camerino. ¡No me reconozco! Me he convertido en una mujer insegura, llena de miedos y poco profesional. Esta Mía no me gusta y estoy segura de que a Diego tampoco.

Suena mi despertador a las seis en punto. Veo a Diego durmiendo. Parece un ángel: su torso al desnudo, sus labios hinchados (siempre le pasa cuando despierta), se ven tan tentadores. Quiero besarlos y tocarlo, pero me contengo.

No quiero llegar tarde ¡y no quiero sentir esa dependencia hacia él!

Me levanto sin hacer ruido y me meto a la ducha. Al salir, está Diego preparando café. Ya vestido con su ropa de deporte, como todas las mañanas. Al verme lista, me observa de arriba a abajo.

—Qué guapa despertó hoy mi mujer.

Se acerca a besarme. En la mano tiene mi café, como todas las mañana en mi termo.

Le respondo el beso más fría de lo normal.

—Gracias por mi café. Hoy me quedaré hasta más tarde a grabar. Tengo escenas pendientes y quiero terminarlas. Estamos muy cerca del final.

Me mira confundido por mi beso. Pero en vez de decirme algo al respecto, me contesta con otra cosa.

—Justo había hecho una reserva en un restaurante que me súper recomendaron, se llama Rosetta, la encargada apareció directo este año entre los diez mejores de los Best Chef Awards.

—Lo dejamos para otro día, ¿te parece? —le respondo. Se acerca para abrazarme y meterme la mano debajo de mi blusa. Me sonríe. Siempre hace lo mismo—. Diego, no quiero llegar tarde hoy.

—Bueno. Hoy en la noche sigo con este masaje. Te voy a preparar una cena a la luz de las velas.

Me pone su mejor cara de seductor Y yo me despido con un beso.

Entre escena y escena, pienso todo el día en llamarlo, pero no lo hago.

Termina el día de trabajo más temprano de lo que pensaba, gracias a que estuve más enfocada. Sé que me espera una cena romántica en casa. El corazón da un brinco de emoción de saber cómo terminan estas veladas románticas. Me cambio de ropa rápido y tocan a mi camerino. Abro.

Es Valentina, coprotagonista de la historia, como siempre perfecta y guapísima.

—Mía, vamos todos los actores a un bar que se pone muy entretenido. Ya que hoy salimos más temprano. Nos hace falta distraernos un poco del trabajo.

Estoy pensando en cómo me voy a disculpar, porque el que me espera en casa es mi mejor plan. Estoy a punto de hacerlo, cuando pienso en mi tema del desapego, quizás podría ser un buen inicio para hacer cosas diferentes.

—Sí, claro, gracias por la invitación —respondo rápido. Sin posibilidad de arrepentirme.

Llegamos a un restaurante-bar llamado Botánico, un lugar en plena colonia Condesa, de la Ciudad de México. Una casona inmensa que, más que ser un restaurante, parece un inmenso jardín botánico donde se encuentran especies en riesgo. La decoración se centra en elementos vegetales. Pasan y pasan los tequilas y mezcales por las mesas. Y la música enciende el ambiente que es alucinante.

Veo que Diego me envía un mensaje al celular. Ya son las 10 p. m. "¿Sigues grabando? La cena ya está lista. Te espero, guapa. Te deseo".

La piel se me pone de gallina al leer esto. Prefiero no responder. Decido seguir tomando más tequilas, esto me ayuda a darme el valor para quedarme en el lugar. No quiero seguir sintiendo esta dependencia por Diego. Me quedo sentada, mientras me sirven una ronda más de lo mismo. Y sigo conversando con mis compañeros. Aunque mi alma y cuerpo están en mi casa que es el edén para mí.

Me quedo hasta las dos de la mañana.

Pongo la llave en la puerta y me cuesta un poco darle, los tequilas todavía dan vueltas en mi cabeza. Cuando lo logro, veo a Diego en el sillón sentado con la mirada en la puerta. La mesa está puesta con unas velas. En la cocina, una sartén con camarones. Una botella de vino sobre la mesa. Con una sola copa. La otra la tiene Diego en la mano.

No digo nada. Solo nos miramos. Yo bajo la mirada. Dejo mis cosas en una silla que tenemos en la entrada del departamento.

—Mía, me hubieras dicho desde el principio que no vendrías a cenar. Ya no hubiera cocinado.

—Salí con mis colegas —me pongo a la defensiva de inmediato—. Tengo derecho a salir y disfrutar. No sabía que te tenía que pedir permiso.

—No se trata de eso, Mía, lo sabes bien. Solo que me preocupa que te llamé varias veces y no tienes ni siquiera la deferencia de decirme que llegarás tarde.

—¿De qué se trata esto? ¿Te sientes mi dueño o mi padre? Diego, llevo años mandándome sola.

Se levanta y se pone frente a mí. Parece que supiera de dónde viene todo esta reacción y mi cambio con él.

—Mía, entiendo que cuando desaparecí te asustaste. Y entró en ti el miedo. Sé que la que está parada frente a mí es la niña herida de diecisiete años con miedo a perder a las personas que ama.

—No todo gira en torno tuyo. Siempre piensas saber mejor las cosas que nadie. No sé si lo sabías.

—Ya veo que no quieres hablar. Lo entiendo, Mía, y estoy dispuesto a conversar sobre estas sombras y las entiendo en cierta forma. Solo acuérdate de que no sacas nada con ocultarlas, lo único que logras es acostumbrarnos a no hablar de ciertas cosas y se van generando los malos entendidos.

Se da vuelta y se va a nuestro dormitorio. Me siento y tomo la copa vacía y la lleno de vino.

永

LA MALA HIERBA NUNCA MUERE

Despierto con una cruda moral tremenda, más grande todavía que la migraña que me cargo.

Cada día que sigue, siento ese miedo al abandono y necesito hacer algo. Yo en mi interior no soy esa mujer que Diego piensa.

Termino las grabaciones y la jornada concluye en una juntita con mis compañeros actores que me convocan. Decido irme nuevamente sin avisarle a Diego.

Llegamos a un bar que se llama Jardín Secreto, otra vez en la Condesa, el barrio bohemio de la ciudad. Como siempre, los primeros *shots* de tequila me queman la garganta. Luego ya los siento cada vez más ligeros y pasan como agua por mi cuerpo que empieza a entrar en calor.

—Mía, te presento a un amigo. Es un excelente actor de teatro. Me extorsionó para que viniera a presentártelo. —Valentina está con un hombre de unos treinta y cinco años, muy guapo, con un *look* muy bohemio, casi hippie, se podría decir.

Lo miro sin decir nada. Solo sonrío. El tequila me tiene muy contenta.

—Perdona a Valentina. Fui muy insistente. No podía dejar pasar la oportunidad de conocer a Mía Spencer, la actriz más hermosa y talentosa que yo haya visto. Soy Alejandro.

Veo en su cara su sonrisa espléndida y cómo coquetea conmigo. Sin pensarlo mucho, y producto del alcohol, le indico la silla que tengo al frente.

—Siéntate y me invitas otro tequila.

Es de esas noches como hace mucho no tenía. Tomo en exceso y veo cada vez más borroso. Pero necesito olvidar. Quiero borrarme. Dejar de pensar, dejar de sentir.

Luego de varios tragos en mi cuerpo, agradezco que la música esté tan fuerte, porque no me interesa conversar con Alejandro. No tengo ningún interés. Solo quiero bailar y olvidar.

Veo que mi celular se prende muchas veces, tengo notificaciones y llamadas que no quiero contestar. Sé perfectamente quién es y es a quien quiero evitar esta noche.

Meto mi celular en mi bolso y salgo a la pista.

Camino cerca de la barra y se escucha a Luis Miguel, "Cuando calienta el sol". La música se apodera de mí y siento unas manos detrás de mi espalda.

Es Alejandro que llega a mi lado, me toma la mano y siento que me entrega una pastilla. Dudo, pero me río sola. Me agarra de la mano y él mismo me la mete en la boca. Yo disfruto de la sensación y comienzo a bailar. Baila con sensualidad, se ve que sabe resaltar sus atributos. Cada vez se acerca más y no hago nada por evitarlo. La verdad, no me provocaba absolutamente nada, hasta ahora. Empiezo a sentir mi cuerpo caliente.

Sigo bailando y dejo que se acerque más, es como si quisiera provocar algún daño colectivo, al menos un autosabotaje.

Todo da vueltas, no tengo manejo de mi cuerpo.

Alejandro comienza a besarme el cuello. Siento cómo sus labios quieren avanzar a mi boca. Yo respondo, lo beso, lo toco y bajo hasta su cremallera; lo siento duro, excitado, me calienta. Él se desespera y me agarra demasiado fuerte. Ya no le importa que haya gente mirándonos.

—Alejandro, me estás apretando demasiado. Creo que ya no quiero bailar más.

—Déjate llevar, Mía.

Me tiene de la cintura, me aprieta contra él, a ratos me gusta lo que siento.

Vuelve a mi boca, cuando de golpe lo sacan de mi lado. Fue tan violento que desperté, me asusté. Al mirar, encuentro a Diego, quien después de darle un empujón a Alejandro me agarra del brazo. Me da vuelta para mirarme. Siento el corazón en mi garganta. Pero trato de aparentar que está todo bien. Como si nada me importara.

En su cara se ve su desesperación, su enojo, su impotencia. Me trata de sacar de ese lugar. No me resisto, pero tampoco ayudo.

—Mía, nos vamos. ¡Ahora!

Escucho su voz fuerte e imperiosa.

—Claro, señor perfección, nos vamos.

Lo miro de reojo, sé que en este momento Diego está desilusionado de mí. Por fin ve lo que yo quiero que vea.

Llegamos a la casa. Su cara de rabia, de desesperación, es terrible. Siento como si el pecho se me partiera en dos. ¿Pero acaso no era lo que yo buscaba? Que me deje de una vez, para así no estar pensando cada día cuándo lo haría. Es mucho más fácil así. Ya no debo esperar, seguro mañana me dirá que se va para siempre.

Toma una manta y la deja sobre el sillón de la sala. Toma de mi brazo y me dirige al dormitorio. Me saca la ropa y me pone la piyama. Yo tengo el alma rota, pero no quiero demostrar sufrimiento. Me duele cada parte del cuerpo. Siento que voy a vomitar, entre el asco que me provocaron los besos de ese hombre en el cuello y el asco que me provoco yo. El estómago me da mil vueltas.

—Diego, necesito vomitar.

Corro al baño y expulso todo lo que estaba en mi estómago y más. Diego me ayuda tomándome el pelo. Cuando termino, me saca la ropa y me mete en la tina. No me merezco sus cuidados.

Luego de terminar el baño, comienzo a sentirme mejor. Me lleva de regreso al dormitorio. No ha dicho ni una sola palabra desde que llegamos. No me mira a los ojos. Preferiría mil veces que me dijera que soy la peor mujer, pero no es capaz de hacerlo. Se acerca a mí con una taza caliente.

—Por favor, tómate este té de manzanilla, te va a ayudar y estos Tylenol. Y te digo algo muy en serio, tienes que tratar tu adicción. Claramente, no es tema superado.

Yo, sin mirarlo, los tomo y me meto a la cama.

—Me odias, ¿verdad? ¿Estás desilusionado de verme así?

—Duerme, no estás en condiciones para tener una conversación ahora y, la verdad, que yo tampoco.

Está a punto de salir por la puerta.

—Diego, ves la mujer que soy, veo en tu cara la repulsión que sientes por mí. No valgo la pena. Nunca voy a cambiar. —Él se queda parado en la entrada. No se da vuelta y yo sigo—. Yo siento que lo mejor es que lo dejemos hasta acá.

Se gira y me mira desafiante. Por primera vez en la vida me mira con altura.

—¿Estás segura de esto que me estás pidiendo, Mía?

Me recorre un escalofrío por todo el cuerpo. Tengo un nudo en la garganta. Nunca lo vi tan distante conmigo.

—Sé que te quieres ir y no te voy a detener.

Me mira sorprendido.

—Mía, hazte responsable de tus palabras. No pongas en mi boca cosas que no dije. Te lo vuelvo a preguntar, ¿estás segura de que quieres que me vaya?

Me hago chiquita. Quiero gritarle que lo amo y que lo quiero para siempre en mi vida. Que me ha hecho sentir lo que jamás nadie en mi vida me hizo sentir y que con él soy la mujer más segura y feliz.

Pero mi orgullo no me deja. No me hago bien a mí misma y tampoco a Diego. Pienso que él en cualquier momento se va a ir y no lo soporto.

Lo miro con los ojos brillantes, pero lo más seria y segura posible. Estoy muy acostumbrada a poner ese escudo de fuerza. Un caparazón que me envuelve por completo. Prefiero ser yo la que se lo pida, prefiero irme antes de que me deje. Me levanto de la cama manteniendo la seriedad.

—Diego, no estoy acostumbrada a tener a alguien en mi vida tan posesivo y que se sienta tan dueño de mí. Amo mi libertad y preferiría que esto no continúe. El sexo es algo espectacular en mi vida y siempre lo he disfrutado con quien he querido, cuando he querido y como he querido.

Su mirada desafiante se va desmoronando, no deja de mirarme a los ojos, fijo. Siento que en cualquier momento me va a caer una lágrima, pero trato de detenerla lo más que puedo. Sé que le estoy partiendo la madre.

—Si eso quieres, ¡así será!

Sin más palabras, agarra su maleta y comienza a meter su ropa. Yo me doy vuelta. No puedo ver esa escena que yo misma he provocado.

Termina rapidísimo. Quiero gritarle que era un juego, que lo amo, que si se va, mi vida se derrumba, que pierdo mi única oportunidad de ser feliz. Siento como si estuviera a punto de caer a un precipicio. Me giro a mirarlo y me mira con su maleta en la mano. Su rostro destrozado.

—Mía, siempre supe que al enamorarme de ti, tenía que pagar un precio. Sé que puedes ser el cielo y el infierno. Me cuesta imaginar una vida sin ti. Hubiera querido quedarme y elegirte, y que tú me eligieras cada día. Pero tú no quieres y lo acepto. Se me parte el corazón, pero me costó años aprender sobre el desapego. Si tú no quieres nada conmigo, lo respeto.

"Yo no voy a ser mi padre, que se consumió por amor. Toda la vida vivió enamorado de una mujer que vivía a kilómetros de distancia y que tenía una familia. Lo vi sufrir por años. Él siempre arrastró esa mirada triste. Yo prometí nunca ser una persona muerta en vida.

"Él siempre ancló su existencia en el pasado y es justo lo que yo no quiero hacer. Estoy enamorado hasta el último de mis huesos, pero no te voy a rogar. El amor jamás se pide, menos se ruega, se gana. Y si tú hoy me estás pidiendo esto, supongo que lo haces con toda la responsabilidad que se necesita.

Mi corazón está roto. Lo amo, pero no quiero sufrir. El solo hecho de pensar en perderlo, me hace estremecer…

—Te lo vuelvo a preguntar, ¿estás segura de que esto quieres, Mía?

Lo miro con osadía. Autosuficiente. Sé comportarme así, es mi naturaleza. Cuando debo poner mi caparazón, sé mentir. Soy la mejor actriz, así que puedo hacerlo.

—Sí, Diego, me he sentido asfixiada. Recuerda que soy un alma libre. Te dije que no te convenía. "La hierba mala nunca muere", dicen por ahí.

—Mía, no hemos estado mucho tiempo juntos, quizás, pero siento como si te conociera de toda la vida. Como si nuestra vida hubiera estado destinada desde que nacimos. Pero a la vez, me alucina que puedas ser tantas mujeres a la vez.

Tiene toda la razón. Lo pienso y sonrío, más bien hago una mueca con la boca, porque por dentro soy un mar de lágrimas.

—Tienes esa sonrisa que parece tan verdadera… Eres la mala y la buena. El fuego y el hielo. Puedes abrirme el corazón con ese fuego o puedes quebrarlo en mil pedazos con tu hielo. Como lo estás haciendo en este momento.

Hace una mueca de sonrisa también.

—Márchate, Diego. Podría elegir estar contigo, pero hoy elijo estar sola, elijo mi libertad.

—Okey. Me parece sano alejarme de ti. Eres un mar de profundas incertidumbres, que no logré entender.

Respiro y trago saliva, para detener mis lágrimas. Una sombra cae sobre mí ahora que estoy dejando ir este amor.

Agarro el último segundo que tengo de fortaleza y me dispongo a hablar. Trato de ser fría.

—Diego, si tienes que irte, vete ya.

Sus ojos cambian y se ponen de un oscuro tan intenso. Llenos de dolor.

—Adiós, Mía, ojalá algún día encuentres lo que tanto estás buscando.

Levanta la espalda y se pone más alto que de costumbre. No me vuelve a mirar y sale por la puerta del que fue nuestro hogar. Yo me trago todas las palabras que no pude decir.

Cierra la puerta y me desplomo. Se me acaba el aire, intento respirar y no lo logro, y lloro sin consuelo.

永

ASÍ SE SIENTE MÉXICO

Sé que jamás amaré a alguien como a Diego. Terminó para siempre este amor que era lo único bonito que me había sucedido desde que mi madre murió. Nuestros sueños, su sonrisa, sus caricias, su pasión, su mirada. Jamás lo olvidaré.

No sé absolutamente nada de él. Y sé que es lo mejor.

Lo único que me consuela es pensar que nada es para siempre, ni el dolor ni la felicidad. Nadie jamás entenderá lo que es vivir así tantos años, en un caparazón. Quiero ser yo, pero al mismo tiempo, me da mucho miedo. Los días pasan y mi vida sigue sin rumbo. Tengo el corazón desolado, pero esta decisión no tiene vuelta atrás. Me repito una y otra vez: *¡No merezco a Diego! ¡No merezco a Diego…!*

Hoy es mi último día de grabación en México.

Llego al foro, como siempre añorando desde ya a esta gente que me acompaña. Cuando trabajo así tan intenso tantas horas diarias, siento que se quedan con una parte de mi corazón.

Aunque en estos días me han visto tan triste, tan ausente… Pero esto se logra disipar cuando se prende la cámara y el director dice que vamos a grabar, y grita fuerte acción. Me transformo, porque es lo que mejor sé hacer, aunque mi corazón esté destruido.

El director hace que todos digamos unas palabras. Cuando llega mi turno, me pongo de pie, se me forma un nudo en la garganta. Tengo los sentimientos a flor de piel.

—Tengo que agradecer la increíble calidad humana que he encontrado acá. He aprendido mucho de cada uno. Gracias a todos mis colegas actores y a cada uno de los técnicos, este fantástico manejo de cámaras, luces y sonido. Nada de esto sería posible sin ustedes.

"Y qué decir de la generosidad, el apoyo y la amistad, han sido un regalo inestimable en este viaje que hemos compartido juntos.

"Vivir en un país que no es el mío ha sido toda una experiencia, pero gracias a ustedes y a la calidez de los mexicanos, me he sentido como en casa. La pasión con la que me han recibido aquí ha dejado una huella imborrable en mi corazón, y siempre recordaré este tiempo que he compartido en esta tierra llena de colores, sabores y tradiciones.

"Gracias a cada uno de ustedes por ser parte de mi vida y por inspirarme con su talento. ¡Brindo por cada uno de ustedes, por nuestro trabajo conjunto y por los nuevos proyectos que nos esperan en el futuro! ¡Gracias por todo!

"¡Viva el talento, la amistad y la pasión por el arte de la actuación! ¡Gracias, amigos!

Termino el discurso emocionada. Nos abrazamos y el director se acerca.

—Mía, hoy vamos a celebrar. Además, debes despedirte de México.

Voy a extrañar esta tierra, donde fui inmensamente feliz. La gente cálida, un país con una cultura milenaria y una cocina maravillosa, de las mejores del mundo.

Hago un esfuerzo y le lanzo una sonrisa, mientras le digo:

—Me imagino que me van a despedir con mariachis, como debe ser.

—Claro, Mía, con unos tacos y un merecido tequila.

El sol se está poniendo en el horizonte cuando miro por la ventana la emblemática Plaza Garibaldi, es un lugar donde se reúnen excelentes mariachis, ubicado en la parte norte del Centro Histórico de la Ciudad de México, declarado Patrimonio de la Humanidad. Ahí es donde está gran parte de los museos, templos, galerías y hoteles.

El ambiente es exultante con música en vivo, risas y alegría, pero en mi corazón, solo hay un profundo sentimiento de tristeza.

Mientras caminamos al lugar de la celebración. Se vienen a mí todos los recuerdos de estos meses llenos de cariño, momentos especiales que he compartido con mis amigos durante las grabaciones en México.

Llegamos a la cantina Salón Tenampa, un lugar lleno de turistas con ganas de fiesta y gente festejando por cualquier cosa. Es bulliciosa y está llena de cantantes tocando diversas rancheras mexicanas.

Me traen un tequila, que he aprendido a tomar *derecho*, como dicen acá. Significa que el licor viene puro, en un caballito, como le llaman al vaso tequilero acompañado de limón y sal.

Entra caliente a la garganta, pero deja una sensación muy especial.

Está toda la producción. Nos abrazamos, reímos, bailamos. Aunque mi corazón está en otro lado, trato de pasarlo bien. Los abrazo mucho y le reitero a cada uno lo que ya dije en mi discurso.

Los mariachis entonan una canción nostálgica y yo, bajo los efectos de los tequilas en mi cuerpo, decido unirme a ellos.

Mi voz resuena en el aire, transmitiendo la tristeza y la melancolía que siento en mi interior. A pesar de estar rodeada de amigos y de la animada atmósfera de la plaza, y mientras mis compañeros me acompañan con su voz y sus palmas, mi corazón sigue destrozado por la pérdida de Diego.

Así se siente México
Así se siente México
Así como unos labios por la piel
Así te envuelve México
Así te sabe México
Así se lleva a México en la piel

Así siento hoy este país azteca, que me ha dado tanto…

永

LO VAS A LAMENTAR…

Miro las cajas de mudanza, todo para partir de este hermoso país. Me imagino cómo construimos este hogar. Cada adorno que trajimos de Italia y cada objeto que nos gustaba y que compramos en México. Todo se va en unas cuántas cajas. Menos Diego. Me come la soledad, pero es su ausencia, la falta de él.

Qué diferencia de cuando armamos este hogar con ilusión y ahora que embalo cada objeto, con dolor y nostalgia. La ilusión está perdida y mi vida en soledad.

Pongo música. Mon Laferte, "Mi buen amor". Intento cantar, pero hasta mi voz está apagada. Todo tiene un principio y un final, la vida da muchas vueltas. Nunca sabemos qué nos espera. No sabemos si las decisiones que tomamos son las correctas ni tampoco cuándo es que nos vamos a arrepentir de ellas.

No sé por qué le hice daño. Quería protegerme de sentir dolor. Ese mismo que estoy sintiendo ahora. Que me está matando en vida.

Siento un hoyo en el estómago, un vacío y un ardor que no logro apagar. Mi corazón se rompe poco a poco. He pasado noches interminables de llantos que se quedan en lo más profundo de mi ser. Es tanta la tristeza que sé que jamás me voy a poder recuperar de esto. ¡¿Por qué lo hago?!, ¿por qué lo alejo cuando más cerca quiero tenerlo? Solo sé que jamás volveré a ser feliz. Con él se me van mis ganas de amar, de entregarme entera.

Tengo que lidiar con mi escaso ánimo para levantarme día a día. He luchado con el alma y el corazón para olvidarlo. Pero no dejo de pensarlo día y noche. Viene a visitarme en mis sueños y por un instante siento su abrigo. Al despertarme, me inunda la angustia y la falta de ti, Diego. Sigues en mi vida y yo sigo sin ti.

Ya estoy sentada en el avión rumbo a Nueva York, tengo ganas de pasar tiempo con mis abuelos, con Michelle, será un mini descanso para conectar con mi familia.

Llego al aeropuerto de Nueva York y veo a mi abuelo James, de lejos, con un cartel en la mano: Welcome Home. Es lo más tierno que existe. Lo veo saludando con su mano emocionado. Se parece mucho a mi papá. No dejo de sonreír, corro y lo abrazo largamente. Mis mejores recuerdos con mis abuelos son de cuando era pequeña. Siempre me consintieron. Hasta que los empecé a evitar, por miedo a ser juzgada por mi manera de vivir. Intenté alejarme, sabía que no estaba siendo la nieta que les hubiera gustado tener. Pero ahora me gustaría construir una relación bonita con ellos.

—¿Qué tal estuvo tu vuelo? Mi nieta preferida y adorada.

—Soy tu única nieta abuelo, no te queda de otra. Estás obligado a quererme.

Nos reímos a carcajadas mientras nos espera el chofer de mi abuela y nos abre la puerta.

Es latino y me dice en español:

—Bienvenida, señorita Mía, es un placer tenerla por estos lados.

—Gracias, Bernardo. Qué gusto verte. La verdad, los años no pasan por ti. Me vas a tener que dar tu secreto.

Me sonríe con cariño. Me conoce desde que nací.

—Me conservo en tequila, esa es mi receta.

Nos abre la puerta y nos subimos a su auto, nos vamos platicando todo el camino. ¡Parece que mi abuelo me está haciendo una entrevista!, me pregunta por cada detalle de mi vida, me encanta hablar con él, tiene tanta energía, tanta vibra positiva, es de esas personas que no se amargan por nada en la vida, a todo le ve un lado bueno.

Llegamos y mi abuela me recibe con los brazos abiertos, pasamos toda la tarde cerca de la fogata en la sala platicando, mientras reímos y comemos papitas, nueces, queso, jamón serrano. Estoy contenta, en paz, es muy fácil ser yo con ellos.

La cena está lista, mi abuela me preparó uno de mis platillos favoritos: pasta con camarones al ajillo. Seguimos conversando entusiasmados, hasta que mi abuela lanza la pregunta incómoda:

—Mía, no me quiero meter en tu vida. Tú sabes que respeto mucho tu intimidad, pero cada vez que hablábamos por teléfono te escuchaba tan feliz con Diego. Mi niña, ¿qué pasó?

Mi abuelo le envía una mirada fulminante. Yo lo miro con ternura y le digo que no se preocupe, que tiene todo el derecho a preguntar.

—Abuela, la verdad, Diego es el mejor hombre que jamás conocí. Sabes de lo que hablo. ¡Es mi persona! Lo amo con todo mi corazón. Y sé que lo dejé ir, que cometí un error muy grande. No sé si algún día él me perdone.

"Por ahora, estoy tratando de juntar todas las partes de Mía para estar cien por ciento para tener una relación. Quiero ser la mejor versión de mí, y eso parte por empezar a amarme primero y aceptarme.

Mi abuela me mira asombrada.

Me toma la mano y me dice:

—Qué orgullosa estoy de mi nieta. Qué gran paso estás dando. Estoy segura de que cuando algo se tenga que dar, así será. Y este amor es verdadero.

Le aprieto la mano y seguimos disfrutando de la cena. Después del postre me voy al sillón de la sala para escribirle a Michelle para vernos mañana temprano.

Mi abuelo se acerca y se sienta a mi lado. Me mira con amor, parece tener muchas ganas de aprovechar nuestro tiempo juntos.

—Mía, pequeña, creo que sería buen momento para hablar con tu papá. Ayer lo vi y estaba sobrio, me comentó que te ha marcado muchas veces y no hay respuesta. Te entiendo, pero recuerda que siempre es mejor dar lo mejor de uno, a quien sea, se lo merezca o no. Lo importante es la huella que dejamos en el corazón de las personas y no hay nada más bonito que poder avanzar con el perdón hacia la gente que nos ha lastimado.

Para cambiar de tema le ofrezco ver una película y ponemos una que sé que disfruta mucho: *Casablanca*, un clásico de 1942.

Termina y me dice:

—Mía, como dice Rick: "Si ese avión despega y no estás con él lo lamentarás". Tal vez no ahora. Tal vez ni hoy ni mañana. Pero más tarde. Toda la vida…

—Descansa —agrega mi abuela—. Nos encanta tenerte con nosotros. Mañana haremos hot cakes para desayunar.

Me despido con una sonrisa y los abrazo. Quizás tiene razón, las únicas personas que no avanzan son las que no perdonan, los demás siguen con su vida. Todos merecemos una segunda oportunidad.

永

¿POR QUÉ DECIDISTE ABANDONARME?

Llego a nuestro restaurante favorito, Nobu. Busco mi mesa, pido una Coca Cola Zero, dos minutos después veo una mano que jala la silla para sentarse: mi papá. Lo veo con más canas. El alcoholismo se llevó muchas cosas de él; está con varios kilos menos, más arrugas, y un daño hepático que al parecer se va restaurando de a poco. Lo miro, por ahí vislumbro a ese hombre guapo, alto y distinguido que siempre fue. Lo abrazo largamente.

Ha pasado casi un año desde esa noche en el hotel en Chile.

—Hola, Mía, no sabes lo feliz que me hiciste con tu llamada. Qué bueno que estás en Nueva York, tus abuelos están felices y yo más…

"La verdad, quería pedirte perdón por el pésimo momento que te hice pasar en Chile. Y por no cumplir mi promesa de estar contigo el día de la *premiere*.

—Papá, sé lo mucho que te cuesta pedir perdón y también aceptar que tienes una enfermedad. Hoy me prometí hablar desde el lugar del amor. Desde mi lugar de hija, respetar y amar a mi padre sin juzgar ni meterme en tus decisiones.

"Debo confesarte, papá, que me haces mucha falta. Que este tiempo te he necesitado muchas veces. No sabes cuántas veces quise llamarte para pedirte un consejo. Me sentía sola.

Me aprieta la mano y creo ver en sus ojos una cierta complicidad. Tengo tantas cosas guardadas que es como si explotara una manguera que está apretada bajo presión.

—Yo también te necesito, hija... y mucho más de lo que te imaginas.

—Pa, necesito decirte todo lo que en mi corazón está guardado desde hace mucho tiempo. Necesito entender muchas cosas. Tengo muchas preguntas y aunque no me las respondas, necesito hacerlas. No me quiero quedar nada. —Él me hace una afirmación con la cabeza. Yo continúo—: ¿Por qué nunca te acercaste?, ¿por qué cuando te pedía que vinieras a mis eventos no llegabas? ¿Por qué nunca me escribías y esperabas a que yo lo hiciera?, ¿o nunca te interesó formar parte de mi vida? Y la más importante, ¿por qué decidiste abandonarme?

"Me gustaría entender el porqué de todas estas preguntas que siempre rondan en mi mente.

Sus lágrimas se derraman.

—Cuando tú naciste mi vida se transformó. Eras el amor que jamás había conocido en mi vida. Nunca había sido más feliz. Tenía la familia que siempre había soñado. Siempre supe también que la relación que tenían tú y tu mamá era insuperable, que no podría competir en la forma en que se comunicaban, ni en cómo se entendían, muchas veces sin hablar. Muchas veces sentía que no había ni espacio ni ganas de que yo estuviera ahí. Debo reconocer que a veces sentía celos, pero me gustaba que fueras tan parecida a Mila.

”Con todo, fuimos muy felices los tres. Fue la mejor etapa de mi vida. Éramos invencibles, pero cuando tu mamá se fue…

Llora con más fuerza y le cuesta seguir. Me acerco más a él y lo abrazo.

—Papá, cómo duele irse al pasado.

Respira y se limpia las lágrimas.

—Y cuando se fue Mila, me dio miedo acercarme a ti. No sabía cómo hacerlo. No podía competir con ella ni sabía cómo descifrarte. Te hiciste muy independiente y trabajadora, sentía que no me necesitabas. Cada vez que estaba contigo veía a tu madre detrás y eso me dolía. Sentía que yo debía haber muerto en vez de ella.

—Nunca supe que te sentías así. Pa, ¿por qué no me dijiste? Nunca más vuelvas a repetir que tú deberías haber muerto en vez de mi mamá.

—Después de eso, empecé a buscar compañía en el alcohol. No es una justificación, porque solo yo soy el culpable de mi adicción.

”Luego vi cómo te fuiste perdiendo poco a poco, sabía que no estabas bien, sentía impotencia de no ser lo suficientemente bueno para saber estar contigo. Tenía que borrarme por momentos. Pero cuando despiertas, te das cuenta de que la depresión es cada vez más grande. Hija, ¡vivo en un infierno!, siento que cada día te pierdo más y me pierdo más.

Llora como un niño en mis brazos y yo lloro con él. Padre e hija con un mismo dolor que nos perfora el alma.

—Papá, te quiero pedir perdón, no tengo por qué faltarte el respeto. No me puedo poner a la par contigo. Tú eres mi padre y yo soy tu hija. Mi única labor es amarte y respetarte, no meterme en tus decisiones de vida. Tú eres un hombre y sabes lo que quieres hacer con tu vida. Solo que tengo tanto, pero tanto miedo…

No puedo seguir hablando… Lloro con el corazón abierto.

—Mía, ¿de qué tienes miedo?

—De que te mueras…

永

PERSIGUE TU HISTORIA

Me meto en la cama y pienso que cada quien tiene una historia detrás, cada uno carga con sus demonios, y es lo que nunca logramos ver. Por ejemplo, aprender a no juzgar porque nadie sabe lo que vive el otro. Siento que mi padre genuinamente es un hombre de un gran corazón lleno de bondad. Hoy entiendo tantas cosas... No juzgo, solo quiero amar, sin condiciones. Hace tiempo no dormía con el corazón tranquilo. Mi padre me quiere. Solo tenía una maldita enfermedad.

Me despierto cuando mi padre entra en mi habitación. Al verlo se me llena la cara de felicidad. Se acerca a mi cama y me da un beso en la frente.

—Mi niña, quiero llevarte a un lugar muy especial para mí. ¿Me quieres acompañar?

—Claro, pa, ¡me encanta la idea!

Me apresuro a bañarme. Es como si volviera el tiempo atrás y tuviera trece años. Y voy a salir con el hombre de mi vida: mi padre.

Tomamos la ruta de Country Byways y vamos con las ventanas abiertas, mientras escuchamos a todo volumen "(I Can't Get No) Satisfaction" de Los Rolling Stones.

Disfruto el hermoso paisaje. Después de una hora y algo de viaje, llegamos a un lugar muy tranquilo, rural, lleno de naturaleza y unos encantadores restaurantes rurales.

Tras bajarnos del auto, caminamos y entramos a El Rinconcito Enchilado que está ambientado con enormes mesas de madera, unos jarrones grandes con flores silvestres y ventanas que muestran una gran colina. Nos sentamos en una mesa con una gran vista a la inmensidad del paisaje.

Pedimos todo lo que trae el menú para desayunar, desde chilaquiles, huevos y tacos, hasta hot cakes. Acompañamos la comida con nuestras malteadas favoritas de vainilla. La conversación se pone muy entretenida. Cualquiera que nos vea pensaría que somos dos amigos que no se han visto en años y nos estamos poniendo al día de nuestras vidas.

—¿Te acuerdas, papá, cuando era chica la cantidad de noches que nos reíamos los tres? Veíamos películas y yo terminaba siempre instalada en la cama de ustedes. Recuerdo inventar que me daba miedo dormir sola, para poder quedarme ahí con ustedes.

—Sí, comíamos porquería y contábamos miles de anécdotas. Disfrutamos de estar juntos.

—Quiero que sepas que sé cuánto querías a mi mamá y cuánto te quería ella a ti. Sé que fueron los mejores amigos, compañeros, los mejores padres que la vida me pudo dar. Papá, sé cuánto sufriste con la enfermedad de mi madre.

Mientras lo digo, recuerdo haberlo visto muchas veces encerrado en el baño y yo escuchaba sus sollozos. Recuerdo cómo miraba a mi madre, era su razón de vivir. Y sabía perfectamente que ella nunca lo llegó a amar de la misma manera.

Lo abrazo y otro recuerdo se me viene a la mente.

—¿Te acuerdas, pa, del primer aniversario de muerte de mi mamá? Le hicimos una ceremonia en Chile en la playa donde tuvo su último respiro de vida. Yo salí corriendo por la playa. Recuerdo que saliste detrás de mí y nos sentamos en la arena que estaba mojada por la lluvia de julio. Nunca olvidaré las palabras que me dijiste ese día: "Hija, el amor es muy caprichoso. Algún día lo entenderás".

Ahora que lo tengo frente a mí, pienso en que hay tanto más de lo que yo recordaba.

—La amé con todas mis fuerzas, pero no logré cortar el cordón que la unía a Diego. Lo supe siempre, desde esa mañana que mi abuelo me la presentó, en la editorial, cuando llegó a Nueva York huyendo de ese gran amor. Sabía que me iba a enamorar de ella. No era solo su belleza física, su personalidad, su sonrisa. Era una mujer completa. Como eres tú, mi niña.

Aprieto su mano fuerte y me siento afortunada de que este hombre sea mi padre. En tanto, él sigue hablando. Sé que necesita sacar todo lo que lleva adentro.

—Ella nunca me mintió. Recuerdo que una noche tuvimos una cena para presentar las nuevas revistas de la editorial. Ella se veía increíble. Era la mujer más bella de la noche. Traía puesto un vestido negro de terciopelo hasta la rodilla. La invité a bailar y le pregunté: "¿De quién estás huyendo?"; y ella dijo: "Escapé del hombre de mi vida, del que yo pensaba que era el amor de mi vida, el padre de mis hijos, la persona con la que iba a envejecer".

"Fue sincera desde el primer momento. Luego, cuando nos íbamos a casar y viajamos al matrimonio de Coti y Galo, fue cuando los vi juntos. No me quedó ninguna duda. Se miraban como si no existiera nadie más.

—Créeme, pa, que esto lo sé muy bien. Cuando existe esa conexión, no se puede disimular.

—Elegí tenerla, aunque fuera así. Cuando regresamos de Chile, en el avión, ella comenzó a llorar, quería contarme lo que había pasado la noche anterior con Diego. Y cuando me quiso decir, yo no la dejé y solo le pregunté si todavía se quería casar conmigo. Ella me miró sorprendida.

—Y ¿qué te dijo?

—Respondió: "¡Claro que sí!". No quería perderla. Me enamoré como un loco. Y formamos la linda familia con la que siempre soñé. Tal vez fui iluso y tenía la esperanza de que con los años me miraría como a él, pero eso jamás pasó.

—No te culpo, papá, qué difícil es tomar la decisión.

—Mía, ella nunca me engañó. Y, con todo, se entregó a un matrimonio y a un hombre al cual quería con todo su corazón, pero a quien no amaba.

—Papá, ¿sabes lo que pienso? Toda esta historia estaba escrita así, tal cual pasó. Tú tenías que ser mi padre y Mila debía ser tu esposa. Estoy muy agradecida de que me escogieras como tu hija. Fue tu decisión la que hizo que yo naciera y que hoy estemos en este lugar juntos compartiendo tantas cosas tan lindas. Te amo, papá, con todo mi corazón.

—Tu madre siempre estará en nosotros. Yo le agradezco porque me regaló sus mejores años y me dio el mejor regalo de todos, que eres tú, lo que más amo en mi vida.

Salimos del restaurante y empezamos a subir una colina.

—Hija, quería mostrarte mi lugar de paz. Este es mi lugar favorito cuando necesito conectar conmigo mismo. Es mi espacio. Acá solo somos el paisaje y yo. En esta inmensidad. Me gusta hoy compartirlo contigo.

—Guau, qué bonito, gracias, pa. Quiero recuperar todo nuestro tiempo perdido. Te dejé solo cuando más me necesitabas. Solo pensaba en mi sufrimiento, no lograba pensar en nadie más. Sentía que yo era la única víctima.

—Te veo distinta a como te vi la última vez.

—La verdad es que sí me siento diferente. Quiero pedirte perdón por todo lo que te he juzgado, sin darme cuenta de que tú has estado en un infierno.

—Quiero saber de ti. ¿Qué pasó con Diego? Nunca te vi mejor que durante este tiempo con él.

—Diego fue lo mejor que me pasó luego de muchos años. ¡Es un hombre increíble! Lo amo con todo mi ser. Pero lo arruiné, no estaba preparada para él. No estoy preparada para ninguna otra relación. Lo perdí y no sabes cómo me duele.

—¿Por qué no lo has buscado si sabes que tú fuiste la que lo dejaste ir? No tengas miedo. Persigue tu historia, no importa dónde te lleve…

Nos abrazamos fuerte mientras miramos la inmensidad del paisaje.

—Hija, quiero que sepas que esta conversación ha sido muy importante para mí. Gracias por abrir tu corazón conmigo. Quiero contarte que tomé la decisión de internarme mañana en una clínica de rehabilitación.

永

APRENDIENDO A PERDONAR

Decido quedarme una larga temporada en Nueva York. Quiero estar cerca de mi padre mientras él esté en la clínica de rehabilitación y asistir cada semana a las reuniones de ayuda a los familiares que lidian con un adicto. Quiero acompañarlo en la inmensa batalla que va a librar durante estos meses. Esto me hace darme cuenta de cuánto lo amo y todo lo que me ha hecho falta durante estos años.

Las adicciones no tienen conmiseración por el sexo, situación económica, raza, ni razonamiento intelectual. Adolescentes, jóvenes, madres, hijos... hay demasiadas personas sumergidas en esta terrible enfermedad.

Tengo el corazón lleno de esperanza y aprovecho este tiempo en familia para disfrutar de tardes inolvidables con mis abuelos. Samantha ha estado súper pendiente de mi padre. Va a cada junta, junto con mis abuelos.

Mis días son cada vez más tranquilos... Solo que mi corazón está triste, cada día extraño más a Diego. Quisiera contarle todo lo que está pasando.

Recuerdo un día, cuando vivía en México con él. Fuimos a las pirámides de Teotihuacan, una zona arqueológica llena de historias. Cuando estábamos mirando la pirámide del Sol, le conté:

—¿Sabes qué? Por fin siento que ya no tengo rencor en mi corazón. He estado pensando en que ya perdoné a mi padre y a Samantha. Si seguía viviendo en el pasado, guardando rabia, no podría seguir adelante. Dejé esa carga. Es algo que no te deja avanzar. Todo en mi vida fue perfecto y como debía ser.

"Samantha ha estado en los peores momentos con mi padre. Cuando su alcoholismo se volvió más intenso, era ella quien cuidaba de él. Nunca lo ha abandonado. Ni siquiera yo, su hija, estaba con él. Hay una frase budista que me encanta y que representa eso: 'Aquellos que viven en paz, piden perdón, saben perdonar y son perdonados'.

Voy una tarde a ver a Michelle, estoy contenta porque decidió tomar una terapia con una psicóloga para dejar de una vez por todas de elegir parejas tóxicas. Estoy feliz porque terminó su relación con Jack. Y se está tratando sus crisis de pánico.

—Mía, me siento feliz por primera vez conmigo misma. Amo a la Michelle en la que me estoy convirtiendo, sin esperar que nadie me ame para sentir que valgo.

—Amiga, me alegra tanto verte así. Estás diferente.

—Hoy entiendo que estos episodios repentinos de miedo intenso me provocan reacciones físicas graves. El miedo era absoluto. Perdía el control, pensaba que me iba a morir. Y luego seguía mi vida disimulando como si nada hubiera pasado.

—Estoy tan orgullosa de ti. Eres una mujer valiente. Te propusiste ir más allá, aunque sea doloroso. Sin lucha no hay satisfacción. Cada momento de tu vida tiene un proceso y un propósito. Y yo estoy feliz de compartir contigo este momento, que es de sanación.

Nos abrazamos. Soy una afortunada de tener una amiga del alma. La que disfruta con tus éxitos, la que está contigo en los peores momentos. Muchas veces su sola presencia es la que me da la calma. Y otras, me hace reír tanto que no existen problemas que importen.

Luego de varias copas y mucha terapia de risa, Michelle se pone más seria y me dice:

—Mía, te quería contar que Diego me llamó pocos días después que ustedes terminaron su relación.

Mi sorpresa es inmensa.

—Cómo, ¿qué te dijo?

—Que te ama como jamás ha amado a nadie. Recuerdo perfecto cada palabra: "Michelle, el día en que terminamos, ella fue fría y arrogante, muy dura. Pero tú que eres su amiga sabes, como yo, que debajo de eso esconde la mujer dulce y sensata que me enamoró. No puedo ayudarla si ella no se quiere ayudar".

Lloro otra vez. Solo necesito este abrazo de Michelle que me ayuda a aliviar un poco mi alma herida.

—Mía, tú tranquila. ¿No fue tu madre la que dijo: "Soy amante del amor y la pasión… y de vez en cuando lloro con locura"?

永

DE VEZ EN CUANDO LLORO CON LOCURA

Han pasado cinco meses desde que mi padre salió de la clínica. Al salir, me invita a irnos de viaje por Asia. Diseñamos, con mapa en mano, un periplo por Japón, Corea del Sur, Vietnam, India y Tailandia. Nos impregnamos de la cultura milenaria asiática, su historia, tradición y riqueza han fascinado a ciudadanos de todos los rincones del planeta. Hemos encontrado grandes diferencias entre las costumbres de ellos y las nuestras, y disfrutado mucho de su lengua, su gastronomía, sus religiones, sus tribus y festivales.

Pasamos tres semanas viajando y acumulando recuerdos. Hablamos de nuestra vida y comparto con él mis sueños y aspiraciones para el futuro de nuestros logros más íntimos. Ya acordamos ciertos objetivos sobre nuestras luchas y triunfos en los negocios.

Una tarde, el atardecer en Tailandia me parece inolvidable.

—Mía, en estos días juntos vuelvo a entender que la vida es hoy. Que pasé demasiados años en mi vida absorto en mi trabajo, viviendo sin vivir. En la clínica pude ver que he sido un privilegiado, hay tantos que se han pasado años viviendo en un infierno. Quiero aprovechar al máximo el tiempo que me queda por delante.

—Yo estoy de acuerdo contigo, papá. Estos días han sido el mejor regalo. No sabes lo que significa tenerte. Tenerte bien.

Nos quedamos horas conversando cada día. Recordamos muchas cosas. Creo que nunca habíamos abierto nuestros corazones.

Cada día que pasa me siento más cerca de mi padre, más que nunca. Y además, descubrí que tenemos muchas cosas en común. Y yo no me había enterado. Estamos listos para enfrentar juntos cualquier desafío que se nos presente en el futuro.

Me encanta verlo sentarse al computador cada día para meterse a su grupo de Alcohólicos Anónimos. Y me alegra más todavía verlo participar activamente.

—Papá, ¿cómo vas con tu terapia? ¿Cómo vas con los doce pasos? Te veo mucho mejor, hasta te cambió el semblante. Llevas cinco meses sin tomar una gota de alcohol. No sabes lo feliz que me haces y lo orgullosa que estoy de ti.

Mientras lo tengo en mis brazos, pienso en que la pelea más grande a la que llegamos es vencer nuestras propias debilidades.

—"Solo por hoy", me enseñaron. Y en eso estoy.

——

La última mañana, estamos desayunando en Tokio y me da un tremendo notición:

—Mía, quería contarte algo muy importante... Prepárate. Me caso con Samantha. Es una decisión que pensé por mucho tiempo, porque hace mucho que siento que ella merece esa seguridad.

—Papá, ¡qué felicidad! Lo entiendo y estoy de acuerdo. Samantha ha sido una mujer que ha estado contigo en las malas y en las buenas. Ella se llevó la peor parte de tu enfermedad. Ha estado contigo en cada minuto.

Recuerdo que a mi padre le costó mucho decirme que tenía una relación con Samantha. Al principio, reconozco que no lo tomé bien. Él merece ser feliz ahora. Mucho tiempo lo juzgué. Esa era otra Mía, la del pasado. ¿Quién hubiera imaginado cómo cambiarían las cosas? Cómo cambié yo.

Regresamos a Nueva York y me estoy quedando en casa de mi papá. Decido llamar a Samantha para ofrecerle mi ayuda para organizar la boda. Quedamos que a la mañana siguiente pasara por mí para empezar a avanzar en los preparativos más importantes.

Termino de desayunar y aparece la futura novia.

—Hola, Mía, no sabes lo feliz que me hace que estés en Nueva York. Después de ese tremendo viaje que hicieron Franco y tú, eso lo hace tan feliz... Y me encanta que estés conmigo en esto, podemos partir por el vestido y visitamos a un par de productoras que me quieren presentar algunos banquetes.

—Yo igual me alegro de estar acá. Nunca pensé decir esto, pero necesitaba estar con mi padre. Tenía pendiente con él muchas cosas. Y claro que te voy a ayudar. Me emociona compartir contigo un momento tan importante. Y amo las degustaciones, así que encantada.

Ella me sonríe y veo en su rostro genuina alegría. Sabe que para mi padre es importante que consolidemos esta relación.

En el camino hablamos de cosas triviales. De mi último personaje, de cómo fue vivir en México. Y lo rico de la comida mexicana. Entre tienda y tienda, le cuento mi historia con Diego.

Samantha está impactada, siente que es una historia para escribir un libro. Pasamos afuera de un restaurante de comida griega. Se llama Mythos Estiatorio. Decidimos entrar a hacer un alto en el recorrido que se viene intenso. Samantha inicia la conversación.

—Mía, quería pedirte disculpas por cómo pasaron las cosas en un principio. Yo nunca debí meterme entre tu papá y tu mamá. No iniciamos las cosas bien, pero te juro que el amor de mi vida siempre fue Franco. Y aun sabiendo que él amaba a Mila, quise quedarme en esas condiciones. Me costó muy caro, por mucho tiempo cargué con el peso de ser la amante de Franco. Pero prefería compartirlo a perderlo y con los años fuimos formando nuestra propia historia de amor.

—Yo no soy nadie para juzgarte. El amor muchas veces nos hace navegar por caminos inciertos y erróneos, pero quién soy yo para señalarte. Hoy tengo clarísimo que las cosas son como tenían que ser.

—Sacrifiqué también mi propia maternidad. Él siempre me dejó claro que jamás tendríamos hijos juntos. Nunca me mintió ni me engañó. Siempre me puso las cartas en la mesa.

En su cara se refleja algo de tristeza, lo que me provoca cierta compasión. Le tomo la mano.

—Samantha, he aprendido que en la vida hay diferentes formas de amar. Tú eres su compañera ahora. Mi madre tuvo el pasado de mi padre y tú tienes el ahora y su futuro.

永

182 DÍAS

"Dios, concédenos la serenidad para aceptar todo lo que no podemos cambiar, valor para cambiar lo que podemos. Y la sabiduría para reconocer la diferencia", repetimos todos la Oración de la Serenidad en la ceremonia de mi padre de 182 días sin tomar una gota de alcohol. Le entregan una moneda que representa el número de días que lleva limpio.

Se sube al escenario y debe dar unas palabras.

—Hoy me encuentro aquí para compartir con ustedes un logro muy importante en mi vida: ¡182 días sin tomar ni una gota de alcohol! Quiero empezar agradeciendo a cada uno de ustedes por su apoyo incondicional, por sus palabras de aliento y por su compañía en este camino hacia la sobriedad. Sin ustedes, no habría llegado hasta aquí.

"También quiero agradecer a mi hija Mía, que fue la que me motivó a tomar esta gran decisión; a mis padres y a mi mujer, por estar presentes hoy, y por ser mi mayor motivación para seguir adelante. Su amor y su apoyo han sido fundamentales en mi proceso de recuperación, me siento muy afortunado de tenerlos a mi lado.

”Cada día que pasa me siento más fuerte, más seguro de mí mismo y más consciente de la importancia de cuidar mi salud. No ha sido un camino fácil, pero cada vez que me acerco a la tentación, pienso en ustedes, en mi familia y en todo lo que he logrado hasta ahora.

”Sé que todavía tengo un largo camino por delante. Sin embargo, estoy dispuesto a seguir luchando, a seguir siendo una mejor persona cada día. Juntos, somos más fuertes y podemos lograr cualquier cosa. ¡Yo elijo la vida!

Baja del escenario emocionado y yo lo abrazo fuerte.

—

Un día tranquilo y soleado de primavera, mi padre se vuelve a casar con la mujer que lo esperó por años. Samantha se ve muy bonita en su vestido de chifón francés, clásico, sencillo, muy distinguido. Su rostro es pura felicidad. Mi papá se ve relajado y feliz. Eso me hace estar tranquila. Ya que pronto me iré a vivir a Madrid. Voy a comenzar con una serie alucinante.

Una carroza espectacular llegó y espera a los novios en la entrada, camino a su nueva vida. Luego de la noche de bodas se irán de luna de miel a Bora Bora, así que esta es nuestra despedida por un tiempo.

Antes de subir, mi padre se acerca a mí y me abraza muy fuerte.

—Mi niña de ojos de sol. Te amo con todo mi ser. Acuérdate de lo que te dije en la montaña: “Persigue tu historia, no importa dónde te lleve”. Sé que puede sonar aterrador, pero ahí está la belleza.

Las lágrimas corren por mi rostro.

—Te amo, papá.

永

REALIDADES PARALELAS

La magia que tiene Madrid creo que pocos lugares la tienen. Camino por la calle Serrano. Este barrio está lleno de tiendas de lujo, cafés uno al lado del otro y un espacio cultural que ofrece un atractivo magnético.

Me detengo en una librería, necesito encontrar un libro que me permita meterme en un mundo de fantasía. Siempre he sentido que los libros son llaves que nos llevan a realidades paralelas. Cuando no se tiene un motivo para soñar, siempre hay un libro que ayuda.

Tengo medio decidido qué comprar, así que me voy directo a la zona de los bestseller de novelas. Tengo en mi mano un ejemplar de *Violeta*, de Isabel Allende, estoy leyendo el prólogo y se detiene a mi lado una mujer guapísima. No puedo dejar de mirarla, tiene el pelo negro como el azabache y sus ojos son del mismo color, negro intenso. Debe medir alrededor de 1.80 metros, lo que la hace muy llamativa. Lleva puesto un vestido negro a la rodilla, no es ajustado, pero resalta cada curva de su esbelto cuerpo. Además de su belleza, tiene un estilo muy intelectual.

Mientras, pienso en mis jeans rotos, mi camisa blanca y los tenis blancos con los que ando. Un *look* totalmente casual. No debería estar demasiado cerca de esta mujer.

Sigo leyendo, pero no puedo dejar de mirarla. Ella ni siquiera se ha percatado de que estoy parada frente a ella. Está muy interesada en buscar un libro.

En una carta dirigida a una persona a la que ama por encima de todas las demás, Violeta rememora devastadores desengaños amorosos y romances apasionados, momentos de pobreza y también de prosperidad, pérdidas terribles e inmensas alegrías...

Escucho una voz de hombre totalmente familiar, podría reconocerla en cualquier parte. Ese tono chileno, ronco y varonil, que me estremece.

—Milena, mira qué belleza de libro encontré: *La sombra del viento*, de Carlos Ruiz Zafón, gran manera de sumergirse en España.

Me paralizo. Veo a Diego abrazar por detrás a esta mujer, mientras le muestra la contratapa.

Yo en un segundo pienso en desaparecer, como si fuera una película, lanzarme bajo alguna mesa y esconderme. Es uno de esos momentos donde sabes que debes hacer algo, pero no logro que mi cabeza se ponga de acuerdo con mi cuerpo. Solo me quedo paralizada, inmóvil, como si una fuerza extraña me hubiera detenido. Igual que en los sueños, cuando quieres correr y las piernas no reaccionan.

Mis ojos no logran mirar bien. Siento un calor que me sube a la cabeza.

Él no me ha visto. Prefiero pensar que todo esto es mentira, que en cualquier momento voy a despertar y será solo una pesadilla. Hasta respirar me duele. Por un segundo, vuelvo a la cordura y decido dar un paso. En ese instante, se me cae el libro que llevo en la mano. El sonido retumba en la librería que está medio vacía. No puede ser que justo ahora mi torpeza actúe. Siento sus ojos clavados en mí. Trato de disimular y recojo el libro dispuesta a caminar sin rumbo, creo que voy a salir de esta librería sin pasar por la caja.

—Mía.

Escucho unos pasos que van detrás de mí. Un tono neutro de mujer, que no sabría distinguir de qué país del mundo es, pero sí estoy segura de que es de ella. La mujer que hoy ocupa mi lugar.

No queda opción, debo darme la vuelta. ¡No lo puedo creer! ¡No lo puedo creer! Está ella frente a mí, mientras Diego sigue en el mismo lugar impávido, parece que no respira.

Ella, sonriente, se acerca con tanta naturalidad.

—Mía, qué gusto conocerte. Yo soy Milena, la novia de Diego.

Sus palabras retumban como una bomba en mi cabeza. Trato de sonreírle, pero no sale más que una mueca forzada.

—Hola, Milena.

—Eres más guapa de lo que me contó Diego.

Se acerca y me da un abrazo. No puedo creer esta amabilidad. No sé cómo reaccionar, cualquier cosa que diga suena extraña. Solo acepto su abrazo y huelo su perfume. Hasta huele bien. Qué rabia.

—Gracias —respondo.

—Qué lindo conocerte, Diego me ha hablado mucho de ti. —Se da la vuelta para llamarlo con la mano.

Diego se ve completamente desencajado, incómodo. Se acerca de mala gana. Al llegar a mi lado, se juntan nuestras miradas. Se clavan. Se entrelazan. No dejamos de mirarnos. Ha pasado más de un año desde esa noche cuando lo dejé ir. En ese segundo, siento que la vida se me va en esa mirada. Está más guapo que nunca, lo veo más alto, perfecto es la palabra. No sé qué hacer. No logro moverme ni hablar.

Se acerca a darme un beso. Percibo en ese momento su olor, ese aroma que tanto he extrañado. Siento su mano en mi brazo y mi cuerpo reacciona al instante, como un choque eléctrico, un huracán de hormonas por todo mi cuerpo.

—Hola, Mía. —En su voz transmite frialdad. Pero en sus ojos veo ese magnetismo que siempre existió entre nosotros.

No sé qué decir. Le pido a mi boca que se mueva, que pronuncie algo. Esa Mía poderosa, autosuficiente, no sabe ni hablar.

—Hola, Diego.

Nos quedamos los tres mirándonos. La única que habla es Milena.

—Qué maravilla conocerte. Tenía muchas ganas de verte en persona. He leído mucho de ti y he visto tus películas, además de las cosas que me ha contado Diego.

En mi cabeza pienso: *¡¡¡Cómo le puede hablar de mí a su novia!!!* ¡Este tipo sí que está evolucionado! O es demasiado torpe. Milena me hace despertar de mis pensamientos.

—¿Qué haces en Madrid? ¿Estás de vacaciones o vienes por trabajo?

No alcanzo a responder cuando ella sigue.

—Nosotros vivimos acá. Diego está trabajando en un nuevo proyecto.

Sé que debo contestar, pero siento que mi voz saldrá como un hilo. Carraspeo y balbuceo algo.

—Llegué hace un mes. Vine a grabar una serie.

—¿Cuánto tiempo estarás por acá?

—Todavía no lo tengo claro, pero por lo menos ocho meses.

—¡Qué emoción! Tenemos que juntarnos un día. Tienes que venir a cenar a nuestro piso, con Diego. Estaremos felices de recibirte. ¿Verdad, Diego?

Diego la mira fulminantemente.

—Si a Mía le parece la idea.

Ya no puedo más con esta farsa. Necesito salir de ese lugar, con urgencia. Como un reflejo involuntario miro mi celular.

—Sí, claro, o ustedes al mío. Me tengo que ir, se me hizo tarde para un ensayo.

—Mía, dame tu celular para que nos organicemos y quedemos para alguna de estas noches.

No sé si me está tomando el pelo. O es realmente honesta.

—Milena, no seas tan intensa con Mía, la estás haciendo sentir incómoda.

Me conoce tan bien…

Trato de mostrarme lo más normal y le doy mi número de manera rápida. En tanto termina de teclear me despido. Ella me vuelve a abrazar. Yo casi no respondo, me siento demasiado hipócrita. Solo quiero terminar con esto. Me despido de Diego. Casi sin mirarlo.

—Adiós, Diego.

—Adiós, Mía.

Salgo lo más rápido que puedo de ese lugar y apenas pongo un pie en la calle comienzo a correr. Mientras un mar de lágrimas llena mi corazón, siento mi alma rota en mil pedazos. Pido al cielo que, por favor, nunca la bese como lo hacía conmigo. Que jamás la mire como me miraba a mí. Que jamás la toque como lo hacía conmigo. Me queda esa fantasía en la cabeza…

永

UNA LUZ EN LA TEMPESTAD

Han pasado casi dos meses desde que me encontré a Diego y su novia. No he parado de repetir esa imagen, una y otra vez en mi cabeza. Siento que me estoy volviendo loca. ¿Por qué si el mundo es tan grande tenemos que vivir en la misma ciudad? La vida nos pone pruebas, se encarga de recordarnos lo insignificante que somos, de ponernos de cabeza las veces que sea necesario.

Lo que más me duele es que Diego dio vuelta a la página y me lo dijo el día de la despedida. Me aseguró que no volvería a buscarme. Él sabe manejar muy bien las emociones. No se deja llevar como yo por la pasión del momento. Me he dado cuenta de que nada bueno me trae actuar por impulso. Jamás me ha resultado. Sigo repitiéndome que debo pensar varias veces las cosas. No puedo dejarme llevar por la impulsividad.

Milena es guapísima, relajada. Seguro la misma onda de él. Si fue capaz de saludarme de esa manera, ella seguro es una mujer hecha y derecha. Supo atrapar a Diego. No como yo, que actúo como una niña caprichosa. Él nunca se ha ido de mi vida, de mis pensamientos, de mi corazón. Pero hoy volvió como una súbita llama.

Llego a mi llamado en el set de grabación. Mientras me cambio de ropa, pienso lo tonta e inmadura que he sido. ¿Cómo pierdes al hombre de tu vida? ¿Cuántas personas tienen la suerte de conocer a su persona en esta vida y poder amar de esa manera?

Quiero centrar toda mi energía en el trabajo. No pienso ni siquiera en salir de fiesta. No tengo ganas de eso.

Me siento a escribir y aprender mis textos. Tiemblo cada vez que lo pienso.

Quisiera que existiera una especie de *scanner* solo para meter tu cabeza y borrar todo lo vivido con alguien, cada caricia, cada momento, cada beso, cada conversación, cada vez que me hacía el amor. Memoria selectiva real.

Entro al foro. Me siento en una salita a esperar que me llamen. En tanto eso ocurre, sigo leyendo mis escenas.

Veo que se acerca Laura Suárez, una mujer de unos setenta años, mi compañera. Es una tremenda actriz, una señora de gran trayectoria y un encanto de mujer. Hemos hecho una conexión muy linda. Tiene una manera de ver la vida que me encanta. Me gusta escucharla, transmite mucha sabiduría. Me recuerda mucho a Diego, se lo ha pasado estudiando sobre el conocimiento humano.

—Mía, ¿cómo amaneciste hoy? Quería felicitarte por tu profesionalismo. Qué tremenda actriz eres. Debo confesar que cuando supe que ibas a ser la protagonista, pensé que era solo por tu belleza, pero hoy estoy segura de que te mereces todo esto y mucho más. Eres una gran maestra.

—Laura, muchas gracias, qué honor viniendo de ti. Acá la gran actriz eres tú. He seguido cada una de tus novelas y películas.

—Además de mis felicitaciones, quería preguntarte… Bueno, primero te pido que me disculpes por la intromisión, pero veo en ti una carita triste. Siento que en el poco tiempo que llevamos trabajando, he logrado leerte un poco. Y sé que cargas una penita bien profunda. Perdón que me meta en tu vida.

Comienza a decirme esto y mi corazón sale como un caballo. Mi dolor aflora de inmediato. Una lágrima rueda por mi cara y, de un minuto a otro, me convierto en un mar de lágrimas, no puedo controlarme, tengo un dolor en el pecho, siento que me falta el aire, una desolación me está matando por dentro.

Laura me abraza, fuerte, mientras me tapa con una mantita. Está oscuro, menos mal nadie nos ve.

—Llora, niña, saca todo este sufrimiento que traes en el alma. Limpia todo lo que necesites limpiar.

No sé cuánto tiempo estoy llorando, pero su abrazo me reconforta. Me doy cuenta de que necesitaba tanto esto… Todas mis amigas me han mandado a una terapeuta ¡y yo y mi maldita falta de tiempo! Creo que no puedo ir, pero probablemente sigo huyendo para no entrar en esas profundidades.

—Tengo tanto miedo al abandono. Cuando había encontrado al amor de mi vida, decidí dejarlo, solo por el miedo a no sobrevivir a una pérdida.

"El hombre que sacó lo mejor de mí, mi mejor amigo y mi mejor amante. Es tan triste perder la esperanza, cuando sabes que ya nada volverá a ser como antes. Porque lo herí en lo más profundo de su corazón.

"Diego está enamorado y ahora sí lo perdí para siempre. Jamás volverá a buscarme. Si tan solo pudiera retroceder el tiempo. Y no actuar arrastrada por mis antojos, directo a mi autodestrucción.

—Eres una joven con un alma preciosa, solo falta que le permitas mostrarse tal cual es. El miedo paraliza.

—Lo sé, Laura, debo trabajar en ese tema, si no nunca estaré preparada para amar de forma sana. Sé que lo primero es trabajar en amarme y aceptarme.

—Mía, cuando tomas esa decisión de conocerte y entrar de cabeza en tu interior, es un camino sin retorno. Es tan lindo cómo vamos entendiendo que cada cosa que tenemos tiene un por qué y un para qué. Te voy a dar el número de una terapeuta muy buena. Se llama Mariana, ha sido clave para mi hija, he visto cómo trabaja. Se me ocurre que te puede ayudar.

—Gracias, Laura.

Pone su mano en mi cara. Siento una tibieza amorosa. Una luz que llega cuando más lo necesito.

永

HOLA, MÍA, ESTA SOY YO

Me despierto cuando suena mi celular. Me asusto, pienso que me quedé dormida y recuerdo que hoy me dieron el día libre, porque necesitaban cambiar el foro de grabación. Siento alivio. Miro la pantalla y aparece el número de la terapeuta que contacté.

—Buenos días, me estoy comunicando con Mía Spencer.

—Sí, hablas con ella.

—Soy la asistente de la doctora Mariana Iglesias. Quería avisarle que se desocupó un espacio a las cinco de la tarde, por si lo quieres tomar.

—Qué buena noticia. Sí, por favor, a esa hora estaré puntual.

Entro en una casa antigua, en el barrio de Salamanca, preciosa, de ventanales grandes, que dejan pasar el sol en distintas partes de la sala. La asistente me pide esperar unos minutos en un sillón tan cómodo que podría quedarme aquí para siempre. La música es tan relajante como el aroma ambiental. Me siento a esperar mi turno y escucho a los pocos minutos, mi nombre.

Es la primera vez que voy con una psicóloga y, la verdad, es que estoy un poco nerviosa. Llegó el momento que tanto esperé (y evité), con miedo y ansiedad.

Mariana me está esperando en la puerta para darme la bienvenida. Me da dos besos, uno en cada mejilla. Es una mujer de unos cuarenta y tantos años con una sonrisa hermosa, muy cálida. Desde ese primer encuentro, ya me da la impresión de sentirme en un lugar seguro.

Entro a la consulta y observo con detenimiento. Es un lugar muy acogedor, íntimo, con un mural enorme con árboles y pájaros de colores pintado en una de las paredes. Al otro lado, un ventanal grande que mira a un patio interior lleno de flores, campanillas españolas. Mariana de inmediato me cuenta que es un lugar que ha ido construyendo ella misma. En su ventana se escuchan los pájaros cantando.

Apenas me presento, me dice.

—Mía, quiero que sepas que este espacio es tu lugar seguro. Acá podrás entrar a tu interior, a tu esencia, a lo más hondo de tu alma. Verás cómo, de a poco, va a florecer esa mujer que eres hoy.

Iniciamos hablando de cosas triviales y no sé en qué momento ella empieza a dibujar perfectamente pasajes de mi vida y logra llegar a episodios que pensé yo tenía olvidados.

—Sí, Mariana, me di cuenta de que viví muchos años con un caparazón mostrándome siempre como una mujer fría y calculadora. Con miedo permanente a ser vulnerable. Sentía que cada paso lo daba pensando en una estrategia. Para no sufrir, para no verme frágil.

—Mía, verás cómo al principio es difícil, luego tú misma irás viendo tus patrones recurrentes y sola irás descubriendo cuándo habla esa niña, o cuándo, la mujer. Muchos de nuestros miedos vienen desde la niñez y cuando actuamos la que actúa es la niña herida, no la mujer que eres ahora. Pero es necesario para poder volver a vivir.

—Son tantos mis demonios, he vivido llena de miedo, sintiéndome abandonada, en la oscuridad; pero pensaba que no necesitaba a nadie. Diego fue el único que abrió esta puerta a mi alma. Y lo deje ir, sin ningún motivo, solo por el terror a sentir.

—Mía, muchas veces debemos abrir la caja de pandora para comprender cada una de nuestras acciones en el futuro.

Ya pasó una hora, y parece que voló.

—Mía, me gustaría decirte que la vida se vuelve más fácil, que no vas a tener dificultades, pero la verdad es que nunca pasa así. Los problemas siempre van a existir. Lo importante es que cada día tengas más herramientas para enfrentarlos, saber darles su justo espacio y aprender a buscar la mejor manera de resolverlos.

—Mariana, me gustaría empezar a venir dos veces a la semana. ¿Puede ser? Y ya cuando salga un poco de esta tristeza, lo dejamos una vez a la semana. De verdad, quiero trabajar en mí.

—Claro que sí. Tú tranquila y vamos viendo cómo avanzamos.

Salgo como si me hubiera pasado un camión por encima, pero con el corazón arropado. Sé que va a ser un proceso, pero quiero vivirlo así con todo. No sabía si iba a lograr abrirme con Mariana y terminé desnudando el alma.

Hoy empieza esta etapa de mi vida que se llama Aprendiendo a Conocerme. Hola, Mía, esta soy yo. A entrar con todo en mi interior.

Hace mucho tiempo debería haber venido, pero he aprendido que cada cosa tiene su tiempo. No podemos adelantarnos a nuestros aprendizajes.

永

EXIJO JUSTICIA

Han pasado ya casi tres meses de que estoy con Mariana, mi terapeuta. Cada vez me siento más liviana, más segura, más resuelta. Es una mujer que ha dedicado años al estudio del comportamiento humano. Tiene también estudios en tanatología, después de pasar por la muerte de su hija de diez años en un accidente.

Cada día voy aceptando mis miedos, mis debilidades, mis rabias, mis rencores. Estoy en un proceso de verdadera reconciliación conmigo misma.

La Mía que voy descubriendo cada día se enamora más de ella misma. Acepto mis errores y celebro mis aciertos. Por eso quiero dejar mi pasado en orden y decido poner una demanda a Nicolás Springer, mi violador.

Camino con una satisfacción inusitada sintiendo mis propios pasos en el cemento, porque voy rumbo al mejor despacho de abogados de todo Madrid. Este bufete se ha hecho muy buena fama llevando casos importantes de varios personajes públicos. Voy decidida a que Springer pague por lo que hizo. Y de paso, voy a demandar al portal que divulgó mis fotografías. Han pasado casi dos años desde ese día en que vi mis fotos expuestas en las redes sociales y el costo fue demasiado alto. Que no quede impune el exponer y arruinar a cualquier ser humano solo por tener más visitas en tus páginas. No se puede hacer negocios con la integridad de las personas.

Ya no voy a dejar que nadie me pase por encima. Era una deuda conmigo misma el exigir justicia.

Llego a la dirección que me dieron y me encuentro con un edificio majestuoso, blanco, casi como un pequeño castillo, de un estilo XII, muy típico de la arquitectura española. Aprieto el botón del ascensor. Mientras espero que llegue, veo a un hombre apresurado por llegar al elevador. Se para a mi lado, sus hombros casi tocan los míos. Lo miro de reojo y lo escaneo rápidamente: es alto, muy guapo, viste ropa de marca, muy sofisticada, pero a la vez juvenil, con mucho estilo. Calculo que debe tener unos treinta y tantos. Tal vez unos cuarenta.

Me mira muy directo y rápidamente giro mi cabeza para seguir viendo hacia adelante. Sonríe. ¡Demonios! Creo que se dio cuenta de que lo estaba observando. Mientras esperamos el ascensor, noto que no para de mirarme. Comienzo a ponerme nerviosa. Claramente, no le importa que yo me dé cuenta.

Vuelvo a apretar el botón varias veces. Solo por disimular mi incomodidad. Sin resultado. Por fin se abre la puerta, él se adelanta para detenerla y me hace una señal para que pase primero. Le sonrío de forma amigable y forzada.

Al pasar a su lado siento un aroma delicioso. Se sube de inmediato detrás de mí. Me pregunta con una voz ronca y el acento español más seductor que encontró.

—¿A qué piso vais?

—Al quince.

Me sonríe y muestra su blanca dentadura.

—Parece que hoy es mi día de suerte, vamos al mismo.

No sé qué responder frente a este comentario. Solo hago otra pequeña mueca de risa. Cuando vamos subiendo, siento que se acerca más a mi lado y me pregunta:

—¿A qué oficina vas?

Respondo de la manera más natural posible.

—Voy al despacho de abogados Del Pino Calvo-Sotelo.

—¡Qué interesante! ¿Quién te recomendó el despacho?

—Una amiga que es actriz.

Me mira sorprendido. Se abren las puertas y me bajo al llegar al piso quince. Él sale detrás de mí. Llego a la recepción. Me espera una mujer elegantísima vestida completamente de traje sastre blanco. Veo que este hombre le dice algo que no alcanzo a escuchar.

—Hola, buenos días, tengo cita con el abogado Manuel Salgado.

—Sí, señorita Mía, inmediatamente la van a atender. Por favor, tome asiento. ¿Le puedo ofrecer algo?

—No, muchas gracias.

Doy un vistazo para ver en cuál de estos confortables sillones dejaré mi humanidad. Todo es sofisticado. Son sillones blancos estilo chester de cuero, sus brazos son curvos, muy lujosos. Me dedico a observar con detención y compruebo que cada uno de los rincones está perfectamente diseñado.

Vuelve la mujer de la recepción y me invita a pasar.

—Señorita Mía, la va a atender el socio principal del despacho, se llama José María Del Pino Calvo-Sotelo.

Me acompaña y la sigo. Entro en una oficina inmensa con techos altos, mármol en los pisos, pinturas renacentistas y muebles de madera de raulí.

Veo al tipo del ascensor esperando para recibirme.

—Hola, Mía Spencer. Voy a ser tu abogado.

Aclaro mi voz y hago una breve introducción sobre mí antes de comenzar con mi historia. Creo que nunca había estado tan nerviosa. Es la primera vez que le cuento esto a alguien que no conozco en absoluto. Pero confío. Le cuento el caso muy minuciosamente y él pregunta detalles.

No dejo de sentirme intensamente observada, como si estuviera calibrando cada una de mis palabras, de mis movimientos. Al terminar la historia, me dice:

—Mía, siento mucho por lo que tuviste que pasar. Puede que el caso esté prescrito, pero te aseguro que haremos todo lo posible para que este hombre pague y se haga justicia. Que el tribunal dictamine que él es culpable. Hoy la ley ampara a las víctimas mucho más que antes. Puede ser que no pague con cárcel, pero la pena social puede ser incluso más terrible todavía. Con respecto a las fotos, no es nada complicado. Ellos claramente incurrieron en un delito y tú fuiste la afectada. Tenemos todas las chances de ganar.

—Qué buena noticia, José María. Me alegra saber que sí se puede hacer algo. Nunca me atreví a hacer nada por mí, es un alivio pensar en que, pese a todo, no es demasiado tarde. No quiero recriminarme más a mí misma por todo esto.

"Y lo de la demanda a la revista, lo hago más bien por otras personas que espero no pasen por lo mismo que yo. Seguro este señor muchas veces hizo lo mismo con otras mujeres y espero que el que yo alce la voz provoque que más víctimas se atrevan a acusarlo.

Estando en plena conversación, entra un abogado del despacho.

—Disculpen que interrumpa, pero, José María, tenemos que estar en el juzgado en diez minutos.

—Mía, disculpa, la verdad no tenía planeado tenerte en mi despacho y ser yo el que tomara tu caso. Pero, pues, así se dieron las cosas.

—No te preocupes, José María, por favor, anda. Fue muy importante para mí hablar contigo.

Me levanto para irme y les sonrió a ambos.

—Te van a tomar tus datos y yo me comunico contigo para contarte cómo seguimos. Un gusto, Mía Spencer.

—Gracias, José María.

永

¿SUBO O BAJAS TÚ?

Llego a mi casa después de un largo día de grabaciones. Este nuevo personaje me tiene extasiada. Al entrar al portal del edificio, me encuentro con el portero, José, que me espera con una enorme sonrisa.

—Señorita Mía, deme un segundo. Le trajeron algo hoy.

—Sí, claro, José, lo espero. ¿Por qué esa cara?

Viene caminando con un arreglo de flores divino, una bola gigante de cristal llena de rosas blancas. Es imponente, debe llevar unas doscientas rosas. Apenas aparece José detrás del vidrio.

—Voy a tener que ayudarla a subirlas —dice mientras se ríe—. ¡Debe estar bien enamorada la persona que le envió estas flores, señorita! A esto se le llama ¡jugársela por una mujer!

Me hace mucha gracia su comentario, me río fuerte.

—¿¡Qué dice!?

Con esfuerzo, me ayuda a subirlo. Cuando por fin logramos dejarlo en mi mesa, le agradezco mucho.

—Hubiera sido imposible subirlo sin su ayuda, José.

Tomo la tarjeta, con la pequeña ilusión de que aparezca el nombre de Diego en la firma. Al leerla siento una desilusión, ya que el nombre es otro.

La leo en voz alta:

Mía, ha sido un grato placer conocerte. En la vida nada es coincidencia.

¿Te apetece cenar mañana a las siete? ¿Vale?
No acepto un no por respuesta.
Tenemos mucho de qué hablar.
Abrazos.
José María Del Pino Calvo-Sotelo.

Me sorprende, la verdad, porque apenas nos conocimos ayer. Solo han pasado veinticuatro horas y ya tiene este detalle conmigo. Realmente me sorprende que me haya invitado a salir y que me haya enviado estas flores.

Igual su nota me saca una sonrisa. Me parece divertida la manera de invitarme.

Preparo la tina, necesito darme un baño, relajarme y escuchar música. Decido llevarme una copa de vino y me dispongo a elegir el *playlist* perfecto.

Disfruto de mi paz escuchando a James Arthur, "Say You Won' Let Go". En mi teléfono suena una notificación.

"Sé que unas flores no son suficientes para que aceptes mi invitación, pero debes descubrir si es verdad, que no existen las casualidades en la vida. Mañana paso por ti a las siete, ¿vale? Espero tu respuesta. José María".

Me sale una sonrisa inevitable. Tiene un cierto humor que me parece diferente.

Dejo el teléfono al lado. Sigo disfrutando mi baño mientras pienso si aceptar o no la invitación. Llevo mucho tiempo sin salir con nadie. Ni siquiera con amigos. No he tenido ánimo, además, termino agotada con mis horas de trabajo.

Tomo mi copa de vino, tan afrutado como aromático, me encanta el vino español, creo que este me ayuda a aceptar la invitación. Me viene bien distraerme. Además, es sábado y no trabajo.

Agarro el teléfono antes de arrepentirme: "Acepto tu invitación".

Salgo a correr por el Parque del Retiro. Inició la primavera, el sol está radiante y el cielo, azul. Disfruto el entorno, amo esta época en la que el ánimo está como para salir a pasear y hacer pícnics. Muchas parejas conversan, otras personas leen, escuchan música, pasean a sus perros o, como yo, hacen deporte.

Me recuesto en una banca y miro al cielo. No puedo evitar acordarme del día en Italia con Diego, cuando pasamos horas en una banca contando nuestras historias de niños. Mostramos cada cicatriz que arrastramos.

Siento el corazón apretado, una punzada muy profunda. Sé que jamás lo olvidaré, y que soy la culpable de estar así. Pienso en el día que lo vi con su novia Milena, se veía tan tranquilo y tiene a su lado a esa mujer que se ve tan resuelta por la vida. Me levanto y decido no pensar más en eso.

Camino a mi departamento, veo en una vitrina un hermoso vestido. Entro sin pensarlo mucho y decido comprarlo para mi cena de esta noche. Es negro de seda, tiene un corte en la espalda que la deja ver en su totalidad. La tela cae perfecto hasta abajo de las rodillas, realzando cada curva de mi cuerpo. Bastante sexi.

Son las 6:55 horas y me estoy poniendo los zapatos. Suena el citófono.

Escucho en la voz a José María.

—Mía, ya llegué por ti. ¿Quieres que suba o bajas tú?

—Dame unos minutos y bajo.

El restaurante Amicitia es hermoso, quizás mejor de lo que había oído. Es el sitio de moda de la alta clase madrileña. La entrada está llena de velas, forman un camino que hace que el ambiente se sienta muy íntimo y romántico. Lámparas cuelgan en techos altos que iluminan de forma tenue y muy refinada.

Nos indican que la reserva es en la terraza. Nos reciben con una copa de champaña y caviar, la especialidad de la casa. Mientras hablamos con nuestras copas en la mano, la conversación se torna muy agradable, José María es un hombre muy culto. Es divertido, le ayuda mucho su humor, que es muy particular.

Llega el mozo y nos sirven foie con escabeche de zanahoria, una delicia.

—Mía, lo estuve pensando y claramente quiero conocerte más y salir contigo. No sería ético que siguiera con tu caso. Voy a derivarte con mi socio y mejor amigo, que trabaja con el mejor equipo penalista, expertos en abuso, en un bufete internacional. Son los indicados para tomar tu caso.

—Confío plenamente en ti, así que tú me dices cuándo los puedo conocer.

—Sí, esta misma semana hacemos una reunión. Pasando a temas más triviales, quiero saber todo de ti. ¿Siempre quisiste ser actriz?

—La verdad, yo creo que lo traía desde antes de nacer. No recuerdo ni un solo minuto de mi vida donde no supiera que esto era lo que quería hacer con mi vida.

—Te debo confesar que anoche me puse a *stalkear* tus películas. Debo decirte que aparte de ser, por lejos, la mujer más guapa que he conocido, eres una excelente actriz. Estoy impresionado.

—¿Tú eres de esas personas que piensa que las actrices somos solo una cara bonita?

—No, en ningún caso.

—La vida de los actores parece sumamente fantástica a veces, pero vivimos eternas jornadas de trabajo, el desgaste emocional es muy grande. El pasar de la risa al llanto y poner toda tu energía es difícil. Muchas veces son personajes que no tienen nada que ver con tu personalidad. Y de paso hay que lidiar con que tu vida jamás será privada.

—Muy parecido a lo que nos pasa a los abogados, Mía. Con la diferencia de que tenemos un poquito más de privacidad.

La noche transcurre entre risas y miradas coquetas.

Después de la champaña, nos cambiamos al vino tinto español. El restaurante tiene una cava hermosa. Ahí mismo me invita a una cata de vinos a la que está comprometido mañana. Yo no puedo negarme.

Ha sido una jornada increíble. Me abre la puerta del auto y cuando se da la vuelta y se sienta a mi lado, pone su mano sobre la mía para agradecerme la velada. Me deja en mi departamento y cuando estamos frente a la puerta, me marca un beso en la mejilla.

永

ENTRE VINOS Y MÚSICA

El domingo Chema pasa por mí a las diez de la mañana y lo acompaño a una feria de vinos a las afueras de Madrid en la región de la Ribera del Duero.

Una cata maravillosa.

—Mía, verás lo importante que es catar los buenos vinos con los somelier de esta región. Vas a mejorar muchísimo la percepción de los aromas y los sabores y poco a poco verás los mejores vinos que te ofrece el mercado. Existen tres tipos: la cata vertical, la cata horizontal y la cata a ciegas. Es un lugar maravilloso, un mar de viñedos. Es un lugar muy guay, vas a flipar.

Al llegar nos encontramos con un grupo grande. Me doy cuenta de que todos son del despacho de abogados de su firma. Empezamos a caminar y uno a uno nos saludan con mucha amabilidad. A algunos los veo chismear al oído.

Nos acercamos a ellos. Ninguno separa la vista de nosotros. Siento un análisis completo en sus miradas.

—Les presento a Mía Spencer, la mujer que me tiene completamente embrujado. Me flipa esta mujer.

Me río nerviosa, no esperaba tal presentación. Saludo a todos.

Conversamos un rato entre copas de vino y degustaciones. Chema se acerca a mi oído.

—Vamos a recorrer la viña.

—Sí, vamos.

Nos despedimos diciendo que más tarde nos veremos.

Hacemos el recorrido completo, nos explican desde cómo se inicia la vendimia, caminando entremedio de los viñedos, hasta el embotellado y etiquetado. Alucinante. José María me enseña los tipos de uvas.

—Mira, esta uva alcanzó el proceso óptimo de maduración para que se convierta en un excelente vino.

—¿Cómo sabes tanto de esto?

—Porque esta viña es de mi familia, desde pequeño vi cómo se realizaba el proceso.

Me impresiona que no me haya contado todo esto antes.

—Mía, acá pasé mi niñez entre vinos y uvas. Siempre fue un lugar de ensueño para pasar mis veranos. Ven, te voy a mostrar la bodega donde se almacenan los mejores elixires de uvas.

Me lleva a una cava increíble, rodeada de botellas y barriles. Al entrar, se moviliza rápidamente gran parte del personal.

—Señor José María, ¿en qué lo podemos ayudar?

—Quiero que me saquen la cosecha del 2001. Mía, vas a probar la mejor botella que tengo guardada en este lugar. La tenía guardada para una ocasión especial y, la verdad, no encuentro un mejor momento que este. Compartirla contigo será un verdadero placer.

Lo abre con evidente *expertise* y me sirve una copa. El color es rojo profundo, el aroma frutal, y en el paladar se siente una deliciosa mezcla de sabores.

—Chema, no soy para nada experta en vinos, pero esto se siente maravilloso.

—Para que este vino llegue a este nivel, significa que las condiciones atmosféricas fueron perfectas. Su evolución fue perfecta tanto en barrica como en botellas.

Degustamos cada copa de vino. Empieza a atardecer y también la vendimia. Toda una fiesta entre vinos, quesos y carnes frías. La celebración se vuelve muy animada y colorida. El ambiente está lleno de alegría y entusiasmo.

Llegan al lugar los trabajadores de las bodegas. Comienza a tocar un grupo de música tradicional española, entre flamenco, rumbas y sevillanas, nos animamos todos a bailar y disfrutar de la fiesta.

Chema se une a los músicos y canta mirándome a los ojos delante de todos los invitados. Inicia con "La bamba" y luego sigue con "Vino tinto" de los Gipsy Kings. Me toma de la mano y me lleva con él, mientras anima a todos los presentes a bailar.

Paso un día magnífico, hace tiempo no disfrutaba tanto. Bailamos hasta el atardecer. José María es un hombre muy alegre, amante de la vida, culto y muy interesante.

永

Y MÁS ALLÁ… SI TÚ QUIERES

El lunes, al llegar al estudio de grabación, me espera un ramo espectacular de tulipanes rojos con una nota: EL MEJOR FIN DE SEMANA DE MI VIDA. GRACIAS POR HACERLO POSIBLE. JOSÉ MARÍA.

En ese instante suena una notificación en mi celular, un mensaje de Whatsapp. "Buenos días, Mía, que sea un día maravilloso para ti. Desperté con una sonrisa que no logro sacarme de la cara. Eso es gracias a ti".

Mi cara cambia de expresión y una sonrisa aparece en mi rostro. Hace mucho que no sentía algo así. Y es gracias a Chema.

Cuando llega la hora de la comida, suena mi teléfono. En la pantalla aparece José María.

—Hola, Chema, muchas gracias por las flores. Estoy a punto de poner una florería en mi departamento. Creo que me iría muy bien —se lo digo mientras me río.

—Por mí, ya te hubiera mandado la florería entera y, si quieres, una campiña entera de las flores que más te gustan. Así y todo, no alcanzaría a agradecer lo feliz que me tienes. Mía me flipas.

—Qué romántico eres, Chema. Yo igual lo he disfrutado mucho. Estoy muy agradecida contigo, hace tiempo no me dejaba llevar así sin un plan, sin mucho control de mi parte.

—No sabes cómo me alegra escuchar esas palabras. Todo lo que pueda hacer para que disfrutes, déjalo en mis manos. Voy a llevarte a conocer todo Madrid y más allá… si tú quieres. Pero mientras lo piensas, quiero invitarte a cenar hoy a mi casa, viene todo el bufete de abogados y, la verdad, no sabes cómo me alegraría que aceptes, si no la cena se vuelve solo de negocios y casos por resolver. O sea, tediosa y aburrida.

—Hoy no te puedo prometer nada porque no sé a qué hora terminaré de grabar. Pero prometo que, si es temprano, llego. Dame tu dirección, por favor.

—¿Cómo crees, Mía? Obvio que envío al chofer por ti. Así me aseguro de que llegues, aunque sea un rato. Él tendrá la orden de esperar el tiempo que sea necesario. No me importa que llegues tarde.

—Ay, Chema, me da mucha pena que te tomes tantas molestias.

—Es que no es una molestia, es más bien un placer. Vale, en eso quedamos. Un beso, Mía.

—Igual para ti, José María.

Siento un leve cosquilleo en la panza. Es tan galán y educado. Debo reconocer que me gustó su llamada, me deja alegre y con una gran sonrisa en mi rostro para comenzar con las grabaciones.

—

Me subo en un auto último modelo, un Mercedes negro. No lo reconocí al principio, no es el mismo que usó para ir el día anterior a la villa.

El chofer me abre la puerta.

—Mucho gusto, señorita Mía. El señor José María la espera en su casa. Me encargó mucho que la lleve sana y salva.

—Muchas gracias.

El camino es precioso, no logro reconocer muy bien por dónde nos vamos. Veo que salimos de la ciudad y nos dirigimos al barrio La Moraleja. Llegamos a una mansión, literalmente. Una casa con jardines hermosos y una entrada majestuosa, estilo mediterráneo.

Este barrio es un lugar con mucha tradición, donde viven las familias más adineradas y tradicionales de todo Madrid.

El chofer detiene el auto al entrar en un portón inmenso. Me bajo del coche y entro a un hermoso recibidor. Hay un espejo gigante, los techos son altos. El mayordomo me recibe:

—El señor la está esperando.

En ese instante aparece José María: elegante en un traje negro, sin corbata, y con una sonrisa en sus labios.

—Bienvenida, Mía Spencer, qué placer tenerte en mi casa.

—Chema, qué linda casa, pero pareciera que cientos de personas viven aquí.

—Lo sé, pero, aunque no lo creas, vivo solo; bueno, con Bruno, mi perro. Los días que trabajo hasta tarde en el despacho, o tengo juntas de cenas largas, tengo un departamento más pequeño en pleno Madrid, no creas que vengo todos los días para acá. Pero trato de venir a dormir aquí la mayoría de los días. Pasemos al comedor, te estamos esperando para cenar. Todos estaban ansiosos porque llegaras.

Enseguida se acerca a mi oído y me dice más bajito:

—Claro que nadie te esperaba tan ansioso como yo. Me tienes hecho un gilipollas.

La cena transcurre increíblemente. La disfruto mucho, entre risas y una que otra copa de vino. Todos son muy atentos y simpáticos. Chema es un excelente anfitrión, se preocupa de todos los detalles. No se separa de mi lado, me contempla toda la noche.

En un momento me toca la mano. No sé cómo reaccionar. Pienso en quitarla. Pero luego decido dejarla, no le debo fidelidad a nadie. Aunque mi cabeza me diga lo contrario y mi mente no deje de girar…

Miro por la ventana los árboles y las flores hermosas que acompañan el viaje. Voy con Chema por la carretera rumbo a Patones de Arriba. Queda a sesenta kilómetros al noreste de la capital. Es un pequeño pueblo que en la actualidad es considerado el más espectacular de toda la región madrileña. La arquitectura está construida en una piedra negra, sus calles angostas y sus enredaderas que suben por las paredes de las casas lo hacen un lugar inigualable.

Chema pone en su auto la canción de Hombres G: "Te quiero". Él siempre está preocupado de que todo salga increíble.

Ha pasado tan rápido el tiempo, ya llevamos un mes pasándolo estupendo, entre una y otra salida en las que he tratado de evitar acercamientos comprometedores. Él me trata como si fuera su novia, yo ya me di cuenta de que con este no me puedo meter solo para satisfacer mi placer. Él claramente quiere algo serio. Y me tiene confundida.

No ha dejado un solo día de decirme todo lo feliz que está conmigo y lo afortunado que es de encontrarme. Llegamos al pueblo, de calles empedradas y casas de pizarra negra.

—Mía, ya estamos a veinte minutos de llegar. En la casa nos están esperando con comida española y una variedad de vinos con la que vas a alucinar. ¿Necesitas algo?, ¿quieres que paremos en alguna parte?

Muevo mi pierna sin querer y trato de relajarme mientras miro por la ventana y observo el hermoso paisaje de este bello país.

—No, gracias. Conociéndote, debes tener una exageración de platillos. —Me río para ocultar mi nerviosismo.

Esta es la primera noche que pasamos juntos. ¡Quién lo diría! Antes tenía sexo el mismo día en que conocía a un hombre que me gustaba, a veces tan solo a unas horas. Y hoy he pensado más de mil veces pasar esa raya. Me asusta no sentir lo mismo que sentía con Diego.

Llegamos a su casa, es mucho más linda de lo que imaginé. Los ventanales grandes que llegan al piso, rodeado de plantas y flores. Nos bajamos y su equipo sale muy bien uniformado para recibirnos.

—Buenos días, señorita Mía —dicen casi a coro. José María y yo los saludamos también. Luego él me toma de la mano.

—Guapa, te quiero mostrar mi segundo hogar.

—Se ve fascinante, Chema.

La casa es como sacada de un cuento. Está construida con piedra negra, muy típica de la zona, lo que le confiere un encanto rústico, pero fino. La decoración es exquisita, con muebles de diseño y detalles de lujo en cada rincón.

La entrada principal se abre a un amplio salón con techos altos y grandes ventanales que ofrecen vistas panorámicas del valle y las montañas circundantes.

La cocina es gigante, tiene una isla central de mármol donde me presenta a la gente que trabaja para él. Los veo preparando deliciosas comidas.

Salimos al exuberante jardín que tiene una piscina infinita de agua cristalina, y una zona de comedor al aire libre.

—No sabes lo que es la noche acá, la iluminación ambiental crea un ambiente muy romántico. Vamos a cenar bajo las estrellas.

Me abraza y me besa apasionadamente.

Yo respondo de igual manera. Chema es un hombre encantador y me envuelve su manera de disfrutarme en cada beso, en cada caricia.

Justo cuando estamos entrando en calor, suena su teléfono.

—Mía, debo contestar esta llamada. Lo siento, mientras te van a ir mostrando nuestra habitación.

Llama al mozo, que me lleva a la suite principal. Me deja ahí para ir en busca de nuestro equipaje. Al entrar, veo una cama *king size*, llena de pétalos de rosas y un centenar de velas por toda la habitación. No puedo creer cuán preparada tiene nuestra noche especial. Un escalofrío recorre mi piel. Una sensación rara.

Paso mi mano por el cobertor y las sábanas, no deja de asombrarme la ropa de cama de alta calidad. Avanzo al balcón privado con unas vistas impresionantes.

Pienso en lo lindo que ha sido Chema y cómo se las ha jugado cien por ciento en conquistarme y, la verdad, sí me gusta.

Sospecho que voy a disfrutar el sexo con él. Mi abuela siempre ha dicho que "Un hombre que es generoso, lo es en todos los aspectos; con el cariño, con el dinero y en la cama".

En ese segundo entra José María, que trae una sonrisa que le ilumina la cara.

—Ya estás instalada en nuestra habitación. ¿Qué te ha parecido?

—Qué puedo decirte, es hermosa. Me encanta el detalle de los pétalos y las velas, que me imagino prenderemos más tarde…

Intento dejar que fluya mi coquetería, porque no quiero arruinar nuestra primera noche de pasión.

永

LA QUÍMICA ES CAPRICHOSA

Bajamos a comer. Está todo delicioso. En la mesa, llena de servilletas de colores y flores, adquieren nuevos brillos todo tipo de jamones, chorizos y quesos, también tortilla de patatas, un pulpo a las brasas y croquetas de jamón serrano.

—Somos solo dos personas y hay comida para cien.

Chema se ríe.

—Perdón, quería complacerte con cada platillo típico de esta zona. —Se pone más serio y se acerca a mí—. Me pasa contigo que quiero que flipes conmigo. Que disfrutes el tiempo conmigo al máximo. Quiero, Mía, que te quedes en mi vida y que no quieras irte.

Frente a estas palabras, me quedo sin saber qué contestar. Lo veo tan serio y eso me asusta.

—Chema, quiero que sepas que me la paso genial contigo, eres un hombre increíble en todos los aspectos. Solo te pido tomarnos esto que estamos formando de una manera relajada. Disfrutando esto día a día, conociéndonos. Me gustaría pedirte no hacerte demasiadas expectativas. He aprendido que es mejor dejar fluir las cosas y no pensar tanto en el mañana, ni ponerles nombre a las cosas, sino disfrutar el uno del otro.

Me mira fijamente, sin pestañear, como si quisiera leer más allá de mis ojos, entender realmente qué pasa por mi cabeza y por mi corazón.

—De verdad, Chema, estoy muy feliz contigo. Eres un hombre generoso, divertido, me gustas mucho, hace mucho tiempo no tenía esta ilusión de pasar tiempo con alguien. Estoy muy feliz a tu lado, me devolviste una parte que había dejado olvidada y eso me tiene muy contenta. Por eso hoy estoy acá contigo y vamos a disfrutarlo.

No sé si mi respuesta le gusta tanto, pero decidimos sentarnos a la mesa y disfrutar de estos manjares, acompañados de varias copas de vino. No tengo mucha hambre, pero pruebo al menos cada plato. Su personal nos atiende como reyes.

Les agradezco tanto que no dejan de trabajar para que todo salga de maravilla.

Así pasamos las horas y no paramos de conversar entre besos y abrazos, las copas de vino siguen pasando por nuestras bocas. Llega el atardecer y vamos a la terraza a disfrutarlo.

El cielo se pinta de rojos y amarillos. Definitivamente estas vistas en España son únicas. Chema me acaricia cada vez más profundo, más intenso. Los besos son más apasionados.

Miro entre beso y beso si alguien nos observa. Me preocupa que la gente del servicio que da vueltas por la casa esté mirándonos. Pero es como si, de repente, hubieran desaparecido.

—¿Quieres más vino?

Veo la pasión en sus ojos.

Acerco mi copa.

—Veo que miras para todos lados, Mía. ¿Te preocupa que nos pueda ver alguien?

Sonrío, con cara de afirmación.

—Ya les di la orden a todos de que se fueran a descansar. Así que estamos completamente solos.

Observo este escenario que, la verdad, ayuda mucho al romance.

Además, Chema pasó hace tiempo la prueba de los besos. Nada como un hombre que no tiene técnica y que, en vez de besarte, parece que te comiera.

Va subiendo mi temperatura corporal.

Me gusta mucho Chema.

Empieza a recorrer mi cuerpo con sus manos y yo le pido que subamos a la habitación. Esta vez veo los pétalos sobre la cama y las velas prendidas.

—Muy bien, viniste a prender las velas.

—Todo está guay —me dice, pero me besa con desesperación. Baja la velocidad para quitarme con cuidado la parte de arriba, me deja solo en brasier. Él se quita la camisa y veo su disciplina en un cuerpo bien trabajado.

Toco su abdomen duro y fuerte, completamente marcado. Él me quita el sostén. Siento su piel al desnudo que roza mis pezones. Siento sus besos calientes en los míos. Es una sensación agradable. Es rico sentir que alguien te desea de esa manera. Se aleja unos centímetros tan solo para contemplarme.

Seguimos nuestro preludio romántico. Me tira a la cama, mientras yo le voy quitando lo poco que le queda de ropa, y él la mía. La atmósfera es perfecta. No puede ser mejor, el mejor escenario, pero… yo no puedo dejar de pensar que él no es Diego.

Se hunde en mí y se ve que es un hombre diestro en el tema.

—No sabes cómo te deseo, Mía, desde el día en el que te vi parada en el ascensor. Moría de ganas de tenerte como te tengo en este momento.

No respondo nada. Me siento segura, pero extraño eso que solo tenía con Diego. Chema me toca como quiero, me gustan sus besos, me pregunta a cada rato si me siento bien.

Yo respondo con una afirmación con la cara, pero no sé si soy muy convincente. Ni siquiera logro llegar al clímax. No puedo concentrarme del todo.

Con Diego fue celestial desde la primera vez que estuve con él en esa cabaña en Italia. Era como si nos conociéramos de toda la vida. Tan intensa, tan pasional.

La química es caprichosa. Tal vez esa conexión solo se logra sentir una sola vez en la vida. La perdí. Y ya no sé cómo superarlo.

永

ME ENCONTRÉ CON TU MIRADA

Me miro en el espejo, me gusta mucho cómo me queda el maquillaje un poco más marcado para la noche, en tonos cafés con un toque dorado. Me quise dejar este *look* al terminar mis grabaciones. El pelo suelto un poco revuelto, en las puntas con ondas. Sí, me veo sexi y con estilo. Solo me falta ponerme los tacones y preparar mi bolsa. Decido apurarme para no atrasarme, sé que Chema es exageradamente puntual. Mientras pienso en esto, suena el timbre de mi departamento.

Al abrir la puerta, veo los ojos de Chema como recorren mi cuerpo por completo.

Tengo puesto un vestido rojo largo en seda maravilloso de mi amigo diseñador, Franco Tonanez.

—Joder, qué maja, Mía. Eres por lejos la mujer más hermosa de este universo.

—Tú igual te ves muy bien, José María. —Me río—. Ya estoy casi lista, dame unos segundos.

Me miro antes de salir y me gusta cómo me veo.

Hoy es la cena para el beneficio de los niños en riesgo social. La fundación Pequeños Gigantes me pidió ser la embajadora y hacer la presentación para conseguir más socios. Me motiva sobremanera ayudar a niños a tener una mejor calidad de vida y que crezcan con educación y cariño. Y esta organización tiene grandes profesionales, con vocación absoluta. Pasé el fin de semana anterior todo el día junto a estos niños que te dan amor, sin esperar nada a cambio.

Desde que le pedí a Chema que me acompañara a esta cena, se lo tomó como causa personal. Su bufete completo ya se unió a este proyecto.

Llegamos al Palacio de Saldaña en la calle Ortega y Gasset. Miro el edificio construido en 1903, desde la entrada se ve la arquitectura afrancesada muy típica que impera en el madrileño barrio de Salamanca.

—Chema, tengo mucha curiosidad de ver cómo quedó este lugar. Lo compró un mexicano, Manuel González. Dicen que es un apasionado del diseño, arte, la cocina y la decoración. Este proyecto lo conceptualizaron durante tres años, dirigieron hasta el más mínimo detalle. Invirtió cincuenta millones de euros entre la compra y la restauración. Leí que suma más de cien obras de arte en este lugar.

Nos bajamos y al entrar en la recepción vemos un salón con millones de luces en el techo, candelabros y flores altas en colores rosa palo y beige. La decoración es elegante y tiene un sutil toque de misterio. Me siento como si estuviera en una película de época. Despierta todos mis sentidos.

El lugar se divide en cuatro plantas conectadas entre sí y un jardín interior que te lleva a una experiencia donde se respira hedonismo gastronómico. Casi al llegar, viene a nuestro encuentro el presidente de la fundación, Guillermo

Casanova. Viene acompañado de su esposa y yo le presento a Chema.

—Mía, mucho gusto, soy Isabel Casanova.

—Hola, Isabel, te presento a José María Del Pino Calvo-Sotelo.

—Mía, no puedo evitar decirte que tu vestido es maravilloso. Qué belleza la tela y el color. Te queda perfecto.

Es una señora mayor, muy agradable. Me pide una foto, se me hace tan raro, porque jamás en estos lugares, con gente tan *fancy*, alguien me pide este tipo de cosas.

—Te voy a confesar que mi hija es tu fan número uno. Tiene solo diez años, ha visto todas tus películas y está muy ansiosa por tu nueva serie. Me dicen que será un exitazo. Cuando le contamos que te veríamos en la gala, casi se desmayó de la emoción. ¡Gritaba de euforia! Pero justo ayer se enfermó, está con mucha fiebre y dolor de cuerpo. No se pudo parar de la cama.

—Ay, qué ganas de conocer a esa niña, Isabel. Dile que cuando se mejore, la invito al estudio para que nos vea grabar.

—Eres una reina, Mía, de verdad la harías muy feliz.

Por su parte, Chema no para de conversar con Guillermo. Les pongo atención, disimuladamente, y escucho que hablan del trabajo y de cómo está la crisis económica mundial. Y hasta entiendo que resultaron ser medio familiares.

Isabel y yo nos movemos un poco para sacar una foto con el mejor fondo del salón. Y también me dispongo a enviarle un video a su hija deseándole que mejore e invitándola al set. Doy vuelta con el teléfono, buscando la mejor luz, y en ese momento siento unos ojos fijos en mí.

¡Zaz! Nadie más que Diego Cienfuegos.

Inmediatamente, mi cuerpo reacciona. El calor se eleva hasta mi cara dejando mis mejillas al rojo vivo. Mi corazón a mil por hora, la sudoración en mis manos y temblor en mis piernas.

Lo miro y pienso, mientras mi corazón palpita en mi boca, que jamás imaginé verlo más sexi de lo qué es, y lo logró. Su pelo está más largo, los ojos se ven más profundos, se ha dejado una barba descuidada, pero la lleva perfecta, le hace ver la cara más angulosa. Sus labios, su mirada profunda. Lleva un traje negro a la medida, el cual le hace marcar sus brazos y su postura de intelectual, con ese aire medio hippie que lo acompaña siempre. Siento que lo miro con la boca abierta.

Despierto de este éxtasis y escucho que me habla Isabel.

—Mía, ¡qué bien salimos en la foto! —Me muestra en su celular la captura de ese momento—. De verdad, muchas gracias por darte el tiempo.

Trato de mirar la foto, pero no logro concentrarme. Todo se ve borroso en mi mente, porque solo siento a Diego.

Vuelvo a mirar al mismo lugar y hacemos contacto visual. Creo que ninguno de los dos pestañea. Está con sus ojos fijos en los míos. Carajo, la conexión que tengo con este hombre es de otro nivel. Un universo donde solo existimos los dos. Mi corazón salta de felicidad, porque pensé que este hombre ya me había olvidado. Pero no. Sé que Diego es mi final.

Vuelvo a la realidad, cuando Chema toma mi brazo.

—Amor, no te imaginas la coincidencia. Somos familia con Guillermo.

Mientras Casanova me repite fascinado la historia de su árbol genealógico, yo trato de enfocarme.

—Guillermo Casanova Calvo-Sotelo, familia de mi mamá —sigue contándome, pero ya no escucho nada, solo miro y sonrío. No me puede importar menos, en este momento, si es Pérez o Morales o Pepito… Solo quiero ver a Diego.

Vuelvo a mirar y compruebo que Milena está a su lado. Ella sigue conversando, no me ha visto. Diego no deja de mirarme, ahora con una cara distinta, porque vio que Chema me tiene abrazada.

Quiero correr y abrazarlo. No me importa Milena, no me importa Chema. Solo él. Ya me cansé de ser la mujer que espera por el hombre de su vida. Quiero ir por él y decirle cuánto lo extraño, todo lo que lo deseo. Él es el hombre del cual no me quiero despegar jamás.

Siento que Diego me sigue amando. Lo siento en la atmósfera, en mi piel, nos comemos con la mirada.

Suena una música celestial, pero no solo en mi cabeza. En pleno centro del salón está una mujer. Al mirar de nuevo descubro que es Malú, la cantante española. Es una voz inconfundible, agitanada, ronca y profunda, que dilata cada poro de mi piel.

Vuelvo a la realidad.

—Mía y José María, les voy a presentar a mis socios. Los que hacen posible que esta fundación funcione y que tantos niños tengan nuevas oportunidades.

Comenzamos a caminar y, cuando nos vamos acercando, no puedo creer que es el mismo grupo donde están Diego y Milena.

Ya no hay vuelta atrás. Siento la mano de Chema en la mía apretando con fuerza. Diego se da cuenta de que me lleva de la mano y me fulmina con su mirada.

Cuando estamos a un par de pasos de llegar al grupo, Milena se percata de que estoy ahí y se adelanta a abrazarme.

—Mía, ¡qué emoción volver a verte! Qué coincidencia que nos volvamos a encontrar, siendo Madrid una ciudad tan grande. He estado por llamarte varias veces, pero Diego ha estado tan ocupado que no he encontrado el tiempo para invitarte a la casa.

Le devuelvo el abrazo, mientras pienso en cómo les voy a presentar a mi acompañante.

Escucho la voz de Chema.

—Hola, soy José María Del Pino Calvo-Sotelo, el novio de Mía.

En su voz siento su clara intención de recalcar que soy de su propiedad. Parece que sabe la importancia de las personas que están frente a nosotros, como si supiera quién es Diego. Pero lo que más molesta es la palabra novia. Pienso en qué momento le pusimos nombre a esta relación.

No puedo evitar mirar a Diego y advierto su cara de malestar. No sé si por lo de novia o por cómo me recibió Milena.

Se me hace tan falsa Milena. Una cosa es que quiera ser educada y otra cosa muy distinta es ser tan encantadora con la exnovia. Hoy veo en ella una mujer normal, sí, buena moza, pero nada del otro mundo. Creo que recuperé mi seguridad.

Milena mira sin descaro a Diego. Se ve que no le gusta la cara de pocos amigos que le pone a José María. Yo trato de mostrarme lo más indiferente que puedo. Como si estuvieran presenciando una película en primera fila.

Milena corta el hielo, creo que para desviar la mirada de Diego y pasar a ser protagonista.

—Mucho gusto, José María, soy Milena y él es mi novio Diego.

—Hola, José, soy Diego Cienfuegos.

Chema me toma de la cintura y me acerca a su lado.

—Soy José María Del Pino Calvo-Sotelo. —Marca mucho sus apellidos, se hace más grande, más alto, evidenciando poder, claramente.

—Mía, qué linda sorpresa verte acá. Me acaban de contar que eres embajadora de la fundación. No esperaba menos de ti.

—Hola, Diego, para mí igual es una sorpresa verte acá. —No puedo decir nada más. No se me ocurre qué contestar.

Siento que todos se dan cuenta de la energía que nos envuelve. Sigue la conversación entre el grupo, agradezco que el tema sean los negocios, los viajes y la fundación. Pero estoy segura de que las miradas entre Diego y yo no pasan desapercibidas.

No puedo evitar mirar a este hombre que me vuelve completamente loca. Que deja mi cuerpo temblando. Escuchar su voz es un placer para mí.

Chema me agarra del brazo y me saca diplomáticamente de este grupo, mientras me dice al oído:

—Vamos a saludar a unos amigos que veo por allá.

Chema se despide y me lleva al otro lado del salón. No sin que antes Diego y yo intercambiemos unas miradas que podrían quemar todo Madrid.

Al estar ya bien lejos del lugar, me dice:

—Mía, ¿quién es ese pijo? No me gusta nada cómo te mirabas con él.

—Este no es el lugar ni el momento para hablar de este tema. Solo debo decirte que no me gusta que sientas que eres mi dueño. No somos novios, solo nos estamos conociendo. En eso quedamos, ¿te acuerdas? Me gusta que vivamos el día a día, sin expectativas.

Él me mira con una cara sombría. Nada feliz. Pero no me siento culpable. Yo nunca he prometido nada. Jamás le he mentido sobre lo que siento por él.

Llega un grupo de empresarios a saludar a Chema; lo agradezco porque ya quiero salir de ese tema.

Va pasando la noche y no he vuelto a ver a Diego y a Milena. Siento en la atmósfera su presencia. Nuestros ojos y nuestros corazones están conectados para siempre.

永

VUELVO A RESPIRAR PROFUNDO

Mientras Chema y sus amigos hablan, yo solo escucho la voz de esta cantante, me envuelven las letras de sus canciones y la melodía. Pienso que quiero a Diego con toda el alma. Lo miro y veo en sus ojos al hombre que conocí y que me deslumbró. Parece saber tan bien lo que quiere en la vida... No existe ningún hombre que le llegue ni a los tobillos.

Así como sabe amar genuinamente, sabe cuidarse y protegerse. Sabe lo que es y lo que vale. Y eso mismo es lo que entrega a la otra persona. No hay ni un gramo de soberbia en él.

Chema me despierta de mi pensamiento y me invita al bar. Pido otra copa de champaña para calmar mis ansias y poner un poco de freno a mi cabeza loca. Llega a nuestro lado uno de los socios de la fundación.

—Buenas noches, Mía. Me presento, soy amigo de Chema, me llamo Álvaro, nos conocemos desde la infancia, éramos compañeros en la escuela.

—Mucho gusto, Álvaro.

—Vengo a quitarte unos minutos a tu novio. Necesito presentarle a un juez con el cual hemos tenido muchos juicios.

Pienso otra vez en cuánto me molesta lo de *novio*, pero no digo nada.

—Álvaro, qué capullo. No quiero dejar a Mía sola, me la pueden robar. —Se ríe con una sonrisa forzada.

—Chema, es importante para ti conocerlo. Anda, y no te preocupes que yo te espero acá tomándome una copa.

Él intenta tomarme del brazo para que lo acompañe, pero yo me suelto con determinación. No me está gustando nada esa personalidad que estoy descubriendo en él, lo siento un poco agresivo.

—Anda, José María, en serio.

Se va con cara de disgusto y desaparece en uno de los tantos salones del lugar. No me importa, la verdad. El escenario queda justo frente a mí. Malú canta acompañada de un pianista.

—Hola, Mía.

Siento esta voz que llena mi universo de todas las sensaciones más profundas e intensas y que solo te lo provoca el amor. Al voltear, veo a Diego con su sonrisa perfectamente deslumbrante. Me quedo perdida en sus ojos.

—Hola, Diego.

Siento un deseo desbocado en todo mi cuerpo. Sé que mi postura lo expresa. Una electricidad recorre cada una de las células de la piel.

—He estado investigando acerca de ti y sé que estás a punto de estrenar la serie que estabas grabando.

El lenguaje de su cuerpo también habla, me desea. Lo veo en su mirada.

—Estoy seguro de que será todo un éxito. Sé cómo pones toda tu pasión en tu trabajo. Y esa pasión la conozco bien.

Me sonríe desde los ojos, yo me estremezco. Roza muy despacio mi hombro al desnudo. Yo, por mi parte, me pierdo en sus labios. Lo besaría locamente por horas, desearía tenerlo entre mis brazos, respirar su piel, perderme en él.

—Diego, quería pedirte perdón por cómo me comporté en México. Fui una cobarde, estaba llena de miedos. No tengo justificación alguna. —Mientras hablo, veo en su cara una especie de alivio, o tal vez asombro, sonríe desde el alma—. Necesito que sepas que en ese momento tenía terror de bajar la guardia. Siempre tuve pánico a que vieras mi alma al desnudo. Veía como un gran peligro que conocieras a la verdadera mujer que soy y que no te gustara. Tenía miedo de que te fueras… Y me fui yo.

Veo una sonrisa en él que nunca había visto antes. Mi corazón se escapa de mi pecho. Pensaba que conocía todas sus sonrisas, las de los ataques de risa, las del clímax en el sexo o cuando se burlaba de mí. Pero esta es una nueva…

—Chill, no sabes cuánto me alegra escuchar todo esto. Pero lo que me hace verdaderamente feliz es que te veo tranquila, resplandeces.

Me alegra tanto que lo note. Mi yo interno me aplaude y me sube al podio de ganadores de las Olimpiadas.

—Nunca pensé decir esto, Diego. Estoy en un momento de aprender a estar conmigo misma, a no temer a la mujer que hay en mí. Ha sido el viaje más trasformador hacia mi interior.

Tengo la necesidad de quedarme horas con él, de no separarnos nunca más. Quiero contarle todo lo que me ha pasado en estos meses. Y saber de él, de sus planes, de sus sentimientos, hasta de lo que ha comido, si ha enfermado, si me ha extrañado… como yo lo he hecho.

Después de tanto tiempo, estamos solos los dos y no existe nada. Este hilo invisible e indestructible que nos une es nuestro gran secreto, el más grande de la historia.

Sus ojos se iluminan más todavía. Su mano toca la mía y la deja deslizar suavemente.

—Chill, creo que hace mucho tiempo no recibía una noticia que me hiciera sentir tan feliz.

—Sí, Diego, hoy me miro al espejo y me gusta lo que veo.

—Por fin, ahora tú ves a la Mía que yo siempre vi. De la cual me enamoré. Una mujer resplandeciente.

Sin darnos cuenta nuestros cuerpos se van acercando poco a poco, mientras sigue acariciando mi mano.

—Mía, tú has sido la única mujer que tiene la capacidad de envolverme en su mundo. He tenido mis momentos más felices contigo, he sentido que me volvía loco de tanta felicidad.

Los ojos se me llenan de lágrimas y miro los de Diego, que están igual: a punto de soltar una lágrima.

Me toma de la cintura y nuestros cuerpos están compenetrados. Es involuntario, como una necesidad, como un imán. Si él se mueve, yo me muevo. Si él salta, yo salto. Mis manos recorren lentamente su cuerpo. Es un terreno tan familiar, pero nuevo y excitante. En cada borde descubro una nueva letra del lenguaje con el que hablan nuestros cuerpos.

Comenzamos a movernos como si flotáramos, bailando al son de Malú.

Y es que vuelvo a verte otra vez
Vuelvo a respirar profundo
Y que se entere el mundo
Que de amor también se puede vivir
De amor se puede parar el tiempo
No quiero salir de aquí
Porque vuelvo a verte otra vez
Vuelvo a respirar profundo
Y que se entere el mundo
Que no importa nada más

Mientras estoy en sus brazos, mis lágrimas no terminan de caer. Es como si mi corazón fuera a explotar de tanto amor, como si no cupiera en mí. Se me viene a la mente el recuerdo de la escena de mi madre con Diego. Hace tantos años atrás, cuando Diego y yo no existíamos. Todo está destinado a nuestro amor. Lo leí en el libro de mi madre. Ahora entiendo lo que es besarse con la mirada, que alguien te toque y sentir que llegas al cielo.

Despierto de mi sueño, cuando Milena llega a nuestro lado. Con su peor cara. Diego se da cuenta y se limpia una lágrima.

—¡Acá están! Te estaba buscando, Diego.

Mi rostro está totalmente ruborizado entre la pasión que me genera este hombre y la vergüenza de sentir que nos han descubierto, de estar haciendo algo malo.

—Perdón, Milena —le digo sin pensarlo.

Diego no dice nada.

Ella nos mira y se queda callada.

—¿Perdón? ¿Estoy interrumpiendo algo?

Yo me adelanto a responder.

—No, Milena, para nada, solo estaba contándole a Diego de mi terapeuta y lo que me ha ayudado. Luego lo retuve, porque me encanta esta canción.

Diego se ve todavía agitado y no dice palabra alguna. Nunca pensé que me daría gusto ver a Chema aparecer en ese instante. Me abraza.

—José María, vamos, por favor. Mañana me pasan a recoger muy temprano. Tengo que llegar todavía a estudiar las escenas y no quiero que me regañen mis directores. Milena, Diego, los dejamos disfrutar.

Diego se acerca un poco a mí y parece querer detenerme.

Lo miro tratando de explicar que no es el momento ni el lugar para hacer algo.

Trato de reírme para disimular este momento tan incómodo. Pero es la risa más falsa que he tenido.

Me despido de los dos y salgo tan rápido como puedo de ese lugar. Con fuego en mi corazón.

永

PREDESTINADOS A LA ETERNIDAD

Me abre la puerta y me subo al auto. Estoy con el corazón a mil todavía. Esta noche estuvo llena de emociones, pero mi corazón está feliz. Lo amo más que nunca y sé que me ama, lo sentí en su mirada, en la forma en que me tocaba. Nuestro amor es real. Cuando Chema se sube, observo su cara poco feliz. Suena su teléfono. Se disculpa y me dice que debe tomar la llamada, porque es un cliente muy importante. Lo cual agradezco mucho.

Quedo sumergida en mis pensamientos y todo lo vivido esta noche. Mientras el auto avanza por las calles de Madrid, al mirar por la ventana veo que la ciudad sigue viva, aunque ya pasamos de la medianoche. Las luces iluminan cada espacio, los bares abiertos están repletos de gente. Hay parejas caminando, grupos de amigos saliendo de sus fiestas. El mundo sigue dando vueltas y funcionando. Y yo me siento más viva que nunca.

Repaso esta historia de amor, cada momento grabado en mi mente. Nuestro encuentro en Italia, en nuestro pueblito, nuestra vida en México, aprendiendo uno del otro y enamorándonos. Cada caricia que nos dimos está en mi alma, puedo decir que he sentido el amor más profundo.

Diego será siempre el mejor amor. Una voz interrumpe mis pensamientos más profundos y secretos.

—¿Lo amas, Mía? —una pregunta que no esperaba en este momento.

Respiro para tomar valor.

—Sí, lo amo. Es el hombre de mi vida. Chema, quiero ser sincera. No tiene nada que ver contigo, tú eres un gran hombre. Solo que mi corazón ya tiene dueño y, la verdad, intenté engañarlo, haciéndome la idea de que se puede volver a sentir algo que se parezca. Pero fracasé en mi intento.

Veo en su cara decepción.

Le toco con mi mano la mejilla, mientras trato de buscar la explicación más verdadera, pero que a la vez sea la que menos pueda herirlo. Tal vez no exista mucha lógica en mi respuesta.

—Chema, te prometo que lo intenté. De verdad, traté de entregarme a esta relación. Quería que resultara, eres un hombre por el cual merece la pena luchar, pero necesito ser sincera hoy contigo y principalmente conmigo misma. Esto que siento por Diego es una historia sin fin. No es por ti, ningún hombre podría entrar en mi corazón. Hoy entendí que no puedo ir contra lo que siento.

Me agarra la mano con fuerza.

—Mía, tal vez no te estás dando una oportunidad real para volver a amar. Yo de verdad creo que uno se puede enamorar varias veces en la vida.

—Lo sé, José María, y definitivamente es cierto. —Me doy unos instantes para explicárselo lo mejor posible—.

Dirás que estoy loca. Pero, de verdad, siento que esta historia con Diego estaba escrita desde antes de que naciéramos. Estábamos predestinados a la eternidad.

—Joder, Mía, ¿cómo sabes eso? Si no te das la oportunidad de amar de nuevo.

—¿Sabes por qué lo sé? He aprendido con el tiempo que el amor es aquello que te hace vibrar desde el corazón. Es como si supieras que estás en el lugar correcto. Como si tuvieras tatuado un nombre, escrito en fuego, y es imposible borrarlo. Chema, de verdad, gracias por este tiempo. Agradezco todo lo vivido contigo. Eres de verdad un hombre maravilloso.

—¡Sí, pero no soy Diego! Como te escucho hablar… La verdad, no me das la opción de seguir luchando por esto. Creo que tienes tomada la decisión.

—¡Y no tienes por qué ser Diego! Renuncio a ti, Chema, pero espero de corazón que encuentres a la mujer que te haga sentir esto de lo que te estoy hablando.

永

ÉL… MIL VECES ÉL

Estoy terminando de ponerme el vestido. Escogí para esta noche tan especial uno blanco de seda, con una abertura interminable en la pierna. Miro mi maquillaje, está perfecto.

Me encanta este diseño, resalta mi silueta y mi piel color canela, efecto de los días que acabo de pasar en una playa española. Estuve en la isla de Formentera, un paraíso en la tierra, de aguas cristalinas, en las Islas Baleares. Decidí irme de vacaciones antes de empezar a grabar la segunda temporada de esta serie. Me sirvió para ordenar mi mente y llegar a una conclusión: debo dejar que la vida fluya, que las cosas se pongan en orden y no forzar nada.

Llegó el día del estreno del primer capítulo de la serie. Se lleva a cabo en la misma mansión donde estamos grabando. Es una villa a las afueras de Madrid, maravillosa, majestuosa, con una arquitectura de vanguardia, pero con una mezcla de otros tiempos de muro a muro. Cada detalle fue cuidado especialmente para esta premiere, con un servicio *top luxury*.

La emoción recorre mi cuerpo. Es gratificante cuando has pasado meses creando un personaje y lo llevas en la piel.

Aunque nunca sabes cómo quedó el producto ya finalizado, lo más importante es si al público le va a gustar. Esta serie se va a transmitir en sesenta y dos países.

Vino mi familia de Chile y Estados Unidos, todos quieren estar presentes en la gala. Hoy están acompañándome todos aquellos que me quieren. Y eso me tiene más nerviosa todavía.

Recuerdo que cuando hice la lista de invitados resultaron más de veinte personas. Invité a Diego y a Milena. Ayer, justamente le pregunté a la relacionadora pública cuántos le habían confirmado de mi lista y me nombró a Diego, lo cual hizo que se me detuviera el corazón.

Mientras me miro en el espejo, mi cabeza me repite: *¡Hoy viene al estreno! ¡Hoy lo vas a ver!*

Tengo nervios. A pesar de que mi corazón da brincos de felicidad, solo de pensar en compartir con él el mismo aire me siento aturdida. Se viene a mi cabeza la imagen de Milena, a ratos me mareo y siento náuseas.

Interrumpe mis pensamientos mi padre al entrar a la habitación.

—Mi niña hermosa, ojos de sol. Estoy tan orgulloso de ser el padre de la actriz más talentosa y bella de esta tierra. No me canso de repetir con orgullo: Soy Franco Spencer, el padre de la protagonista.

Lo abrazo con ternura. Es la mejor época que he tenido con mi padre. Verlo tan guapo, tan entero, tan sano, me enorgullece a mí, porque sé de la gran lucha que vive cada día para mantenerse sobrio.

—¡Papá, te amo, lo sabes!

—¡Yo a ti, mi hija! No sabes cuánto. Si supieras la felicidad que me provocas. Tus logros los siento más importantes que los míos. Hoy estás radiante.

Su voz es entrecortada, a punto de caer en llanto.

—Mía, con los años uno se pone más sensible. Cuando venía de camino del aeropuerto y veía en espectaculares tus fotos presentando la serie, no pude evitar pensar en Mila. Debe estar de fiesta donde quiera que esté. Celebrando y presumiendo también con todo el que la escuche. Seguro está acá contigo abrazándote en cada momento.

—Lo sé, papá, porque la siento siempre a mi lado. Ella me susurra en el oído todo el tiempo, es mi inspiración eterna.

Lo abrazo con fuerza, es un gran hombre, ¡y es mi padre! ¡El que me ama incondicionalmente!

—Basta, dejemos las lágrimas de felicidad para después, debo terminar de arreglarme, en cinco minutos vienen por mí.

Me miro en el espejo del tocador. Todo está perfecto, pero me doy cuenta de que me falta algo muy importante: la cadena que me regaló mi madre. Mi símbolo de eternidad.

Está en la mesa, junto al maquillaje. Pareciera que mi padre leyera mis pensamientos.

Los dos la miramos al mismo tiempo.

—¿Me ayudas?

—Claro, mi niña.

Los dos la tocamos.

—No sé si sabes, papá, la historia de esta cadena que siempre está conmigo. Cuando cumplí dieciséis años, mi mamá me entregó un paquete envuelto de una forma muy significativa. Tenía una luna y un sol, que sobresalían en el envoltorio. Ella era como una niña, esperaba con emoción que yo lo abriera. Cuando lo hice, apareció esta cadena y un dije con esta figura. Es un símbolo japonés que significa *eternidad*, exactamente la misma que ella jamás se quitaba. Era su amuleto desde que tenía dieciocho años. Solo me la puso y me dijo mientras lo hacía: '¿Sabes por qué esta palabra? Porque tú eres eso para mí. Eternidad para mi alma, magia en mi vida... Eres un sortilegio'. Años más tarde, me enteré de que fueron las mismas palabras que le dijo Diego cuando se la regaló.

—¡Lo sé, Mía! Esa historia ya la conocía.

Tocan a mi puerta para indicarme que ya debo bajar al evento. Salimos de la mano. Hoy puedo decir que estoy plena, contenta, aceptándome, amando cada día más y haciendo lo que tanto amo.

Bajo por la escalera y nos reciben todos los medios. Comienzan las entrevistas y las cámaras. Todos los periodistas y mis colegas actores me felicitan. Los abrazo y les agradezco por el gran equipo que formamos.

Estoy en una entrevista, en directo, para un canal que llega a Estados Unidos. Entre tantas miradas y reflectores, veo unos ojos inconfundibles. Una mirada penetrante. Es Diego, guapísimo con un esmoquin negro y una camisa blanca. Jamás lo había visto tan elegante. Se ve más alto. Estoy hechizada con su mirada... Me sonríe y yo le devuelvo la sonrisa en medio de un magnetismo que solo advertimos él y yo.

Sus ojos tienen ese brillo inconfundible. Él, eternamente él... ¡Mi Diego!

Siento todo mi cuerpo revolotear en llamas.

Retomo la entrevista, tratando de concentrarme dentro de lo que se puede. No quiero perder la atención. Sé que debo hacer lo máximo de publicidad para que esto sea un exitazo.

Apagan la cámara y mis ojos lo buscan de forma desesperada. Encuentro de nuevo sus ojos, ¡yeahhh! Su mirada seductora, intensa. Recorre cada parte de mi cuerpo. Yo quisiera dejar todo y correr a sus brazos. Un escalofrío galopa por mi estómago y llega hasta mis partes íntimas, me hace estremecer.

永

ERES MI PERSONA

Los protagonistas nos sentamos en la primera fila, con la emoción a flor de piel. Mi familia está a un costado. No he podido saludar a nadie aún. Mi abuela, María Angélica, no resiste las ganas de acercarse, me abraza con fuerza.

—Mi nieta hermosa, tu madre debe estar bailando de felicidad esta noche. Las estrellas brillan más que nunca. Tienen una fiesta en tu honor.

No puedo evitar sentir el corazón a punto de escaparse de mi cuerpo. Me pongo de pie para abrazarla y los ojos se me ponen brillantes.

—Lo sé, Tita. Mi madre seguro está gritando y tiene a todos mirando cada detalle esta noche. La siento conmigo siempre acá en mi alma. Toco la cadena que me acabo de poner.

Mi abuela toma asiento junto a los Spencer y los Del Río. Todos juntos. Miro al cielo y la luna está completa, majestuosa, brillante y más grande que nunca.

Sigo tocando mi cadena. Como si a través de ella tocara a mi madre y pienso: *Eternidad*. Hoy analizo esta palabra tan importante, tan significativa, como nunca antes lo había hecho. La eternidad del amor. La eternidad de la vida. Tantas cosas que son eternas. Porque aunque mi madre haya muerto en vida, su esencia es eterna.

Su amor por Diego se hizo eterno.

Así como el amor que me tenía y también el que yo tengo por ella. Como el amor que, estoy segura, siempre tendré por mi Diego.

No puedo evitarlo, necesito saber dónde está. Me doy vuelta y comienzo a buscarlo con la mirada. Para mi gran sorpresa, veo que se viene acercando. Cada paso lo siento en lo más íntimo de mi cuerpo. Pareciera que me he quedado congelada mientras solo él se mueve.

Llega a mi lado, me sonríe y me pongo de pie para abrazarlo, y me habla bajito al oído.

—No podía dejar de decirte lo orgulloso que estoy de ti, Mía. Brillas como todos los colores del arcoíris. —Sus palabras son miel en mis oídos—. Nunca dejes que esta luz que hoy tienes se apague por nada, ni por nadie.

—Diego, gracias por estar hoy acá. No existe nadie que hubiera deseado más que hoy compartiera conmigo esta noche… Quiero tenerte cerca.

Nos miramos largamente a los ojos. Se apaga todo el ruido del exterior. Nos decimos todo en esa mirada. Mis ojos le dicen lo mucho que lo amo. Le tomo la mano y la aprieto con fuerza.

Me acerco a su oído, siento el roce de su mejilla rasposa y, desde lo más hondo de mi corazón, le digo:

—Eres mi persona.

Nos volvemos a mirar y esa mirada queda en todo mi cuerpo. Se aleja y se enciende la pantalla gigante, el sonido digital de la sala llega a erizar los pelos. Yo solo pienso en él.

Entra un rayo de luz por la cortina que no se cerró completamente. Lo siento en mi cara. Abro los ojos y me siento jodidamente feliz. Casi nunca somos conscientes de lo felices que somos mientras lo estamos siendo. Hoy lo agradezco. Porque sé lo que es estar del otro lado.

Aparece el recuerdo de la noche anterior y mi cuerpo reacciona de manera involuntaria. Me recorre una electricidad que se siente en cada centímetro de mi piel.

Cada recuerdo vuelve a pasar por mi mente, con mil sensaciones que estallan en mi interior, de una noche maravillosa, única y perfecta.

Diego está parado hablando con mi padre y mis abuelos. Sonríe y mi padre le pone la mano en la espalda. No está Milena, ya me quedó claro. No estuvo en la función.

Yo estoy a unos metros hablando con los productores y ejecutivos de esta cadena internacional de televisoras, quienes me están felicitando. Les encantó el primer capítulo.

Uno de los ejecutivos, joven, muy atractivo, tiene una cierta atención por mí. No ha parado de mirarme en toda la noche. Y ahora me está coqueteando descaradamente. Pone su mano en mi hombro al tiempo que me dice:

—Mía, qué talentosa actriz eres y qué decir de lo guapa.

Yo tengo la mirada clavada en Diego y él en la mía. Veo en sus ojos fuego. Me atrevería a decir que lo estaban matando los celos.

Le quito la mano suavemente a este tipo, dejándole claro que no tengo ningún interés en él. Pero en realidad, al que quiero dejárselo claro es a Diego.

Una sonrisa aparece en el rostro de Diego, la siento tan genuina. Se la devuelvo de la misma manera. Así reacciona mi cuerpo, son esos instantes que llamo felicidad, que los sientes desde lo más profundo. Podría describir una sensación electrizante que inicia en el dedo del pie y continúa hasta la cabeza.

Todo se detiene en un segundo y, de forma involuntaria, como si una fuerza sobrenatural me moviera, me despido rápido de los que me rodean. Y comienzo a avanzar hacia él. Me mueve un imán que me lleva y él hace lo mismo.

Mientras camino, voy brindando entremedio de la gente, que me celebran entre copa y copa. Me felicitan, me abrazan. Creo que solo sonrío, sin decir, ni siquiera gracias. No hemos dejado ni un segundo de mirarnos. Hasta que por fin logramos quedar a solo unos centímetros de distancia.

Siento que hoy el universo conspira a nuestro favor.

Una atmósfera nos rodea de sensualidad. Tengo unos deseos locos de sentirlo. Le toco con una mano la cara, luego me dirijo a sus labios, los toco lentamente. Él agarra mi cintura con obsesión y me acerca. Siento algo intensamente hasta que esa emoción se desborda y me veo obligada a dejarla salir.

Me lanzó a él y siento de nuevo ese sabor de sus besos. En una noche estrellada bajo el cielo de Madrid. Él devuelve el beso de una manera arrolladora. Lo siento más fuerte que un maldito orgasmo y más peligroso que cualquier cosa...

Sé que jamás nadie volverá a besarme así, tan salvaje, tan emocional. Casi nos vamos corriendo por las instalaciones, riéndonos como niños. Muchos me miran con sorpresa al verme de la mano con Diego. No es momento para tratar de mantener mi estatus de soltera codiciada.

Nada me importa más en este momento. Que todo el mundo se vaya al carajo. Solo somos él y yo. Es un anhelo esperado por tanto tiempo. Dos seres que se aman.

Tengo una necesidad y urgencia de Diego. Por un segundo me cuestiono de Milena, pero la verdad es que no me importa. Nada se va a interponer en este momento.

Subimos la escalera a la suite que me asignaron para cambiarme. Entramos y cierro la puerta con cerrojo. Lo miro con fuego en la mirada. Siento un huracán en todo mi cuerpo.

Una música sensual nos envuelve. Está puesta en la fiesta de abajo, pero llega a la habitación. Logro reconocer que es "All We Are", de Matt Nathanson.

Con todo el fuego en mi piel y en la mirada, le tomo de una forma salvaje la cara y lo acerco a mi boca. Él me roza con sus dedos cada parte de mis nalgas mientras se acercan nuestras bocas. Esto culmina en el momento que sus labios tocan los míos.

Diego aprieta sus caderas contra mí y siento su erección. Nos besamos con el cuerpo y con el alma. Como jamás nadie me ha besado. De los mil besos que nos dimos antes jamás tuvimos un beso tan deseado como este... Le susurro al oído:

—Bésame, ámame, ámame, ámame…

Diego me desea como nunca nadie en este universo me ha deseado. Imaginé tantas veces este momento. Siento cada parte de su masculinidad.

—Te deseo tanto, Mía. ¡Eres mi perdición!

Me agarra de la parte trasera y me sostiene de una manera natural, mientras cruzo mis piernas en su cintura.

Me besa el cuello. Mi piel está en llamas, soy un volcán a punto de estallar.

El brillo sensual de su mirada me vuelve loca y me hace desear que me desnude y ser solo suya.

—Diego, extrañaba… tu cuerpo… Necesito tanto estar así contigo.

Esto es dinamita para sus oídos.

No quiero perder ni un solo segundo de él. Quiero dibujar cada línea de su rostro en mi mente para jamás olvidarla, para tenerla en mi cabeza siempre que lo necesite.

Me toma la cara con las dos manos y me mira a los ojos profundamente. Noto su erección cada momento más prominente. Acercándose más a mi cuerpo.

Me da vuelta presionando su miembro en mi trasero. Me besa los hombros y el cuello y lo disfruto. Cada segundo más sedienta de deseo.

Me susurra en el oído.

—Mía, ¡eres letal!

Pone sus ardientes labios en la base de mi nuca y me besa con pequeños mordiscos.

Se me escapa un gemido desde lo más hondo de mi secreto deseo. Me agarra y me lanza a la cama que está en la habitación.

—Diego, estoy tan estúpidamente loca por ti. Me tienes en tus manos.

Me pone sus manos en mis caderas y me inclina hacia adelante. Me agarra mi ropa interior y la baja por completo.

Me masajea sensualmente las nalgas. Cierro los ojos al tiempo que separo las piernas. Se introduce en mi interior, va hundiéndose en mí. Respiro hondo y cada vez sus movimientos se vuelven más intensos, mientras danzamos en un ritmo del desenfreno y el amor que nos consume. Tenemos la respiración agitada y fuera de control. Recorre mi cuerpo con sus manos con lujuria y susurra con voz ronca:

—Mía, Mía, Mía…

Oigo un gemido en mi cuello.

—Diego, Diego, Diego…

Y fundimos nuestros cuerpos en un solo grito de placer.

Logra tomar una bocanada de aire para recobrar un poco el aliento perdido.

—Mía, estoy perdido por ti.

—Y yo por ti, Diego.

Nos interrumpe una de las productoras y grita al otro de la puerta, en un tono que ya denota su alto estrés.

—Mía, ¿estás? Están todos esperando para las entrevistas. ¿Puedes bajar?

En plena declaración de amor le digo a Diego en el oído:

—Mañana te busco, ahora necesito ir a trabajar. —Mi risa es pícara, llena de emoción de lo recién vivido.

—Ten claro que mañana te buscaré yo primero. —Él se ríe con sus maravillosos ojos. Luego añade en voz baja—: Mía, solo una cosa antes de que te vayas. También eres mi persona.

永

TE ELEGIRÉ... SIEMPRE

Todos llegamos felices al primer día de grabación de la segunda temporada. Yo no puedo evitar la sonrisa que llevo y que nace desde lo más adentro de mi cuerpo. Todo el elenco llegó feliz, aunque desvelados. La industria a estos niveles no permite descanso, pero nada importa porque la *premiere* fue un éxito.

Los ejecutivos nos acompañan para darnos el arranque de la segunda temporada. Estoy en plena charla en el set principal con los directores y siento mi celular sonar. Solo tengo una alarma de mensajes, que es la de Diego. Todos siguen hablando y yo me voy perdiendo. Quiero poder cortar lo antes posible esta conversación. Lo único que quiero es leer el mensaje del hombre que ayer me hizo volar al cielo.

Me disculpo y aviso que necesito ir al baño. Tomo mi celular y leo su mensaje: "Mía, ¿cómo dormiste? Yo no pude dormir recordando todo lo que pasó ayer. Quiero decirte que no imagino mi vida sin ti de nuevo. Ya te perdí una vez y no quiero perderte otra. Pero estoy aquí para correr el riesgo. Te invito a amarnos locamente, espero tu respuesta. ¿Te arriesgas?".

El corazón se me escapa de la boca. Es una emoción enorme, una felicidad que sale por los poros. Yo le contesto: "Diego, eres y serás el hombre de mi vida... Correría hoy y mil años el riesgo de estar contigo. Una y mil veces te elijo... Mándame la dirección de tu departamento. Tenemos que hablar".

Llego a mi edificio, saludo al conserje y sigo pensando en que hoy me costó mucho concentrarme en mi trabajo. Todo el día estuve con mariposas en el estómago y con esa sensación estúpida de andar riéndome sola.

En la sala de espera veo al hombre más guapo, más sexi y más encantador que he conocido: Diego sonriéndome con un gran ramo de flores. Vestido impecable, con unos jeans, camisa negra y un saco negro encima. Se ve perfecto; perfecto para mí.

Al verlo, solo quiero lanzarme encima de él.

Avanza hacia mí y nuestras bocas se juntan en un beso que no sé cuánto dura. Tengo ganas de quedarme para siempre aquí. No quiero volver a pasar jamás por el dolor de no tenerlo, no quiero un día más sin su compañía, sin su alma.

—Se me hizo eterno este día, necesitaba estar contigo.

No sé cuánto tiempo se nos va en este encuentro, pero con esfuerzo logramos despercudirnos y subir a mi departamento. Al entrar, quiero seguir besándolo. Ya no necesito explicaciones de ningún tipo, pero sé que aún tenemos muchos puntos por aclarar.

Para ambos es difícil dejar de tocarnos, de mirarnos, él no saca sus manos de mi cuerpo.

Nos sentamos en el sillón para conversar, pero lo miro y veo esos labios, esos ojos, esa carita, ese pelo y me vuelvo loca. Este hombre despierta un fuego en mí que no puedo describir.

—Bésame, todo lo demás puede esperar.

Con su lengua repasa primero mi labio superior, después el inferior y finaliza con un mordisqueo, cuando yo me lanzo sobre sus labios y los siento arder sobre los míos.

Nos besamos con auténtico frenesí al mismo tiempo que tocamos cada parte de nuestro cuerpo.

—No sabes, Diego, cuánto te he echado de menos. A ti, a tu corazón inmenso y a ese cuerpecito que me vuelve loca.

Poso mis manos en su pelo y se lo revuelvo.

Cierro los ojos, me derrito por dentro. Comienza a sacarme la blusa y yo con ansia desabrocho su pantalón. Sus fuertes manos me tienen agarrada de la cintura, me maneja, y yo, dichosa del momento.

Mi cuerpo se abre para recibirlo y jadeo, dispuesta a abrirme más y más para él. Sus manos me aprietan las nalgas. Me inmoviliza contra el sillón y sólo puedo recibir gustosa una y otra vez sus embates.

—Mía, quiero verte retorciéndote de placer y que te vengas muchas veces para mí.

Sube el calor que me sofoca cuando pienso que un clímax asolador está a punto de hacerme gritar. Diego me mira y sonríe, lleno de satisfacción por lo que está logrando conmigo. Contengo mi grito, acerco mi boca a su oído y susurro como puedo:

—Ahora… con todo, mi amor. ¡¡¡Dame fuerte!!!

Mi cuerpo se agita y estalla en mil pedazos. Mientras me besa profundamente, yo estoy más segura que nunca de que este es mi lugar…

永

VIVIR COMO SI EL TIEMPO FUERA ETERNO…

En la cama estamos cara a cara, tratando de recuperar el aire.

—Mía, sé que debemos hablar. Ha pasado más de un año desde ese día que me sacaste de tu vida y, como bien te lo dije, no te busqué. Aunque sentía que me desgarraba sin ti. Reconozco que tengo miedo a volver a pasar por un sufrimiento así y que de un día para otro decidas nuevamente abandonarme. Quiero que seamos muy sinceros. Esto ya no es un juego. Esto es real.

—Diego, me gustaría decirte algo desde lo más hondo de mi corazón. Porque lo único que tengo claro es que contigo tengo que ir con la verdad por delante. Es la única manera de salvarnos. Después de tantas terapias, me di cuenta de que nunca quise necesitar a nadie. Siempre fui mi propia luz, según yo, sin miedo. Me movía con esa caparazón de falsa seguridad para evitar caer ante cualquier flaqueza.

Diego me toca la cara y veo en sus ojos todo el amor que existe en la galaxia. Sin decirme nada me motiva con esa caricia.

—Nunca estuve más sola que en este tiempo sin ti. Algo se apagó en mí cuando te fuiste esa noche de México. Ese vacío dolía tanto que yo pensaba que se me veía, que caminaba con mi herida abierta por delante.

—Mía, lo sé perfectamente, siempre vi a esta niña herida y así quería estar contigo, en las buenas y en las malas.

—Lo sé, amor. Hoy entiendo tantas cosas… Siempre pensé que cuando tu padre murió en ese accidente, a mi madre se le terminaron las ganas de luchar contra su enfermedad, bajó la guardia y se dejó morir. Su vida ya no tenía sentido. El amor le robó las ganas de vivir. Eso me hizo pensar que el amor te hace daño, porque ella me dejó sola. Entonces empezó mi miedo al abandono. Creía que toda persona que yo amara podría dejarme.

—Mía, somos un equipo. Yo te elijo tal cual eres y tú a mí con todas mis sombras. No siempre va a ser fácil, vamos a tener que aprender todos los días, pero quiero hacerlo porque te amo. Porque eres la mujer con la cual quiero acostarme cada noche y con la que me quiero levantar cada mañana. Mía Spencer, te elijo hoy y cada día de mi vida.

Diego me mira con los ojos cristalinos por la emoción.

—Diego, te elijo con tus defectos, con tus aciertos, en los momentos buenos y los inciertos. Cambiaste toda mi vida.

”Te quiero conmigo, Diego Cienfuegos, para siempre, cada día. ¿¡Sabes la suerte que tenemos!?, ¿cuántas personas se encuentran en esta vida con su complemento perfecto? Sé que no será fácil, ¡pero nuestro amor es más fuerte que todos! Podemos vivir el tiempo que nos quede como si fuera eterno…

Miro el clóset, siento cierto cosquilleo al ver toda la ropa de Diego mezclada con la mía. La mudanza fue agotadora, pero partir de cero en un lugar nuevo fue la mejor decisión.

Nuestro piso está en el barrio de Salamanca. Es un *penthouse* contemporáneo, a pesar de lo lujoso y estiloso, lo hemos decorado a nuestro estilo. Cada espacio refleja nuestra esencia. Una pared está llena de nuestras fotos en Italia, en México, en Chile, de nuestros padres y las mejores postales de nuestra nueva historia juntos.

Nunca estuve mejor en mi vida.

Todavía no me puedo creer que estemos juntos. Ya han pasado tres meses de aquella noche del estreno de la serie. Desde ese día, no volvimos a separarnos. Mi corazón se sigue emocionando cada vez que lo miro, pienso en todas las veces que lo extrañé tanto y ahora tenerlo es una felicidad que comienza en la punta de mis pies y llega al último pelo de mi cabeza.

De repente, me entra el pánico de que sea todo tan perfecto. Pero me conoce tan bien que me abraza y todo el miedo se disipa. Sigo con Mariana, mi terapeuta, porque este proceso de conocerse es para siempre.

Estoy concentrada ordenando el clóset. Escucho el sonido de la puerta, me giro y veo a Diego asomarse con una sonrisa traviesa.

—¡Alto ahí, señorita organizadora! La voy a secuestrar y me la llevo a cenar ahora mismo. Como dicen por ahí, hasta el amor puede esperar, pero el hambre no. —Me abraza por la cintura mientras los dos nos reímos—. Tengo reserva en un restaurante que te va a encantar.

Llegamos a Japánika, un estiloso enclave de comida japonesa. Nos sentamos en la barra y, luego de pedir un sake, vemos cómo cocinan ante nuestros ojos. Nos reímos comentando nuestro día. Pienso que no existe otro lugar donde quisiera estar más que acá.

Empezamos a comer nuestros *nigiri* de atún. Entre besos y manos que no se detienen para sentirnos cerca y tener la seguridad de que esto no es un sueño. Que sí estamos juntos.

Suena el teléfono de Diego, en la pantalla dice: "Casa mamá". Por el cambio de horario, es muy temprano en Chile.

—¡Qué inoportuna mi madre! Le voy a decir que luego le devuelvo la llamada. —Contesta. Sube la voz, cosa que jamás había visto en él—: ¿Cómo?, ¿cuándo pasó?, ¿dónde está?, ¿qué dijo el doctor?, ¿en qué hospital está? Viajo de inmediato. —Su cara es de angustia—. Voy a tener que viajar a Chile urgente.

Pide la cuenta, sus ojos vidriosos. Le tomo la mano.

—Diego, ¿qué pasó?

Paga y salimos casi corriendo del restaurante.

—Mi mamá se trató de suicidar...

Mientras caminamos, solo aprieto fuerte su mano.

—Me voy contigo a Chile. No te voy a dejar solo en este momento.

Siento su silencio. Su dolor cala en lo más hondo de mi corazón.

Conseguimos pasajes para el primer vuelo a Chile esa misma noche. Empaco por los dos. Diego no está en capacidad de hacer nada. Sin pensarlo mucho, meto lo que encuentro a mano en las maletas, eso es lo que menos importa ahora. Nunca lo vi más perturbado. Está perdido en sus pensamientos.

Estamos en la sala de espera y le marco a mi productor para explicarle mi situación. La verdad, mi llamada ni siquiera era para pedir permiso. Con el dolor de mi alma, y entendiendo lo que esto significa para una gran producción, tuve que anunciar que me ausentaba.

Me doy cuenta de que esto es un gran problema para él, pero él se percató también del desconsuelo en mi voz y entendió que es una emergencia familiar. Por primera vez, no me importa nada más que estar con el hombre que amo.

No lo voy a dejar solo, aunque me cueste mi trabajo.

Embarcamos en silencio. Nos vamos en primera clase. Se toma una pastilla para dormir y tratar de descansar un poco en estas doce horas de vuelo.

Yo solo le hago unos cariñitos de vez en cuando y lo dejo en su espacio, porque no quiere hablar.

Solo quiero que sienta mi amor, porque aquí estoy para él.

永

LA VIDA PENDE DE UN HILO

Nos bajamos del avión y vamos directo a la clínica.

Llegamos y transcurren solo diez minutos antes de que aparezca el doctor Ventura, que estaba esperando a Diego para hablar con él.

Apenas se ven, se saludan con un fuerte abrazo. Él es el médico de la familia de toda la vida, una eminencia como cirujano internista.

—Diego, tu mamá llegó muy mal al hospital. Tuvimos que realizar una transfusión de sangre. Llegó muy descompensada. Hemos logrado estabilizarla.

—¿Está fuera de peligro?

—Sí, está estable. Diego, es muy importante que ella ingrese a un hospital psiquiátrico. Una próxima vez no correrá con la misma suerte. Ahora se salvó porque tu abuela la encontró a tiempo y pudimos proceder rápidamente.

Diego solo lo mira y va digiriendo cada palabra.

—¿Puedo verla?

Pasamos a la habitación. Bárbara está acostada y con la mirada perdida en el horizonte. Una de las enfermeras le está inyectando una medicina al suero que, a través de una sonda, llega directo a su vena.

—¿Qué le están poniendo? —pregunta Diego.

—Otro calmante. Es importante que la paciente esté tranquila y para eso debemos sedarla.

Tiene puesta una bata blanca que combina con la palidez de su rostro. Pienso que, a pesar de todo lo que ha pasado, es muy bella, tiene las facciones perfectas.

Le tomo la mano a Diego y está temblando. Veo en su cara la desolación. Quisiera poder ser yo la que sufriera esto por él. Pienso cómo cada quien lleva un calvario por dentro. Cómo nos toca lidiar a cada uno nuestras propias batallas.

Diego se acerca a la cama y se arrodilla junto a su madre, a quien le toma la mano. Es la primera vez que veo a mi hombre como un niño desprotegido, se ve tan frágil. Me rompe el alma.

—Mamá, estoy acá. Soy Diego, tu hijo. Te amo, mamá, acá voy a estar siempre para ti.

Mientras corren de prisa lágrimas por sus mejillas.

Veo cómo Bárbara logra mover un dedo para responder al roce de su hijo. Yo tampoco puedo contener mis lágrimas. En ese momento, siento tanta tristeza por esa mujer… Parecía tenerlo todo en esta vida, pero no podía lidiar consigo misma.

Veo las curaciones en sus muñecas, ambos brazos vendados hasta el codo.

Diego empieza a sollozar y en la cara de Bárbara aparece solo una lágrima. Ella inmóvil, impávida, pero al parecer consciente de su propia realidad, cierra los ojos lentamente.

—Mamá, por favor, ¡debes ser fuerte!, ¡debes estar bien! ¡Necesito que reacciones! Por la mierda, ¿por qué haces eso? No sabes cuánto quiero que estés bien, que veas la vida de otra manera. —Esta escena me está matando. Diego le quiere explicar a su madre algo que ella no logra ni siquiera escuchar—. ¿Qué puedo hacer, mamá, por ti?, ¡pídeme lo que necesites! ¿Cómo podemos ayudarte? Mía está acá conmigo y quiere darte un abrazo.

Me acerco, pero no puedo parar de llorar. La abrazo suavemente y la siento tan débil, tan fría. Le acaricio su cabeza con ganas de traspasarle un poco de sanación a su destrozado corazón.

Después de unos minutos más, salimos del cuarto. Solo pienso en que a esta hora nos vendría bien un chocolate caliente, lejos de este hospital.

—Diego, tu mamá va a dormir por lo menos un día completo con los sedantes que le dieron.

Conseguimos dejar las maletas en la clínica y caminamos por las calles de Santiago, en una tarde de otoño, en busca de alguna cafetería. Cruzamos un parque sumidos en lo que acabamos de vivir. Pido un chocolate caliente para él y un café capuchino para mí.

Le tomo la mano, quiero que sienta que estoy acá.

—Mi amor, sé lo difícil que debe ser ver a tu madre de esta manera...

—Mía, esta no es la primera vez que mi madre ha intentado quitarse la vida. —Su cara cambia de expresión—. Cuando tenía siete años, pasó lo mismo. Lo recuerdo perfecto. Yo estaba en mi cuarto y mi padre vino a despedirse. Le pregunté dónde iba y me dijo que iba a hacer un viaje. Recuerdo cada palabra: "Hijo, no sabes la gran felicidad que me das cada día. Gracias por venir a mi vida. Quiero que sepas que, pase lo que pase, yo jamás te dejaré de amar. Eres el mejor regalo que la vida me dio. Gracias por elegirme como tu padre. No sé en cuánto tiempo regresaré, pero confía en que sí lo haré".

"Me acuerdo de que lloramos largamente, abrazados. Mi padre era todo para mí; mi amigo, mi seguridad, el que me iba a dejar al colegio, él me llevaba a cortarme el pelo, el que revisaba mis tareas, el que me entregaba amor incondicional. Me aterraba pensar no volver a verlo. Siempre que mis padres peleaban, mi madre lo echaba de la casa.

"Yo no me separaba del primer oso de peluche que él me regaló. Dormía con él cada noche. Sentía que por lo menos así tendría algo de mi padre siempre bien pegado a mí.

—Diego, eras un niño, me imagino a esa edad lo terrible de tener que lidiar con no tener a tu padre.

—No sé cuánto tiempo estuve en mi habitación. Repentinamente, escuché a Juanita gritando con horror. Cuando salí por la puerta, la vi bajar corriendo las escaleras para buscar el teléfono. Escuché que casi a gritos pedía una ambulancia con urgencia. Cortó la llamada luego de darle la dirección y llamó a mi abuela. Yo empecé a caminar hacia el cuarto de mi mamá. Entré muy despacio, con ese miedo de no saber qué me iba a encontrar.

"Ella no estaba, entré a buscarla al baño. —Respira con dificultad antes de seguir su relato. Yo siento que tengo el cuerpo tenso de lo que me va a contar a continuación—. Cuando entro, veo una estela de sangre en el piso que llegaba hasta la puerta, a punto de salir a la habitación. Al acercarme, vi que mi madre estaba en la tina con las dos muñecas sangrando.

Mientras me dice la última frase, comienzo a sollozar. Lo abrazo fuerte. Algo que no debería estar permitido para ningún niño es que sea su propia madre la que le provoque un trauma que lo va a acompañar toda la vida.

—Llora, mi amor, saca todo esto que llevas dentro. Nos abrazamos como si fuéramos solo uno.

—Mía, esa imagen no la pude sacar nunca de mi cabeza. Pensé que estaba muerta. Estaba blanca. Y corría tanta sangre en la tina. No sabía si alguien le había hecho eso, no entendía nada. Nunca nadie me había hablado de suicidio. En ese momento, llegó mi nana Juanita y me tapó la cara mientras me sacaba a toda prisa del baño. Me dijo: "Mi niño, todo va a estar bien, ya viene la abuela y ya le avise a tu padre. También viene en camino".

"Recuerdo que por un minuto me alegré, porque eso tan terrible haría que mi papá volviera. Te imaginas, Mía, estar alegre por segundos después de esa tragedia. Años más tarde me enteré de que mi papá ya no aguantaba más y que quería ir a buscar a tu madre a Nueva York. Tú ya habías nacido. Porque mi madre le gritaba en la cara que la iba a abandonar ese día y que lo hacía para hacerse cargo de una hija que no era de él.

"Siempre vi triste a mi padre. Estaba con una mujer que no amaba y no era feliz. Por eso, Mía, te dije que yo no quiero ser como mi padre. Jamás me quedaría en una vida que no quiero. ¡Como muerto en vida!

"Finalmente, ellos sí se encontraron y pudieron disfrutar de su amor. Cuando yo era un adolescente, decidí que empezaría a viajar. Me quise olvidar de todo y empezar mi camino para huir de casa. Tenía tanto miedo de repetir esa escena de mi madre después de oír sus mil amenazas de quitarse la vida. Escapé todo lo que pude hasta que me tocó a mí hacerme cargo de ella. Como ahora. Porque hoy soy todo lo que tiene en la vida.

永

ELLA ME MIRA Y MIRA…

Han pasado cuatro días desde que llegamos a Chile. Bárbara ya despertó y hoy he dejado solo a Diego para que aproveche bien su tiempo con ella.

Yo, por mi parte, estoy aprovechando para estudiar, ya que, cuando vuelva a Madrid, me comprometí a grabar los fines de semana para recuperar los días que he estado acá.

Paso la tarde con mi familia materna, siempre es muy reconfortante estar con estas mujeres.

Diego llega del hospital y me encuentra en la cocina donde estoy con Juanita preparando la cena.

Es el primer día que lo veo con un semblante más tranquilo. Al entrar, nos lanza una sonrisa y me da un gran abrazo.

—Juanita, ¿estás enseñando a Mía cocinar?, ¿qué tal avanza esta alumna?

—Joven Diego, su novia no es solo bonita, también tiene mucha sazón para cocinar.

Le sonrío a Juanita, la quiero porque siempre ha cuidado de Diego. Me doy vuelta para darle un beso. Me alegra verlo mejor.

—Mi amor, llegaste justo cuando ya está la cena. Cocinamos unas machas a la parmesana y un salmón con mantequilla. Está para chuparse los dedos.

Nos vamos a la mesa que ya está puesta para nosotros. Diego abre una botella de vino blanco, para acompañar el pescado.

—Chill, hoy te extrañé tanto todo el día. He pensado mucho en la gran mujer que eres. Gracias por estos días en los que estás a mi lado. Sé que es muy difícil dejar tu trabajo y, de verdad, te lo agradezco. Más todavía si he estado ausente. Pero quiero que sepas que me doy cuenta de lo que haces y lo valoro. De verdad, el tenerte a mi lado es un gran apoyo.

Le tomo la mano y se la aprieto.

—Mi amor, en las buenas y en las malas. Siempre juntos. Yo no te podría dejar solo, quiero que sepas que lo más importante es tenernos.

—Quiero que te regreses a Madrid, ya mi mamá está mejor, y me preocupa que sigas acá. Ya son muchos días sin trabajar.

—No quiero dejarte solo. No estaría tranquila.

—Mía, no hay mucho que hacer, ya le subieron la dosis de antidepresivos y ya pronto la darán de alta. De verdad, mi amor, voy a estar más tranquilo si regresas a trabajar. Yo voy a tener que estar con mi madre unos días más hasta que ya esté con la dosis indicada.

Lo beso en los labios con todo mi amor. Me corren las lágrimas, me angustia dejarlo, pero también sé que tengo una obligación con mi trabajo.

Cenamos entre risas, besos y abrazos, disfrutándonos. Sé que lo voy a extrañar, pero aunque estemos lejos, nos sentimos cerca.

Diego se para a poner música.

Comienza a sonar "Volver a bailar ballet", de Gonza Silva.

Toma mi mano y me invita a bailar.

Ella me mira, me mira
Me vuelve loco cuando bailas, Catira
Poco más de lo normal
Poco más de lo normal
...
Y es electricidad
La forma en que me mira
Y es electricidad
Y cuando la veo bailar

La música llega hasta nosotros y yo sólo puedo disfrutar de lo que siento en ese instante...

永

ESCRITO EN EL FIRMAMENTO

Entra un rayo de luz que me da en la cara. Abro los ojos, tengo calor. Noto que Diego me tiene abrazada por completo, sus ojos aún cerrados, y aunque no me puedo mover, es maravilloso. Nada es mejor que despertar a su lado. Es la primera vez, desde que llegamos a Chile, que Diego por fin durmió toda la noche.

Me gusta observarlo, podría estar horas contemplándolo. Lo veo abrir un ojo y lo primero que hace es sonreírme. Lo amo locamente.

—¡Qué linda eres!, nada como abrir mis ojos y verte junto a mí.

Me levanto rápidamente para ir a ver a Bárbara. Está vestida, hace un esfuerzo para ponerse de pie para abrazarme. Debe quedarse en esta clínica psiquiátrica hasta que los doctores logren estabilizar la dosis de sus remedios.

—Mía, mi niña, ¡qué felicidad verte! Ahora estoy más lúcida que la última vez que viniste al hospital.

La abrazo con cariño.

—Ven, Barbie, vamos a pasear al jardín, así tomamos algunos rayitos de sol.

Acepta feliz. Mientras caminamos, veo su cara, parece una niña, su piel está blanca por todos los medicamentos que está tomando. No puedo dejar de impresionarme al ver sus muñecas, con grandes vendas aún.

Caminamos por un sendero lleno de arbustos y hojas en colores cafés que empiezan a caer con la llegada del otoño.

—Barbie, venía a despedirme. Debo regresar a mis grabaciones. Me alegra tanto verte mejor. Te veo con mucho ánimo. ¿Cómo te sientes tú?, quiero saber.

—Mía, quiero pedirte perdón por todo lo que los he hecho pasar. Mi hijo viene desesperado, tú tuviste que dejar tu trabajo. Y ahora te separo de mi hijo, que se queda a cuidarme.

—No te preocupes por eso. Lo que realmente me importa es que tú estés genuinamente bien.

—Esta enfermedad es una mierda. Un día despiertas y no ves salida. A veces siento que nada va a ser mejor y que no tiene sentido seguir viviendo. Y solo quieres terminar de sentir esto... —Se le rompe la voz al decirme esto último—. No quiero hacer sufrir a mi hijo de esta manera, no es justo. Él no se merece a la madre que le tocó.

—Tú puedes mejorar eso, por favor, no puedes dejar tus medicamentos, Bárbara.

—Sí, Mía. Pero me aburre sentirme tan adormecida, necesito sentirme libre. Vivir como una persona normal, pero sé que no soy alguien común y corriente... Pero ya no hablemos más de mí. Quiero saber de ustedes, estoy demasiado feliz de que estén juntos otra vez. Vi a Diego tan triste el tiempo que estuvieron alejados. ¿Pero te cuento algo? Yo sabía que regresarían.

Me quedo sorprendida con su confesión. Quiero que me siga contando. Me agarra las manos y me mira mientras nos sentamos en una banca, en medio de la naturaleza.

—Mía, ¿tú crees que es casualidad que se hayan enamorado? Eso estaba escrito desde el inicio de la historia de tu madre y del papá de Diego. Existe un karma que va más allá de esta vida, de eso estoy segura.

"Yo he vivido un infierno por años, porque me quise anteponer a un amor tan poderoso. Los dos murieron aunque tenían toda una vida por delante para vivir su amor. Ahora en la eternidad. Probablemente, ellos supieron desde siempre que un día ustedes estarían juntos.

—Gracias por tu apoyo.

—Mía, cuiden este amor, no dejen que nada ni nadie los vuelva a separar. Ustedes son los responsables de celebrar este amor en la tierra. Disfrútenlo, en esta vida... y por siempre. Este amor está escrito en las estrellas.

永

UNIDOS POR UN AMOR SAGRADO

Extraño tanto a Diego… Ya han pasado dos semanas desde que me vine de Chile. Él no sabe todavía cuándo regresará.

Las grabaciones me ayudan, porque estoy *a full*. Después de los días en que me ausenté, he tenido que grabar de lunes a sábado. Y el domingo lo ocupo para estudiar las escenas de la semana.

Nos vemos por Facetime a diario. Pero no es suficiente, necesito su piel, sus besos, el dormir y despertar en sus brazos. ¡Cómo amo a ese hombre!

No le digo cuánto lo extraño. Sé que Barbie lo necesita más que nunca, aún no ha podido estabilizarse como lo esperaban.

Termino mi última escena y por fin me voy a mi departamento. Antes debo pasar a comprar algo de comer, porque ni el súper he hecho en estos días. Lo único que quiero es mi cama. Estoy realmente exhausta.

Llego al departamento y un olor familiar me hace revolotear el corazón. Espero no estar equivocada, empiezo a temblar. Entro casi corriendo y mi alma se me sale por la boca cuando veo a Diego parado en la cocina. Guapísimo como siempre y preparando un risotto.

—Diego, qué sorpresa, amor. ¡Te extrañé tanto, pero tanto!

Me lo quiero comer a besos y lo abrazo fuerte, tan fuerte que siento que le suenan las costillas. Lo beso, lo abrazo y lo vuelvo a mirar.

—Cariño, ya no aguantaba más por tenerte así, entre mis brazos.

Seguimos besándonos, con amor y luego con pasión.

Mi cuerpo se acomoda a la perfección a ese cuerpo que tantas veces ha estado al desnudo conmigo. Noto su respiración en mi cuello.

—Diego, me hiciste tanta falta, no sabes cómo te deseo.

Mi cuerpo ardiente se comienza a excitar. Me presiona contra la pared más cercana. Siento cada extremidad de su cuerpo. La piel se me pone de gallina.

—Te deseo, Mía, tanto.

Lo miro a los ojos y saboreo su boca.

Siento un cosquilleo entre los muslos. Ayuda que llevo un vestido corto y suelto. Me sube el vestido hasta la cintura. Mete sus dedos en mis calzones. Con la otra mano me rodea el pecho, mientras me besa el cuello con suavidad.

—Te ves tan linda, Mía, así con las mejillas rojas y esos ojos de placer.

Me lleva al sillón de la sala. Me recuesta despacio sin dejar de hacer magia con sus manos en mis partes íntimas.

Cierro los ojos y noto la tensión en todo mi cuerpo. Me sale un gemido desde lo más profundo.

—Abre los ojos, necesito ver tu cara de placer.

Obedezco a todo lo que pide. Expulso el aire de mis pulmones.

—Diego, necesito sentirte completo dentro de mí.

Se baja el pantalón y encaja su sexo perfectamente entre mis piernas. Bailamos bajo el calor de nuestra casa... No existe nada mejor... Diego regresó.

Pasamos el domingo en la cama. No me suelto de sus brazos.

—¿Por qué no me avisaste que llegabas de Chile? Ahora cuéntame bien cómo ha resultado el tratamiento de tu mamá.

—Es difícil, es una enfermedad muy compleja. Los trastornos mentales son tan difíciles de tratar. No existe ninguna pastilla que te asegure que te vas a mejorar. Cualquier cosa, por leve que sea, impacta en la forma en que ella piensa. Incluso cómo se ve a ella misma y a los demás.

—¿Y esto pasó porque dejó de tomar sus medicinas?

—Tuvo una pelea con su novio y de inmediato dejó de tomar sus antidepresivos. Lorenzo se aburrió de tener que ser como un padre para ella. Eso siempre la hará tener relaciones inestables.

Me acurruco en su pecho, sé que le duele todo esto y quiero sanar ese dolor. Siento que él sabe que bajo estas cuatro paredes, en nuestra habitación, se guardan secretos que solo son de nosotros dos.

—Mi amor, pero no hablemos más cosas tristes, estoy feliz de estar en nuestra casa, en nuestro espacio privado. Cuando atravesé hoy esa puerta pensé en mi pasado y borré todo, por un rato. Hoy nos tenemos y debemos vivirlo.

—Cuando estamos así, Diego, cuerpo con cuerpo compenetrados, siento que tocas mi alma y entro en tu corazón.

—Mía, no tienes idea de lo bien que me haces.

Nos volvemos a besar. Mientras lo hago veo su alma: transparente, única, maravillosa y, en ese momento, sé que esta puerta que se abre entre nosotros jamás se volverá a cerrar. Ninguna regla aplica aquí.

Mientras me vuelve a hacer el amor, me pregunto si alguna divinidad nos observa... Si observa que estamos los dos compenetrados. Unidos por un amor sagrado.

永

HAY PERSONAS QUE SE PARECEN DE MANERA INEXPLICABLE

Desde que regresó Diego de Chile, han sido días maravillosos. Cada mañana al despertar, lo miro acostado junto a mí. Agradezco y vuelvo a agradecer… Tengo la suerte de que el hombre de mi vida me haya escogido a mí como su compañera.

En las tardes después de grabar llego a nuestro departamento y salimos a caminar sin rumbo, cambiando destinos según lo que nos vaya sugiriendo el camino.

Cenamos, nos contamos nuestras historias, filosofamos de la vida, de lo que nos motiva y lo que nos indigna de las personas. Estoy viviendo una etapa muy tranquila con Diego. Solo disfrutando nuestro amor.

———

Hoy es el último día de grabación, estamos en los aplausos a cada actor que participó en esta linda historia y en los agradecimientos al equipo, cuando suena mi teléfono. No voy a contestar, es un momento demasiado especial para ser interrumpida.

Miro la pantalla y es mi tía Javiera, la hermana de mi mamá, de Chile. No contesto, solo bajo el volumen. Sigo con los festejos y veo que mi pantalla se vuelve a prender. Es ella nuevamente. Empiezo a preocuparme porque nunca es tan insistente. Al segundo, veo una notificación de Whatsapp que dice: "Mi niña, por favor, llámame en tanto puedas. Es urgente".

Salgo del foro y la llamo lo más rápido que puedo.

—Hola, tía Javiera, ¿estás bien?, ¿Le pasó algo a la abuela?

—Mía, tengo una muy mala noticia…

—¿Qué pasa? ¡Me estás asustando!

—Ufff, es difícil lo que te voy a contar. Bárbara —titubea—, la mamá de Diego, acaba de morir.

Cada parte de mi cuerpo se congela, siento que se me paraliza la cara… y las manos.

Un golpe en el pecho. Pienso en Diego y un dolor no me deja respirar. Un miedo inmenso.

—Pero, ¿cómo pasó?

—Mía, es complicado de decir. —La oigo respirar con dificultad—. Bárbara se suicidó…

No puedo con el tremendo impacto. Siento un cosquilleo como si me fuera desmayar. Entro en shock y solo pienso en mi hombre, en Diego. En mi mente lo veo chiquito. Recuerdo todo lo que ha pasado con su madre; su cara el día en que llegamos a Chile cuando la vio en el hospital. Su historia, cuando tenía siete años y vio a su madre desangrándose. Me lo imagino destrozado.

—Gracias, tía, por avisarme. Necesito llamarlo ahora mismo.

No sé si me despido o solo cuelgo de manera abrupta. Comienzo a llamar a Diego, mis manos están torpes, todo mi cuerpo tiembla. Dibujo de mil maneras en mi mente el dolor de Diego. Hoy se hizo realidad su peor pesadilla.

Aparece en la pantalla un mensaje de Diego:

"Mía, estoy tomando un avión privado a Chile. Mi mamá murió".

Vuelvo a leer el mensaje y no sé qué decir.

"Mi amor, no sabes cómo lo siento. Por favor, necesito estar contigo. ¿Me puedes contestar?".

No recibo respuesta. Marco y el teléfono me manda directo al buzón. Vuelvo a llamar y lo mismo. Siento que me invade la desesperación. Corro, tomo mis cosas del camerino. Necesito irme cuanto antes a Chile. Sin despedirme de nadie, salgo mientras sigo llamando a Diego sin éxito.

Llamo a una de las productoras del canal y le pido que me consiga el primer avión que salga rumbo a Chile, en tanto voy rumbo a mi departamento para empacar algo de ropa.

Ya llegando al aeropuerto me llama para decirme que no hay nada disponible para hoy. Me bajo y corro por el primer piso mientras mis lágrimas inundan mi rostro.

Llego desesperada al mostrador de la línea aérea que suelo tomar para viajar a Chile. Mi cara de angustia debe verse a millas de distancia. Me atiende una mujer.

—Por favor, necesito viajar de inmediato a Chile. Es urgente.

Mira en su pantalla y me dice:

—Lo siento, no hay nada para hoy. Todos los vuelos están cerrados. Sería para mañana a primera hora.

—¿Ninguna línea aérea que tenga conexión?, ¿o un avión privado?

Siento que alguien se acerca a mi lado, lo noto porque casi está rozándome el hombro. Pero yo sigo en mi búsqueda desesperada mirando la pantalla que la ejecutiva me comparte.

—Señorita, es muy difícil encontrar un avión privado a esta hora. Le paso el número de la oficina donde puede preguntar.

Me tomo la cabeza sin consuelo.

—Veo que necesitas viajar a Chile. Yo puedo cederte mi lugar.

Me doy la vuelta para mirar esa voz que llega como una gota de esperanza. La miro bien por primera vez. Es una mujer sofisticada, bordea los setenta años, viaja solo con una pequeña maleta. Su cara es armónica, sus ojos color miel, que hacen perfecta combinación con su pelo de canas platinadas.

—¿En serio? ¿Está segura? La verdad, me urge viajar. Hoy ha sido un día muy difícil.

—Sí, no tengo ningún apuro en viajar y puedo tomar el siguiente vuelo. Sin problema. Sin duda, veo que tú lo necesitas más que yo.

—No puedo creerlo, eres un ángel. —Sin pensarlo, la abrazo. Me sale del alma.

Ella me devuelve el abrazo, con una calidez que no sabía cuánto necesitaba. Mis lágrimas empiezan a rodar por mi cara. Sin parar. Ella se queda en mis brazos, mientras me hace un cariñito en la espalda. No puedo creer que una desconocida me está haciendo sentir por un instante en un puerto seguro.

—Yo le cedo mi lugar —le dice a la mujer del mostrador.

—Gracias, de verdad, infinitas gracias.

La ejecutiva inmediatamente procede a hacer el cambio de nombre, me pide el pasaporte.

—Te veo muy afligida —me dice la señora. Volteo a verla—. Sé que no lo estás pasando bien, pero todo pasa, te lo aseguro. La vida siempre trae cosas lindas. Acuérdate siempre de que, aunque parece que estuvieras en lo más profundo de un túnel y no veas la luz, es porque detrás de ti..., y en algún momento, aparece con todo el resplandor.

No dejan de correr las lágrimas por mis mejillas. La vuelvo a abrazar y nos avisan que debemos abordar.

Ya instalada en mi asiento en primera clase, le marco a mucha gente de Chile para saber si alguien ha hablado con Diego. Sé que todavía no ha llegado a Chile.

Tengo una profunda tristeza. Lo único que quiero es abrazarlo. Yo viví ese dolor infinito cuando mi madre murió, sé lo que es sentir que el alma se te sale del cuerpo.

El avión comienza a elevarse para salir de Madrid. Pienso en las palabras de esta mujer que me ayudó para abordar el vuelo. Son tan parecidas a lo me dijo mi madre el día de su despedida en la playa. Hay personas que se parecen de manera inexplicable.

永

SE LE ROMPIÓ LA VIDA

Llego a Chile después de un vuelo de doce horas. En cuanto tengo señal, vuelvo a marcarle a Diego y nada. Me bajo rápidamente del avión.

Mi abuela mandó a un chofer a buscarme al aeropuerto. Me hizo el favor para que luego él se lleve mi maleta a casa, porque he decidido irme directo a la iglesia donde están velando a Barbie. De camino, voy rogándole a Dios que le ayude con este dolor.

La iglesia está ubicada en el barrio de La Dehesa en medio de la naturaleza. Es un lindo lugar con vista panorámica a la cordillera de Los Andes. Al llegar, veo a mucha gente, pero ningún rostro me es familiar. Me saludan algunas personas, respondo sin mucha atención. No quiero que nadie me distraiga en mi búsqueda.

Sigo caminando entre los bancos, entremedio de la gente. Me acerco al ataúd y veo a un hombre abatido al lado. Con la mirada fija en un punto ciego. Vestido completamente de negro. Lo reconozco, aunque no es ni la sombra del hombre que estuvo ayer conmigo en España.

Mientras me acerco, siento mi corazón hecho pedazos. Cuando se da vuelta, veo sus ojos apagados. No tiene brillo en la mirada. Lo abrazo fuerte. Me devuelve el abrazo, sin decir ni una sola palabra. No hay lágrimas en sus ojos. Siento una frialdad que jamás conocí en él.

Lo sigo abrazando con mucha fuerza, como si en ese abrazo pudiera pasar algo de calor, algo de consuelo, algo que simplemente lo cobije. Le digo en el oído:

—Mi amor, acá estoy contigo. Sé que no existe consuelo alguno. Solo quiero que sepas que juntos vamos a pasar esta tristeza. Que estaré contigo cada día y cada noche.

No responde nada. Veo una sombra en su mirada.

—Diego… Déjame compartir este dolor. Te amo tanto.

Apenas me mira, salen de sus labios a duras penas algunas palabras.

—Mía, ¡estoy roto! Esto me destrozó el corazón; estoy vacío. Trabajé tanto para que, si alguna vez pasaba algo, yo estuviera preparado y no me sirvió de nada, wea.

Me duele su mirada perdida, sin vida, sin fe. Cómo quisiera tener el poder de quedarme con todo ese dolor. ¡No sé cómo ayudarlo! ¡No sé cómo hacer para darle un segundo de consuelo!

Se va sin decirme nada y me deja ahí de pie. Sola. Me quedo mirando a la gente entrar y salir del lugar. Estoy desconcertada.

Miro el ataúd de nogal, se aprecian las vetas de esta madera nativa típica de Chile. Alrededor hay una centena de distintos tipos de flores en blanco. Crisantemos y rosas en su mayoría.

Muchas personas se acercan a mirar, pero la ventana está completamente cerrada. Por muchas razones. Hay mucho acá de ese morbo que tiene la gente con la muerte. Más con una tan dramática. Estoy sin saber qué hacer o dónde ir. Se acerca el encargado de la funeraria.

—Señorita, ¿es familiar de la difunta?

—Sí. Bueno, más o menos.

Es una respuesta muy tonta, pero no logro asimilar todo esto.

—Necesitamos preguntar detalles sobre el funeral, hay trámites que concluir.

Debo buscar a Diego, es de lo que menos quisiera hablar con él ahora, pero debe tomar decisiones.

Después de recorrer cada rincón de la iglesia, encuentro un patio interior, al entrar lo veo sentado solo en una banca.

Me acerco y me siento a su lado.

—Mi amor, por fin te encuentro.

—Quería estar solo. Demasiada gente.

—Te entiendo. Y sé que este tema es el que menos quisieras hablar ahora, pero están esperando para que definas dónde sepultar a tu mamá. ¿Quieres que esté con tu padre o prefieres que esté con tu abuelo? ¿O prefieres que sea cremada?

Pienso en mi interior que esto se debería haber decidido desde antes. Pero al parecer nunca lo hicieron. Me mira como si estuviera hablando en chino. Me siento pésimo por preguntar esto.

—¡Me estay webiando con esta pregunta! Me da igual, Mía. —Veo en su cara tanta rabia—. Si quieres toma tú la decisión que quieras.

Me deja sola otra vez. Es como si el Diego que yo conozco hubiera desaparecido y estuviera solo su cuerpo y no su alma.

Entro de nuevo al velorio. Miro a mi alrededor y veo a María Dolores, la madre de Barbie. Me acerco para rescatarla de algunas mujeres que le preguntan detalles innecesarios acerca de la muerte de su hija. Veo en su cara el desagrado. Me siento a su lado, y pido disculpas a las presentes.

—Perdón, necesito hablar un tema muy importante con Dolores.

Ni bien la abrazo, ella se deshace en un mar de lágrimas.

—María, salgamos de acá un rato. Vamos a tomar un café, lo necesitas. Las dos lo necesitamos.

No espero su respuesta, la agarro del brazo y la saco un rato de este lugar. Nos sentamos en la cafetería y le pido un café con leche y unos panes dulces que estaban a la vista. Para mí, un capuchino.

—Mía, sabes que no existe un dolor más grande que perder a un hijo. Una madre no tiene la capacidad de pasar por algo así, no es algo natural. Te has fijado que ni siquiera tiene nombre, porque no existe. Si se muere tu madre eres huérfano. Si se muere tu esposo eres viuda. Pero si se muere un hijo, no existe un nombre. Porque lo normal es que tus hijos te entierren. Es sentir también que no hiciste bien tu trabajo como madre. Nunca pude ayudar a mi hija con esa maldita enfermedad.

La abrazo, con mucha fuerza, es una señora de unos setenta y tantos años. Sus facciones son hermosas. Pero la pena se ve en sus ojos de manera permanente. Se nota que pasó mucho tiempo lidiando con la enfermedad de Bárbara.

Llora largamente en mi hombro. Se separa de mis brazos y me toma de la mano. Me mira fijo a los ojos. Se limpia cada una de las lágrimas.

—Mijita, no dejes a mi nieto solo. Él fue siempre el que hizo todo lo posible por ayudar a su madre. Investigó las mejores opciones para tratarla, estudió los desórdenes mentales para entenderla. Fue con los mejores doctores, las últimas técnicas, muchos esfuerzos para mantenerla bien el tiempo que pudo.

"Cuando Bárbara trató de quitarse la vida la primera vez, Diego era tan pequeño… Nunca olvidaré su cara de terror. Recuerdo que estuvo meses sin hablar, callado, muy triste. El psiquiatra decía que buscó un lugar donde sentirse seguro.

"Cuando tenía ocho años, un día venimos del parque y me dijo: 'Abuela, no te preocupes, yo voy a curar a mi mamá'.

Solo imaginarme esa escena, lloro desconsoladamente. Cómo un niño pretende tomar la responsabilidad de salvar a su madre.

—Lo sé, Dolores. ¡Lo veo roto! y siento que no quiere que esté a su lado.

—Yo creo que mi nieto se puso un caparazón para protegerse. Diego, desde que nació, siempre fue especial. Un alma linda, muy sensible y maduro para su edad, diferente, muy perceptivo y tuvo que enfrentar la relación tan tóxica de sus padres.

"Cuando murió Diego en ese accidente aéreo, no solo perdió a su padre, sino a su aliado en la casa, su mejor amigo, su *partner*. Tenían una relación muy, muy cercana. Cuando ya era un adulto entendió que sacrificó el amor de su vida por quedarse con él. Su padre siempre supo que no podría dejar a su hijo solo con Bárbara.

—María Dolores, tu nieto es el ser humano más maravilloso que conozco. ¡No imaginas lo bien que lo sé! Tal vez ahora Diego necesite un tiempo para estar solo. ¡Lo amo tanto, pero tanto!, que ahora pensaré más en su bienestar que en el mío.

Si él necesita su espacio y su libertad, aunque me duela, aceptaré su decisión. Debo respetar sus tiempos y sus espacios.

—Mía, eres una gran mujer. No sabes cuánto me alegra que mi nieto tenga una persona así en su vida. Ustedes se merecen el uno al otro. —Enseguida me toca el pecho—. Tienes el alma noble, un corazón enorme. El que siempre vi en tu madre. Esto era una deuda con la vida. Dios hace las cosas tan perfectas. Hoy entiendo que este amor estaba escrito en las estrellas…

LA HUIDA

La ceremonia del funeral fue muy íntima, solo estuvieron presentes la familia más cercana y sus mejores amigas. Fue lo único que exigió Diego frente a todo lo relativo a los últimos momentos de su madre. Fueron horas de abrazos y cariños espontáneos, aunque casi no he visto a Diego.

María Dolores tomó la decisión de cremar a Bárbara. Nadie mejor que su propia madre para determinar qué hacer con el cuerpo de su hija. Ella la trajo a la tierra y decide cómo se va de este mundo terrenal. Eso y que al terminar pusieran una canción: "How Do I Say Goodbye", acústico, de Dean Lewis.

When I couldn't
You always saw the best in me
Right or wrong, you were always on my side
But I'm scared of what life without you's like
And I saw the way she looked into your eyes

Todos los que estamos en la ceremonia terminamos llorando. Diego siempre con la mirada fija e impenetrable.

Al terminar, me acerco, le tomo la mano. Él la acepta, luego de manera muy sutil me la suelta y se la mete en el bolsillo de su saco. Siento una puñalada en el estómago. Y me repito en la cabeza muchas veces que debo entenderlo. Tal como él me lo dijo: "¡Estoy roto!".

Veo que agarra sus cosas para irse.

—Diego, ¿nos vamos?

—Perdón, Mía, pero necesito estar solo. No soy el mejor compañero para nadie ahora.

Quisiera no dejarlo solo, pero quiero respetar su duelo y su manera de vivirlo.

Me despido con un nudo en la garganta. Apenas puedo contener el llanto, pero hago mi mayor esfuerzo.

Me voy a la casa de mi abuela María Angélica. Ella me regalonea (como dicen en Chile) como siempre y me espera con unas empanadas de carne deliciosas.

Mi apetito no es el mejor, tengo un hoyo en el estómago, pero les doy una que otra mordida. Lo más importante es poder ser agradecida con estos gestos de amor.

Me despido de mi abuela para acostarme. Estoy cansada, devastada emocionalmente. Pero así y todo no logro dormir nada. El solo hecho de imaginarme cómo está Diego en este momento, no me deja pegar un ojo.

Llego temprano a la casa de Diego. Llevo casi tres días sin dormir. Me recibe Juanita con una cara de tristeza, los ojos hinchados, es como si hubiera envejecido diez años en unas pocas semanas que la dejé de ver.

¡Pobre mujer!, es que esta familia para ella es su familia. Para Bárbara fue su confidente durante todos estos años, fue testigo y compañera de cada una de sus crisis.

Me invita a pasar y me conduce a la cocina, donde nos sentamos en los taburetes. Justo quiero hablar con ella antes de ver a Diego, para tantear el terreno.

—Señorita Mía, le voy a preparar un té de manzanilla, eso ayuda a tranquilizar el alma, decía mi difunta abuela.

Me siento con mi té en la mano y ella frente a mí.

—Juanita, imagino cómo estás sufriendo. Sé que fuiste como una segunda madre para Bárbara.

—Sí, señorita, la verdad, Barbarita fue la hija que nunca tuve. No sabe cómo le pedí a Diosito que le quitara esa maldición que tenía en la cabeza. Pero al parecer El de Arriba ya quería llevársela. Mi consuelo es que ahora está tranquila.

"El que me da mucha tristeza es el joven Diego. Él hizo tanto por cuidar a su madre, sufrió tanto de niño... Luego vino la muerte de su padre y se quedó solo, con todo este problema y mucha responsabilidad, para ser tan pequeño.

"Dios le dio un corazón demasiado noble. Su compasión siempre ha sido más grande que el cielo.

—Juanita, yo estoy muy preocupada por Diego, siento que se fue al fondo del túnel. ¡No sé cómo ayudarlo!

Se toca la cabeza con pesadumbre.

—El joven se fue esta mañana, de madrugada. Pasó toda la noche en el cuarto de la señora y antes que cantara el gallo oí que sonó muy fuerte la puerta de la entrada. De inmediato, subí a verlo y no estaba por ningún lado. Ni siquiera se despidió, eso es algo muy raro, porque nunca se va sin darme un abrazo.

Un frío recorre mis entrañas.

Regresé a Madrid con el corazón en mil pedazos. Desde ese día llamo diariamente a la casa de Diego de Chile, pero nadie sabe nada de él, es como si la tierra se lo hubiera tragado.

Mi interrogante todo los días es si debo o no buscarlo. Ni siquiera imagino por qué lugar del planeta empezaría. Termino siempre llegando a la misma conclusión: dejar que él decida cuándo quiere regresar o si es que no quiere hacerlo nunca más.

永

VUELVO A MÍ

Han pasado tres meses desde la muerte de Bárbara y Diego no ha dado señales de vida. Solo me dejó una pequeña nota donde avisaba que estaría ausente un tiempo. Y donde pedía que no lo buscáramos. Dejó su guitarra en la sala de televisión, la misma que miro cada día y que a veces hasta llego a escuchar en dulces acordes.

He tenido un largo periodo de reflexión y llegué a la conclusión de que, en una situación tan difícil como esta, no existe una respuesta correcta o incorrecta. Decido respetar la necesidad de Diego de alejarse y buscar su propio camino hacia la sanación.

Aunque las grabaciones ya terminaron hace tiempo, no he querido moverme de Madrid. Acá está nuestra casa. Es el último lugar donde estuve con él. En este departamento están sus risas, sus manos, su ropa, su perfume que huelo cada noche y cada mañana. En cada esquina hay señales de nuestro amor, señales de su cuerpo. Es la única prueba de que lo que viví con Diego fue real y está en cada pared de ese lugar.

Estoy mirando nuestras fotos, cuando suena el teléfono. Es Michelle para avisarme que ha decidido hacerme una visita desde Nueva York. No quepo en mi felicidad al saber que tendré a mi confidente y compañera de aventuras a mi lado en estos momentos difíciles.

Decido no seguir analizando todo y ver la película *The Notebook*, para mí, una de las historias cinematográficas más románticas de los años 2000.

Voy al aeropuerto por Michelle y cuando aparece la veo con sus típicos lentes de colores estrafalarios y los brazos abiertos. Mi corazón salta de felicidad.

Corro a su encuentro. Ella, al verme, da gritos de emoción.

—Amiga, no sabes lo feliz que me hace que vinieras a verme a Madrid —digo, mientras caminamos a buscar mi auto—. De verdad, eres el rayo de sol que necesitaba.

—Tía —ella imita el tono español—, no vengo solo a consolarte, vengo a conocer a un español que me muestre la pasión de la sangre española.

Me saca una carcajada. Sé que Michelle me dice esto para no hacerme sentir mal. Yo sabía que no estaba aquí solo para consolarme, sino también para ayudarme a volver a sonreír.

Pasamos al departamento y dejamos sus maletas antes de salir a almorzar y planear su estadía en la ciudad.

—Michelle, vamos a explorar cada rincón de esta entretenida ciudad. Vamos a seguir creando nuevos recuerdos para nuestra vida. —La abrazo. Cuánto me alegra la vida esta mujer.

—Vamos a tener mucho tiempo para hablar y conocer, pero lo más importante, amiga, es estar contigo.

En nuestro primer día juntas, decidimos hacer nuestro propio *tour* por los lugares más emblemáticos de la ciudad, como el Palacio Real y la Puerta del Sol, nos aventuramos también por callejuelas menos conocidas, descubrimos lugares y tiendas muy entretenidas. Entre lugar y lugar, entramos a diferentes bares, restaurantes y cafés.

Llegamos a la terraza del Hotel Four Seasons, para mí, una de las más lindas de Madrid.

Nos pedimos dos copas de vino y unas tapas.

—Hablando en serio, Michelle, repasar contigo mi romance con Diego resulta mejor que mi terapia. Nada mejor que una amiga que te escuche con atención una y otra vez las mismas divagaciones.

—Mía, cómo no iba a estar acá contigo. Si tú has estado conmigo siempre. Desde niñas hemos compartido nuestras penas y alegrías. Los aciertos y los desaciertos. Sobre todo estos últimos. —Nos reímos juntas—. Gracias, otra vez por ayudarme a despojarme de mi tendencia a buscar hombres siempre tóxicos.

—Y yo que pasé tantos años sin llorar, sin mostrar ninguna emoción. No solo por la muerte de mi mamá, sino por la violación que, después de tantos años, fui capaz de contar. Mientras que mi interior estaba destruido, mostraba una irreverencia frente a lo que sentía. Siempre sonriendo, con una falsa alegría. Diego me salvó. Con él todo cambió, tenía la confianza para ser yo, contarle todo, mostrarme tal

"I beg to differ with you, even though you've won your Nobel Prize," said Werner Geztalt. "What is beginning to appear in our mathematical equations, which, naturally, are based on the subatomic universe, is that at the Omega Point (to which the universe will return) sits the Divine Creator. What's more than likely is that when time-space reaches Omega, all who have lived and died will awaken!"

Silently, lips pressed together, Sarah Joan rose to her feet, raised up her arms, and then fell to the ground in prayer.

"Wait—before dispersing I'd like to ask you to stand in silence and meditate quietly," Saed requested in his sonorous voice.

At his sign, all stood up in silence except for the ex-wives, who filed out, followed by Garreth Styne, Nadia, and a handful of others.

Sarah Joan continued her prayers prostrate on the floor. Her lips formed words but no sound came out.

I remained, my head bowed, my mind conjuring up a gigantic multicolored leaf that I'd sent flying into the thick night air of the Provincetown boardwalk.

—

I see rainbows formed by lamppost-lit raindrops. It is a salty night as I run toward the last rays of daylight. They were purple before disappearing into black water. It doesn't matter where I hide. He finds me wherever I go, even tonight, when I walk to the edge of the sand. My toes hurt in icy water, but here I wait with moonlight on my cheeks.

"You look like a Peruvian mask with your copper curls and slanted eyes," Nadia says. "I know a writer," she boasts, "who runs a café for poets. I'm going there. And your lifeguard? He'll have a night off." Nadia laughs. Her white Indian blouse is embroidered with blue cotton thread. Silver earrings with turquoise tips hang from her earlobes. "Bring Jean later," she calls out, and then walks slowly back for my answer.

He likes to find me over and over again and take me back to the rooming house. As if it were new. As if it didn't happen every night.

"Be careful, Marlane. Beware the knife of his mouth and the lies in his

heart. You may not be his only lover." Nadia says it without so much as a smile. "Alex found living with me insufficient. He preferred mysterious performance artists—half dancers and half goddesses. They all look like you, Marlane."

"But I am not one of them. Never fear, Nadia. I am on my own lonely quest for love. I never take anyone away. It's true, though, that I dance in the moonlight when I am alone."

"I knew it," Nadia says sadly. "Look at my face, Marlane. All I am is the ghost of a Polish washerwoman. Look at my smashed-in face."

"You are the same color as the moon, Nadia," I say.

"We each have our own destiny. Don't let Jean devour you," Nadia warns, waving goodbye.

"It's healing to be here," I shout. "My mononucleosis is gone and my appetite is enormous."

"My wrist scabs have fallen off and disintegrated," Nadia says, wiping her eyes.

—

I could not listen to their voices anymore and ran in the direction of the woods.

As I came toward the beach I felt a spasm of fear. Wild birds were squawking. I imagined their pointed beaks penetrating my flesh. *I belong nowhere,* I thought, shuddering and looking down to the sea.

I gasped.

There he was! My husband lay at the edge of the water. I stared at the window-blind pattern of breast bones. The convex crest of his pelvis jutted out above the white skeleton of his thighs.

Water had smoothed his chest hairs into elongated snakes. His open mouth was full of muddy water, although the tongue, stretched below his chin, was strangely dry. Pieces of it had cracked off and floated in the sea.

The wedding ring, still encircling his dead finger, had transformed into jagged holes and eroded edges. *More beautiful like that,* I thought, and wondered if eons had already passed.

"You couldn't have lain under salt water long enough," I whispered, touching his slippery chest, searching for the faintest murmur of life.

"Do not be alarmed, Marlie," Lenny whispered, despite the tongue that still hung precariously out of his mouth, "it's only an illusion. Tell me what else I could have done? Any dream I ever had of being welded to you has died. I have turned into a meaningless amalgam. My longing for you, Marlie, has killed me!"

"Stop following me!" I screamed.

The gulls screamed back, hopping behind me as I ran back to Memory House. I suspected he had risen, hawklike, from his fake death in order to catch me.

—

The residents had congregated, as usual, in their meaningless configurations. I looked at Nadia, who was chatting animatedly with Sol. She had always been able to emit words and smiles, while I, imprisoned in silence, had relied upon the blatant telegraphing of my sexuality through sensuous cloth and Egyptian eye paint.

"There she is!" I heard Nadia say. It was followed by laughter. Solomon never even turned his head. Ivan waved at me from a corner bench, on which he slumped, reading a newspaper while patting his fragile heart.

Only Garreth turned to face me, motioning me forward.

"You look like you're having a difficult time," he said.

I steeled myself for his sullen parodies and vicious self-mockery.

"Marlane, what is it?" he asked, looking right into my eyes, not allowing me to look away.

"I saw my husband eroded by water. I thought he was dead, but an illusion had been created. I am going crazy. Lenny is everywhere. I cannot stop conjuring him up. I know I am creating him."

"The first months here are treacherous," he said, taking my hand in his. "The mind plays tricks to stop you from separating."

"Separating from people?"

"Yes, and from the self you knew. This time has come to be called 'the time of bitter waters.' Guilt and forgetfulness are battling each other. We are all in love with our worst selves, Marlane. The mind and body tire. Physical balance itself becomes a problem for some. Nadia, for instance, used to topple over. She walked with a cane for a while."

"Garreth, this doesn't sound like you," I said.

"Even I, strange as it may seem to you, Marlane, am a human being. Maybe it is better that we *are* rid of it! Why fight to regain it?"

"I don't know what you're talking about?"

"The creative work, the creations. Doesn't it make us inhuman, turning us into cold, godlike figures?"

"I was never *that* successful or well-known. I remained a commoner."

"But you knew things that no one else did. You stood apart!"

"You don't know that!" I said, feeling the beginnings of rage.

"I do know you," he said very softly as I tried to pull my hand from his.

"You know nothing about me," I protested.

He held my hand more tightly. "What will I have to do to make you trust me? You run from everything, don't you?"

"I do not! I've been married for many years."

"You ran from Nadia. She broadcast that little tale to everyone. You could have met hundreds of interesting people. People who would have given you support and friendship. Why did you prefer to live in shadows? You still prefer it!"

"You say ridiculous, untrue things about me and you barely know me!" I said, my voice rising.

"You say them yourself. You prefer to live with your dead absent husband than form a new relationship. Don't you?"

"You're hardly a model of sociability yourself, Garreth. No one can stand you!"

"That may be so up to now, but I want to change for you. If I can."

He laughed so loudly that Nadia turned and stared at us.

"I don't want to be studied and evaluated," I said, pulling my hand out of his and running toward my room.

—

Hours later, when I walked outside, determined to remain alone, I noticed the furor of the trees. Branches were bent into frail arches by the wind. Hopelessly, the trees shed leaves that flew upward like bright yellow birds, then quivered to earth.

I do not like bare trees, I thought, watching the loosening gyrations of the wind. When, suddenly, Garreth stepped out of the heavy door, he was slapped on the face by a bunch of swirling leaves.

"What's going on?" he cried, lowering his massive head protectively to his chest.

"Only a fierce wind," I replied, hoping he would not say anything personal.

"I am like those leaves whose death is imminent," the composer said without a glance in my direction.

"Why didn't you put on a coat?" I asked, observing his shivering body.

"I can't be bothered. As you said before, no one cares for me here or anywhere. Certainly not you!"

I looked away.

"Look! I've brought you a key. Solomon asked me to show you the spiral staircase to the basement."

I stared at the long metal key. "Well, I *do* need a few pieces of furniture for my room," I said unenthusiastically.

"Marlane, did you ever come to a concert of my music?"

"Yes; it was many years ago. Each sound surprised me. I marveled at your creative imagination. It was *The Rumpelstiltskin Operetta.*"

"Was I not a magnificent conjurer in those days?"

"Yes. And I was searching for magic. I wandered everywhere watching and listening. There was no one to stop me. I followed all my creative impulses."

"You will do that again, Marlane. Don't look at me like that; I got the message before. You would like me to keep a distance from you. I will. Now let's go inside before we both freeze."

—

Garreth led me through the gigantic kitchen into a small, box-like room that lay parallel to the gray corridor. To my surprise, he went down on all fours and rolled up a magnificent Chinese rug. I watched as the two-headed dragon in each corner disappeared.

"This room has no other use," he said, pointing to a keyhole that was nailed to the center of the parquet floor. At a nod of his head, I slipped my key inside the orifice and turned. Instantly, a large floor area popped up, allowing access to a staircase whose spiraling banister plunged downward.

"I don't like this at all," I mumbled. "Heights, enclosed places, rodents—all terrify me."

"Go down slowly, Marlane. When you are halfway down, you'll find that you can touch the wall. If you stretch out your arm you will discover a light switch."

He was behind me, gently stroking my hair.

"But how is furniture brought upstairs? Certainly it can't be carried up this perilous staircase," I snapped.

He laughed sadly; his fingers fluttered into the air and then fell to his side. "I see why you never got anywhere with agents and editors."

"What has *that* to do with *this*?"

"Don't you know? You need a touch of arrogance and self-adulation as well as fake charm. You cannot parade your vulnerabilities all over the place. Even eccentricities have to be correctly packaged."

He ran his index finger over my bottom lip. "There you go, turning your head away again!"

I was perspiring and very anxious for him to leave. "Just tell me how to get the furniture upstairs, if you don't mind!"

He sighed. "You will discover a red door, downstairs, which leads to a ramp. It's at the northeast end of the basement. I'll send someone down to help with your furniture cart. Now I must go to my room."

In a second he was gone, leaving me poised at the top of the steep stairway. Slowly, I let my foot feel for the first small step. Then, trembling, I walked down dizzying circular stairs a number of times before finding the light switch. Finally, toward the bottom, I saw a room that looked like any Salvation Army store with its rows of used lamps, outdated chairs, scratched wood tables, and musty-smelling remnants.

—

I was startled by a rhythmic sound that mimicked a hissing radiator valve. But when I entered a row of thickly upholstered studio couches, I discovered Dr. Fisher snoring heavily beneath gray blankets. On each exhale, he let out the defensive sound of a poisonous snake.

"Is there no escaping anyone?" I whispered aloud.

One of the dentist's eyes opened and he stretched out his arms. Fortunately, he reentered his deep sleep. Relieved, I rummaged and browsed among the dusty wares.

"Do not let my presence disconcert you," he announced when I had reached the ancient lamps on the opposite side of the room.

"I am here to choose furniture for my room; I'll try not to disturb you," I said, trying to conceal my anxiety.

"You don't fool *me,*" he said. "Everyone feels threatened in my presence. I will never get used to it. The way I perceive myself and the way others see me are completely at odds."

"It is true in my case too," I ventured, trying to put the alleged murderer at ease.

"How so?" he asked, sitting up beneath his covers.

"For a number of years, I masqueraded as a kindergarten teacher, when in fact I cared only about my personal creations. Nevertheless, I adopted the proper mannerisms and dedication suitable to my occupation."

"Without a doubt you and I are soulmates," the dentist exclaimed. "Mrs. Fisher was a bookkeeper and I was your ordinary dentist with a stable practice and a decent income. But like yourself, greatness lurked within. The masses, of course, closed their ears; no one showed interest in my innovative transplants or futuristic techniques.

"In desperation, I gave up sleep and worked through the night in whose wee silent hours my imagination flourished. My sleep-starved brain became more powerful with each tick of the clock. It was at four A.M. one morning that I suddenly knew my true path. I resolved to compete with God. I understand the narcissistic physicists all too well, Marlane. I built an experimental laboratory in the dank, leaky cellar. I cannot go on, Marlane. My hopes were so high, my commitment absolute. I will not say another word!"

"I understand, Dr. Fisher. It is your right to hold back certain details. I also hide my true self from the world."

"Of course you do. Listen carefully! What I truly believe is that the supreme goal and human value in the universe is coitus. In order to realize myself, I need a woman. She must be ready to take the risk. Let it be you, Ms. Frack. Please turn into a soft, vulnerable flower. I am demolished by their unjust treatment and cannot stand my cage. Instead, I lie here waiting in this den beneath the floorboards, napping and dreaming of the Divine Copulation. God given! God blessed! Do it with me now! Prove yourself. Do it fearlessly; I refuse to wear latex, for it numbs my cock. If you demonstrate your perfect belief in my innocence, I will owe you my life. In return, I will make your teeth stronger, even teach you how to repair your own teeth. No vile-smelling dental offices again. No midnight abscesses. Those untalented butchers will never shame your mouth with their primitive root tampering and vile sawing down of your teeth. I, Mervin Fisher, will glorify you!"

"Let me give it some thought. Didn't I hear you admit to being HIV positive?" I said.

"I'd forgotten. It's immaterial, for I believe that coitus alone enlivens the immune response. Moments after our coitus delectus, an overabundance of invigorated T-cells will march about, swallowing the evil virus. I will emerge a restored man, my genitalia throbbing with delight."

"Another day," I said, trying to placate him; I was unable to dismiss the idea that he did, in a fit of madness, destroy his patients. "I have barely arrived and sorted out my impressions of Memory House. Give me some time."

"Now!" he commanded, beginning to pull down his zipper.

"Tomorrow," I shrieked, running toward the red door to clutch the handle of a huge cart on which lay my cloth remnants, chipped Chinese lamps, dusty purple pillows, tables, and wrought iron bedstead.

Just in time—for Dr. Fisher's determination had made him strong and swift—Saed appeared. Lighting up the cellar with his gold lamé turban, he led me upstairs by way of a gigantic ramp.

—

The house that Lenny had rented, not far from the Delphic Stables, was ranch-style. It had three bedrooms, a marble foyer, a streamlined green-tiled kitchen, and two baths—one with a huge sunken tub and a Jacuzzi. There was a carpeted living room and den, and a large grassy yard with a pool. Although the furniture belonging to the owner was contemporary leather and wood, Lenny had added his own flourishes. Genuine leopard skins were draped over couches, and zebra carcasses hung on hallway walls.

In addition, he'd purchased a huge circular bed, which he covered with a black satin sheet and large black and white mink pillows. Dripping gold candles lit the master bedroom and gold-veined mirrors lined the walls and ceiling.

The heated, glass-domed pool outside was decorated with tropical plants and had bluish spotlights at each end.

"Open the closet," he commanded with a smile.

Inside, I discovered the entire wardrobe he had chosen for me. There were smart, expensive creations as well as those that were both expensive and sleazy. Dresses of metallic materials dominated. Plunging necklines and bare backs competed with elegantly styled sports outfits and simple body-hugging wool sheaths. I wouldn't have chosen any one of them in a million years.

"Grotesque," I whispered inaudibly.

I fingered them nonetheless and giggled crazily at the entire presentation.

"This is my tribute to you. You're my Cleopatra, the queen and jewel of my life," he had said, carrying me from his black Lincoln Continental through the mirrored foyer.

"It's overwhelming," I managed to say.

"Choose a bathing suit and then relax for a while," he said, planting a soft kiss on my lips; it was followed by the athletic antics of a long, contracted tongue that probed endlessly and intrusively inside my mouth. His hair, from which he had swiftly removed the rubber band, fell over my face, greasy and jasmine-scented. He withdrew the tongue and told me, "I'll be back in a little while, babe."

With a sigh of relief, I examined the bathing suits; most were trimmed in gold and had strangely wired busts and cut-out areas.

"I refuse to wear a suit with a missing crotch," I whispered, choosing a one-piece black suit with a sarong-style bottom and silver triangles decorating the nipple area of each padded cup.

No sooner had I dressed than Lenny entered wearing a gold lamé jockstrap and matching fishnet slippers.

"You are even more beautiful than I had imagined," he exclaimed as he

lifted me into his arms and carried me outside to the glass-enclosed pool, whose dome shimmered with blue light.

The water felt thick and silky; its surface rippled with mink oil droplets and flower petals. I dived into its soothing warmth and emerged in a corner where a mustached Mexican musician, knee-deep in water, sang love songs to the accompaniment of a mandolin.

"All your senses must be awakened," Lenny called to me as I floated toward him along the pool's languid length. He looked handsomer here, in the blue light, than he had indoors.

I allowed myself to be carried away, surprised and enchanted.

A long time later, deep in the moonlit water, he removed my bathing suit and let his tongue slide over me. Then, after wrapping me in a huge black towel, he carried me back inside and onto the bed.

—

"Once, about twelve years ago," he said while blow-drying his black shoulder-length hair, "I was a CIA agent. I did undercover work in Russia, Yugoslavia, and China. My life was often in great danger. One day an enemy agent found out my identity and tried to kill me with a lead pipe. I didn't die, but I lost my memory for two years. All that time I didn't even know my own name. You see, Marlie, I may not talk good or write like you and your artist friends, but I have experienced many terrible and wonderful things. You'll never meet anyone who's had adventures like me and lived to tell the tale."

—

I was resting from my basement ordeal when a key turned in my lock. I sprang up and stared at the moving door.

"Why didn't you knock?" I exclaimed, observing Ivan in judges' robes.

"Pay no attention to these," he said, looking down at his long black gown. "And I'm so sorry. I just took the liberty; that's how I am. I know how wrong it is. Impulsivity is a trait that got me into trouble some years ago. I am here, Marlane, to make a confession. First, I want to tell you that in my humble opinion, you tower above the multitude!"

"Thank you, Ivan, but the one thing I never could endure was the sudden appearance of an uninvited man. Years ago, one camped out in my hallway, singing and playing guitar outside my door. Another set up house in my foyer. Or else I would find a man waiting in my lobby. As if infatuation or lust excused them! In the future I'd like to be forewarned. This is my room, or have I misunderstood? Is nothing mine?"

"My goodness; you've become highly assertive since our last encounter. Of course it's your room! I wouldn't think of taking away your privacy. We judges easily lose our sense of proportion. Even your conservative father, the Honorable Judge Frack, had his impulsive moments. Here, take my key. Now I can never enter this room without your permission."

"Unless you have a spare."

"Please, Marlane, don't become cynical like all the rest. I give you my word."

"It's been a long day, Ivan. And, believe it or not, I've missed wearing my blue cape. But *you're* looking much better. Only an hour ago, at Minna Chase's meeting, you were pale and shaky."

"How like you to observe such a detail. It makes me feel so adored."

"I was alarmed by your heart attack last night. What happens if a resident needs a hospital or surgery?"

"Don't worry. Walk behind the house. Extend an imaginary line parallel to the back wall going right. Walk along it for seven miles and then plunge straight into the woods. You will discover a primitive clinic run by a team of doctors who've all had their licenses revoked. Yet some are quite gifted," he said. "But, Marlane, it is time for my confession."

"Are you sure you won't regret it later?"

"You see, that is exactly what I meant. The way you concern yourself with my feelings. No one has ever done that."

"I'm starting to wonder why I do certain things, Ivan. But please begin. I'm listening."

"My escapade noire began innocently enough. After a short court appearance, I had gone home and changed into a smart mustard-colored suit, brown-toned stockings, lace panties in mauve, and a short curly wig. Makeup was carefully applied. I was and am a pro in this art form.

"My alternate gender intact, I entered a small but exclusive tea shop on Madison Avenue. I used to enjoy posing among elegantly dressed women, striking up inane conversations and so forth.

"I remember her so well—her long, exquisitely cut red hair, hazel eyes, and white skin. She wore a plain silk blouse adorned with a double strand of cultured pearls. I aspired to a look like hers, Marlane—casual yet extremely elegant.

"There was an instant rapport. We liked the same kind of clothes, scorned the identical dress designer, delighted in opera and intricate murder mysteries.

"As we chatted across the space between our tables, a fierce desire arose in me. When she leaned over and fingered the bow of my classic beige blouse, I burst into flame.

"'I am not a woman,' I found myself confessing in a throaty whisper.

"She showed no surprise. How I marveled at the breeding that made it possible for her to be so tactful.

"'Follow me when I leave,' she whispered from behind her milky-white hand.

"Can you imagine how many years I'd fantasized meeting a lovely upper-class woman who would enjoy making love to me in my lace panties and lilac bra?"

"I think I can, Ivan."

"Let me go on. The woman's Park Avenue apartment was impeccable, understated, feminine. Every piece of furniture was top quality. I loved the plainness of her beige carpets, classic lamps, and cherrywood tables. I remember a dark Persian carpet in the living room. The outline of a tiger was faintly visible—its eyes aglow.

"With a bewitching smile on her sweet lips, she led me right to the bedroom. *I am about to enter paradise,* I thought as she quickly and gracefully slipped off her skirt and silk blouse. I was like an innocent babe, totally unaware of the invisible twisting of fate.

"We had no sooner taken our places beneath the sheets when a man wrapped in a wine-colored towel entered the room.

"'Who is he? Where was he hiding?' I asked, pulling the satin bedspread over my clean-shaven chest. I was enraged; obviously the woman had brought me into her bed to play sadistic tricks on me. I glared at the man, who happened to resemble a Norse god. His intense blue eyes studied me coldly.

"'I am Claudine's lover,' he said. 'I rushed right over.'

"'I think you'll be pleased by Tristan,' the woman said. 'He's a masseuse. Many of my friends use him.'

"'I do not understand,' I said.

"Tristan looked me over carefully.

"'What an elegant woman,' he said with sarcasm while observing my anatomy, for Claudine had completely disrobed me except for my silk stockings and pink garter belt.

"'No! It's too disgusting,' he suddenly cried, throwing a sheet over my head and body.

"'Be quiet, Tristan, he intrigues me,' the woman said, pulling the sheet to the floor. She then began kissing and caressing me so that I almost forgot that the man was watching from a brocade chair only a few feet away.

"I was just beginning to experience the sublime when I was hit in the face, beaten, and thrown to the floor.

"'You know I don't like it when you're rough,' I heard her whisper as I regained consciousness.

"They had begun making love as if I weren't lying nude and abandoned beneath the bed. I felt like such a fool; my huge, hairy stomach seemed monstrous, even to me, with the blossom-festooned garter belt around it. My lilac panties lay crumpled on the beige rug. I can remember reaching protectively for them.

"Hearing their cries of pleasure filled me with rage. I became greatly energized, climbed up onto the bed, and separated them with my bare hands. Then I carried Claudine into another room. The man rushed after me, his semi-erect penis dripping a colorless liquid. I turned and grabbed a brass and cloisonné vase that sat on a low cherrywood table. With more strength than I knew I had, I hit him ten blows on the head.

"When I left her apartment, the man lay motionless on the dark Persian rug; from temples to shoulder, his blackened blood formed a snake.

"To this day, Marlane, I suspect that I murdered Claudine's lover. But I can never know for sure.

"Directly following the bloody incident, I painted feverishly. In all my paintings is the luminous face of Claudine on a background of gold leaf. Off to the left, a man whom I've created after Dorian Gray sits at the doorway to hell. Often I painted Adam and Eve writhing on the floor. Adam is always impotent and dressed in lace undergarments."

"How you've suffered!" I exclaimed as he wiped his damp face with a handkerchief.

"Marlane, after a burst of creative energy lasting a year, I stopped, unable to bear my own hideous imagery. Creatures from hell emerged, meticulously formed; I felt possessed by evil. The worst of hell's demons hid inside my paintbrushes and in my heart."

"Your paintings must be masterpieces!" I exclaimed.

"Of course! But so what!"

Ivan had become withdrawn. He seemed to be waiting for something from me. Carefully, as was my lifelong habit, I tried to frame a perfect response.

"One day I will see your paintings exhibited in important galleries and museums. I sense your great dedication to truth."

"Do you really mean that, or is it what you think I want most to hear?" he asked.

He was right, of course; I was in the habit of flattering everyone—even my enemies—but I said emphatically, "I want to see your paintings."

"Then you shall," he cried out in a peculiarly jovial manner as he leaped out the door.

—

Never could I have imagined what the judge had painted: A sky as richly turquoise as any conceivable eternity shone from inside a jeweled frame, whose carving rivaled the woodwork of the Renaissance masters. Near the hip of the angel Claudine, whose face had the sweetness of a Giotto masterpiece, was the exquisitely drawn gnarled figure of a man. His face was deceptively youthful; but when viewed through a glass held by an evil imp, it was the face of Satan himself.

There were birds of paradise and evil vultures everywhere. Adam and Eve, plump adolescents, whose young flesh was afflicted with boils, writhed in each other's arms at the foot of the landscape.

The light that flooded the painting could not be analyzed; it came from within. I saw a depth of feeling I'd never before encountered in other realistic contemporary artists, whose perfect renderings were soulless.

—

"You are a great creator!" I cried out as he grabbed the jeweled masterpiece and rushed from the room.

—

As I emerged from an archway of crisscrossed trees, the sun was blazing. I stepped closer to the huge sand dunes when, to my astonishment, there appeared in the distance the figure of a woman in a lavish peach kimono with a fuchsia obi. On her small feet were soft milk-white tabi slippers.

"Nadia, is that you?" I called out as she neared. Breathing heavily, she slowed her steps and smiled. Her tiny gray eyes squinted in the sunlight, making her look somewhat Japanese.

But her chalk-white skin and plump, sagging cheeks spoiled the effect.

"This is how Solomon wants me. He thinks it will cure his chronic impotence with white women. It will make a wonderful poem in the future, Marlane. Besides, who cares? At this time of life, I'll grab any opportunity that presents itself. I plan to make him worthy of me—but it will take time."

"By making a poet of him?" I asked.

"Of course. Female poets love male poets. This is something you've never understood."

"And you've never understood that it is not true of painters, novelists, or most dancers. Puppeteers, on the other hand, often marry within their circle."

"There are exceptions, Marlane. But in general you are correct. Everyone knows that painters like dark-haired modern dancers or beautiful Asian women. Male novelists like fashion models, young actresses, or Nordic beauties."

"You've always had the answers, Nadia. I still don't know why you're here. How could this have happened to *you*?"

"My poetry failed me."

"But why? I recall that you never stopped writing."

"Had you kept in touch with me, visited, or come to my readings, you'd have known what was happening to me. I can't remember when I last saw you!" Nadia cried.

"You always wanted things to your convenience. For years I had a full-time teaching job as well as a hyperactive, demanding husband, *and* my arts. You never tried to reach *me*. You let your dislike of my unusual husband dictate your actions and feelings toward me," I retorted.

"*Unusual* is hardly the word for that obnoxious braggart and slimeball. I couldn't understand your way of life, Marlane. You knew very well that it is impossible to create art and have a demanding job. Yet you went right ahead and became certified by the state. I haven't done anything that self-destructive to myself since I was twenty-three. I knew, even then, I was too good for work outside my creative profession."

"And I never felt I was too good for anything. I missed all the correct turns, ignored the right people, and so on," I told her.

"You sound proud of it. Things haven't been perfect for me either. But enough of this. Are you ready to talk about what happened years ago in Provincetown?" she asked.

"I don't know," I said.

"You know Solomon talks about you incessantly. In his mind, Marlane, you have become a second Yuki. Isn't that similar to what happened on our vacation?"

"We've never spoken about that," I said.

Perspiration had begun to run down my back in tiny streams.

"Anemones were the flower of the day," she said with a forced laugh.

"I remember."

"You, with your silent, catlike ways, stole Alex from Iris the dancer."

"You know I didn't want to, Nadia. You encouraged me to learn from him."

"That's because you were a stand-in for me," Nadia said in a tired voice. "I wanted Iris punished the way I had been. It was a play in verse that was supposed to end with her screams and suicide on the deserted boardwalk."

"I thought you were getting over him. You always said you had a good time with the lifeguards. How was I to know?" I asked.

"Don't play innocent with me, Marlane," she scolded. "You knew your power over men."

"*Initial* power, yes. But it was always followed by enslavement, sadism, and abandonment. Men have delighted in ripping me apart, mutilating my dreams, vilifying my deepest beliefs. They choked the words out of me while you, Nadia, talked and talked, words flowing, mouth moving all the time."

"I despised your long dark hair and multiple art forms. But you were a fool even then. You recognized nothing of your power. You could have chosen from the universe of men, Marlane."

"And I thought *you* knew exactly what you were doing when you insisted that I meet Alexander."

"You didn't have to listen to me. You've always agreed too easily, Marlane. But to play around with the very thread of my life! You knew!" she cried.

"I knew nothing," I countered. "I've never had the confidence to disobey. You always looked smug, as though you were sitting on an egg that would hatch rubies. There was always a smile just beginning in the corners of your mouth."

"I was trying to hide my tears, Marlane. Sapphire or coral stones were mine. I walked among Nordic men whose cruelties were honed to the sharpest possible edge. My intellect was dull by comparison to their deadly wit. If you were so innocent, Marlane, how were you able to juggle his razor-edged tricks?"

"Little did you know, Nadia. I had to have five other men, on the side, to protect me from that one. The lies, the beauty, the ecstasy, spiritual and physical, the aphrodisiacs. I couldn't separate one part of him from another. Alexander was a lithe and perfect dancer. I'd never experienced love like his—a web of beauty that could give life and choke it at once. Or a painter who danced."

Nadia laughed. "He manipulated women's bodies to produce orgasms like glowing moons. Electrical waves lodged in my brain, making it fuzzy with delight. That was when he struck!"

"I know, Nadia. I was afraid. My body became more his than mine. I feared that the long, knife-like rapture would erase me. He possessed powers I've never again encountered."

"And yet he was so short and slight. Many women would have overlooked him. Isn't that true, Marlane?" she asked.

"No," I replied. "Not once he looked into their eyes. But you swore that the pleasure those lifeguards gave you was miraculous."

"I lied, Marlane. Couldn't you see that?"

"Only afterward, when Alexander looked at *me* indifferently. Only days before, he had looked at me with tears in his eyes. He had a sweetness I trusted."

"You weren't strong enough for him. And I wasn't subtle and lovely enough. I only *thought* I wanted you to experience what I had. I was sorry and angry with you immediately. You never even called! Still, I went on with my life. I knew I was a poet while you knew nothing. I ensnared men with my poems—one homosexual after another."

"I put my life in Alexander's hands like you had, Nadia. I thought he loved me!" I told her.

"Why should he love *you* when he couldn't love me? For your beauty? Many of the modern dancers he worshipped were twice as beautiful. Their bodies were works of art. Did you think it was your artistry? He liked absolute purity and simplicity. He was a minimalist. Everything you've ever done has been cluttered. Including your life!"

"Yes it has; and that's the way I like it," I said, turning from her presence.

"Be nasty more often, Marlane. It becomes you," she called out when I was far away.

—

She walked backward through the woods, pressing down upon the dying leaves with her tabis. I watched her peach-flowered kimono and the fuchsia obi fuse, then disappear.

Harsh sunlight gleamed between bare trees, lighting up the garnet striations below. Leaves touched my cheek with their occasional warmth.

—

Walking on, rhythmically, I climbed a dune and then slid to the bottom, tripping over a man's legs. He lay in an odd position—his ear in the sand, his torso flattened down against it; an expression of ecstasy was on his face.

"Garreth, what are you doing?" I asked.

"You startled me, Marlane," he said, supporting his head on his palm.

"Your ear is full of sand," I remarked.

"There are sounds within the earth that are beyond my vast experience of orchestral music. Even the gongs and synthesizers cannot approach this. Please join me. Come on! Don't be afraid. I have finally found some meaning to *all of this*," he said, waving his hands to indicate earth, sky, and distant trees.

Reluctantly, I pressed my ear to the sand.

"Prevent external sounds from going into the other ear by inserting an earplug," he said, handing me one still wrapped in its transparent plastic. I did as I was instructed and waited.

There is no sound, I thought while holding my twisted position. His excited, encouraging eyes studied me.

"Is it not the most exquisite music you have ever heard?" he exclaimed, smiling and rolling rhythmically back and forth on the sand.

"I'm afraid it's wasted on me," I finally apologized, raising my head and upper torso out of the sand.

"It's your lack of professional training. I shouldn't have expected it of you. Perhaps when you are alone you will be able to concentrate fully," he said.

"I will try again," I lied, moving swiftly downhill.

"Don't go, Marlane!" he called out plaintively.

—

When I reached the water's edge, the tide was high and the waves were crashing angrily against rocks. A few dead leaves lay on the soft mud along the shore. I picked one up and wiped off the sand grains.

"I wonder who will disturb my solitude this time?" I asked myself.

I walked two miles east but caught no glimpse of Nadia and Solomon. Nor was my husband practicing his usual deceit upon me—at least not here. A bright yellow butterfly hovered above the mud, oblivious to the change of season.

At last I am alone, I thought, relieved. Still, I tried to conjure up the face of Lenny. Somehow I missed his bleeding tricks and half-hearted feats.

"Our love happened centuries ago," I said to the wind as I rested on the moist sand. The butterfly flew near my fingers, almost touching them before darting away. I called out, "Lenny, where are you and your rotting imagery?"

Suddenly a shadow fell over me so that I looked up into the sky to see if the sun had gone.

"I didn't mean to startle you, Marlane."

I turned to see Ivan Birch in purple bathing trunks, his arms behind his back.

"I've had something for you but never found time to deliver it," he said, stepping into my line of vision.

"I am amazed by the intensity of your paintings," I said.

"You're too kind. Here, take this. I want you to look at it right now; it's inside this envelope."

I opened the manila envelope slowly, then pulled out the smooth wallet inside. My father's name was engraved in gold on the black leather:

JUDGE LIONEL FRACK

"Look at the photographs in the wallet. Come on!" Ivan insisted.

"My father never carried snapshots with him."

"Oh yes, he did; they were deep inside where most people keep large bills. Your father carried his money in his trouser pockets. Did you know that he was never without five hundreds, ten twenties, and fifteen fives?"

"No, I didn't," I replied.

I peered into the billfold and pulled out four photographs.

One was of me at ten, prematurely old in a fluffy pink ballet costume with a rose blossom headpiece. The second was of my brother Mitchell in his baseball suit; it was taken at Camp Waterfall when he was eleven. I stared at his hollow cheeks and defeated eyes.

My mother and father stood side by side in front of a Catskills hotel. She wore white platform sandals with open toes, a print silk dress, and a light crocheted beret. My father's shoes were also white; so were his trousers, which he wore with a very short tweed jacket.

The last was of three men. I almost discarded it, but something made me look more closely. My father, a round-faced, mustached man in his early fifties, was shaking hands with the late Governor Rockefeller, who stood between him and none other than a smiling Judge Ivan Birch.

I stared up at Ivan.

"What does this mean? When did you meet my father?"

"Don't you remember? I already indicated to you that we were associates. I thought it best to minimize our relationship, but you might as well know that we were more than casual acquaintances. In fact, I almost told your dad about the Claudine incident and my habit of cross-dressing. But I sensed that he wouldn't understand."

"You were right about that," I told him.

"Don't misunderstand. I liked the man, Marlane. There was something both highly ethical and hopelessly infantile about him."

"When he died, four years ago, I was surprised," I told Ivan. "He always told me that he would never die. 'Your dad is going to live forever, Marlane. You mark my words,' he would say."

"I wanted to be sure that you knew of our close relationship. Living with one great secret is enough for me. This is also a warning."

"A warning of what?" I asked, my heart's rhythm accelerating.

"I'm not quite sure. It's just a way of telling you not to rely upon precedence in Memory House. That's the best I can do."

"If you mean that life's full of surprises, I already know."

"Well, I . . ." he began.

"Why are you wearing only swimming trunks?" I asked, anxious to leave the subject of my father.

"The cardiologist down at the clinic has advised me that the best thing for my heart is to strip to the waist and jog slowly along the edge of the sea. And that if I felt up to it, I might cover myself with grease and plunge into the waves." I stared at him in disbelief. He added, "I know it sounds odd, and yet I always feel at my peak after such an excursion."

"How did he explain it?" I asked.

"He didn't. He saw no need to enlighten me, but he has often repeated his belief that cold and water enhance cardiovascular functioning. No one has yet died who follows this regimen, he has reassured me, despite varying degrees of damage to the organ. Would you like to accompany me?"

"No thanks; I'm not as daring as you."

"It is my sincere hope that the photograph didn't upset you," he said.

Then he waved and began to jog away.

"My father was a minor public figure. He knew many people. On the other hand, I do admit to finding it something of an intrusion. Memory House should belong only to me," I called after him.

"I understand," he said, receding into the distance.

Had Nadia's neck cracked? It curled limply toward the wooden slats while her head swayed unsteadily. The rest of her body bolted through the dense crowd. I saw her emerge from the throng; her false curls crawling over her eyes like dead worms, and bloody dots leaking out from the pink scars on her wrists. "Nadia, what has happened?" I cried. "What have you done?"

"Iris Isis the dancer and Alexander are here in Provincetown. They

were making love across a wooden table in Sonja's café. You should have seen how they glowed and throbbed into each other's eyes. It serves me right for abandoning my bronzed lifeguard. You, Marlane, are wise to stay with Jean night after night after night. Tomorrow we'll go to Sonja's and you too can see his eyes. You can tell me how much more beautiful Iris is than I could ever be. She looks like you, Marlane. You dark women are all the same, stealing men wherever you go to exhibit your tortured eyes and exotic faces. I hate all of you. You too, Marlane, for looking like that."

"No, Nadia, I am now a copperhead. Did you forget how we transformed ourselves forever? I know it's fake, but Jean doesn't know; he loves my chemically colored mass of ringlets as though I were born this way."

We bound her wrists a second time with gauze and antiseptic tape.

"Did you know they were coming?" I asked. "Did you trick me into accompanying you on a self-destructive quest?"

"I never even dreamed it," she said, "though I may have talked of Provincetown and the Portuguese fishermen with Alexander when we last lay together. There is no healing here anymore," she said, "but I must stay to the end. That Iris Isis will not drive me away from my dunes and moonlight. Alexander only pretended to understand my relationship to the moon."

"I was searching for Jean, who failed to find me. But if he comes I can send him away."

"Isn't it odd," Nadia said, "that we came to Provincetown together and ended up in separate rooming houses? We both had to find lovers in order to heal. If Alex saw you he would want you too, Marlane."

Jean was standing at the edge of the ocean staring at the full moon. I walked toward him, shivering. He was wearing frayed denim pants and had removed his white T-shirt. The air was thick and wet, though the moon could be seen shining with its penetrating silver.

"I thought I had lost you forever, that my ability to know where you were had ended. There was a painful emptiness everywhere. Even the angelic voices were still. Now you appear suddenly and I fear it is not really you. Something about your hair is odd. There is only one way I can find out. Otherwise I will fear you."

Slowly he removed my green silk blouse and floor-length skirt. "Lie down just where the water and sand meet in the full light of the moon," he said, and I obeyed. He loved me in silence, feeling and pausing to remember and reflect upon each sensation. "Are you only a manifestation of the full moon or are you the angel I seek night after night?" he asked after he had screamed and rolled us both into the icy water.

"Don't you recognize me?" I asked him as our hearts slowed to the rhythm of the wavelets.

"The way you clutch me inside your body is unlike anything I've known in any country, but I must beware the mirage of life. Evil follows me even when I am seeking the purest experience. Don't disappear again. Don't make it difficult for me. If so I must cease to exist or stab you. Knives are like moonlight too. Both are dangerous and sharp-toothed."

When he was finally calmed by the sea we walked to the rooming house and slept. Then he dressed secretly and crept out before daylight.

The way the moonlight ate into the rotting boardwalk seemed dangerous. Jean vanished for days and barely knew me when I found him on the beach. "It's not the same, nor are you the angel I sought over and over again. It may be time for the severing," he said.

Nadia disappeared night after night with one lifeguard after another. When we met accidently or purposely, she warned me, "Marlane, he will seek you with his greedy eyes. Let him, please!"

"Why?" I asked her. "Why give me to him?"

"No one gives anything to Alexander. He takes it. In a dream I saw his eyes taking you. I am deaf to him now. You will know him and perhaps he will disintegrate in your arms."

"Nadia, you magnify the powers of dark-haired women. I am sure to be his victim like you were."

I knew him immediately, the beer untouched near his wrist, the woman's half-turned head. She wasn't me, but certainly, as Nadia said, a double.

"It is too late for me, Marlane," Nadia whispered.

He looked at the spot where we stood, and his eyes, interwoven circles of blue and silver, caught me. She must not see! But artfully focusing on Nadia Lagoon, the deceitful god of all men came our way. Looking to where the new bandages were woven with the old wound, he kissed her rubbery cheek as Iris Isis turned to stone.

"He is magical," Nadia whispered when he had turned his back to us. She knew our destiny and had always known he would be here in Provincetown to finish her off. "He is well armed," she continued while he returned to Iris Isis. "You've never seen anything like him," she joked as I trembled. "It will be a fight to the death, you know," the Polish washerwoman said.

He was what she had promised. I never would have believed there existed a man of total cosmic beauty, powerful, not to mention the all-seeing awareness that kindled him.

"He's a candle lit to kill," Nadia said. "You do know his illicit love destroys and that he can open and feed upon you at will, then spit your gummy substance out when he's had his fill. I warn you as a friend but fight you as my enemy. I never could compete with performance artists," Nadia said. "And like the peasant I am, I had to burrow in the dirt to get the look you get just standing still. You aristocrats don't know the real meaning of labor. How does your little Jean look to you now?"

"I admit, Nadia, to never having inhabited the rarefied upper regions of the art world where his kind are found," I said. "He is a surprising prize, but I'll pass."

"Don't," she said. "He will never cower in the shadows shooting up and writing nonsensical prose from his half-burnt brain like that angel stalker. I want you to experience what I experienced. Take my Alexander from Iris Isis for me! And have him!"

I said no, but night after night I heard his footsteps on the rotting planks of the boardwalk, along with the swishing sound of Iris's long white skirts. Sometimes she walked gravely or else she twirled around. She giggled nervously as he pursued me.

"I can complete you," he called out above the light of the moon and the sound of waves. "And crystallize your aesthetic direction as I did for Iris."

"Your desertion of Nadia Lagoon hurts me, as well as your greed," I said. "Why take me when you are happy with Iris Isis?"

"Your judgment of me is harsh and unfair, Marlane," Alex said. "Iris

and I both want to share our plentitude. Nadia's soul was too masked. Her body sought only a permanent coating of silver. She never, never danced. Pale women, don't you know? Marlane, I saw the black roots of your copper mane at once. I saw your gold-flecked irises and dilated pupils. Surely you were an Indian mystic in another life. Though feminine, you have the head of a leader. Iris Isis and I have collaborated in orgasmic creation. Come live with us, my dear. We two will nurture and protect you. It is so simple. The universe began as a single point that broke forth in orgasm. The world is the gigantic orgasm of its creator. It is so obvious that people seek to deny and destroy it."

"I will never join you," I said, the front of my body turning away from him.

"Marlane, you are making a mistake of gigantic proportion. It will echo throughout all eternity," Iris whispered loudly, her skirts collapsing into the wooden atoms of the boardwalk.

I cried later at what I would miss forever by refusing and obliterating Alexander.

Nadia said, the red slashes under her wristbones gleaming garishly, angrily, "I have engineered this opportunity for you, Marlane, and you have refused. You will never know the tantric secrets of breath as I do or break into orgasm at the light shimmering from the dead moon."

—

I remained on the beach for the rest of the afternoon, enjoying my solitude. Then, just as the sun was setting and the seagulls beginning to land nearby, I heard the voices of Minna Chase and her group.

"I see that you have more important things to do than to help us turn Memory House into a positive environment," Minna called out as the group neared.

"It isn't that. I'm still trying to orient myself. The meaning of Memory House becomes more obscure by the hour. I can make no sense of it," I said.

"Oh, I hadn't realized; it seems as though you've been here for months. I guess we should excuse you. You cannot possibly know about the rejection and persecution that we female painters endured before coming here. People despise the elderly to begin with. But to make matters worse we cracked the mold. They don't like seeing us looking so fit, walking briskly in our skintight leggings and designer overblouses, sturdy cowboy boots and fedoras, our minds clear as bells, our creative juices as wild as were our husbands' in their heyday."

"Give it up, Minna. No one can understand what we've been put through, nor how strong we've become," Molly Happstein exclaimed. "We even have a motto: *We're still peaking!*"

"That's great and I'm in sympathy with your cause; I also discovered that gallery dealers despise women. Women are discriminated against even more in painting than in writing, puppetry, or dance," I told them.

"You do *all* those things?" Minna asked.

"I have. But not all at the same time or at the same level."

"I knew a few radical puppeteers in the forties. Won't you join our causes?" Hannah Gold asked.

"I don't believe in seizing and confiscating art materials, even those brought in illegally," I whispered.

"She's one of those old-fashioned humanists," said Hannah.

"She'll begin to understand the deep meaning of the No Creation Rule after she's here a little longer. Just don't expect us to do your dirty work for you."

"I won't and I'm willing to assist in any way I can, short of becoming a committed group member. I need my freedom."

"Famous last words," Minna sneered.

"Why don't we ask her to distribute these flyers about Dr. Fisher. After all, we have more important things to do."

"She may like having him here; we can't assume anything about these new residents. The search for values seems to be over."

"Well, let's have it, Marlane. What *is* your position on Dr. Fisher?"

"Well, I feel uncomfortable around him and I believe he's quite unstable," I said, remembering his behavior in the furniture room, "but I am not ready to take a position against him."

"She never takes a stand." Nadia, still in her kimono, expressed her opinion breathlessly. Her neck was wet from perspiration.

"Do *you* want Dr. Fisher expelled?" I asked her, trying to avoid her eyes. I wanted to forget my betrayal with her Alexander. I didn't want to see her old wrist scars or her mocking smile.

"Yes, I do. That man is not a creative artist. He's a technocrat. And he won't be happy until we all have AIDS. I believe that he deliberately infected his patients, by acts of coitus and fellatio, while they were unconscious. He's certainly capable of anything. Perhaps you, the great exotic beauty, have experienced it firsthand," Nadia sneered.

"We have no proof of his guilt," I said, ignoring her comment.

"She's a judge's daughter; what would you expect?" Nadia laughed. "Marlane can't make up her mind about anything. That's why she's a failure. Not one of her art forms has ever reached maturity! She's jumped from one to another all her life!"

"I see experimentation in different media as a path to self-knowledge," I said, straining to defend myself.

"But you've never seen anything through to the end. You've run away from success. I, on the other hand, always believed in resolve and unity of purpose."

"Then how did your poetic vision grow?" I asked.

"It grew organically, of course, from itself outward," Nadia said with pride.

"Must everyone do things your way?" I asked in desperation.

"I'm not going to waste my breath answering that one, Marlane," she said.

I noticed that the abstract expressionists' wives were listening and weighing each word.

"Speaking of the devil," one of them suddenly exclaimed as

Dr. Fisher, barefoot and wearing a pink sweat suit, sauntered toward us.

"Stop breathing, everyone, the notorious, infected Mervin Fisher is approaching," he said.

"You look so pretty in pink," Minna said sarcastically.

"You don't bother me; I wouldn't know pink from blue, as I'm completely color-blind. My wife used to make these choices."

"What became of *her*?" Molly asked.

"As if it were your business. She left me. She begged me to use the old-fashioned drill, but I would only work with a laser. And though it was too revolutionary for most of my patients, I felt impelled in all good conscience to use the best possible technique. Mrs. Fisher feared that I'd lose my practice. She nagged about the tartar, trying to get me to continue the primitive, futile practice of scraping it from people's teeth and beneath the gumline with my antiquated instruments. How she resented my genius."

"Only a man would use the word *genius* in reference to himself," Minna said.

"I strongly suspect that you injected your blood into Mrs. Fisher while she slept," said Nadia. "You're crazy and crazy people don't know what they're doing."

"You don't believe it, you're just trying to torment me," said the dentist.

"Perhaps he spared his wife so she could shop and cook for him," said Molly Happstein.

"Marlane, just listen to them. What must I do to get someone to believe in me?" Dr. Fisher asked.

"I've never discovered the secret of exerting influence upon others, myself. I'm the wrong person to ask," I said.

"There goes self-effacing little Marlane. She only excelled in stealing great men from unsuspecting friends! Surely with a little imagination you can all see the ghost of her strange, mysterious beauty!"

"You want one hundred percent support from me and you still call me names and accuse me of things I am innocent of. Does that make sense?" I asked.

"You take what I say too seriously, Marlane," Nadia said.

"Shush already, Nadia," said Dr. Fisher.

"The sun is disappearing," said one of the wives.

I shivered suddenly. The sky was gray and lifeless.

"No accomplishments, no change, nothing to look forward to. I might as well turn back," the dentist intoned.

"It's too chilly," the wives said, turning to leave.

"Aren't you coming?" Nadia asked as I slowly left the group and turned toward the ocean.

The nerve of her; after her accusations and mockery, she expects me to follow behind, I thought.

"I'll catch up with you in a little while," I said without making eye contact.

"I thought you would be anxious to hear about Solomon and me," she said with annoyance.

—

A feeling of melancholy engulfed me. The icy water played with my toes. *I am as alone in the universe as is Mervin Fisher*, I thought as a small wave broke against my ankle.

"Marlane! Marlane!"

I looked into the distance, up to where the dunes began. The sky had turned grayish purple. An early star glimmered faintly in the dusk as two silhouettes moved toward me. I strained my eyes. One of them was an ancient-looking man. His large head bobbed on a thin neck, and his back curved downward. After taking a few steps forward he stopped and leaned against his companion.

"It is I, Ivan," his companion shouted.

For a moment I thought the other was Garreth Styne. But I soon realized that this man was more than a decade further along in years.

"Marlane, where are you hiding?" a familiar voice called.

I could now see the bald head, tiny eyes, and exceedingly thin lips. He was much smaller and skinnier than Garreth Styne. Walking was, for this man, a tedious and painful event. He had a tremor and tiny, measured footsteps.

"Daughter, daughter!" the aged man called.

I blinked rapidly, recognizing the form of my dead father.

"Is it you?" I shouted.

"Yes, daughter, it's your dad. I will never die. Don't you remember my words?" He had quickened his arduous pace, but with a sudden intake of breath he grabbed on to a tree.

"I'm tired and a bit dizzy," he said.

"This cannot be! You were comatose. The hospital called and reported your death," I protested.

I was shivering from head to foot as I regarded his form, now only a few feet away.

"No one was with me at the moment of my so-called death!"

"That's the way we stage it. Your father's oncologist, a poet and former resident, is one of our best men," Ivan explained.

Daddy was upon me suddenly, holding my hands tightly in his hard, fleshless fingers, leaning his pathetic weight against my body.

(Hadn't he always lunged at me from dark corners?)

"How did you find me?" I gasped.

My father coughed.

"Don't you know that nothing stops *me*? I'm one of the executors of the Memory House Will, as well as a permanent resident of Memory House Five, just over the George Washington Bridge. Don't mention its location to anyone. My good friend Ivan Birch told me you were here. Why, I've known Ivan for years. We used to play pinochle in the Bronx in the good old days. You know, the old Monroe Democratic Club."

"I hope I've done nothing to jeopardize our relationship," Ivan muttered with a furtive glance at me.

"I saw you on a respirator," I said, half to myself.

"So what? It didn't mean a thing. You always thought you knew everything. I had the whole thing arranged. I paid off everyone involved. That's how things are done in the real world. There's nothing I can't get by saying that I'm Judge Lionel Frack and handing out a few bills."

"I've only heard you say that a thousand times," I said sarcastically.

"I see you're still a wise guy. Well, it was just as Ivan said. The oncologist belongs to Memory House. He lost his license years ago due to unethical conduct as well as failure to report taxes. I *was* very sick. I pretended to be even worse. I deliberately stopped eating until I was skin and bones. As a matter of fact, I've never been able to gain the weight back. I knew it was curable. Subsequently my testicles were removed. I felt better almost immediately."

"Prostate cancer that's spread to the bones is never cured," I said.

"That's what *you* think. You always thought you knew more than me. That was your biggest mistake."

"Why did you do it?" I asked after a brief silence.

"I've got to laugh," he said. "*You ask why?* Why shouldn't I? I had enough of your whining mother, your indolent brother, and you. You were never the daughter I wanted. All those years whatever I did for you I did only because of your mother. *She* was the important one. Who needed *you*? So sensitive, so talented, so artistic. What a phony! I wanted an all-American prom queen—a cheerleader jumping high into the air, smiling and twirling pom-poms. I wanted a queen of the campus with cute hats, tiny checkered suits, bouncing hair, and a turned-up nose. A real sorority girl. Someone to pinch her daddy's cheeks and ask him for a fur coat. Your personality eats away at me like acid."

"Isn't it a misfortune that you've had to endure a daughter so unlike your ideal?" I said, trembling with rage.

"Yes, it's the truth! Why do you think I never introduced you to handsome young politicians, senators, and judges? I was ashamed of your dark frizzy hair and arrogant nose, your unsmiling demeanor and peculiarities of dress. Not to mention those hideous paintings, books, and dolls."

"The feeling was mutual. I dreaded all your sudden appearances and intrusions into my life. When I was fourteen you paid teenage boys to take me for walks. Why?"

"How the hell did you find out about that?"

"Some of them felt uncomfortable about it and told me," I said.

He took a sudden breath and his thin lips let out a series of choked laughs. Ivan, thinking my father ill, took his pulse while supporting his small frame.

"I've got to laugh," my father finally said, "at your stupidity. I paid them not to touch you. In those days it meant something to be pure. I knew you couldn't take care of yourself."

"And now you've come here to interfere with my efforts to survive as an artist."

"No. Believe it or not I'm determined to understand all of you so-called creators. Memory House Five is full of them too. But having *you* to study is even better. Maybe we'll end up friends for a change."

"I doubt it, and I resent this hoax you've perpetrated on Mother. She deteriorated rapidly after your so-called death. Now she remembers nothing of you or of her past. She even forgot how to feed herself."

"You nincompoop! Did you really think our little high school romance lasted all those years? I owed her nothing. Yet for many years I gave her my total devotion. I made myself a judge for her. But did she appreciate it? Did she root for me? No! On the contrary. She had a chip on her shoulder. Even *you* must have noticed that."

"I noticed a lot of things," I replied.

"Marlane, your father is quite frail. I can see he's tiring," Ivan said.

"If that's the case, it wasn't very wise of you to bring him down to the ocean after a day's travel, was it?"

"And here I thought you were so calm, even-tempered, and forgiving," Ivan said with a sad smile.

"Couldn't you have produced him in a more gradual way? First some snapshots and then he rises from the dead. It's a good thing *my* heart is strong."

"You're absolutely right, Marlane. A shock like this would have done me in for sure," Ivan said. "This is just another one of my thoughtless, impulsive acts," he added with a wink.

"How's the old ticker?" my father asked Ivan in a voice that quivered with weakness.

"I'm still alive, Lionel, and that's what counts!"

"I'm beginning to understand why everyone resents the inclusion of nonartists in Memory House," I said, regarding my father.

"Don't listen to her, Ivan," he said. "I've always done whatever I please. Everyone knows who I am; I can go anywhere and get respect. Artists are nothing by comparison. Any dunce knows that. The moron who endowed this place should have had his head examined. Imagine supporting a bunch of idle artists!"

"It's dark already; I'm leaving," I said, turning my back on my father.

They followed, progressing over the cool sand at a snail's pace, while I charged ahead, eager to lose sight of them both.

CHAPTER 4

THE DEAD FATHER

"I can't believe you're still here," I shouted, almost tripping over Garreth Styne as he lay, ear to sand, as before. But now he was asleep. "Night has come," I exclaimed, shaking his shoulders nervously.

He jumped up in surprise. "Ouch, I ache all over. There's a crick in my neck. What are you doing here, Alice? I must have fallen asleep while listening to the Divine music of the Creator." He stopped talking and looked at me closely. "What has happened to Alice in Memoryland? You look like you've seen a ghost!"

"Please don't joke, Garreth. My dead father has reappeared."

"In a dream?"

"No. He's quite real. Ivan told him that I was here and he's come to torment me. That was always his major function."

"Didn't I warn you on your first day? Dead relatives *do* turn up. There is something about you, Marlane; I sensed that someone might be haunting you."

"I wasn't even listening to you. He looks exactly as he looked on the respirator, except that some of his body sores have healed. He's grotesque. He rose from the dead just to make me miserable. He can't leave me alone!"

"Don't take these things so seriously, Marlane. Life has no intrinsic meaning except for the Music of the Spheres, which I've finally heard. Marlane, I almost feel an urge to compose! I thought it would never happen! But I'm forgetting you. You have nothing to rejoice about, do you?"

He stroked my cheeks with cold fingertips while looking into my eyes.

"Something about you, Marlane. I don't know quite what. . . ."

"Walk me back, Garreth. I don't want *him* to catch up with me. I *am* happy for you, Garreth, but it's hard for me to concentrate on anything but my father."

"Come," he said, brushing a few windblown hairs from my face. "Let me protect you on this day of days. The day I was able to hear the secret sound of the birth of the universe!"

"Wait until you talk to my father; he'll make you wish you'd never been born," I told him.

"Is that how he makes you feel? Is he really that bad?" he asked.

"He despises the arts and has always been ashamed to acknowledge me as his daughter."

"Why? What have you done?"

"I don't fit his image of a daughter—not in any way."

"My dear Marlane, let *me* be your father. With all my narcissism, I still couldn't be *that* cruel or blind. And I'm more than fond of you as you may have guessed, despite a history of youthful bisexual excesses."

"Isn't it time to forget all that?"

"One never forgets the physical ecstasies or the disappointments one caused. But for now, I will challenge your father for fathership alone. *I'm* the father you always needed, and a great ex-composer to boot."

"Hurry, Garreth. I don't want to see him."

"Then we'd better jog, but slowly. This is the fastest I've walked in years."

"My father and I were badly matched from the start. Even as a child I feared his sudden brusque movements. And he was drawn to my chubby, outspoken cousin Debra, whose cheeks he pinched. She enjoyed his rough play. I preferred my uncle Ezra, a self-effacing magician who died at thirty-seven."

"Do I remind you of your uncle Ezra, Marlane?"

"Except for your insolence you do," I told him. "My uncle was withdrawn with adults. He felt more comfortable with children. It is true, come to think of it, that yours is the art form that seems most like magic. Uncle Ezra produced fluttering doves and tiny white mice from the air. Once he extracted an endless chain of daisies from my ear. No one else could make me laugh. And he adored me."

"Didn't he have any vices?"

"Huge bottles of iced wine. He longed to be an actor. But his only role was a bit part in an early Ingmar Bergman film. He played an insane juggler who always wore white and spoke to God. He was part of a circus of misfits."

"Perhaps you and I will run away with a circus one day, my dear. But not now. Like it or not, we will make our appearances at the dinner table."

—

My father had seated himself between Ivan Birch and Dr. Fisher, while at Garreth's insistence I shared his table for two.

"I see that I won't be able to talk with you at mealtime anymore," Nadia said, looking down at Garreth's fingers, which were interlaced with mine.

"Marlane has more serious problems to deal with than one of your ridiculous romantic escapades," Garreth said.

"All the same, I'll join you," she said, dragging an empty chair from another table and forcing it under a corner of ours.

"It *is* a table for two, in case you hadn't noticed," Garreth said.

"And your oversized ear is full of sand, in case you hadn't noticed *that,*" Nadia laughed.

"You don't bother me anymore, Nadia. Make yourself at home."

"I intend to," she said.

"What the hell is my daughter doing with a man my age?" my father cried out, as all eyes turned.

"Who is that old man?" Nadia asked.

"It's my father," I said.

"Then what are you doing over here? If my father ever appeared in Memory House I would never leave his side. Unfortunately, he was lost at sea decades ago."

"Marlane, are you deaf? What are you doing with a man my age?" my father shouted again.

"He's adopted me," I said.

"I'm her surrogate father," Garreth said, taking a bow as I giggled.

Saed, in a brilliant green turban with a ruby at its center, approached my father.

"Welcome to Memory House One. You needn't wear the blue cape or crown, since you had your day of rule at Memory House Five."

"Don't you see I'm wearing my judges' robes; I insist upon a crown. It's the least you can do!"

Saed whispered something in Ivan's ear and the latter excused himself from the table.

"Dr. Fisher," Saed said in a serious tone, "you are not allowed to eat at this table; you must dine alone!"

"Can't you see that I'm wearing my infection-control gloves and that I've brought my own utensils? Call the Centers for Disease Control, but don't persist in this imbecilic persecution."

The dentist had begun to cry. He sponged up his tears with his pocket handkerchief.

"It's in the tears as well," one of the abstract expressionists stated loudly. "They've kept the truth from the public long enough!"

"For anyone who doesn't know, I'm Marlane's father, Judge Frack. And I know this case well," my father said, rising from his chair. "I am in favor of his acquittal. It is my opinion that a conspiracy has been perpetrated upon Dr. Fisher. Why don't you all wake up? He's here and he can fix your teeth for nothing. The prices dentists charge these days are outrageous. They're all a bunch of crooks. What the hell are you complaining about?" My father laughed. Then he grew serious as he squinted at Garreth and me.

"Thank you so much, Judge Frack. You are the first person who has ever defended me," the dentist cried out, embracing my father.

"What do you have to say about that, Marlane? Your dad is not so bad after all, right?" my father called.

"Judge Frack, I must advise you to let Marlane eat in peace. Try to imagine the state of her mind after seeing you rise from the dead, so to speak," Saed said.

"She's *my* daughter and I'll do and say what I please," my father replied. However, he regarded me silently for the rest of the meal.

When Ivan returned with the crown of thorns, my father laughed uproariously and placed it on his bald head.

"How handsome your father is!" Nadia exclaimed. "You just don't appreciate him."

"I didn't know you go in for centenarians," Garreth said.

"I need to speak to Marlane alone, if you don't mind," Nadia replied as we ate our lemon tarts.

"Why certainly," Garreth replied, disappearing from the room the moment after he wiped his lips.

"I want to escape from the dining room before my father," I whispered to Nadia. "And I refuse to hear recriminations about Provincetown tonight!"

Nadia laughed uproariously. "I swear to God and hope to die, I won't even mention his name," she giggled.

—

Nadia led me to her room which was at the far end of the gray hallway.

"You always knew how to fix up a room," I exclaimed, observing that she had managed to create a fish motif from the basement stockpile.

"Look at my fish curtains and pillows," she said proudly.

"Wonderful! I didn't find such interesting things in the basement."

"Of course not. You have to keep checking every day. New items appear when people leave. Sometimes furnishings are sent from other Memory Houses. It is rumored that members of the board drive up with furniture and bedding while we're asleep," she whispered.

I sighed and leaned back on a black pillow with a red fish crocheted onto its center.

"How was your meeting with Solomon?" I asked.

"The kimono worked magic. His potency returned. Then he went crazy sucking my nipples, crying, flinging his arms around me, dribbling, and talking baby talk. You *do* know about the Japanese mother complex, Marlane?"

"I know only about Jewish mothers," I said.

"You're probably wondering why he didn't come to dinner?" she asked.

"I had other things on my mind this evening, Nadia."

"Postcoital headache. It happens sometimes, particularly when a man has been impotent for so long. It can be traumatic. The problem, Marlane, is that I'm not attracted to him. Do you think *you* could take over this job? It would be a great favor to me."

"Like the favor I did for you in Provincetown?"

"Perhaps I deserved that, Marlane. Let me assure you that Solomon means nothing to me. Alexander was once my life!"

"I thought you wanted to cure Solomon and then make a poet of him," I told her.

"That was before. I am repelled by his sexual style. All that slurping, crying, and sucking were too much for me. I'm too

Nordic for that. I have no maternal instincts. Please do it! After all, didn't I open the door to your most glorious erotic adventure?" she asked.

"You swore not to refer to Alexander. Besides, I can't do it. Solomon offered me a life with him when he drove me to Memory House. He's never forgiven me for refusing him."

"Don't be ridiculous, Marlane. He propositions everyone, though he does idealize you in a different way. And he's very interesting. Did you ever see any of his films?"

"No. Unfortunately not."

"They're morbid and poetic. The men and women never communicate in words. It rains incessantly, and the stars are always old men who yearn for decadent pleasures like licking a woman's toes. He's taken a lot from Kawabata's novels. Violence and death are usually connected with sexual obsession. The men tattoo landscapes onto women's backs with miniature knives. Sex begins when the pain becomes unendurable. Mushroom-shaped clouds appear and disappear in the backgrounds of almost all his films. Nagasaki or Hiroshima flashes across the screen in huge black letters from time to time."

"I'm not interested in a love affair," I protested.

"Do it for *me,* then. Please! In memory of Provincetown!" she cried.

"I don't understand your sudden anxiety to be rid of Solomon. It has to be more than revulsion. Are you afraid of something?"

She let out a girlish laugh. "I'm afraid of nothing, Marlane. I just want to seduce your father!"

"My father? Don't you know he's come back from the dead?"

"I want him. Unless *you* want him yourself."

"What can you be thinking? I want him where he's supposed to be—in his grave."

"And I'm grateful for his existence. I will share my creativity with him," she said.

"Nadia, my father despises the arts and has never read a poem in his life," I told her.

"That's what *you* think!" It was my father's voice from the other side of the door.

"He loves to spy on me. This is how it has always been," I said.

Nadia rushed to the door to let my dead father inside.

"So, daughter, you thought you'd avoid me this evening," he said, looking at me with the small, suspicious eyes that had always made me squirm.

"Do you think that seeing one's father return from the grave is an everyday event?" I asked.

"As a matter of fact, I do. It has become that way for me, and before long you'll feel the same."

"Marlane has always overreacted to things," Nadia told my father with a laugh.

"She thinks she knows me. She thinks I didn't exist apart from my frigid wife and crazy children. Let me tell you, Nadia, that at the instant before death, I summoned up all my energy and spit in its face. I refused to die. After death retreated, I saw my funeral as a trump card. Provided I could still look forward to some kind of a life. When an acquaintance begged me to take over the executorship of this crazy place, I seized the opportunity.

"When I realized that there wasn't a goddamn thing I *had* to do anymore, I began to explore the arts."

"You *what*?" I asked. "All those years you despised my works and refused my efforts to take you to galleries, concerts, and ballet performances, and *now* you explore the arts. It's unbelievable!"

"Don't you see, Marlane, that after his victory over death he felt his first creative urge?" Nadia said.

"Who is this girl, Marlane?" my father asked. "She has the pep I love."

"I'm Nadia."

"Nadia what?" my father demanded.

"Nadia Lagoon," she said, uttering her fake poet's name.

"And I am Marlane's father, Judge Lionel Frack. But I now go by the nickname *Lion.*"

"Lion!" I exclaimed. "That's ridiculous!"

"I sensed the lion's strengths from the second I saw you," Nadia said. "Bravery, ferocity, and stealth."

"I'll be going now, if you don't mind," I said, standing up.

"Good!" my father said.

Nadia giggled while gazing, adoringly, at my decrepit father.

—

I opened my door one morning and Garreth was waiting outside.

"I follow you everywhere," he said. "I don't know why. Not a clue. As far as women went, I inclined toward upper-class Protestants—tall and elegant with beautiful cheekbones, elongated teeth, and small hips."

"I'm not sure I want to hear this," I said as we walked down the silent corridor.

"You certainly don't fit that pattern with your Slavic bones, Chinese eyes, and overly abundant ass. I would never have looked at you in those days."

"Just like my father!" I exclaimed. "I'm sorry I don't look like a princess!"

"Don't be foolish, Marlane," he said, halting before the corridor turned. "I'm crazy about your looks!"

"I understand you were married three times," I said, staring straight ahead.

"Yes, and I had many brief love affairs with individuals of either sex. Let's get that dark card on the table."

"Why should that be any of *my* business?" I said, trying to hide a sudden trembling of my limbs.

"Maybe it isn't your business, but I want it out in the open. Don't confuse *me* with husband material."

"I have a husband!" I said.

"So defensive about it. Don't you realize that he is just a ghost from another universe. Memory House is now your world."

"Not forever. I will know when it's time to leave."

"Marlane, why don't you cut this off?" he asked catching a clump of my hair in his fist and tugging at it.

"Ouch, you're hurting me. Stop it!"

"It's thin and the ends are splitting. Too many perms," he said, twisting it around his fingers.

"Take your hands off my hair," I said as he pulled more tightly. "I mean it!"

"Do you?" he taunted, looking down at me, then kissing me roughly on the lips. "I'm just teasing you. You are really quite wonderful!" he said, before turning in the other direction.

—

Nadia beckoned to me from a table where she sat eating a hard-boiled egg in silence. My father, I noticed, was deep in conversation with his colleague Ivan. Both looked up and waved briefly before resuming their discussion.

"Thank God Garreth isn't with you, Marlane; I'm having terrifying nightmares," Nadia said, pushing her chair close to me. Her entire body was shuddering.

I had only seen Nadia shake once—thirty years before—on the night Alexander had deserted her bed for the bed of the mysterious dancer and performance artist Iris Isis.

"Look at my hands," she whispered, holding them out in front of my eyes.

"Your hands are shaking and your whole body is trembling," I said. "An everyday event in *my* life but you . . . ?"

"I have no control over it. Terrors from dreams are with me all day long, more real to me than what I see and touch."

"What are the nightmares about, Nadia?" I asked, reassuring myself that my father's back was to me.

"Yes, I can tell *you.* Maybe they'll decrease. You know about my obsession with the sea and with drowning?"

"Of course. The poems I like the most have water imagery."

"Last night I dreamed that I lived in a giant clamshell as an organic part of it. My skin and the shell were fused at several junctures. I was fishlike but had lungs as well and needed air.

"What I feared, Marlane, was the approach of sharks or other enemies. At their approach my shell would snap shut. It made no sense because what was supposed to protect my life also threatened it by cutting off my oxygen supply. Because of this I spent all my time watchfully. I could never relax, dream, or enjoy being alive. The threat of extinction always hovered near!"

"Go on, Nadia," I encouraged her. "It's a fascinating dream."

"One day while basking in the sun, my shell wide open, I found a solution. *If I cut myself free of my shell,* I thought, *I can survive on land and live the way people do.* You see, I had both gill slits and lungs.

"I knew I was too small to survive in this world, Marlane. The pain of that realization still clings to me. The feeling of hopelessness that followed was like being ripped apart. Yet I couldn't stop myself. Do you understand?"

"I understand your pain, but what couldn't you stop?"

"Severing my tissues from that of the clamshell. I bent over and performed this act with my teeth. I had not guessed at the pain this would cause. There I lay, severed from my home, so to speak, bleeding heavily from all my orifices. The shell lay a few inches away, opening and closing, making a clicking sound."

"What happened next, Nadia?"

"I became too weak to move. My breathing diminished. It could have ended quietly, but a human foot squashed me so that I was torn to bits." She cried a little and then wiped away her tears. "It was a terrible death. I fear that it is a bad omen."

"No, Nadia. Without our arts we are vulnerable to every sense impression. Dreams are a substitute for artistic creation."

"You are so wise, Marlane. All these years, I judged you harshly and underestimated you."

"Would you like to walk now?" I asked her.

"No. I must sleep even though it puts me in jeopardy again," she replied.

—

A few days later, Nadia was running down the hallway toward my room as I opened the door.

"I couldn't wait to tell you," she cried, her eyes shining, her mouth curved into a silly smile.

"Is it about love?" I asked.

"It's about something just as important to me—poetry!"

I had expected her to say something about my father.

"Marlane, it's back! Oh, I hope it doesn't desert me again. There were strange dreams for many weeks. I told you about some of them. I should have known what was coming. My creativity has returned, Marlane. I have just finished my first poem in six years! I had begun to fear it would never happen. It will happen for you too! Here, I have something for you, Marlane. It's a journal. Don't take the No Creation Rule too seriously. Many of us disobey it. Besides, if your creativity should return, you must have something to work with. Not all writers have as highly developed an auditory memory as I do. I never forget a single fragment that drifts through my mind."

"I'm not sure, Nadia," I said, taking the cloth-covered book.

"Don't let anyone see it. Put it in your underwear. Hurry!"

She grabbed my hands and shook them up and down.

"I love you, Marlane," she said.

We both saw my father strolling toward us at the same moment.

"I love Lionel too," she cried out as I turned and ran in the opposite direction.

—

There were signs of death everywhere. Clumps of fallen leaves had turned soggy and black and bare branches could display, at last, their leafless points. The wind, cleaning off the dry remains, whistled a hymn to all endings.

Early mornings a light snow sprinkled the sand; later, when the weak sun shone, it vanished, leaving dark spots behind.

—

On a day when Nadia had sneaked away to begin a new, forbidden creative act, my father paced back and forth on the sand. Despite his involvement with Nadia Lagoon, he was still obsessed with me.

Although his emaciated legs could barely carry him, he seemed oblivious to his own disintegration. After a short walk he would tremble with weakness.

"Are you in pain?" I asked.

"Don't be ridiculous," he replied. "Of course not." Then he said quietly, "This reminds me of all our summers at Rockaway Beach."

"Yes, Rockaway," I echoed vaguely.

"Did you enjoy those summers?"

I was stunned by the question; he had never before shown any interest in my thoughts or feelings. "I loved the beach, but when you arrived on Thursday nights I became depressed."

"Why? What did I ever do to you?" he inquired.

"You criticized my appearance, gestures, the way I spoke, what I read. You stared at me with suspicious eyes."

"Ridiculous! Who would look at *you* with your sunbaked skin and white lipstick? You wore chartreuse sweaters and walked with your head down. What's more, you didn't know how to talk to people. Why the hell couldn't you be like everyone else? You couldn't stand me and I didn't give a damn. I still don't."

"Lion darling," Nadia cried, embracing my ancient father, her lips pressing against his thin, dry ones.

"You look swell, Nadia," my father said.

She wore Lycra jodhpurs and a suede fringed jacket.

"Why are you up so early?" she asked.

"How else can I catch my daughter? She still thinks she can avoid me. She used to escape into her incomprehensible novels, but I've caught up. In fact, Marlane, it might interest you to know that your dad has written a novel too. Not gibberish like yours, but a real story with people you can touch. Anyone can write, Marlane, so don't give yourself airs; I won't fall for it anymore."

Nadia laughed.

"You're so cute, Lion!" she exclaimed, winding her arm around his tiny waist.

"You should be more like Nadia," my father said.

CHAPTER 5

THE HOTHOUSE

I awoke with a start; my mouth was papery and my nightgown wet. "*Where is my Dutchman?*"

My loud cry startled me; its origin was not my throat, I thought, but a long tunnel far outside.

I moved into the blazing light but soon fell backward into thick brownish clouds.

"My Dutchman has gone," I whispered, struggling with the pain of loss.

I slipped into fevered darkness, only to reawaken with the same wounded cry. Sometimes the pit of my stomach burned or a red light scorched the inside of my head.

How, I asked myself, can I face a world without his voice, his huge hand, the gentleness with which he touched me in the darkness? Only *he* could rescue me from the blur of voices. Wasn't he the man who had walked alongside me through desolate night into dawn? Up and down night pavements, night slipping as he kissed me into quiet day. He believed that we could love beyond our countries and all the obstacles that separated us.

When we argued on moonlit sidewalks, he would return. No moment of anger could separate us. He saw to it that no opportunity was wasted to mend, hold, tighten us.

If I leave you, I will die, he said as the months of summer floated away. By then, my past and future contained him. Surely he had been with me through the earlier years of my life. Hadn't we been joined, formless and damp, before birth?

Hugo den Heeten, my king of revision and light, would not let me hide. He refused to believe in my terror. Though he did, I discovered later, omit the perilous history of how often he'd smashed the moon and been decapitated in Dutch madhouses.

Hugo's skin was delicately lined and his dark hair had already thinned, making him appear older than his quarter century. But his feet seemed as solidly planted into the earth, as were those of Van Gogh's charcoal-drawn peasants. Hugo was swarthy, with thick black eyebrows and full lips.

There was something crazy in the way he persisted in rewriting the New Testament; but I didn't realize it at the time. "Do you see, Marlenke, there is a chance that I may be the Son," he said more than once. Then he laughed and kissed my lips.

"Despite his madness he gave me strength," I exclaimed with incredulity as I rose into the hot light where Nadia's smile glistened.

"Do you know that my Dutchman, wonderful Dutchman, has gone?" I asked as cool white fingers felt my forehead.

"You're feverish, Marlane," I heard Nadia say. "This happens to most of us in our third month at Memory House. While some suspect administrative food tampering, I believed it was the result of subconscious forms clashing with my watery dreams. I can delineate it on planetary charts. You must remember how, even at twenty-three, I relied upon my own astrological signs and sightings?"

"I cannot live without Hugo," I sobbed.

"Someone else would hold you in their arms but it isn't me," Nadia said with a nervous laugh. "I myself have never received a mother's embrace. It's unfamiliar territory. That is why I love only poetry and men."

"It was different from any other love, Nadia. With the others I was alone. Hugo tried to weld us together."

She laughed. "You never even mentioned him."

"It was right before we met that he returned to Leiden."

"It's Memory House, Marlane. The process usually takes this form. Feelings too painful to face, unfinished love affairs, censored memories, and dead people surface. I, alone, have always believed that the person who conceived Memory House was a genius. He or she knew exactly what would take place. Others refuse to recognize it." Nadia continued, "With me, Marlane, it was a blond-haired deep-sea diver who came to rescue me from drowning. He was a pearl diver who refused to remove his rubber suit."

"Nadia, I want to find him. I must go to Leiden."

"That's completely unnecessary. *He* has found *you* here in Memory House. It is necessary to suffer deeply. There will be visions. You will hear voices you never expected to hear. Outside, in the world, events get in the way. Creative production takes over. Do you see now what happens when creativity is used to cover up memories and feelings? We are all here because we misused our gifts. Poetry was my morphine to escape the reality of life. I, Nadia Lagoon, greedily wasted my gift."

"Hugo, Hugo," I called, not listening.

"You cannot imagine, Marlane, how I suffered when my father called me from the center of the sea. No one could comfort me. I tried to drown myself many times, believing I would meet him in the afterworld."

"Come back, Hugo!"

"Let me go and get a doctor for you. They are housed three miles to the rear and seven miles east of Memory House, and spend their days caring for trees and practicing medicine on rabbits and birds. Many are ex-convicts or recovering drug addicts. But only one of them knows how to deal with the fevers."

"Please bring back my Dutchman. Only *he* can save me."

—

Hugo, clutching his tattered valise and my portrait of him as Jesus Christ, boards a KLM Royal Dutch Airlines plane while I weep. Several times, the plane door opens and Hugo, naked, emerges holding a golden ring in his hand. He holds it up toward the sun so I can see its light.

Why is he leaving if he has hammered my wedding ring already? *I think.*

"This makes no sense," I cry, but his plane has begun to glide rapidly down the takeoff strip.

As Hugo's airplane rises into the sky, it bursts into flame.

A substance like charcoal enters my nose and ears. But how did I know? *I think. For I am already dressed in widow's weeds and hold a small bouquet of forget-me-nots.*

—

Once again, I awoke crying and shouting. A man was standing in the doorway watching me. *It is Hugo den Heeten,* I thought. Through the clouds that filled my room, I extended my arms.

"Poor Alice Phallus; you're going through the fevers. I remember how hideous they were. I remember a silver fawn, heads of horses whose bodies were half female and half male, comic characters from Italian operas, stringed instruments each with tiny feet and sharp fingernails ripping my music sheets to dust. French horns and flutes were shoved into my mouth while thousands of devils protested my compositions in loud, screeching tones, and a grotesque parade of all my past lovers cried out against me. What, my Alice, is one Dutch lover's desertion compared to the multitude of tormentors in *my* fevered dreams?"

"Don't belittle my pain, Garreth; I never permitted myself to experience the agony of separation before." I paused. "Until the day he went mad I was happy. Then, despite our dreams, he disappeared."

"He found someone else?"

"No! God the Father chose him with a kiss. That is what he said. I should have known that something was wrong all along."

"You never questioned his strange obsession with the Bible?" Garreth asked.

"I believed in him, Garreth, and in his biblical revisions. He stopped shaving and no longer went to work. Instead, he wandered the streets in old clothes. He asked me for a multicolored robe, so I made him one from Indian fabrics I sewed together. I labored over it through long nights while he talked to God. There was no more lovemaking or talk of our future. He talked only of Christ."

Garreth wiped perspiration from my forehead and sponged my brow with cool water. "What became of your Dutch lover?"

"One day his uncle Jan came and took him back to Leiden. There, he spent half a year in a psychiatric hospital. Many nights when I was already asleep the phone would ring. Hugo would sob into the phone and call my name—that name he had given me. 'Marlenke, Marlenke. I am so sorry. I will always love you. No one but you,' he said.

"Garreth, my head hurts and I am burning up. Only Hugo can deliver me."

—

A dark shadow moved in the doorway. I squinted beyond Garreth and found Nadia with a very tall Black man in a brown-and-yellow-striped dashiki.

"Good morning. I am Doctor Amazing!" he said with a huge smile. "Aha, I see that the name is puzzling to you. It was given to me, during my residency, by a beautiful Haitian nurse with whom I was in love. May I examine you, Marlane?"

"Don't ask, just do it," Nadia ordered.

"When will you learn silence, Nadia," Garreth sighed.

—

I knew the world was changing the moment he touched me.

—

For a long time, there was only Doctor Amazing in a white suit, smelling of coconut oil. His golden eyes probed my soul, while his tongue uttered luminous incantations. Day and night were one; beginning and ending, past and present, fused.

—

I have no recollection of how he carried me those immeasurable miles to his herb garden hothouse. But when I awoke to apple odors, jasmine, and aggressive-looking parrot blossoms, I cried out in terror.

"Where am I?" I shouted again and again, overwhelmed by the claustrophobic profusion of hothouse plants, their long, leathery leaves edged with yellow, their gnarled vines crawling up the walls. Hearing my screams, he appeared. White-robed, carrying a tray of golden petals and a tall decanter filled with a liquid the color of rose wine, he stood before me.

"It is as it should be," he said, a large-toothed smile contrasting with the solemnity of his bearing.

"Are you really a doctor?" I asked.

"Never mind; I will awaken you to the sweet joys and total aliveness of your true creativity," he promised, patting my clenched hands across the coverlet.

His broad smile vanished completely as he pulled a rattan stool to my bedside.

"Where is Memory House?" I asked, my body exhibiting uncontrollable tremors.

"Where it always was—seven miles to the left. You will return there after this brief reprieve."

"What are you going to do to me?" I asked, my eyes darting from an exotic purplish bloom to a thick tangle of speckled leaves.

"Rejuvenation of memory," he replied, "through the stimulation of the sense organs."

Despite the soothing tone of his voice, I fought my way through the hot clouds. "I want to go back. I've signed nothing to permit this. My doctors are usually referred and I always analyze and confirm their findings. I want to know everything you intend to do and..." Once again, I lost my train of thought and succumbed to the intense heat of the hothouse.

Doctor Amazing laughed. "You certainly are a fighter, but this is the time to succumb. You are not in the Society anymore. Had you forgotten? My procedures are carefully designed to assist you."

"Assist me in what? What will you do to me?" I tried to modulate my voice to hide my cold fear. It was best to appear calm in case he was insane or dangerous.

"I see you think I'm a madman," he said. "Please, do me the favor of postponing judgment. Just listen to me. No, don't try to stand up; you are weak. I am annihilating only one degree of your fever. I need to work with the rest. No, don't speak yet. And remember, this process began inside *you.* The time was ripe! I am only a guide to memory. I will not allow your fevered visions to subside. They will help you bring forth the poisons that constrict your consciousness. You will make friends with your subconscious demons. Only then can we contact the beautiful creative soul that is stifling underneath."

"How can I believe you, when others like Nadia and Garreth still have so much confusion inside?"

"How wise you are to have noticed and to be concerned. Marlane, there are successes and failures. There are early and late blooms. In some cases, I sow seeds and stimulate new associations, yet results may not show up for months. In other cases, it takes years. Sometimes there is total failure. The physiology is irreparably damaged. Or the creative self is but a microscopic cell reluctant to enlarge itself, reticent and withdrawn. I have had many sad and frustrating experiences. . . ."

I began to experience difficulty focusing my eyes.

"Here, drink this sweet liquid," he urged.

It was thick and warm with a vaguely licorice taste.

"My body feels limp," I protested.

"You're doing just fine, Marlane. Please, quickly tell me your four favorite odors!"

"I can't open my eyes," I heard myself say. Each word was stretched out and hung in the thick air of his jungle.

"I promise I will be with you through all the pain," he said, holding my flaccid hand in his large, dry palm.

"My favorite odors are Sea and Swim Browntone Sun Lotion, fresh oranges, tangerine peel, and almond extract," I uttered, beginning to diminish.

"Very good, extremely good," he said in a whisper, his sweet fingers on my forehead.

"Now sleep!"

As I fell into a deeper and deeper sleep, he inserted tiny pieces of moist cotton inside my nostrils.

"Browntone Sun Lotion," I whispered at the door of darkness.

—

Inside, a large wave curled to the top, then uncoiled slowly, rising higher. Like silk it takes me in, carrying me as I toss, wind-borne, becoming smaller, then larger. Oddly enough, I feel no fear as I tumble and then am swept ashore as it breaks, drowning me in perfumed water. I wear a single-piece yellow bathing suit ruffled around the breasts.

"I have always wanted this," I remark as its bright silk caresses my freshly curved body. "I am fourteen years old," I whisper as bronzed sailors with large chests, naked except for small black briefs, pass by. Sun-bleached hair of lifeguards, hay-blond and uniformly golden skin, wearing electric orange. I cover my eyes from the glare as I walk by.

"Are you going to the celebration, yellow tush," a mustached man whispers as he passes, wearing a striped suit and zigzag tie.

I run.

"Tootsie-wootsie," he insists, "please!"

"I don't know about any celebration," I say, and he laughs. A chorus of his friends joins in.

"Won't you tell me what is going on?" I ask, humiliated and chilled. The sun hides and the beach darkens suddenly.

"Then toot toot tootsie, don't cry," all the men sing out, arms on each other's shoulders, voices blending.

A lifeguard comes toward me, running with something white.

"Is someone drowning?" I ask while the men look at each other and smile.

The golden one stands in front of me, bulging orange. "Here is a Western Union telegram for you," he says, handing me the oversized envelope.

"I didn't know this was your job," I say.

THE PARTY IS FOR YOU TOOTSIE, *it says in huge black letters.*

"Everyone should wear yellow," I say, but they find it unpleasant and wave their hands at my idea.

"The way you turned into a cheap vase overnight is not right at all," my father is saying.

"You're not coming to my party," I say.

"Don't be ridiculous, I'm paying for the whole thing as usual; you wouldn't even exist without me."

—

"No one is allowed in my hothouse during memory rejuvenation and excision," Doctor Amazing said.

A familiar giggle awoke me.

"See what you've done, Nadia; she was descending into the arc of dusk and you've disturbed her. You should know better."

"What, is he nuts too?" my father asked as Nadia smiled.

"Don't worry about me," I managed to say. I could still taste the licorice flavor on my dry tongue.

"He's her father and he has always followed her and tried to control her. I wish I had been so lucky," Nadia explained as Doctor Amazing studied my father's shrunken form.

"Very interesting," the doctor whispered.

"That's ridiculous, Nadia," said my father. "I've never followed my daughter around or controlled her. But I demand to know what's going on here. I'm Judge Lionel Frack and I *am* her father."

I struggled, trying to rise from my cot. When my weight finally rested upon my elbows I looked around. For the first time I noticed another person asleep on the other side of the room. He lay on an identical cot, covered, like me, with a white seersucker spread.

"Don't you know Mr. Kaye, the ballet master?" Nadia asked.

"Of course," I said, my head swimming in the arousing vapors of Browntone Lotion.

"When are you releasing Mr. Kaye?" Nadia asked.

"I'm letting his fevers cool. Then a day or two of rest and re-integration. He's very resistant."

"Are you all right?" my father asked me. He had clutched my hand and seated himself on my cot.

"I have no idea how I am. Ask Doctor Amazing."

My father studied the doctor with distaste.

"Judge Frack, I would appreciate it if you would list your favorite foods on this paper," the doctor said.

"That's right. Call me Judge Frack. That's what everyone calls me."

Then he wrote:

1. Pickled herring
2. Horseradish
3. Gefilte fish
4. Hard-boiled eggs

"Excellent, excellent," Doctor Amazing exclaimed, rubbing his long brown fingers together.

—

"It is *my* turn to dance; get off the stage," the ballet master shouted.

Doctor Amazing transferred the rattan stool to the ballet master's bedside.

"I didn't realize that you wanted to perform," he said.

"They must move like colts. Over and over again, I give orders. Will no one watch the horses run? Will no one study their fence leaps? The secrets are there."

"I will," Doctor Amazing replied.

"You and I together. And one two three glissade, assemble.

Higher! Both arms must rise. It's the arms that carry you, Doctor. That's very good."

After complimenting himself and Doctor Amazing, the ballet master reentered his deep sleep.

"Judge Frack," Doctor Amazing said, turning toward my father, "your daughter will be a more completely actualized personality after my work. Leave her to me. I know exactly what I must do."

"And what's that?" my father inquired.

"A form of psychosurgery facilitated by odors and other sensory input."

"It's obvious that the man's a moron," my father whispered to Nadia behind his palm. "Let's get out of this place and enjoy ourselves. We'll trip the light fantastic!"

"How exciting, Lion. Marlane will be fine with Doctor Amazing."

The warm, viscous licorice melted on my tongue as lights dimmed and the texture of Doctor Amazing's hand faded into cotton. It covered me from head to toe—a slightly moist webbing.

Then a hot smell of horseradish came from deep inside my father's oral cavity. I shrunk back as he approached my bed, breathing artificially so that the fumes increased. He had become elongated, somehow, to three times his original length. It seemed miraculous until I noticed that he was now walking on stilts.

"What the hell are you scared of?" he inquires of me. "Don't you know I'm a clown? Didn't Mother tell you?"

"Keep away with your nasty smell," I shout, but he progresses toward me, slowly, in his polka-dot pants, chartreuse with black dots, until there is no longer space between us. I hold my breath but it doesn't stop the penetration.

The clown laughs and laughs but I don't understand the punch line.

"I'm not good at that or mimicry," I explain, shivering.

—

"What is happening to you?" Doctor Amazing asked, causing the heavy window shades over my eyes to rise. Brown as brown could be, shining with yellow light, his were open as well.

"Don't you know? I thought you knew," I said, emitting annoyance in his direction.

"I'm not as yet omniscient," he laughed, "so tell me."

"He's claiming me as his baggage and wants me to curl around his banana-tinted stilts. Ouch! We are being stitched together."

"Marlane, listen to me," the wise man said. "You must tell Daddy it isn't what you want."

"Perhaps I do want," I said, and giggled. "What in heaven's name am I giggling about?"

"In that case, give it some thought," he said sadly.

—

I hear the ballet master cry out. I say, "Come to my house, I can pirouette like mad, Mr. Kaye."

"You must touch, smell, eat it," my father says, displaying his beloved horseradish and banana. "It's what I like best. Delicious!" he insists.

I HATE IT HATE IT HATE IT.

Clap clap clap *comes from Doctor Amazing.*

I think in the dream. "I remember everything you ever did," I tell my father.

"Eat it" is all he says. He is too big. "Open your mouth, you're my daughter." And my lips part. Then he lays fiery pieces of it on my tongue.

"Stop, Lionel," my mother says from her chair far far away. "She's only a baby, don't you see the baby, and horseradish burns."

"She's five years old and will do as I say," my father says, filling my mouth until my cheeks explode.

"What's going on?" the melodious voice of Doctor Amazing asked.

"He's trying to smother me, and not with love. Make him go away, back where he came from. Please, Mommy."

"I am trying to understand it," the doctor said.

"Mommy won't answer. Now they're laughing together. No one remembers he's taking my breath away."

"I won't let him," Amazing said, and finally the horseradish disappeared and I awoke into sunlight and orange flowers. The doctor was bathing my forehead with cool water. "You're a big girl now, Marlane. No one can force you to eat horseradish."

"Make him leave Memory House. I don't want him here."

"He's an old man who fooled death once, but he's bound to die one of these days or months. He can't harm you. That bastard can't!" Amazing said.

"You have the yellowest laughter in the world," I told him.

"Rest now," he sighed, wiping perspiration from his brow.

I opened my eyes, willingly smelling the seductive blooms.

"Without my work there would be no point to Memory House," I heard Doctor Amazing say to himself alone. "A bit of arrogance is necessary in this life," he added, noticing a look of disapproval on my face.

—

The Dutchman comes often. Once, after folding back the skin flaps of my face, he makes a straight incision down the center of my scalp. With an expertise that amazes me, he detaches and removes my skull. His high-powered binoculars, attached to his eyeball, probe the furrows and soft undulations of my cerebrum. Sometimes he sings a Dutch nursery rhyme or hums.

"It doesn't hurt a bit," I volunteer from time to time, noting that he has no interest in my words.

"I am searching beyond the physical structures," he snaps impatiently. "And your dear Doctor Amazing isn't in on it, if that's what you're thinking. Only I, in all the world, hold the key to thy magical kingdom. Nor has it anything to do with Jesus Christ. I resolved that dilemma long ago, Marlenke, my only love."

"Is my exterior so repellent?" I ask, sadly. "Will I never be able to satisfy you?"

"You misunderstand, my darling. I want to know you, not your neuroses, emotions, thoughts, or ideas. Not even your works of art, although I loved them deeply enough in those early years," says my Dutch lover.

"Must I produce five babies? Do I have to wear hand-crafted clogs, speak Dutch, live in Leiden, buy fresh fish and vegetables each day, chat with the Kroners and the Wagoners, serve dinner to your eighteen siblings, plant tulip bulbs and watch them hatch?"

"Never mind all that, Marlenke. One day my instrument will probe the right recess and then we will be one. Until that day you must remain silent. It is a penalty for our past mistakes. Do you see my tears? That should convince you of my sincerity. After all, I made my way back through field and stream. I couldn't forget you."

—

"You nearly stopped breathing," Doctor Amazing told me when I finally awoke. "It may have been an allergic reaction to the herring extract. You are still covered with welts and your face and head are swollen."

"It wasn't the herring. Hugo den Heeten was fooling around with my cortex," I said.

—

Sometimes, oddly enough, Doctor Amazing sat quietly at my bedside, holding one of my hands. On those occasions I experienced a rare contentment. My eyes would roam upward to the blazing-hot ceiling, where birds bedecked with outrageous aquamarine and violet plumage fluttered among twisted vines. There was a bamboo tree that grew from potted earth up to the burning dome in whose scorched shelter were only rare gray parrots, their beaks emitting human words.

"And I thought the colors of dying leaves extraordinary," I said softly. When Doctor Amazing smiled he emitted light in my direction. My favorite, a turquoise winged jay, swooped down chirping a song.

"That king jay likes you," the doctor laughed.

I glimpsed, I thought, an empty gin bottle in his hand.

"How long will the treatment last?" I asked, foreseeing endlessness and loss.

"In time, Marlane, the material fizzles out. Though yours is particularly dense, it has an end," he said, then went back to work again.

Doctor Amazing, dripping salt water down his brown chest and back, mixed an extract smelling of seaside taffy and caramel. I breathed it in ecstatically.

"How did you know? How did you know Cracker Jacks would stir me?" I asked as I left him and floated down the corridor of the chalk-white bungalow, red-and-blue-striped awnings unfurling in blinding sun. But inside was dark and cool, with oilcloth table coverings and boxed linoleum floors. My shoes crunched the sand on torn kitchen squares as smells of burning steak mixed with pudding and salt spray.

—

My cousin Debra cries out, opening her arms as I skip along the red worn cherries of fake floors. "Say goodbye to the brown man and plunge into past catacombs with me," Debra says, hands on hips, heart-shaped mouth moving.

"Not me. You. I am afraid to go so far afield with smooth, girly skin and round eyes. My fingers, look, are soft and ready to stroke sand."

"It wasn't just squatting in sand or burning bottoms of feet on hot sand the whole way down," Cousin Debra says. "Those tricky fathers were around every corner while our mothers giggled inside."

"Were there enough ruins for everyone?"

"You mean rooms."

"No, ruins. I said ruins and meant what I said."

"You were always bossy because you were older."

"No! I let myself be pushed and hammered by you. They even dressed me like you."

"Are you referring to me?" my little cousin asks.

We are dressed alike, in white shorts and midriff-baring flowered orange tops. Flesh exposed and hair chillingly curled.

"Don't you hate when they wash your hair and get soap in your eyes?" my plump cousin asks. "Look, Marlane, it's the magician, flying through the hallways. Remember his bag of seductive, warm, tantalizing toys? You never knew he was a fake. When you left he pushed me around with those same monkeys and doves, including rubbery red balls. Daddy was stingy, wingy, and mean."

I see my cousin's tears and run away, past Grandma's room behind the narrow kitchen. Doctor Amazing won't let me out.

I really want to stay with my uncle Ezra and play. I want to climb onto his back and pull his clown hat over his twinkling eyes, but Debra says no, he's very dangerous.

"Uncle Lionel is better, Uncle Lionel is better," she slugs again and again.

"Where are our mommies?" I ask, watching Ezra slide up and down the walls and ceilings, displaying his props.

Uncle Ezra laughs hearing that. "Don't you little ladies realize your mothers are ninnies and know nothing of how a wife spreads her legs and behaves? It's time Lionel and I taught them a thing or two, the way they keep themselves busy day and night with the lamb chops."

"What are you whispering about, Ez?" my father says, rushing into the room, his newspapers rolled under his arms, his suit wrinkled where he sits and underarms wet. "It's hotter than hell in the city, or are you telling me that this damn bungalow is hell with the old witch making our wives frigid? And you," he says, looking at me with loathing. "Why do you keep wearing that seductive midriff top? Don't you know you're a little girl?"

"I hear Lionel," Aunt Minna whispers in Mommy's ear. "I should worry," she says, backing into Grandma's room and locking the door.

"Something is rotten around here and always was," I whisper to my poor weeping cousin.

"How come my father kisses you and not me?" Debra asks, giving me a pinch.

"Ouch," I say, savoring Ezra's embrace.

"You're my type of girl," Daddy says to my cousin, bouncing her away in his arms. "I like a chubby one, not a bony one," he says, winking at the magician.

"You're blocking," Doctor Amazing said with annoyance. "I thought you were past that. Try, Marlane! Go deeper. Here, take another whiff," he said, pushing foam-drenched cotton swabs into my orifices.

"You're tickling me," I protested. "Go away and leave me alone with my uncle Ezra. I haven't seen him for centuries and he wants to teach me tricks."

—

"Come with me," my cousin says.

I look up from his embrace and see her standing just outside the screen door, wearing tight shorts and a tit-hugging T-shirt. Our little brothers march in circles around their cages, babbling hopefully as we pass.

"There are sailors in the mist down by the boardwalk," she whispers.

"But, Debra, we're only children," I protest as she drags me toward the bathroom.

Catching sight of my body in the full-length mirror, I scream. "What happened to my childhood? I want it back!"

"Shut up," my father says. "See what you did? You woke up the old witch and now she's coming out of her cell with a broomstick. She'll ruin my whole evening. Minna and Mommy won't finish the lamb chops or baked potatoes. Then what'll we do? I thought I'd take Mother to trip the light fantastic and cook her behind later on. She couldn't refuse me after a night like that."

"What is going on here?" Grandma asks, staring at Lionel.

"It's those breasts, look at them."

She doubles over laughing at Cousin Debra's pointed brassiere. "You could poke someone's eyes out," the witch jokes. "Mine were always flat as pancakes. That's what the men like. Here, take my rolling pin and work on them. That's what we did in the old days. We had no time for clay and soap bubbles. You should be ashamed."

Our mommies were peeping out of one of the bedrooms, giggling.

"Oh, Mama, leave them alone," Aunt Minna says. "They're turning into women before our eyes and don't know anything anymore. Girls today are different. Let them go out and have fun. God knows there's no fun afterward with husbands who try to pull your fresh panties down every single night."

"Tramps on the boardwalk, that's all they are!" my father shouts. "Don't let anyone touch your tits. If you do that, it will be the end. You can both live alone and support yourselves. I, for one, won't take you in. I will never call you 'daughter' again. No girl of mine parades on the boardwalk asking for it."

—

"Sometimes the bungalow walls push outward, creating space. It's scary. I never know what I'm going to find. Rooms multiply and whole lifetimes contract," I told Doctor Amazing.

"Yet you tell me it was a real place far back in childhood?"

"Yes. But I cannot find what I am searching for."

"And the Dutchman?" Doctor Amazing asked.

"What are you thinking?" I countered angrily.

"You are becoming more defended and threatened inside the bungalow. I am wondering why you chose to go there?"

"*You* chose. *You* chose by selecting the odors. Why do *you* take me back inside those..."

"Primal doors?"

"You disappoint me when you use clichés," I said.

"You expect so much of me." Doctor Amazing sighed and shut his eyes for a moment. "Yes, Marlane, you are right. I send you back again and again. I know there are important secrets in that time and place. There is something you do not want to remember."

—

Time disappeared. The hothouse blooms were unchanging. The same birds chirped and the tree shed no leaves. The jungle was hot and dead; I could not find a way to its interior. What's more, Doctor Amazing has lost interest in me. I felt his detachment despite his daily ministrations and forced greetings.

—

On the other side of the room, Mr. Kaye, swatches of gauze rolled inside his nose, arose from his cot, pale as ivory, his eyes bulging like he'd been struck dumb.

"I forgot I am a colt," he shouted, jumping into the air, his hairy belly flapping up and down.

"The lights are too bright," I cried as Doctor Amazing sponged my face with icy water. "*Ouch!* It's too cold," I said as the ballet man reared up, whinnying.

One, two, three, he jumped all the imaginary fences, then bowed.

Doctor Amazing stood up and clapped loudly, saying, "That's very, very fine jumping, Mr. Kaye. You're still nimble."

"I forgot I am a dancer. Before the damned choreography, women, and power. *I* am the dancer. *Me.*"

His legs crisscrossed back and forth in the air. There he remained, floating above me, swish-swashing his tiny feet, which kept him there.

"On the boardwalk in Atlantic City," he sang, breaking into a tapping trot. Next, he tour-jetéd and jump-twirled rapidly as Doctor Amazing stood, hands on hips, mouth wide open.

"Well I'll be damned," he said, stroking his chin.

"Samantha did one hundred pirouettes a night. I will do two hundred. Watch me!"

"Now, Mr. Kaye, you'd better rest, you're running a high fever."

"Never never! You just try to stop me!" Mr. Kaye shrieked gleefully.

"If this isn't a lunatic asylum . . . ?" Garreth Styne peeked in from outside the hothouse window.

"We've sneaked away to check up on you," said Nadia, her disembodied head rising to the open square beside the composer.

"Scat," Doctor Amazing shouted at the intruders while pulling Mr. Kaye back to bed by the elastic band of his rose-colored boxer shorts.

"The doctor's a genius. I forgot how to be young, Marlane," Mr. Kaye said, discovering my presence. "What are *you* doing here?" he added.

"Come now, you knew Marlane was here all the time, Stanislav," the amazing doctor said.

Mr. Kaye laughed. "But of course. Do you take me for a man who misses details? For that *is* what she is, isn't it? Background material, so to speak. I am the star!"

"No one would take *you* for anything less," Nadia teased.

"Are you two still here?" Doctor Amazing asked.

"The ballerinas *made* me into a tyrant," lamented Mr. Kaye. "They invented me, and I played my part, adapting to their expectations. But all the while I simply ached to dance. He, the composer romantique, knows all about play. And if you forget to have fun you are lost. Is it not so, Mr. Einstein?"

"The madman is correct," laughed Garreth Styne, winking at me.

"The Dutchman visits here," I whispered, allowing the raging fever to dictate my thoughts.

"He can't possibly visit the bungalow, since he didn't exist in your childhood," Doctor Amazing said.

"He can if I say so," I told Amazing, waving my hand as if to whisk him away. "You are dust, only dust."

"That's good work, Marlane, really good. Keep it up!"

"Make her wishes come true, Doctor Amazing," Nadia instructed.

"Nadia Lagoon, you know I don't predetermine results. I am involved in process all the way."

"Go away, Nadia," I shouted. "It's *my* fever and *my* hothouse," I screamed, my mouth dry as writing paper.

"I like this side of you, Marlane. Maybe now you'll get a little respect from the art establishment," said Nadia, smiling.

"I am leaving you now and going far far away," I said as they dimmed to shadows. "I must be going under the Surgeon's Knife."

—

"You've failed as a writer and a painter," he says, bending over me.

I cover my ears but look into his bloodshot eyes. Someone's been drinking in the hothouse, *I want to sing. The knife scares me.*

"I am going to make a cross in your chest," Doctor Amazing says. I see my two breasts lying like jelly. "Not there, you silly girl. Above those protuberances. Sometimes I must resort to desperate measures." Then he tickles me with a long green feather after smashing the gin bottle against the wall.

"I knew funny business went on in here with that Doctor Amazing," Nadia says, suddenly emerging from the intense white light of the doorway. "You'd better put a bulletproof vest on your boobs!"

"We've done nothing bad," I say to her, squinting into painful light but seeing the Dutchman standing there big as life and so stern I cry. "What did I do now, Hugo? What? You know you almost killed me yesterday going in with the knife and nicking the brain cells. Besides, he says you can't come into my pretty white bungalow."

"That Doctor Amazing thinks he owns you, don't you get it yet? But I'm not intimidated. In my country we know no fear. It's all in the open marketplace. Our women don't buy stale frozen foods or preserves. They churn the butter themselves and raise the tulip bulbs. Katrina gave me her blessing after sixty-four years of marriage.

"'It'll be less work for me,' she said, 'after cleaning the shit of sixteen babies and filling their mouths.'

"'You know, Katrina,' I said, 'where my tulip heart has always been.'

"'And I have never cared,' she said, kneading the dough roughly on the flour-coated table.

"Did you come to tell me tales or to get the work done? You know that thing that we started so many years ago in this city of filth. Uh-oh, I hear a man's footsteps outside our bungalow. You see," the Dutchman says, "I was inside all the time. I can't let you go on this way, fevered and such, slithered and nicked. There's a world out there."

"Doctor Amazing," I say, but it wasn't the right man. Daddy has come instead.

"And who sent you *here?" Hugo asks the old decrepit judge.*

"I'm her father and you're nobody. I don't need anyone to send me. I've come to get your body out of my bungalow. Don't you know it's sacred territory in here. Get the hell outta here. And he's a Christian too. And a foreigner. Become a U.S. citizen first and then we'll talk," the scary man says.

"Come in here," my mother yells, sticking her long neck outside her door.

"Why should I?" my father asks.

"I've got a warm furry thing for you if you're a good boy and listen," she says in a singsong voice.

"My mother thinks that voice is flirtatious," I laugh.

My old father rubs his palms together. "I'm gonna get some pussy," he says, walking down the cherry-pitted linoleum of yesteryear.

"I want the kind that purrs in the dark," the Dutchman says, pulling me toward the cranberry-colored couch.

"Why should I after all those years?"

"You have to, that's why," he says, squashing my body under his Dutch one.

"It makes up for his airfare," my little cousin Debra says, skipping into the dining room.

"I never have time to know what I want," I say sadly.

"That's irrelevant," my father says, opening the bedroom door for a second so we see his Thing.

"I saw Uncle Lionel's Thing," Debra says, giggling.

"I'm the one in charge of That Thing," Nadia says.

"Where did you come from? You certainly have no place inside the bungalow," I say, tears coming out of my burning-hot eyes.

"Get that shiksa out!" Grandma yells, banging the broom against the wooden floor so that Nadia wipes dust from her eyes.

"Quiet," says my uncle Ezra, walking toward us with a towel around his shoulders, a monkey puppet on his hand. "Don't you know that afternoon is the time for little naps and other operations. Anyone who is doing surgery should start now. The dining room table is empty and clean. Take

all the rotten things out of her brain so she can have fun. My wife, for instance, never enjoyed it no matter what I tried and I'm still not giving up. It's all a question of timing and carpentry as far as I can see. The way she swings that ass and then has nothing in between," Ezra says.

"You'll all see," I say. "Doctor Amazing is going to come and chase you out of here. He knows a phony Dutchman when he sees one."

"That's more than you do, Marlane," my friend Nadia says.

"You gotta be nuts to try to get pussy in there," my father says, slamming the door behind him. It hurts, Mom is crying inside. "I know a woman who loves it," Daddy says with an angry face.

"As for you, Marlane, keep going with Den Heeten and I'll cut you out of my will. I don't want him to have any of my money. Or you. I'll keep it all myself. You're too old to get something for nothing. I'm your father and you'll do as I say or you won't have a cent to your name. Ask Hugo what he does for a living and if he's going to support you. I may put my Thing inside, but I support her. What is he giving to your treasure chest?

"My daughter was a virgin before you came along. Get out of here. We're a decent Jewish family. She's my daughter and I'm her father. Just remember that!"

"You spoil all my fun," I tell my father, spitting in his face. "Look at your selfish pinched-in face. I hate you and your face. I want to leave your bungalow once and for all."

Debra hears me and cries. "I don't want to stay alone with those fights about sex in there," she says, pointing to Uncle Ezra's bedroom. "My cousin Marlane and I will go away and make our own lives, won't we?"

"You're barking up the wrong tree, kid. She lives with us," Nadia says. "We've come to the end of the line. You're a little girl who knows nothing about such things as husbands."

"A husband is dreck," my grandma says, spitting phlegm. "They're lazy and selfish and stupid and all they know is shtup shtup and listening to baseball games. Feed them and they fall asleep every day. At least if they went to the shul and prayed."

"I don't know what I thought it would be like in my old age," the Dutchman sighs, finally rolling off.

"It took you three hours to come," I say angrily. "How do you think it feels to me?"

"Wonderful," he says, shrugging.

"Three hours of that thing going in and out in and out is nothing but boring. You never knew anything about love. I only pretended you did. Now it's time for you to take that plane back to Leiden and put it inside Katrina den Heeten, your wife."

"I'll become a Jew, eat farfel, learn to sway in prayer, keep kosher, sanctify the Shabbos, and even let you circumcise me. Just don't send me away!"

"All of you, for once, let Marlane decide what she wants. It amazes me how you finger her without her consent. No wonder it's come to this!" Doctor Amazing cries.

"You mean well, Doctor Amazing, but you're not supposed to be so directive. Objections should come from me," I say. "No one ever waits to find out what I want. Tulip bulbs look waxy to me, so take them home, Hugo. It's my bungalow too. Get out of it, all of you."

—

At once there was absolute silence. I couldn't find a single guest anywhere.

"Doctor Amazing, I sent everyone away," I screamed.

"I'm still here," Mr. Kaye, slightly off-balance in a sudden arabesque, replied. "It's never too late to dance, despite what I may have said before. An arthritic arabesque can have as much style as a nubile one. I apologize to all decrepit beginners. Marlane, you may resume your ballet studies," he added, blowing me a kiss.

"What if they never return," I cried as the Amazing One wiped sweat from his neck and underneath his arms.

"The hothouse is always like this," he said, smiling. "They will come back, Marlane. Over and over again."

CHAPTER 6

RETURN TO MEMORY HOUSE

The florid hothouse had raged with color while this dismantled landscape was stark. Bare branches pointed, predatorially, at the breasts of skimpily feathered birds, while memories of multicolored leaves remained. I missed their gold patterns and nimble bamboo shoots.

Did those tropical colors mutate into these shredded browns? And did this metamorphosis reflect my bleak interior world? I stepped gingerly. Deep snow coated the sand and the roar of wind sliced the water. Stars were glass bowls about to burst, fragmenting into sharpened icicles.

Above the waves, the moon, large and dominant, forced the influx and outflow of the tide. As I staggered, following its icy light, my tears froze.

When day came back, I sat for long hours on my snow beach, staring at the water, or watching a lone, trembling gull seeking crumbs. My father did not follow me there. His frail body could not withstand the wind. His infirmity drove him mad. He and Nadia would curl up underneath a book or parade back and forth, arm in arm, like nervous mice.

How, I wondered, *do I continue past my hothouse unveiling?* Without his sun. Without his voice. It was so warm and safe in Amazing's house, flowering within tangled odors. No separation between his own universe and me. As if I'd fallen from the womb unfinished, he nursed me. My memories stung with color.

The white bungalow was more real than the cold snow I walked and sat on. How pale I felt in this region of frost. As if I might fade away, missing what never was. *Come back, Cousin Debra, and jump rope with me, or blow bubbles bigger and shinier than this fake moon.* I struggled to hold those summery visions, but my breasts and throat had frozen over.

Am I really ready to dance, Mr. Kaye? How can I when my limbs have turned to stone and my heels burn with cold? An icicle is stuck inside the arch of my heart.

Will I journey into space to gather shadows or mourn their hate forever? Or can I fly above the past into an innocent April? No! Certainly not with my ghostly father about.

I walked in a dream of light and death. The hothouse unclothed me. Amazing left me naked to stare helplessly at the frost. *With what will I clothe myself? Who will delight in my unsmiling face? Mother, would you stretch out your wooden arms if I returned to you?*

—

I was startled, one day, by a vision of Nadia in her peach-blossomed kimono, her plump tabi-covered feet running through the snow.

"Why are you still dressed that way?" I demanded. "I thought it was over."

"Don't worry, Marlane," she said. "I'm not screwing Sol. Your father has proposed to me. It happened while you were with Doctor Amazing. You'll never understand the happiness I feel. Remember how, long ago, I used to adore younger men?"

"Of course I do. They were all boyish, small-statured, and moon-faced."

"I chose the most unfatherly among them—exquisitely boyish, irresponsible, and deceitful. But now, Marlane, I'm no longer ashamed to seek and marry a father!"

"I loved both ancient and boyish men, Nadia. Age made no difference."

"You abdicated control and decision!"

"That's enough, Nadia! Tell me what your kimono has to do with my father."

"I enjoy showing him my femininity," she told me. "I denied it for decades, parading about in denim jackets and leather pants; though an occasional Mexican blouse or turquoise bracelet hinted at its presence. Remember all the years I carried a toy gun in my back pocket and wore a black cowboy hat?"

"My father understands nothing of development," I said.

"You'd be surprised. He is improving each day. By the way, Marlane, he's not impotent, despite his orchiectomy."

"I'm not interested in his sexual ability, but I *am* curious to know if my father is a man to you or the beginning of a new poem cycle?"

"Both, of course." She laughed loudly. "We're going to honeymoon in Osaka."

"Are you trying to hurt Solomon?" I asked.

"I have no more need to hurt men, Marlane. I'm fulfilled."

"What do you see in my father, Nadia?"

"The very things you despise, which I've never had before. I love the way he controls people, his overbearing personality, the attention he gives me, his intrusiveness, bluntness, and brashness, and even aspects of his insensitivity. He's the first traditional man I've ever been with. And don't forget he's now a writer."

"Sure, overnight. I don't want to talk about it. I'm more interested in finding out what else is new around here. I feel like I've been away for years."

"Tell me the truth, Marlane, did you fall in love with Doctor Amazing? We all do, but he never reciprocates. That part of him is dead."

"I'm grateful to him. Perhaps that is part of love," I admitted.

"You wouldn't tell me if you *did* fall in love with him," Nadia countered. "I know you don't trust me, Marlane. But speaking of nonartist creators, you are going to be amazed by what has happened to Dr. Fisher. Believe it or not he found someone who did what he wanted—had sex with him without question or condom."

"Let me guess. The great ballerina?"

"No. She's still in love with chocolates."

"Tell me!"

"Minna Chase."

"No! Not after she formed a committee to get him expelled."

"Yes. Minna's madly in love with him. It began with an abscessed tooth that drove her wild with pain."

"And she went to him for help?"

"The rest is history, Marlane."

—

"I'm sorry about the other day," Garreth said, coming up to me as I sat staring out to the horizon.

"What day?" I asked, looking away from the gigantic waves and into his eyes for a brief second.

"The other day when I..."

"The other day? It was way before I was taken to the hothouse, if you're referring to that day you pulled and twisted my hair, and bruised my mouth. It was before Doctor Amazing. It was eons ago. I barely remember you. I've been enveloped in scorching heat."

"I don't know what came over me that day," he said, touching my back.

"Don't touch me!" I snapped.

His eyes are a cloudy blue, I thought.

"Uh-oh, I'm out of favor with my queen," Garreth said, looking into my eyes.

"What are you trying to do?" I asked accusingly.

"Move a little closer to you, Marlane. Perhaps I don't have the right. I'm not very good at closeness."

He laughed nervously.

"Go write your music of the spheres and leave me alone!"

"Is that what you want? Is that where your hothouse fever has brought you? I was insane to have thought you could…"

"Yes, you were! I must go now," I said, turning.

Away I ran, leaving him standing in front of the granite waves. A roar of violence was in the air.

—

As I raced back to Memory House my heart was hurtling back and forth. I couldn't catch my breath. I saw nothing in front of me except his eyes—cloudy blue, endless. I still could feel the pull of his fingers on my scalp and the rough kiss of weeks ago.

"I never noticed the color of his eyes before," I whispered to myself as I ran.

—

I was moving my fingers along the glaze of ice that covered a tree trunk when I caught sight of Nadia running in and out of the spaces between trees. She wore denim pants, a black-and-white-checked vest, and black boots.

"Nadia!" I called out, relieved to have eclipsed Garreth.

She looked around and then came running toward me.

"I always meet you running through the woods," I said.

"Marlane, I'm so glad you've found me. I didn't tell you before, but I've had another strange dream. It is haunting me. That's why I'm running. It's too vivid. I cannot distinguish reality from my dream. Even Lion can't help me."

"Tell it to me, Nadia."

"In the dream, I walked up to a monarch butterfly that alighted on a wooden fence. I looked into its eyes, and like a mirror I saw my own face. Her enormous powdery wings began to enclose me until I lay in silent captivity. I felt so tiny, thin, and white, Marlane. Then I found that I *could* move, though only in one way; I could stretch my wings and fold them. Next, I discovered a smaller monarch with my pale face. You should be black, my image said. White doesn't go with black and gold wings. I looked down at my numb fingers. But they were gone. My arms had been severed. Dark red thread was stitched through the wings and into my shoulder blades. I asked the tiny creature to tell me who had done the stitching. She answered by spelling G-O-D.

"Hours later, I discovered the trick of flight. It was a combination of antenna waving, stomach contractions, and wing flapping. 'It's nothing but a lark,' I said, to keep from being afraid. I wondered what I would give birth to as I flew upward into a leafy elm. Marlane, your father was down on the ground calling to me.

"'Haven't you noticed my transformation?' I shouted down to him as the labor pains began. I knew I must lie back on my own wings, which were folded into the elbow of a tree branch. Though I waited for vaginal contractions, I couldn't feel any. Instead, the babies dropped from my mouth. With every painful widening, there emerged another winged self. Then another. Each successive self was a butterfly brighter and stronger than the one before.

"When I had birthed the last one, I called out to Lion. But he had vanished without a goodbye."

—

My father was waiting for me at the door to Memory House.

He wore an old tweed coat that I recognized; its velvet collar was frayed and stained. An equally ancient paisley scarf and tan leather gloves completed the familiar picture. His arms were crossed over his chest for warmth. He appeared to be suffering intensely from the cold.

"I can't believe you're wearing black suede snow boots!" I exclaimed.

"They're lined with sheepskin. Some things change and others stay the same, daughter. My feet are icicles these days. I have even gone in for electric blankets and thermal underwear."

"Where's your hat?" I asked, noting the few dry white hairs blowing up into the wind.

"It blew away yesterday. To hell with it. The main thing is that I've been waiting for *you* and we're going to have a talk."

"About what?"

"First of all, I'll bet Nadia told you about our engagement."

"Yes. We were just talking."

"I trust that you're happy for us. I think she's swell. And she believes I'm a king. Your mom was never impressed with anything I did. I never met a woman like Nadia in my whole life. She makes me feel like a million dollars!"

"Congratulations!"

"You don't sound excited, but you always had a chip on your shoulder when it came to your dad."

"Let's go inside. I'm freezing," I said.

"You won't disappear?"

"I promise. We'll talk in my room."

—

He snatched the gray blanket from my bed and wrapped it around himself, then sat in the stuffed floral chair I had recently found in the basement.

"Now I feel at home," he said, breathing more easily.

"Coffee?" I asked, pushing a small end table in front of him.

"Swell," he answered.

"It's almost done," I said, and waited.

"Now listen to me for once, Marlane; I'm no longer the same lawyer and judge that you knew all those years."

"Then who are you?" I asked, laughing.

"Remember when I was dying in Montefiore Hospital?"

"Of course."

"It was *after* all that, when I became an executor of Memory House, that I vowed to become a writer. I said to myself, if your daughter Marlane can do it, then you can, and what's more, you'll do it even better. And I have. It was easier than I thought."

He reached inside his coat and pulled out a thick set of galleys. His hands trembled as he held them out to me.

"You mean to tell me that someone is going to publish your work?" I cried in amazement.

"Don't be so surprised. I'm Lionel Frack. You've just got to know the right people and have the correct formula. Your dad isn't afraid to talk to anyone. You never learned how to go about real writing."

"I've never been interested in writing a commercial best-seller."

"The hell you're not!"

"I'm not."

"Sour grapes," he said. "You've always been out to defy me. If you would listen to your dad, you'd learn something. I've studied all your books in the years since my false death. I know why the big houses won't publish you. I know why you never made a cent and can't get an agent."

"You have a lot of nerve," I told him.

"You never could hit it right. No one even knows your name."

"It's because I never wrote for the masses."

"Why not? That's your problem. What's wrong with the masses? Listen to your dad. I did *my* research. It's either adventure, erotica, gothic, horror, historical, mainstream, military, mystery, romance, science fiction, suspense, or espionage. Naturally I chose mainstream espionage/crime. I read thirty top best-sellers of that genre. Don't make a face. If I weren't 'dead and buried,' I'd be on a million-dollar publicity tour. Instead, I had to take an assumed name and a gigantic advance. I call myself Lion Hart. It's got a real bang to it. Remember Richard the Lion-hearted?"

"Brilliant," I said sarcastically as my father frowned.

"I learned a long time ago that the best thing I could do for myself was to ignore you. Listen, writer of *experimental* novels," he sneered, "I'll tell you what a novel needs that yours don't have. Number one: *suspense.* You've got to make the reader hungry for the next page. Someone's life has to be on the line. He or she, for that matter, has to be a real person and also likable or the audience won't care what happens. You sketch him out beforehand. Make him a bright, average, all-American kind of a guy. He should be well-intentioned and masculine. Not perfect, because no one is perfect."

"Except you," I said softly.

"That shows what you know about me. Nothing. Listen to me. I made a diagram of the action. On it I had: *A—the good guys. B—the family. C—the women. D—the villains.* With names, addresses, and pasts. I did all my work on that beforehand. Leave nothing to chance!

"Number two: *blackmail.* It's a sure winner on the soaps and the made-for-TV dramas. I combined one and two with number three: *infidelity.* A trap has to be set for the hero. Do you watch TV? The audience loves lawyers, trials, and crime. What luck for me! I dug up my old briefs for character and plot outlines. You're welcome to use them anytime. Are you listening?"

"With bated breath," I said.

"Your attitude doesn't bother me," my father said. "Listen to my plot outline. Main character: a young lawyer, Italian, called Joey Sinatra. He's from an immigrant family. It wasn't hard. They're just like us—the Jews who lived where I grew up, on the Lower East Side.

"Joey studies, works hard, makes sacrifices, makes good. He goes to law school just like me. He marries the right girl. I call her Maria. As Joey hits forty, he begins to ask what life is all about. He's bored. He's tired of his wife, and the kids are a pain in the neck. That's when he takes his first bribe. Just for the excitement. Now he feels free. Next, he sleeps with a rich upper-class woman. She's an old judge's wife who married for money and position. She seems to be in love with Joey, but it turns out she's a CIA double agent who is also spying for another country. You know—giving away our secrets. She's rotten to the core. She involves Joey in dirty dealings with an international spy ring and then threatens to blackmail him when he wants to get away…"

"I get the idea. I've heard it many times before. What about the beauty of language, tapping the unconscious imagination, leading people through unknown passageways?"

"Forget all that! For Pete's sake!" he shouted. "Start over the way I tell you. Come on!"

"Never!" I cried.

"Goddammit, I thought you'd be proud of me. I thought you'd be different—that we'd be partners."

"I'm very happy that you've found a new interest. But you're crazy. When were you ever proud of *my* work?"

"Why should I be? What did you do? You wrote books that no one could decipher. Your books gave your mother migraines. She was afraid to be seen on the streets of the Bronx. You don't know what we went through when you exposed yourself as a babbling idiot and a whore."

"Totally narcissistic—the two of you!"

"I give up," my father said sadly. Then he continued, "Just do me one favor. I beg of you, read my galleys. You'll be surprised. I only told you the bare outline. There's so much more. I swear you'll like it. I have flesh-and-blood characters. You can touch them. You'll be so happy that I'm a writer."

Reluctantly, I took my father's galleys. I rolled them up, put two rubber bands around them, then hid the offensive things beneath the bed linen in my bottom dresser drawer.

—

"I am still listening to the sounds of creation. It is a frightening responsibility to have heard what only the Creator has heard before. I *will* compose again. I know that now, Miss Frack or no Miss Frack," Garreth whispered, bending over my table and then walking to his own.

I turned my head to where the dentist sat dressed in a dark blue tuxedo and matching bow tie. He and Minna Chase shared a table that was placed at a distance from all the others.

I would not have recognized Minna Chase. The abstract expressionist's wife had outfitted herself in a navy blue see-through dress with ruffled cuff and collar. She wore black stockings and small laced-up patent-leather boots. Even her short, thinning hair was dyed a strawberry blond and curled in fluffy ringlets.

"Dig her shoes," Garreth called out behind his hand. But I would not meet his eyes.

After everyone had seated themselves, Saed stood up and extended his arms for silence.

"If you will all forgive this interruption and bear with me, I have some announcements to make. For anyone who does not yet know, we have two engagements here at Memory House. Nadia Lagoon and Judge Lionel Frack, please stand up."

My father stood up shakily, but Nadia steadied him by encircling his waist with her pale arm. They smiled and bowed to the sound of "bravos" and deafening applause.

But when the forthcoming marriage of Dr. Fisher and Minna Chase was announced, there was a moment of silence. People seemed about to cry out but refrained. As no one applauded them, Minna put up her hand and waited. She and Saed exchanged glances.

"Will everyone please listen respectfully to what Minna Chase has to say," Saed begged.

"She's just marrying him to drive me crazy," shouted Henry Chase, rising from the ex-painters' table. "Furthermore, I am not going to listen to anything that woman has to say!"

He ran out of the dining room followed by his colleague Igor Happstein.

Minna looked down until the door closed behind her ex-husband. Then she began: "My friends and sister painters, you deserve to know the truth. Maybe one day you'll find it in your hearts to congratulate me. At last, at age seventy-five, I am a fully functioning woman. Please don't hate me for a resurgence of sexuality. I have my fiancé, Mervin Fisher, to thank. At last I have risen from my bed of hay and become a flower. When I sought out Dr. Fisher to fix my abscess, he awakened my body to pleasures I had only heard about. I am like a newly hatched chick. Not only did he rebuild my mouth, he taught me single, double, triple, quadruple orgasms. Age slid off me. I metamorphosed into Aphrodite. I am a meadowlark. I am one with sows, cows, and antelopes. I am the nectar of the honeybee. This man is a great healer!"

"If he's a healer, then I'm Joan of Arc," scoffed Nadia Lagoon.

"I'm shocked that you would say such a thing, Nadia," my father said, his face turning red.

"You know perfectly well that I intend to say whatever I please and that it needn't compromise our relationship," Nadia replied.

"Nadia's right again!" my father said.

"Oh, my friends, can't you see how dear Mervin Fisher was victimized. I know his patients died by someone else's hand, for such a generous lover could not take a life. I, Minna Chase, soon to be Minna Fisher, beg you to embrace him!"

"You said it!" my father cried out, clapping loudly.

The other abstract expressionists' wives had turned their chairs away from Minna and faced an empty wall. As she caught a glimpse of them, Minna's expression changed.

"Wait, please stop clapping, Judge Frack," she cried out, holding up her hands.

"My dear friends, oh, my dear sisters, how I have betrayed you. Don't think I blame you for turning your eyes away from your ex-leader. I cannot lead you now, but I do intend, upon release, to continue my painting in a studio annexed to my future husband's experimental laboratory. You, my talented friends, are welcome to join me there. One day, my colleagues, when this is far behind us, we will all exhibit our work together."

"Never!" they shouted in the direction of the wall.

"And what has become of all your ideological battles for

Memory House, Minna, such as the confiscation of forbidden art materials?" Heinz inquired.

"My future husband's sanity depends upon his possession and utilization of creative tools. Forgive me, but love has changed my perspectives and priorities. The flesh is paramount!"

"No wonder we wouldn't let our wives paint. Nor did we take their philosophical opinions seriously. Women believe in nothing but dependent love, no matter what they say," one of the ancient abstract expressionists remarked. "Sooner or later they succumb to a master!"

"I'll drink to that," another said, raising his glass.

"It's true! Sooner or later, we sacrifice ourselves. We lose our unique potential to create masterpieces in any medium," the ex-ballerina cried out. "Men steal our creativity and turn it into slave labor."

"I will prove you wrong, Samantha. I will create my finest masterpieces after my forthcoming marriage," Nadia stated.

"And I'll let her," my father said.

"No one *lets* me, Lion." Nadia smiled while pinching my father's hollow cheeks.

"I guess she's the boss," my father joked.

"It is not a simple matter, in any case, when a powerful and ambitious woman mates," Minna said.

"I respectfully request you drop this discussion before I die of boredom." Heinz yawned.

"Anything to do with women's needs, ambitions, and growth bores you men," the ballerina shouted in anger.

"That's the very essence of the problem," I said. "Needing to please is our main credo from the time we're toddlers. Think of our bright smiles and charming ways. Pink ribbons and lace-fringed socks. Later, fake eyelashes, breast implants, starvation, and perfumed armpits. Once we open our legs to a master it's all over. How would a ballerina even know what she is capable of?"

"What you say is true, Marlane. Even at *my* age, biology is driving away creative resolution," Minna said. "But the rewards of love are immeasurable," she cooed, looking into Dr. Fisher's eyes.

"If that madman and murderer is a reward then I'm the Virgin Mary," said Igor Happstein's wife, Molly.

—

Despite my pleas, Garreth Styne was waiting for me in the darkness outside. When I saw him, I looked down at the ground.

"Why can't you look at me?" he asked. "You frustrate and confuse me. Do you really want me to excise you from my heart? I can do it, you know."

"Go ahead," I said, gazing above his blue eyes into the treetops.

"What *are* your feelings toward me, Marlane? No, don't stare into space!"

"I can't help myself!" I cried.

"Try!" he ordered.

"No!" I shouted.

"Is wanting someone so terrifying that you deaden yourself?" he shouted after me as I ran, letting the glowing night embrace me.

—

My father and Nadia were stationed outside my door.

"Have you read my novel yet?" he asked.

I shook my head.

"Goddammit, Nadia; she still hasn't read it."

"Marlane, read his novel; it's very interesting," she laughed. "Wait until you see what he's done with language!"

—

"I wonder why Nadia laughs so hard after advising me to read my father's novel," I whispered to myself.

CHAPTER 7

SEPARATION

"If you think I will continue seeking you, you are very much mistaken," Garreth whispered one day as I chatted with Ivan Birch about my father.

"That is fine with me," I said, listening to the undertone of sorrow in my own voice. "I didn't come to Memory House to be tormented," I added.

"I don't know what you're talking about. I am convinced that your treatment in the hothouse has obliterated many of your most charming traits. Goodbye," he said.

He refused to look up when I appeared, though he watched me through mirrors or from his new table, which was half hidden by a gigantic snake plant.

—

"What has happened between you and Garreth Styne?" Nadia asked one day. "Did you have an argument? He doesn't follow you around anymore."

"He would if I encouraged him," I said defensively.

"He didn't need encouragement before, Marlane," she said.

"Your curiosity certainly has been aroused," I said.

"You still don't believe I'm your friend and that hurts me, Marlane. Didn't I trust you with my dreams?"

"I don't know why I'm running from him."

"I do. He's just a bitter, nasty old man."

"No, he's changed. That's why my rejection makes no sense."

"What changed him, Marlane?"

"Love," I said sadly.

"Do you really think love changes a man, Marlane?"

"Yes, I do," I said, turning toward my room.

As I sat on the edge of my bed, I noticed that a letter had been pushed underneath my door. "Let it be from him," I whispered.

My Dear Marlane,

So you want to push me away? I will go, head down, tail between my legs. What did you expect, Garreth, you fool? I ask myself again and again. What have you to offer but your obscene past and your crazy senile obsessions?

You have tears in your eyes that do not fall. I see them. I am afraid to hurt you, dear.

Garreth

Dear Garreth,

I am paralyzed. The longing and the loss that I experienced in the white bungalow of my childhood have followed me outside.

M.

Marlane, My Dear,

Watch out for me. I am capable of fear, vulnerability, and spite. Particularly now that you have turned away. A part of me does not believe that you want me to disappear. Imagine me just learning a pitiful dance of love and then being sent away.

I laugh at myself sometimes.

G.

My Dear One,

I cannot understand what has happened inside me so that I act the opposite of what I feel. I am afraid.

M.

My Dearest Marlane,

I watched you today when you didn't know. I find to my absolute amazement no diminution of power in the small etude I wrote for you. When will you hear it? It is written for solo clarinet. I never wrote for this instrument before. The work is called Sand Sonata.

Your Garreth

Dear Garreth,

I see that you are also terrified. What kind of beauty is this? Why me? Why you? Aren't we fighting to extinguish the sweet union of two lifetimes? We could not have dreamed this. Give me more time. I am afraid of your touch.

Marlane

Marlane Dearest,

Your letter moves me. When we come together you will find me changed, for you only.

Garreth

Garreth, with what longing I live.

My Dearest Marlane,

Your tears are frozen. I will help them fall like snowflakes. I like your eyes. My love changes me. I don't know what my name is anymore. My past lies far away, a dead garden of success that once shone brightly.

I love you.

Dear Garreth,

I like the shape of your head and your eyes looking at me inside mirrors. I am trying to understand what is between us. And what happened to me in the hothouse.

Marlane

Marlane, My Dear,

I feel a sense of waste. If only my life could be a collection of treasures to delight and amuse you. But it isn't. Yet with an irrational faith I am waiting for you.

Dearest Garreth,

The silence is over. Suddenly there are dreams so full of images and colors that I can almost see a door to my creativity. At first I was afraid of them. Now I want to share them with you.

DREAM 1

I am walking down an icy road. The temperature must be way below zero and my fingers hurt. I try but can't recognize the landscape. I am afraid of freezing to death. I see a man standing with his back toward me. He is completely still. Is he real or a scarecrow? *I wonder. I try to walk toward him but I am stiff from the cold and it takes a long time. When I finally approach he turns around. I see my father's face, only his eyes are a different color. The man has no teeth.*

"You're not my father," I shout.

He stretches his arms toward me and takes a step.

"Don't come any closer," I shout.

He fades and merges with the snow. I am relieved, but it is not over. I watch as he lifts the green eyes out of his sockets. Then he laughs.

"There is a time for everything," he says.

"But you're blind," I exclaim, staring into the black hollows beneath his forehead. His frozen eyes glitter on the ice.

"Are you my father? Tell me the truth."

He just shrugs and walks away.

DREAM 2

I find myself in a dark attic. The roof is low and I hit my head on it. It smells damp and moldy.

"It's your secret place," a tall, white-bearded man says. He is dressed in wrappings of midnight blue and fuchsia silk.

"What place? And who are you?" I ask.

"It is the place you have been looking for and never found."

I tiptoe toward one of the attic corners. There I see a piece of fuchsia fabric printed with gold leaves. I want it, but I am afraid to pick it up.

"Don't be like that," the man says. "Look at my eyes!"

I look up. He is on a trapeze swing. I observe that he is eyeless. The dark sockets in his face seem endless.

"You cheat your own destiny if you refuse to pick up the cloth," he calls from his perch. "See, it has your name on it."

Slowly I lift one edge. Underneath is a miniature lighthouse on top of a bronzed ocean wave. To the left of the lighthouse is a clock with Roman numerals.

"The hands are real hands," I cry out, watching as the fingers speed around the clock's face. An amber glow emanates from the lighthouse.

"There's a velvet seat up there for you, a bowl of pea soup, and an empty journal," the man says.

"I am so happy," I cry out while squeezing myself into the tiny lighthouse.

Marlane, My Love,

I am so touched that you would let me see your dreams. Please continue to send them. I want to know all that is you. Your dreams haunt me as if they were my own. When you see me walking about, not daring to approach you before you give a signal, think how I am carrying your dreams inside me. I am protecting them.

Garreth

DREAM 3

I walk through a garden inhaling deeply. I smell the cinnamon, vanilla, eucalyptus, and ocean scents that emerge in sunlight. Other perfumes are intensified by the shade. Clover, musk, and bee pollen, for example. A paradise of odors, I think. My head becomes light as I breathe in the red and rosy blooms. There are bluish snowballs and electric-orange geraniums.

The bearded man appears. He is wearing a scarlet-and-mauve-striped toga.

"Are you my father in disguise?" I ask. "Have you come to kill all my blooms?"

"Don't credit me with unthinkable things. I can change my sex at will or play any character you can invent. I can visit your world."

"It is my secret place. Your intrusion spoils it."

"How could it when I bring you a tray of magic paints. You can paint a novel if you like."

"The computer is a bit mechanical for me."

"I am the Giver, who lives in your secret place. I have no needs or desires of my own," the man says.

"If you turn into my father I'll kill you," I say, skipping down a lovely garden path.

DREAM 4

The windows and gates of the stone houses are trimmed with smooth dark green paint. On the ledges of porch gates are orange geraniums and red impatiens. A path goes upward, seemingly into a cloudy sky. I like it this way. The paints glow in the darkness, particularly the gold, yellow, and cobalt blue.

"Writing doesn't have to be dry dribble. You were meant to write in color," a voice says.

I look around.

"Remember me? I am your inner voice. I once came wrapped in scarlet. I am the Giver and the King of your Desires!"

"Wonderful!" I cry out. "I will write on these empty stone walls. I always found typing paper confining and brittle," I say.

I paint my first words in bold paint strokes.

THE SECRET OF MY DESIRES. THE COLORS OF MY DESIRES ARE GOLD, RED, AND STARTLING FUCHSIA.

CHAPTER 8

SOLOMON ITO

"The only thing that would make me happy would be starting over and becoming a dancer myself or creating just one more ballet," said Mr. Kaye while trotting about the lounge.

"How I envy a man so simple that creating one more ballet would satisfy him," said Solomon bitterly. "My hat's off to you, Mr. Kaye! As for me, nothing and no one quenches my desires!"

"Solomon, I've known you for a long time," Ivan said. "God knows I'm not in a position to give advice. But if you'll bear with me, it seems that you've placed the deceased Yuki Ito on such a pedestal that no one can compare with her beauty, goodness, and devotion to you."

"Beauty? Beauty?" Solomon screamed. "You dare speak of beauty! I am overcome. Forgive my terrible giggling and my tears. You know absolutely nothing about my Yuki. None of you! If you hear the truth maybe it will stop your cruel, wagging tongues.

"The first time I saw my Yuki was when I was hospitalized in Japan for a bleeding ulcer. It must have been in 1960. Only her back was visible to me as she danced along the dimly lit corridor. I admired her slim young figure and the grace of her movements. *Surely she is a Kabuki dancer,* I thought. *Surely she has the delicate, porcelainlike face and large soft lips I prefer,* I whispered to no one as I hurried along trying to catch up with her.

"But when, upon hearing my footsteps, she turned halfway

round with a twist of her narrow waist and a graceful movement of her long neck, what I saw, my fellow inmates, was a faceless woman. For in the unholy fire you devils kindled in Hiroshima, her face had been burnt beyond any possible connection to what we arrogant men call beauty."

"I never dreamed... when you spoke of Yuki... that..." Ivan gasped, holding his heart.

"Yuki was a child of thirteen when you dropped your satanic bomb on innocent men, women, and schoolchildren. There she stood, staring at me, one hand reflexively lifted like a fan, trying in vain to hide the patchwork of grafts and incisions. Futile, repeated efforts, through long years, had failed to form a normal configuration. Perhaps they had made things even worse, giving to her featureless face the appearance of a sloppily made clay mask. Nevertheless, fellow residents, a miracle happened. For when she looked at me with luminous, transcendent understanding, my heart was stunned. I cried when I looked with love into Yuki's eyes. All images of porcelain faces left my heart forever. She did not repel me. On the contrary! Her lack of bitterness and forgiving heart, and the sonorous rhythms of her speech, enchanted me from the first. *I will make this woman happy or die in the effort,* I said to myself."

"What an amazing story!" my father exclaimed. "I'm speechless."

"But I haven't finished it. I succeeded in making Yuki happy, though, as I soon found out she had not long to live. Although her initial radiation sickness had disappeared many years before, she had been recently diagnosed with leukemia. She was beginning to die from the radioactive waste that had destroyed her bone marrow cells."

"I am so sorry, Sol!" Nadia cried.

"Remember it is not Yuki who rebukes you but I, Solomon Ito, a man with a mediocre soul—in no manner the equal of the divine soul of Yuki."

"Oh my God," Ivan sobbed. "I've understood nothing in life. I've done nothing but seek my own satisfactions. And this Yuki, victim of universal insanity, was without rancor. It is too much to fathom!"

"Watch your old ticker, Ivan. Be like me. Nothing gets me upset," my father said.

"Except his daughter," Nadia said, smiling.

"You, Dr. Fisher, think your case is so unique," said Solomon, "but I have been a social outcast since my arrival at Memory House nearly two years ago. Haven't you noticed that I am the only one who has been given menus on a consistent basis? And why? It's very simple. So that my services might be used to accomplish all kinds of menial tasks. The fact that I was a great film director has been totally ignored. What's more, women continue to abuse me, to lead me on and reject me, to toy with my feelings and passions before dropping me. Surely this is a form of discrimination."

"What kind of discrimination are you talking about, Solomon?" Nadia asked.

"The kind you are thinking of, my fake geisha girl—racial discrimination. We Japanese have never been accepted in your country. Perhaps this is the simple solution to the puzzle."

"Anyone with the name Solomon is a Jew as far as I'm concerned," my father said.

"It has nothing to do with your nationality or race, Sol," Nadia said. "You're a whiner and a complainer. What's more, you make yourself available to all women. You don't even have the decency to be selective."

"I want this bickering to cease!" said Saed in a tone much harsher than any we had heard from him before.

Silence was immediate!

"I wouldn't have believed Saed capable of a nervous outburst. Do we ever know what a person is really like?" I whispered.

"Saed is right; our inhumanity has gone on too long," said Dr.

Fisher. "Why must you scorn those who are a little less perfect than yourselves? I am one of the persecuted just like Sol."

"I am not interested in what you have to say. You tricked Minna into deserting us and becoming part and parcel of your filth," said Rhea Jones, one of the expressionists' wives.

"I resent that," Minna Chase replied.

"If I could choreograph one more dance, I'd be the happiest man in the world!" Mr. Kaye cried.

"Who is to say that there are no more choreographic opportunities for you?" Ivan said.

"It's not in the cards," Mr. Kaye said sadly.

"My hat's off to you, Mr. Kaye, as I said before," Solomon said.

—

The Black writer who never spoke sat with a smile frozen upon her face. As usual, she slowly tore pages out of one of her novels and crushed them in her fists.

"This is the first time Sarah Joan has been this near us," I whispered to Nadia.

"Wonders never cease in Memory House, Marlane," she replied with a laugh.

"I understand perfectly why Sarah never speaks," said Sol. "Words are futile in situations of extremity. I myself have been considering total silence."

"I feel responsible for your depressed state," I said as Solomon paced back and forth in front of us.

"Wasn't Doctor Amazing able to eradicate your Jewish guilt, Marlane?" Nadia asked.

"I don't like that crack," my father said.

At that moment a crumpled page of Sarah Joan's novel hit my father in the face.

"That woman is obviously mentally defective," said my father. "She belongs in a mental institution."

"No, Judge. I find her gestures more eloquent than any speech," Solomon said.

"Will you stop pacing back and forth, Sol!" Igor Happstein shouted. "There's enough tension here to ignite a bomb."

"Why don't we discuss the issue at hand, which is how we feel about minorities," Saed suggested, his face flushed, a soiled white turban in his hand.

"I'll begin," said Ivan Birch, "since I am also a member of a minority. It's time for me to tell all of you my little secret. I have a collection of lace undies. What's more, I can transform myself into a woman in fifteen minutes."

"Judge Birch, I can't believe you're a 'sissy'; why the hell couldn't you have kept it to yourself?" my father said.

"No wonder your daughter is afraid to speak her mind," Gareth said.

"Aw, shut up, Styne. And don't think I haven't noticed that my daughter, Marlane, isn't keeping company with you anymore. I always thought you were too old for her."

"My personal life is none of your business, Daddy," I exclaimed.

"There she goes again. I can't say anything in the presence of my daughter."

"The bequest is a complete sham!" Dr. Fisher cried.

"I cannot help but agree, darling. We certainly keep failing one another!" Minna said, placing her arm around her fiancé's shoulder.

—

"You're so wrong about me, Nadia Lagoon," Solomon said. "I may be a whiner and complainer, but I am *not* equally available to all women. I made my selection one rainy afternoon, not so long ago. It was in a diner exactly three miles beyond Boston." He paused. "There! It's out in the open—one of the precious little Memory House secrets."

"I wasn't ready, Sol. I had no idea that you'd suffer so much," I said to him.

"I have no self-respect. You are right about that, Nadia," Sol continued. "And your dear Doctor Amazing was unable to help me. Don't pin all your hopes on him! You'll be disappointed if you do."

"Go see Doctor Amazing again, Solomon. Talk about your feelings. He's always available," Ivan Birch said. "Maybe he can help you this time."

"Ivan is right," Saed said.

"Marlane, isn't it time for us to come together? You sent me your dreams and I take that as a sign of trust," Garreth whispered from a chair behind me.

"I can't talk now with my father staring at us. . . ."

—

Suddenly all eyes were upon Sarah Joan, who rose up slowly from where she sat. For a second, her half-open mouth quivered. She had not spoken, it was rumored, for eight years.

"All of you. Get down and bow at Sol's feet. Like this!" she said, falling on bony knees and dropping her head to his feet. "For I've seen God and He is rainbow-colored. Before me He stood, and I saw His curly yellow beard, golden eyes, and brown arms with purple fingers. They reached out to touch me. Understand, He said, that all people are interwoven in a quilt of love. My creation is multicolored and I have no favorites. Equal are the lame and the strong, the rich and the poor, the insane and rational, Northerner and Southerner, master and slave. Equal are the female impersonators, rancid old judges, talented and untalented. You hear? He holds equal strings to all your lives. You make a grave mistake to hold yourself high above anyone. 'The ancient,' God whispered to me, 'are as beautiful as are the blossoms of youth.' Each one is part of His radiant guilt. For God's own fingers have woven us into His eternal tapestry. Look over here where I kneel. Here is God's work—Solomon Ito! Kneel before a sacred lamb of God, beloved of the Creator of the Universe. And open your ears. Hear God, who speaks to you every day. He says if we're good to each other, He'll send back angels carrying fragrant blossoms of love. My sisters and brothers in God, shower your love upon this man, Solomon, whom you have ignored, mistreated, and used for your low devices and twisted carnality. Was he born to be your slave? Or is he your brother? Remember that the meek shall inherit the earth while those who throw stones shall be cast out into an icy shade uninhabited by God or man. Lift up this angel disguised as a man. Hold him high in your hearts!"

I watched in shock as my father flung his pathetic, emaciated body to the ground at Solomon's feet.

CHAPTER 9
THE SEARCH

"With the help of my fiancé, Judge Frack, I have prepared a morning of social activities and a picnic lunch to welcome spring."

Nadia had barely completed her sentence when Saed ran into the dining room; his amber turban was backward, his yellow tunic unbuttoned.

"Forgive me, Nadia, but we have an emergency here. Solomon has disappeared! The door to his room is open, but the bed has not been slept in. His toothbrush is dry, as is his soap bar and sink. I have searched everywhere, with the greatest concern, since he has been so despondent. Late last night I communicated my observations about him to Doctor Amazing. And if I recall, Solomon was not at dinner last night. Not that he was ever consistent about meals. A degree of moody withdrawal is part of Solomon's nature."

"Isn't it possible that he has gone to the hothouse to seek help, as I suggested the other night?" Ivan asked.

"Never! I think he's at the beach, feeling sorry for himself. This is just another one of his games designed to make everyone worry about him," Nadia said.

"You didn't hear a word I said about the Lord, Nadia," said Sarah Joan. "I waited too long to speak."

"We should organize searching parties," I suggested.

"We can divide up into groups," said Nadia. "Judge Frack,

Sarah Joan, Dr. Fisher, Hannah, Samantha, and two of the abstract expressionists can remain behind in case Sol shows up here, as I suspect he will."

"Thank you very much, but I belong beside Minna," said Dr. Fisher. "Don't leave me out. I can search as well as anyone else."

"I like to hear you talk that way, Mervin," my father said. "You're swell!"

"I am willing to lead another searching party through the woods and down to the ocean, as long as I can select my group members," Garreth volunteered.

"Fine!" Saed and Ivan Birch replied in unison.

"I select Marlane Frack, Mr. Kaye, the physicists, Igor and Molly Happstein, and any remaining abstract expressionists."

"Garreth, the abstract expressionists and the physicists never got along," Nadia said. "But do what you want."

Saed stepped up to the dais.

"I will take the remaining residents and walk toward the hothouse. I need good walkers, please. If you can't walk seven miles at a good pace, please remain at Memory House. Now let's begin looking in earnest; I'm afraid that Solomon may have fallen ill somewhere on the grounds."

Although snow flurries grazed my cheeks, a forsythia stalk bloomed as we neared the woods. We walked in a straight line; Garreth set the pace up front while I followed behind him. Next came Mr. Kaye, Minna Chase, Dr. Fisher, Igor Happstein, and other abstract expressionists. The physicists walked a few feet behind the rest.

"There is no color inside any paint tube like that gold," said Igor Happstein as he cracked the forsythia stalk in half.

"Have you no respect for life?" Minna asked.

"Minna, don't ask the impossible," Dr. Fisher said, "or you'll face daily disappointment as I have."

"She's absolutely right," said Ingmar Herzog. "We have already destroyed the ozone layer and caused the extinction of many rare species of plant and animal. We have created deep cracks in the earth's crust resulting in an epidemic of volcanic eruptions and floods. Our atmosphere is becoming totally unpredictable. Did you know that the delicate mountain regret can no longer survive at altitudes favorable to her growth due to global warming; each year that bluish bloom moves up the mountain by a whole inch. Another two inches and the conditions favorable to growth will be gone. She will be forever extinct in a few years."

"Ladies and gentlemen, would you please keep your minds on the urgent task at hand. Examine the earth for footprints, papers, money, food—anything that Solomon might have carried," Garreth pleaded.

"He smokes," I said. "Look for crushed cigarette butts and used matches."

"I hope he just took a long walk and is already back in his room," Minna said. "It's not unlike him to wander."

"I doubt that! Saed confirmed that he was not in his room last night. There were eyewitnesses as well," Garreth said.

"Perhaps he got wise and left," said one of the painters.

"He's too negative to take such a positive action. Besides, life outside would be very difficult for Solomon; like many of us he's a permanent resident, believed to be dead and buried," Minna said sadly. Then she added, "My newly found happiness with Mervin suddenly fills me with guilt."

"There *was* a time he considered leaving Memory House," I said, remembering his proposal in the diner, though it seemed a long time ago. "By the way, he carries a gold cigarette lighter engraved with the initials *Y.I.*," I added.

"I really think we'd do better if we scattered," Ingmar Herzog suggested.

"Give it a try, then," Garreth agreed while taking my hand and leading me away from the others.

"I'm frightened," I told Garreth as we neared the water.

"I'm here," he said.

"Look over there!" Garreth exclaimed a few seconds later. He began running toward a white sheet that lay on the sand at the ocean's edge.

As we came closer, we saw that the sheet covered a form the size of a man. It was singed at the edges and bore the message HIROSHIMA VANISHED CITY, printed in enormous letters.

There was an odd silence. The wind had ceased and the ocean waves quieted.

"Marlane, let *me* lift it," he said, staring down at the burnt edge of the sheet.

"No. I'll do it," I said, grasping the top corners of the sheet between my icy fingers.

I peeled it back slowly, then let out a cry like a crazed bird.

"Marlane, you are not alone; we are all responsible," Garreth said sadly.

Solomon's face and neck were burnt beyond recognition, but his hands, though charred, had managed to retain their form. Between the dark fingers was a photograph of Yuki Ito in her wedding gown. Her scarred, fallen features were squeezed into a smile. The shadow of a leaf had fallen on her cheek.

Farther down, where brown socks still covered his feet, lay that same copy of my second novel that he had waved at me on the day of our journey. I stared at its pages, now covered with black brushed letters whose outcries were superimposed on my words.

—

"Are you ready to go?" Garreth asked, anxiously following each move of my face or fingers.

"It's not over yet," I said, retrieving a charred photograph of Nadia Lagoon, in Japanese dress, that had been stapled to the newspaper clippings of August 1945. Solomon had drawn a red cross over her mouth and eyes.

"I've seen enough," I whispered turning away; yet we couldn't leave but sat huddled together a few feet away.

—

Nothing happened as the seconds passed. Only waves and a crazed sun slashing at the water…

—

Sooner or later, most of the residents came running to the water's edge. Some squatted beside him, while others stood stiffly a few feet away. Nadia undid her stylish bun, letting her silvery hair dangle on Solomon's blackened rib cage. "It is because of me, isn't it? The way I awakened your desire by dressing in a kimono. How heartlessly I rejected you the moment I met Judge Frack. If only my tears could awaken you!"

She threw her body on top of Solomon Ito's and cried onto the charred remains of his face.

"Don't tell me you slept with this man?" my father asked incredulously.

"Why shouldn't I? Did I know *you*? Did I have any warning of your arrival? I would never have toyed with Sol if I'd known you, Lion."

"But a Jap! Why?"

"Get away from us," I shouted. "I'm ashamed that you're my father!"

"Be quiet, Marlane. I know how to handle Lion. He doesn't mean the awful things he says. You've always taken your father too seriously. He's not a criminal because he says whatever comes into his mind. He's just like me!"

"Then you're *both* criminals. And as you said, you *are* guilty. The way you paraded around in that fuchsia obi and those little tabi slippers. You drove Solomon mad," I said.

"Look who's talking! No sooner did you arrive at Memory House than you took up with that jaded composer. You flaunted your affair and Solomon suffered. You were the one he really wanted, Marlane."

"I flaunted nothing. There was no affair," I insisted.

"If you'll excuse me, please! I want to view him," said Doctor

Amazing, coming up to us in his brown and yellow dashiki. A blue velvet kippah was fastened to the back of his skull.

"If all of you will stay calm," he said, after kneeling beside Solomon for a few seconds, "we can give testimonials right here. We can speak of why Sol might have done this and how we failed him. Then we can praise Sol's deeds in this life. But before we speak, please let me recite 'The Mourner's Kaddish.'" After he finished his recitation, he asked, "Would anyone like to lead another prayer?"

"The Lord is my shepherd . . ." began Sarah Joan, and the others joined in.

"Please make a circle around our dear friend's body," said Doctor Amazing. "Each, in turn, may speak! Please don't attack your fellow resident because your own guilt lies heavily upon you. Nadia, you may begin."

"I want to confess that I deliberately seduced Solomon for my own amusement and sense of power," Nadia confessed. "I wanted to steal his affections away from my friend Marlane just for the fun of it. I succeeded by flaunting Japanese traditional dress. Never once did I think of Solomon's feelings."

"Nadia, why do you have to do this? It embarrasses me. You're going to be my wife. I want to be proud of you. Please, don't say another word, I beg you!" my father exclaimed.

"Judge Frack, try to be proud of Nadia's honesty and sincere regret for her actions," Doctor Amazing said.

"What choice have I got? I'll have to," my father said sadly.

"Go ahead, Marlane," Garreth whispered.

"I didn't accept Sol's marriage proposal to me on the day he drove me to Memory House. He wanted to start his life again away from here, and begged me to accompany him. I refused and he was forced to return. If only I had accepted, he might still be breathing. I found him attractive and interesting. Then came his outbursts . . ."

"Marlane, you had just met Sol and owed him nothing. Please don't blame yourself," Nadia said, patting my shoulder.

"I liked Solomon and enjoyed our conversations, but I never took his complaints seriously or tried to help him. I thought only of my own misery," Garreth said. "Until recently, I've been totally self-centered."

"You're not the only one. I certainly have not spent my time thinking of Solomon Ito," said Ivan Birch.

"And what about me? I groveled in my sensuality, eating anything delicious that I could lay my hands on, or else I argued endlessly with Mr. Kaye. I could have offered my friendship to Sol," said Samantha. "Perhaps he and I could have shared friendship and affection. If only I didn't detest men."

There was a long silence followed by the sobs of many.

"Ladies and gentlemen of Memory House," Doctor Amazing began in a formal tone, "I am moved by your expressions of grief and guilt. Just remember not to become so guilt-ridden as to believe that you are directly or solely responsible for Solomon's self-immolation. Our Solomon was a great creator in his prime. But he had already lived through many traumas. As a sensitive teenager, in Japan, he saw his mother blown to bits by a hand grenade and also suffered the loss of his father and older brother.

"When he visited here, following the World War Two armistice, he experienced the dehumanizing, stereotypical attitudes of many Americans toward the Japanese. Years later came the final tragedy—the death of his beloved wife.

"Upon Yuki's release from the hospital where she was treated for leukemia, Sol cared for her tenderly until she died at forty-two.

"I regret that I, as his memory guide, was unable to bring to light and excise the grotesque, inhuman vision of himself that cut him off from the world. He was an expert in self-torture. Solomon Ito was one of my total failures. If any of us is to blame, it is I. He must have seen my human failings at a glance, for he could neither trust me nor dream the dreams that begin the healing process. During the past two weeks, I considered taking him back to the hothouse. I was not blind to Sol's unrest. Unfortunately, I was too slow to respond to needs that were so apparent."

"We all were too slow in responding to Sol," Minna said.

Before we began walking back to Memory House, Saed arrived with a stretcher, upon which he and Ivan placed Solomon's body. He was then taken to the medical unit for cremation.

—

As our slow-moving group approached the lawn in front of the statuary, we were surprised to see picnic baskets placed on small metal tables; brightly colored balloons, flowers, and crepe paper streamers hung from tree branches and statues.

WELCOME TO SPRING ALL RESIDENTS OF MEMORY HOUSE was printed on a poster board, which hung from a budding magnolia.

"I planned this before Sol's suicide. It's an annual event to welcome spring. How could I have known what he was thinking," Nadia sobbed.

"None of us knew, but it should be canceled," I said.

"If the majority agrees, we can empty the baskets and take down the balloons," Saed said.

"If that isn't ridiculous," said Dr. Fisher. "Everyone must sit down and eat!"

"Sure, Merv. My stomach's growling," my father said.

"Lion, people are too upset to eat," said Nadia.

"I want to make a speech," Dr. Fisher yelled, standing on a bridge chair and waving his arms.

"Wait until everyone's seated, dear," Minna Chase said.

"For those who don't know it yet, our beloved Solomon Ito has committed suicide by setting himself on fire," Saed announced.

Sarah Joan uttered a guttural cry and fell to the ground. Minna rushed to get her water.

Those who had been searching in other directions, or who had stayed behind, also expressed shock and sadness. Yet slowly the residents, some sobbing, others dazed, sat down at the metallic tables. As if in a dream, they opened the picnic baskets laid before them.

"It can't be right to enjoy a feast the moment after we've come from discovering Sol's charred body," I said.

"Will you listen to my daughter? As usual, she thinks she knows the answer to everything," my father said.

"Do people have to eat?" Dr. Fisher screamed. "Answer that!"

"Sure we do. Grief-stricken or not, our stomachs growl," Nadia said, wiping her eyes with her palms. "The time has come," she continued, "to stop all our childishness. I know I want to be a better person than I am!"

Sarah Joan, rising, threw one of the picnic baskets to the ground and marched toward the house.

"Did I really hear Nadia say she wants to become a better person?" Garreth said under his breath.

"What of it?" said my father. "I'm a judge and I make errors too."

"I never heard him say *that* before," I whispered to Garreth.

"If you don't mind, I have a few things to say," Dr. Fisher announced from the chair upon which he stood.

When he was hissed and booed, Doctor Amazing, who had been sitting quietly to the side, rose.

"Please, out of respect for Solomon, let us try to put aside our power struggles and prejudices. There is no reason why Dr. Fisher should not be heard. Let this be a meal of affection, a day when we begin a new way of living with each other."

"Dr. Fisher's as human as any of us," said Garreth. "Let him speak."

"Does it seem inappropriate to picnic when a man we all

know is no longer alive?" Dr. Fisher began. "My fiancée and I remember Solomon with love in our hearts, but still we must travel on. We must reach beyond ourselves. Yes. But does that mean our oral cavities must be dry and under-stimulated? *No, no, no!* Does it mean that we are not allowed to rejoice for the budding and blooming of the leaves and flowers? Of course not! We *are* allowed to admire nature at the same moment that we mourn her treachery.

"Did we appreciate him when he was alive? Or was he given the menu of a servant, which he should have torn to bits? But I suppose he hoped it would benefit him in some way. I think Nadia Lagoon and Ivan Birch, or whoever wrote those vile things, mocked him. I know because you've judged and mocked me as well. I say, eat and mourn. Eat and do not mock. Eat and remember Solomon as I do! Fill your oral cavity with joyful sensation. Afterward, clean out your oral refuse with your outdated Stim-U-Dents, toothpicks, and floss. That day will come, a grand day in the future, when you will come to me with your mouths wide open. Amen!"

Minna Chase stood up and clapped while smiling at her lover.

Doctor Amazing rose, his smile flashing and his eyes golden as forsythia petals.

"My heart is overflowing with joy and grief. At long last I am witnessing the first flowering. You look at me in bewilderment. Since the day I set foot in Memory House more than four years ago, I have tried, with my herbs and odors, with my regressions, dream induction, and fever control, to create you anew. I have tried to be patient, knowing that the fruits of my work take time to mature. Sometimes I despaired and prayed to the One God who performed a miracle on Mount Sinai and delivered the Ten Commandments, who burned in a fir, who parted the waters, whose Torah I keep close to my heart. It was He who said, 'Henri Amazing, you must do the most difficult of all things—wait and believe in yourself!'

"'It is not that simple, Lord,' I said. 'You know I am a man of many terrible weaknesses.'

"'Even so,' said He, 'your work is your strength.'

"On this dark day of Sol's death, I begin to see the buds unfolding and your hearts opening. At long last, I see you searching to find each other. I want to thank you. I urge you to meditate and to call upon me during this period of grief and rebirth."

With that he turned and vanished.

"Did you understand that?" I asked Garreth.

"I am having trouble with Doctor Amazing's religion. But it doesn't matter. I am more interested in what is happening between you and me. Not because I am indifferent to Solomon's terrible death. But because I want you so much!"

—

"It is time," I told Garreth after we had returned our baskets, "for me to face everything!"

He looked at me anxiously but squeezed my hand. "Are you thinking of leaving?"

"Not yet, although Solomon's horrible self-immolation has awakened me. I have run away from the truth too often."

"You're becoming too profound for me; don't we all have to run away sometimes?"

"I have done it excessively. Would you have called me Alice Phallus if you hadn't sensed how often I closed my eyes to reality? Now you act like I'm telling you something new."

"I suppose I'm afraid that if you see *me* too clearly, you'll disappear. I don't want our relationship to end at its beginning. I've never loved before. And all this silence and letter writing has exhausted me. I hope there will be no more of that!"

"I'm not ending anything, but before there can be an 'us' I have to turn a few corners. For example, I am ready to read my father's manuscript," I told him.

"Is that all? I don't think it will be as bad as you imagine. Do you want me to read it with you? I'd be glad to," he offered.

"I'll face it myself. But I'm not going to shut you out. I'll meet you tonight and tell you about it."

"Can I knock on your door or are you ashamed to be seen with me?"

"I've always been ashamed, but not of others."

"Of what, then, Marlane?" he asked.

"Of my very existence," I replied. "Nadia and others have observed how, like Solomon, I turn in circles refusing to do myself good. Yet, when I did try to achieve things for myself, they'd become incensed."

"Perhaps they weren't used to it."

"Nadia, for example, accepted me as an artist, which many others refused to do, but I cannot recall her so much as looking at my work."

"Perhaps you anticipated rejection and withheld yourself *and* your work?"

"I did not. What would *you* know about any of this? You didn't know me when I was productive. You know me only as your Memory House love object."

"It's just as I suspected, Marlane; you think very little of me."

"I've made you angry, Garreth. I'm sorry."

"I'm not sure what you've done. What annoys me most is that you don't believe in my love for you."

"Look where we are," I said, ignoring his remark. "I was headed toward my room and we're already in the woods. And where in hell are we? How can a grown woman sign away her right to know what state and city she's living in? What we've agreed to is insane."

"You were desperate then, Marlane, just like the rest of us," Garreth said. "We couldn't have cared less where we were. We *all* ran away. Only *my* escape is permanent. How would I return to a world that has celebrated my death? I'm a public figure."

"But *could* you? I mean if you wanted to? I remember that Ivan hinted at a way to leave, to reverse the notarized surrender."

"There *are* appeals, Marlane. There is also total reconstructive plastic surgery plus a new legal identity. The board of directors is very slow to grant a second life after they've arranged a false death. It's too much trouble."

"I suppose they're afraid that in a weak moment everything will be shared with an outsider, and the Memory House Trust will become null and void," I said.

"I'm sure that's a big part of it. But, please, let's get back to us. You keep avoiding it. You didn't even answer me before."

"Oh, you mean about not believing in your love for me? I haven't forgotten. I can't understand why you love me or how your sexuality changed so suddenly," I said.

"It's not so complicated, Marlane," he replied. "It's a cliché, but completely true, that I love you because you're you. Not because you are vulnerable, eternally childlike, extremely sensual, and a woman. It's nothing so specific. It takes faith to believe in love. As for my sexuality . . . I would be lying if I didn't admit that mine has been very malleable. It can depend entirely on the circumstances. You are my circumstance now. I can't promise you, though, that because I love *you,* Marlane, I am now purely heterosexual. I *can* tell you that I want you in every way. There is no fragmentation inside me where you're concerned."

—

My father's manuscript lay at the back of the bottom drawer of my dresser. I took off the two rubber bands that I had bound it with and let the galleys unravel. Then I settled myself in the large black rocking chair I had recently found.

This novel is dedicated to my dear daughter, Marlane Frack,
with gratitude

She wore high-topped, pointed boots and a taffeta slip. Everything was black: taffeta cloche, beaded evening bag, suede gloves, and silk stockings. Madelaine, Madelaine, of the death that clung to me since I first felt your power over my imagination. I knew from the moment I laid eyes on her, even before I had kissed her dark purple lips, that she would never leave me.

"There are visions I have had, experiences I have known, beyond anything you could possibly realize. I have known you over and over again in different disguises. Don't try to leave my house," she said.

"Please! I am only an ignorant lawyer. I fell into your trap innocently, Madelaine. You were swell. I lost control of my feelings, but I'm not for you. I understand nothing of the occult. I am frightened by your intensity and by your involvement in the supernatural."

She laughed a mocking, throaty laugh. Throwing herself onto her black leather couch, she lifted her taffeta skirts gleefully. And though I tried not to look, I was lured by the array of multicolored petticoats surrounding Madelaine's perfectly shaped but muscular legs.

"You like my legs, hmmmm? You cannot have my body without entering into my world. You say you're not free, but you entered my house of your own will."

At that moment, Arthur, the old judge, wheeled himself into the room.

"Women are all whores," he said, taking my presence for granted.

"I know what you mean," I said. "Even my young daughter can't be trusted. I keep my eye on her and her so-called boyfriends. If she thinks I don't know what's going on, she's a moron."

"My wife is a Venus flytrap," he said watching as she twirled her leg lasciviously.

"I suppose I'm ensnared," I said.

"The one before you was tattooed. Wasn't he the tattooed clown in a circus thirty years ago?"

"Ferdinand was the best lover I ever had. Instruction was unnecessary. His brains were in his fingertips. He certainly could give both of you a few lessons!"

"Was he better than Joseph, the erotomaniac?" the old codger asked.

"Don't tell me you discuss these things? They don't belong in a marriage," I said.

Madelaine laughed at me, her purple mouth turning up in a wide, hideous grimace. I cringed and looked at the black cat that nuzzled her thigh.

"You are a boring, unimaginative, lazy, selfish, and disappointing lover," she said between huge explosions of laughter.

"I don't understand. You said I was the greatest lover you ever had. You said I opened the door to paradise."

"And you believed me? You must be mad! Don't you know women say that to every man they have?"

"Frankie isn't ready for your revelations, my dear," the old judge said. "Take it easy!"

At that point the old man wheeled himself out of the room and left us.

"Would you like me to introduce you to the science of eroticism?" Madelaine asked, becoming suddenly soft and alluring.

"I refuse to be manipulated, locked up, kept prisoner. I want to return to my old life."

"What I teach you, you can apply to your decaying marriage bed."

"Never! Julie is sweet and fresh. I prefer that she remain so. And please don't talk about my wife!"

Madelaine began to walk around the room. Everywhere, I noticed, were pansies in pleated paper cups. They looked as velvety and depraved as Madelaine.

After she had watered them, fingering their petals sensuously, she opened the door.

"You are free to leave," she said.

Relieved, I tried to rise from my chair. Something held me in my place. I tried again. Cold sweat ran down my face and I felt like throwing up.

"Perhaps you really want to stay," she said, and began to laugh.

"Stop whatever you are doing. Let me go. I have my law practice to get back to, my wife, and my daughter, Sophia."

"I am not holding you," she said, and walked out of the room, followed by her odd blue-eyed cat.

Perhaps I slept and dreamed. I scarcely remember the time between her departure and return.

I was awakened by the clicking of flamenco heels. Madelaine was dressed in scarlet with a rose in her jet-black hair. After stamping out an angry and determined rhythm with her metallic pumps, she shouted, Olé!

"I have brought you Sir Phalatrope's erotic manual," she said, while twirling around and around me with a maddening grin.

"Who needs it?" I said indifferently, my hands behind my back.

"You need it, not only for me but for the espionage you are about to become involved in. There is a woman, Helga, who is key to your gaining access to papers needed by the other nation. I never say its name aloud. But I think you are aware of our entanglements. No woman would suspect you of counterintelligence. But you need more than your boyish Italian charm to seduce a high-powered, politically savvy woman. A woman with dangerous liaisons and little time for pleasure wants the best. You must be able to keep Helga satisfied. Don't look so frightened. This is an important assignment, but I will be coaching you every inch of the way."

"What have you done to my willpower? What kind of spell have you cast? I tried but was still unable to rise from this chair. I will not do espionage under these conditions, Madelaine."

"Oh yes, you will. Sir Phalatrope, the magician, will see to it. He is my dearest friend, adviser, and coconspirator. As for me—you can be sure I have not wasted my time. In addition to my doctorate in erotomania, I have also delved into hypnotic control and witchcraft."

Slowly, separating those gigantic golden orbs that swelled grandly above her skintight Spanish costume, she pulled out an enormous emerald that hung from a gold chain.

"A treasure from Sir Phalatrope," she remarked, swinging it back and forth inside a shaft of sunlight that split the jewel into iridescent rainbows. I felt myself dissolving into their rays.

—

My hands were shaking and perspiration ran down my arms and back. For a second I placed my hand over my heart, which had greatly accelerated.

"I cannot believe what you have done," I said aloud as I threw the galleys to the floor. I watched as the long pages curled up like gigantic snakes.

Without even checking my appearance in the mirror, I ran down the empty corridor and turned the corner to Garreth's room. I waited, calling his name and then banging wildly on the door.

"Marlane, I was hoping you'd come. But what is wrong? You are trembling all over. What has happened?"

"He's stolen my characters," I cried. "He's taken characters and ideas from my novels and mixed them with his; how could he do such a thing?"

"Come inside. Please!"

"Do you hear what I'm saying?" I screamed after he closed the door behind me. "He won't even allow me to have my own novels. He's trying to invade my innermost self and become *me*!"

"I wish I knew your work better, Marlane. All I've read is the excerpt they printed in your introductory bio. Calm down and tell me more. Let me hold you." Garreth reached for me.

"No. No one's going to touch me. He's going to pay for this! It's plagiarism. He's taken my Madelaine, the magician Sir Phalatrope, Ferdinand the tattooed clown, and more. After insulting my work for years, he decided it was his to mutilate. I won't allow this!"

"I'd be furious if someone stole fragments of my music and used them. And I'm sure someone has. But I thought your father had written in the crime genre."

"That was just a trick. He's woven my fantastic characters and my personal language into the plot of his ridiculous crime novel."

"In his own stupid, selfish way, he loves and admires you, Marlane."

—

"Have you noticed the speeding up of events, and the growing complexity of our days?" I asked Nadia. She laughed, almost dropping her pile of menus and nearly falling over the platformed sandals she had begun to wear at the request of my father and that I knew to be identical to those my mother wore in her youth.

"Memory House has always had periods of change and turbulence," she replied. "I find it invigorating. I have endless energy since my psychic and sexual needs have been taken care of by you know who."

"I have been reading my father's novel..." I began.

"Isn't it wonderful?"

"You know my writing, Nadia. Didn't you notice that he's stolen my ideas and characters?"

"He's learned his craft from his own daughter; you should be honored."

"Would you be honored if another poet borrowed your undersea imagery?"

"Some of my disciples write very much like me, Marlane. But I know they'll find their own voice someday."

"My father will never find a voice. He's dead inside."

"How dare you say that! What Lion feels for me is so intense, so beautiful, that I'm happy for the first time in my life."

"I'm *also* in love," I said.

"I'm happy for you, Marlane, and from now on I suspend all my harsh judgments concerning Garreth Styne. Unless it's someone else?"

"No, it's Garreth; he's the most wonderful man I've ever met. No matter what has come before, I almost believe in his love."

"Almost?" she asked.

"Nadia, I've been depressed since my treatment in the hothouse. Even more so since Solomon's death."

"You're doing very well, Marlane," Doctor Amazing said, stepping forth from behind the dripping marble fountain. "Yet I've been haunted by the feeling that we did not finish. I want you to consider one more try."

"In the hothouse?" I asked, feelings of fear and happiness colliding.

"Yes, in the hothouse, but only for a few hours. Right now!"

"Right now?" I asked, following behind him. "Why?"

"After Solomon's tragic death, I've vowed not to hesitate again."

We neared the translucent door to the hothouse. "I thought we had done enough," I said.

"But you must feel that something of a cantankerous nature is still lurking."

"I feel sadness and hopelessness and don't know why," I said.

"Exactly! It's a silent, persistent pain that is still hidden inside the white bungalow. I missed something." He added, "This isn't the usual procedure, Marlane."

"You said it has to do with Solomon's death."

"Did I? Since his death I'm not myself. I can't afford to make a mistake like that again."

As we entered, I exclaimed, "The beautiful tropical birds! The jungle plants. It's more vivid than I'd remembered."

"It seems more real because you don't have the fevers. I am going to put you into a light trance."

"I'm scared. What will happen to me?"

"Only good things, Marlane. I will use your favorite sun lotion as well as the odors of ocean mist, rotting wood, and oilcloth. Now lie down on the cot. It's the same one you were on before. Yes, try to relax. Now close your eyes. Think of the most beautiful place you have been to. What is it?"

"Aspen Mountain in a sun shower."

"Good. Go there, Marlane. Look, the bright sun is breaking through dark rain clouds. It is warm and the breezes are gentle and soft on your arms. Touch the shower of rain that is refracted by the sunlight. Enjoy the rainbow. You are seated on a rock. You are safe and relaxed. The smell of jasmine is sweet. You can feel it going to your head.

"Now take a deep breath. You can smell the sun lotion your mommy rubbed into your back when you were a little girl. Feel the sun burning into your back. Smell the wet, salty boardwalk. Your uncle Ezra is buying you cotton candy. Yes, have some with me. I want you to taste the pink fluff. Feel how the cottony sweetness disappears on your tongue. Breathe deeply. Talk to me. You are safe here. I won't let you experience more pain than you can bear. Take a very deep breath, Marlane, and smell the Browntone Lotion. Breathe it in. You are there on the porch steps outside the white bungalow. The sun is hot. The red-and-blue striped awnings are blowing softly in the wind. Don't be afraid. Walk up the porch steps. Good. Now open the screen door and go inside."

It could be sunlit and hot outside with incessant sounds of bees buzzing in circular motions. The sun is hurting my eyes. But the bungalow is dark. Inside it is so cool I shiver. A breeze is on the back of my neck.

DADDY, DON'T YELL.

It is never brightly lit either. Window shades are always pulled down. It isn't even summer inside. They talk softly, secretly in whispers, or loud in angry shouts. Sudden high pitched giggles pierce the air.

He yells, "Can't you two shut up. Can't I ever have a moment's peace? Can't I read my damn newspaper in quiet? And what are you laughing at all the time?"

"They're two hyenas, don't you know, big shot? Not two little girls; two hyenas."

"Who asked you, you old witch?" my father says to Grandma. "You don't know anything, you have no education."

"Get in here, you," my mother calls, peeking her head out of the door for a minute. "There's nothing out there for you, or me for that matter. It's time for a special talk about the bees."

I go inside, there where she sits dreaming far away or sadly smoking, staring at a tree, my good, wonderful, beautiful mommy.

"You look awful," she says, "with those little blobs shaking in your shirt. Beware, Marlane, the stench of evil. They—boys, of course—will

try to do things to you with their peckers, you know, down there, and inside out, and pound those little things sticking out there. Dirty things, but be a good girl and don't cooperate. Run for your life if one of them even tries, and always wear shorts so they can't see under your dress and think dirty thoughts. Remember to always keep your bloomers on."

"Is it over yet?" I called out to Doctor Amazing from inside the room where she had drawn the blinds, where she hid from Daddy and me. I had to swim hard upward, being stuck at the bottom of the sea with all the terrible weight on my head. "Please!"

—

"It's all right, Marlane. You're doing just fine. I'm right here. Hold on a little longer. It will be worth it in the end," he promised. I could picture Doctor Amazing but not see him with his warm orange eyes and golden brown skin right there taking care of me.

—

"It isn't just that, Marlane dear, and I didn't mean to frighten you, but it's just as well you know they carry diseases on it.

"Other things have come to my attention, that you are the reason for the change between us. Your birth interfered with that dream of Cinderella going to the ball. For I was a little shabby in those days, your grandma having come here with all those children and nothing else, until your father came and took me far away into the land of snowflakes and other diamond-studded dreams.

"Until you came along to spoil everything. Why did you have to do it? It was all work after that, and lamb chops and patties and baked potatoes. No more ball gowns or sweet kisses like at the beginning. That's all I ever enjoyed was the kissing in the movie balcony and in the front of the car where nothing else would ever happen because we knew it then; the quickest way to marry was not to give in.

"There was a sweetness down there, you know where, when Lionel kissed me like chocolate, but after you were born it changed down there. His kisses were wet, like he forgot how, and I never felt it again. After you were

born came the diaper stink, which I never was good at, or the puke and fevers."

"I never meant to do it, Mommy," I said to her.

"You did nothing wrong, Marlane," Doctor Amazing said. "Isn't it ridiculous for a child to be blamed for her mother's disappointments? It had nothing to do with you, Marlane."

"Can I come out now? Must I stay there in the bungalow?"

"We're near the end. Only a little further to go. Can you do it?"

"Yes," I said unenthusiastically.

"Don't forget, Marlane, that you have more strength than ever before."

—

That icy breeze is always in the corridors, behind doors, flooding the bedrooms, which are endless. How many bedrooms can one bungalow have?

My cousin Debra is standing outside Aunt Minna's bedroom, her ear pressed against the door.

"Debra," I say, "what are you doing?"

"They hate us, Marlane, did you know that? Listen to our mothers."

Now two ears are pressed to the door, where the frigid mothers hide from their daughters.

"The mouths on those girls, Debra's is the biggest mouth in the world. She and her father, she and her father. I don't even like her—you know the way you loved them when they were little cute helpless squirmy things, Ruth."

"Not me," my mother says. "Even then I didn't love her, but I knew I should. You know me, I never could."

"When Debra got that mouth and those hips and tits I lost my feelings for her. And Marlane? Who is she? Who are they, those strangers stealing our food and time and life and our husbands? Don't you see Lionel and Ezra eyeing their tits? And don't think the girls don't know. God knows what goes on behind our backs."

"Oh, not that. You know fathers. Who could trust a man? They think the brand-new pussies are theirs."

"Let's send them away somewhere," my aunt jokes.

They both break out into loud, hysterical laughter.

"If we only had money for overnight camps or something, we could send them away. I've had enough of it."

"Me too. I've had enough of those strange women."

"I'm not a woman," I find myself shouting behind the door. It's breezy, always breezy, and cool in the dark hallways. A chill goes through my body.

"Me neither," Debra shouts. "You hate us, you hate us, and now we know, and you can't tell us anything anymore or pretend."

"Those dirty sneaks have been listening at the door," my mother says.

"Debra," my aunt Minna calls out, "you despicable one, everything in the world is pretense—nothing but pretending to like it when you hate it and the way it smells when he takes off his shoes after a long hot day. Pew! Go streetwalk, the two of you, you're nothing but whores with your wiggling asses and bouncing tits. Get married and leave us."

"Yeah! We will," Debra shouts, banging the door so it opens, and we see them sitting on the bed in their shorts with their fleshy thighs and painted faces. "We have plenty of sailors, Christian sailors in white or blue tight suits who smell like honey. Just like it. They'd be glad to kiss us—right, Marlane?"

"Take this ice-cold bungalow and those dirty-minded fathers and leave us alone," I shout, seeing my mommy's face smile. She puffs her cigarette and looks up at the ceiling. "It wasn't my fault, Mommy, that things changed, that Daddy is mean, that I'm here in your life. I didn't want to be, I didn't ask to be, you ice-cold bitch."

"We'll get warm in the Navy yard," my cousin Debra says, smiling and rocking her hips back and forth so our nasty mommies look away.

"And don't come back, ever!" they shout, laughing loudly and looking into each other's faces as Debra and I run down the boardwalk laughing until we cry, until the tears flood the whole boardwalk, and we sob our insides out.

"Next time you run away, you tramp, and worry your mother, you'll be put in a reformatory where they keep girls in cages and never let them go out. You see this," Daddy says, unbuckling his belt and hitting it on the floor, "I'm going to teach you a lesson."

"It's not necessary," says Uncle Ezra, running out of the bathroom with a towel around his waist and long earrings hanging from his earlobes. His mouth looks reddish and smeared.

"Look at your daddy, look at my uncle Ezra in earrings," I say to Debra, who laughs.

"He always does things like that. He wants to be a girl. He likes to steal Mommy's jewelry and make believe."

"I don't care! I love you, Uncle Ezra," I shout. "He is the only one."

"I never believed it," my daddy says, looking at Ezra. "But now I see it with my own eyes. The old witch was right. You're nothing but a sissy."

"Shut up, Lionel, you're so stupid," Mommy yells. "Why did I marry you? You're an animal with a whip."

"Ezra, wipe off the lipstick," Aunt Minna says, walking down the dark hallway, not smiling anymore.

"Shut up, all of you," Grandma shouts, coming down the corridor in a red wig, shaking her finger at everyone. "It's your fault they're bad girls. They see things they shouldn't see in the bungalow. And no Shabbos. You're all goys and your children are goys too. You'll burn in hell. Imagine the police bringing them home, and don't think they wouldn't take advantage themselves. The Irish, with all their beer. Let me smell your mouths, girls, open up. Have you been drinking with the goyish sailors? Grandma knows everything. I'll take them. I'll get a house and take care of them and bring them to the synagogue. What do you expect when you don't keep kosher?"

—

My father spent his days alone. At any hour he might be seen pacing the lawn or walking up and down deserted hallways. I wondered what had become of his jubilance and optimism about himself and Nadia.

"I see you've been avoiding me," he said as I finally approached him.

"So what?"

"So what? Is that how you talk to your father? You have no right," he said sadly.

"Why is it that in our relationship only you have rights?"

"Why? I created you. Without me you'd be nothing!"

"Don't be so sure! I want you to know that I am very disturbed by your plagiarism of my work!"

"You are a moron," he said. "All I did was take your insane writing and iron it out. I combined it with action, adventure, and ordinary people. I thought you'd be happy! I thought you'd thank me. My plan is for both our names to appear under the title."

"NEVER, NEVER, NEVER," I screamed. My face was dangerously near his shrunken one. "You're the one who's insane. You can't plagiarize my novels like that! There are laws against it. In fact, I'm going to call your editor and tell him or her. I'll bring in my novels as proof."

—

My father laughed. It was a choked sound. "Have you forgotten that I'm legally dead? It's being published posthumously. I have someone in the other Memory House pretending to do the rewrites. The corrected galleys will be sent to him tomorrow. All he has to do is mail them to my editor with his signature on them. By the time you're out of this place my book will be published. My name will be known all over the world!"

"Over my dead body!"

"Why have you always been so difficult? I only want the best for you. I always have! That hasn't changed. I've admitted my mistakes."

"When?"

"Dozens of times. I admit them now. I got angry. I screamed and threatened and belittled you all your life. I just wanted you to do as I said."

"You still do. But I won't have you stealing my creative work. Take my characters and writing style out of your novel! If you don't, I'll sue your posthumous publishers."

"You just try, daughter! I'm the one with friends in high places. You were always afraid to open your mouth!"

"You don't have a friend in the world, dead or alive. And how come you're not with your Nadia?"

"We're together all the time. I just haven't been feeling well. I can't keep up with her. But I don't want to stand in her way."

"Aren't you magnanimous," I said, turning to leave.

"Don't leave me. Please!" My father began to cry. He took off his glasses and wiped his eyes with his cloth handkerchief.

"Why are you crying?" I asked.

"You've broken my heart," he said.

—

When I reached the beginning of the wooded area, I looked back. My father seemed frail and vulnerable in the chilly spring air. I watched as he took a few shuffling steps.

—

I walked with my head down. The sun came out suddenly, warming the deep shadows under the trees, the leaves shown barely green, hardly born.

—

Nadia was smiling as she entered, waving my long-awaited menu in the air.

"I really did my best. This is the fourth one. I tore all the others up. Of course Ivan worked on it with me, and Doctor Amazing checked it over."

"I had no idea that so much care went into the making of menus," I said.

"It's just *one* of the new developments in Memory House," Nadia said. "I want to start new systems here. Things have been too haphazard. No philosophy, excuses, broken promises. The world is broader than the two hemispheres of my brain. If necessary, a poet should take the lead in social revolution."

"Solomon's death has begun to change all of us, Nadia. But what about my father? He seems to be alone most of the time."

"Marlane, you don't know Lion at all. Where do you think these ideas are coming from? We've discussed the politics of

Memory House at length. He's playing a very active role in its reconstruction."

"Nadia, my father was in tears this morning."

"Yes, Marlane." She smiled broadly. "He's freer to experience a range of emotions now. He's even considering the past. He's taking responsibility for some of the things he did to you and your brother."

"When do you get to talk to him? You've taken on so many new responsibilities."

"I can't understand your concern, Marlane. We swim together every morning, dine together, and talk deep into the night. He accepts his physical weaknesses and so do I."

"Thank you for the menu," I said.

"I know you don't give a damn about it. But Memory House owed it to you," she said with a smile.

Marlane Frack——Memory House Menu
Post-Hothouse Treatment—May 7, 19—.

OBJECT: Separation from Father's Negative Image of her, then Return to the Society.

TIME: One to five months.

METHOD: A. Complete autonomy.

B. The No Creation Rule has been waived for Marlane as of May 8.

C. Resolution of relationship with Garreth Styne is recommended.

D. Correction of deficit areas: Develop I WANT, I WILL, I AM, I DISAGREE, I WON'T, and NO.

F. Risk-taking and spontaneity.

CHAPTER 10

THE CLOWN'S DOMINION

"I love you madly," Garreth whispered as we walked near the yellowish foam. It was early afternoon, but the sand was already burning hot.

"Love cannot exist without a future in which to grow," I said.

"As you well know, I have no future other than *you*."

I opened my mouth to protest, but he gently placed two fingers over my lips.

"Marlane, I have decided to share an important secret with you," he said, stopping our stroll and facing me.

"I'm listening, Garreth; I want to share your secrets," I said nervously.

"I have found a window to the future," he said.

"A metaphysical window?" I asked, remembering how he had pressed his ear to the earth to hear the sounds of creation.

Garreth laughed gently and pulled me closer.

"It is *not* metaphysical. But no one knows about it. Promise never to speak of it to anyone."

"I promise. Now, what is it?"

"You will see. Just follow me. We are going back into the woods. Do you have on walking shoes?"

"Yes," I said, dreaming of all the things he might show me. A bird's nest? A family of rabbits? An oddly shaped tree?

"Is it hidden in the hothouse?" I asked.

He laughed in response.

When we came to the woods, he turned in the opposite direction.

"I'm not going in there," I said. "Can't you see it's full of brambles, dead rosebushes, tangled vines, thorns, dead animals, and rotting leaves? There's not even a path to walk on."

"I know, but if you want a window to the future, you must follow me into the tangled underbrush. Over the years I have cut away a path. It's hidden by rows of bushes, but look!"

One by one, Garreth lifted up the dead bushes. They were not even rooted in the earth.

"I have made a passageway possible. Stop looking behind you. There is no one else around," he said, pulling me inside.

"I can't walk bent over like this much longer, Garreth. My back is getting stiff," I said as I followed his lead.

"Soon the growth thins out. You will see that I have carved a road."

"It's damp here, Garreth. See, my teeth are chattering."

"I know, my dear. Please bear with me. It's important. Keep on. See, I've made cuts on trees so we won't go the wrong way. It took many years of trial and error."

"Many years? But what were you looking for?" I asked.

"I didn't know, Marlane. But I had to find some way to exist in Memory House. I wanted a path of my own."

Some of the trees were alive, but most were covered with bulbous growths and tinted purple, silver, or moss green. Dozens of them bore Garreth's musical signature scratched into bare pieces between loosened bark.

"Are you sure we're not lost?" I asked.

"Don't worry; I've done this many times," he said, squeezing my hand.

I pressed on despite scratches from thorny bushes and pointed tree branches. Many times I thought of turning back, but I knew how important this journey was for Garreth. Then, finally, after we had traveled in this way for at least an hour, I saw clear daylight.

To my amazement, we exited the underbrush and found ourselves on a winding country road. There were few trees on either side, so we had a wide view of an endless meadow in early bloom.

"Is this it?" I cried.

"Yes, this path begins what I always dreamed is an opening to the future. There's more. Just keep walking. It won't be much longer."

"I feel like Dorothy in *The Wizard of Oz*!" I cried out.

"*We're off to see the wizard, the wonderful wizard of Oz,*" we both sang, skipping side by side.

The air was fragrant, cool, and light.

"I feel alive," I said.

"That's a dangerous admission. Beware; the smells of early spring can be intoxicating," Garreth replied, slowing down to a walk.

"Do you feel drunk?" I asked him.

"Absolutely smashed."

"Is it the freedom?"

"Maybe it's our involvement in a new adventure," he said.

"Look! In the distance are cherry blossoms."

"The song of a young sparrow—listen, Marlane!"

He began to conduct, raising an invisible baton toward a bird sound, rustling grass, and a grazing cow.

"Shouldn't we turn back?" I asked, stopping abruptly.

"I don't want to. Do you?"

"Not yet, but what if they discover we're missing?"

"It's happened before, Marlane. They are fatalistic about residents escaping from Memory House; they search, but halfheartedly. Missing people usually wander back late at night or the next day. Most of them have fallen asleep in the woods or lost track of time."

"And if we were missing for days?"

"It would be up to *us*. They realize that."

"What is up to us?"

"Not to blab and, in my case, to wear a disguise; if anyone ever found out that Garreth Styne's death was staged, the Memory House secret trust would be exposed."

"It's a huge responsibility!"

"Yes. But why don't we just enjoy the day, Marlane."

I agreed nervously, and we continued walking.

"It won't be long before we come to it," he said.

"What?"

"Something that I've run away from in the past."

A few minutes later, the flat, winding road turned into a steep hill, which we slowly climbed.

"That must be it!" I cried when a large, two-story stone house came into view.

"In all these years (before you came), I have never dared to go inside. Usually, I stare at the door for a long time and then turn back. I've never tried to go inside."

A minute later we were at the door.

A blue sign with antiqued gold lettering swung from gigantic hooks:

CLOWN'S DOMINION

*(THE LAST RESORT***REST & LODGING)*

"It reads like something I could have written in a novel."

Garreth laughed. "I've asked myself again and again why I was so afraid to enter. I thought of it as a reward for my self-imposed exile, yet I remained paralyzed."

"I can understand it. Just seeing a fragment of 'the Society' is a shock after all these months away. I don't think I want to enter either."

"But we must. I am certain that this is part of the opening to our future."

"What if something gruesome is inside?" I asked.

"I don't think so, Marlane. It is mysterious but hardly menacing."

"Okay. Here goes!" I depressed the lever under a large brass handle and pushed. Nothing yielded.

"Look, here's a buzzer," he said, pressing it.

We waited in silence. Then he rang again.

Finally the door opened; in its shadow stood a tall clown dressed in a black jumpsuit covered with green stars. His wide purple smile was traced in a curved line.

—

"Come in," he said hoarsely.

We glanced at each other, then followed him through a long, dark hallway, which led into a wood-paneled dining room. Along the room's perimeter were wooden booths, and in the center was an oblong stage.

"This is a rehabilitation center for alcoholic clowns," he whispered as he indicated our booth. "Most of them *are,* you know. Drunks."

We sat in silence while he served us corn muffins and tea.

"Is this where they have their meals?" I asked.

"Not really," he said.

"We train them to be waiters in an authentic situation. We call it en vivo training."

"Do enough people dine here?" Garreth asked.

"No; we use dummies. They are electronically programmed to order a variety of meals. The clowns must wait on them exactly as if they were alive."

"What happens when they learn to be waiters?" I asked.

"In the end—and understand it's a long journey from clown

to waiter—we apprentice them to restaurants. If they fail, they come back for further study. We ask no tuition. We expect contributions, but they are voluntary. I am a clown myself, as you can see. It is just like a family. One clown understands another."

"What's the matter?" I asked as he suddenly slumped to the wooden floor and sat bent over, his face in his palms.

"I have told you a lie. There is more to it than that. The important thing is that they come to life. Clowns are dead people. It takes some of us years to find our tears. We work on it all the time. There, go out this door into the garden. Look around. Participate. You've come this far; it would be cruel to send you away. You may find our exercises helpful. You both bear more than a slight resemblance to clowns."

"Thank you for the tea and muffins," I said, rising.

"Good luck!" thc clown callcd.

Fingers entwined, Garreth and I walked rapidly across the dark floor and into the sunlight.

"I feel like I've met him someplace before," I whispered.

"I doubt that very much. Marlane, look at this!"

About twenty clowns were sitting silently in the sunlight, their faces turned upward, their lips slightly parted.

"They're all in costume," I said, observing their brightly patterned legs and buttocks, which were pressed into the grass. Most sat in a half-lotus position.

As we tiptoed past them, I heard mantras chanted in question form. "Am I an orange? Am I light? Am I a tree trunk? Am I a butterfly? Am I no one? Am I only a fabric to bedazzle?"

"It's incredible," Garreth said, bending closer to hear each word.

"Like a dream," I whispered.

Some of the clowns studied us for a moment and then turned back to their questioning.

"Are you sure you haven't been inside before?" I asked Garreth.

"I am absolutely sure, though I did see clowns leaving and entering. I find clowns intriguing. I hope they'll let us sleep here and leave in the morning."

"What are you thinking? I haven't resolved my conflict with my father. And there's Nadia. And Lenny; I don't even know how I feel about him."

"Marlane, I only spoke of staying one night."

"But that's not all that's on your mind, is it?"

"No. But I would never try to coerce you into leaving Memory House before you're ready."

At that second something sharp stung my shoulder. I shrieked. In a second the meditating clowns crowded around me, some laughing cruelly and others offering sympathy.

"Clyde is just beginning to express anger. He has little self-control at this point," said a very short clown with a high-pitched voice who was dressed in lavender. "He's made himself a slingshot to shoot straight pins."

"That was a terrible thing to do to a woman who hasn't done anything to him!" Garreth said as he dislodged the needle from my shoulder.

The tall purple-mouthed clown who had welcomed us came out of the open doorway carrying a tray of antiseptic spray and bandages.

"I'm sorry, lady," a surly red-hooded clown uttered from smudged scarlet lips. He wiped saliva from his chin while avoiding my eyes.

"He's *supposed* to do bad things," the lavender clown explained.

"This really hurts. What kind of a place have we come to?" I said as Garreth rubbed my shoulder.

"His vicious act is progress," the tall clown explained, "for a clown who refuses to look inside himself. We clowns refuse to feel, so if one of us does let an urge escape we would be fools to condemn him. For Clyde, that nasty pinprick is the first step toward life. I speak of what I know, for aren't I a clown, and isn't the inside of myself dark, crusted, suffocating, and fruitless? It is just a pile of rot. Inside is a cavity that keeps growing deeper. What I do is fill the hole with the pain and tears of others. Even their laughter helps me."

"His voice is familiar," I whispered as Garreth squeezed my fingers.

"I can open others," the green-starred clown continued, "and even give them back their lost lives. But in secret I wither. I escape to the fake comfort of gin. It stops the little leaks of pain. It quells desire. I don't want to want. Desire is an embarrassment to me."

I watched as a big smile appeared on his purple mouth.

"Doctor Amazing, is that you?" I called into the silence of waiting clowns.

"Of course it is, and welcome to the clowns' graveyard. It's hard to rise from one's tomb, Marlane."

"I must be a clown myself," I said breathlessly.

"Yes, you are. Any shivering, quivering being wound by strings too slack or tight is one. I, Doctor Amazing of Memory House, am a doomed man."

"You, doomed? I can't believe this. Is it a joke? Or a lie?" I said.

"Don't believe lies," the dark clown said, "particularly not your own. Clowns play day in and day out in their domain, devising games that force them to own up to . . ."

Doctor Amazing stretched out his arms and shook his head sadly. "I don't know," he whispered.

"He can't find the words," Garreth said, looking into my eyes.

"Is this the same Amazing who led me through sweltering bamboo land?" I cried out.

"Oh, Marlane, can't you understand that I've never opened my heart, though I have touched yours?" Doctor Amazing said.

"I'm disappointed in you, Amazing. I thought you celebrated yourself every day," I said.

"I knew there was a flaw in him," Garreth said. "It doesn't surprise me to find him here."

"I can be in two places at once, Garreth. Eclipsed yet noting your movements toward freedom. Or slinking here to end my bondage to bottled honey; the sour drip of gin tears through my soul like hell's furnace. Love, desire, fear, and death are scorched, then ashed."

"I want to be a clown," I shouted, "and play clown games too."

Garreth listened, patting my shoulder, smiling a fatherly smile.

"Go, then! Open the closet of ruffled suits," Amazing said, pointing to a metal door.

I ran eagerly. Exalted, I entered, grabbing at silk and satin pantaloons or fuzzy geometric vests. I emerged yellow-suited, my vest trimmed with red tulips, my head crowned with an orange dunce cap.

"That's you to a tee, Marlane," Garreth laughed. "Here, wear the gold pumps with red hearts."

Doctor Amazing laughed too—the warm golden sound that used to calm me. "You're next, Garreth," he said, grinning and giving him a slight push toward the racks.

"All these years when I saw clowns entering and exiting, I stayed outside. Look at me now, Marlane! What do you think of this half-black, half-white suit with the gold lamé cape?"

I smiled, shaking my head.

"For some reason it comes with rabbit ears," Amazing said. He looked at his watch, saying, "The games begin in five minutes."

"I don't understand what's going on," I whispered into one of Garreth's rabbit ears.

"Look out the window, Marlane," Amazing said. "Over there in the valley, the clowns who've finished with their meditations are constructing 'reality circles.'"

"I guess we're part of the troops now," Garreth said while I painted his whiskers and heart-shaped mouth blue.

—

"Go out now and join the sports," Amazing said. "Here's a ballerina to take you there."

"How lovely!" I sighed as she twirled toward us, pink satin skirt standing out above and candy red-striped tights below.

"I have been here just a week and I find myself on pointe. I have come to take you to the 'reality circles,'" she said in a husky voice.

"She's a real ballerina yet she's in clown face," I whispered to Garreth, who carefully studied the clown's chalky skin and black mouth.

"She has a man's legs and her shape is almost elderly," Garreth whispered. "We'd better get used to it. This appears to be a land of inconsistencies."

"Follow me," croaked the dancer, pirouetting up a small hill.

"Could she be Samantha?" we called out in unison as the woman fell from her pointe shoes.

"With my artificial joints and plastic kneecaps, I make a perfect clown. I want to be real, but no matter what I do I come out looking fake."

"A little like a lopsided doll," Garreth said into my ear.

"This process takes lots of time," Amazing said, appearing on the lawn.

"Have you made any progress?" I asked the dancer.

"I cry endlessly and they all applaud. I suppose the answer is yes."

—

"Reality Circle One needs one more man and woman!" shouted a clown in baggy lime-green pants who held a megaphone to his mouth. His thin white hair blew listlessly in the wind.

"He has a brandy decanter around his waist," Garreth observed.

"Join them; you're needed," the ballerina said, skipping toward the group.

As we approached, the caller began to give directions.

"Buttocks up, walk on knees, arms raised, and knees spread apart. Come, you two, unsnap your backs and put your asses in the air."

"It hurts," I whimpered, rubbing one of my knees while balancing on the other.

"Who knows? It might do us some good," Garreth said, unsnapping the back of his clown suit.

"As if Memory House was not enough, we've come to a house of inebriated, insane clowns," I said.

"Here comes the whipper," the dancer cried, with eyes wide open and mouth trembling.

The lime-suited caller jumped off his wooden crate and ran toward a fat man in maroon tights and matching clown hat sprouting a bright green feather. The belt around his belly held cans of long wooden sticks and large spools of leather.

"You too, ballerina," Doctor Amazing called. He had joined our circle and was unsnapping himself.

—

"I cry already," the dancer protested in a deep voice. "There is no need for pain in my case."

"She sounds like a man," Garreth said.

"No, it's just a sore throat," I answered.

"I must disagree," Amazing told the dancer, "whipping brings forth hidden recesses of sexual desire."

"No," she yelled, running into the valley.

"That shows startling progress," Amazing said, looking after her.

"Who in the world would want to be whipped?" I asked.

"It's part of the treatment," Amazing sighed. "We clowns are at least ninety percent numb. It's been so long since most of us cried that we're without teardrops. The ducts have shrunk. You have no idea how that salty liquid enlivens the soul."

"But is real whipping necessary?" Garreth asked.

"You bet!" the caller answered. "If you get tears, it's worth it.

Some don't even cry then. Nothing works. Now we begin. The rhythm goes like this: up asses, down on fours, walk in circles until I call. Then arms straight up and walk the knees. Then down again and breathe and breathe."

I giggled as I assumed the down-on-fours position.

"Such a small woman with a wide, wide ass," Garreth joked.

"I'd give my heart for a tear," Doctor Amazing said, staring down at the ground.

"Hadn't you noticed the size of my behind before, Garreth?" I said.

"I suppose I must have blanked it out of my mind. It's quite revolting, in a sensual way."

"What a nasty thing to say to me!" I said.

"Marlane, Marlane, let the caller peel away the skin of your frozen clown. Allow it. If you feel a sudden freedom to insult, berate, fight, or whatever, let it live! God knows the amazing Doctor Amazing can't dredge up a nasty dig for the life of him."

"Garreth, I'm afraid of the sting of a whip," I said, my arms bent at elbows, fingers splayed out in mud.

"Should we leave this game, Marlane? After all, we don't really imbibe to a fault. Hardly at all. I'll leave it if you say so," Garreth said, butting his forehead against mine.

"I'm scared," I continued, "yet I find this all-fours position playful."

"You bet it is. Even I, Amazing, feel my tongue loosening in my mouth."

"Why, then, don't we have these games at Memory House?" I asked.

"It was too soon..." he began. But at that second the twisted leather of the maroon man's rope struck, stinging my flesh, bringing tears to my eyes that then dripped shamelessly down my cheeks and neck.

"The whip smarts, miss, but it's a small price to pay," the

whipper said, bending over me, mountains of soft flesh giving off an odor of rancid onion.

—

Doctor Amazing lifted his head from the mud. "Clowns are people not fully born. We have a way of avoiding the sting and smart of the whip. I chewed the breast nipple until it was sore, then ravished diet soda cans and sour beer. But only when I discovered gin did I find my true mate."

The whipper was whipping hard on his brown buttocks while Doctor Amazing spit phlegmy curses into the ground.

"I can't cry. I can't," he moaned.

"It's barbarous," Garreth cried out when he was attacked.

"For the last time," the tired Amazing said, "stop denigrating clown customs and methods. Imbibers are tough customers."

—

The sun was bright as a bell when the whipping stopped. Clowns lay on their bellies crying into the mud while others, dry-eyed, watched with envy.

"Now what? Don't tell me we just lie in the mud until the sun eats up our tears?" I asked.

"Don't you know me?" a tall, emaciated clown in gray and pink asked. "I also came from your other house after leaving the kingdom of dripping paint forever."

"I think it's Henry Chase," Garreth whispered.

"I heard that loud whisper. I am Henry, as you guessed. This is the end of the line, my friends. When Memory House kicks us out, this comes. It took Minna's wedding plans to wake me. I even admitted my part in the drama. The way I beat her into a little corner and went around with young girls. Punched her too for no reason. I thought I had the right. We abstract expressionists were drunkards and treated women like shit. I want only the chance to love again. If anyone could want me."

"Don't you want to pick up a brush and paint?" Garreth asked him.

"No, that's all done. I had that. Why repeat myself? For me it's finding out about love. But let's continue with our games. Now we go on to the next circle," Henry said.

"Thanks, Henry; we'll meet you down there. I have something to tell Marlane," Garreth said.

"I know when I'm not wanted," Henry said, a tear on his bony cheek.

—

Garreth grabbed my elbow and led me abruptly around to the other side of the clowns' building.

"Stop pulling me! My father used to drag me around like this," I said.

He stopped walking and pushed me gently away from him.

"I'm sorry, Marlane. All this is my fault. It was my idea to leave Memory House and to enter this one. I never thought it would be this strange. I feel like I'm on a roller coaster with no control over anything. Doctor Amazing in clown face, the games, whippings, and other residents are too much for my brain. Besides, all I want is to be with you. I had a different vision of what lay inside. I imagined a place where no one knew us, where we could relax and get to know each other. It's not happening. I'm afraid I'll lose you in this chaos."

"Didn't you say we should give the games a chance? I am usually the fearful one."

"Marlane, I have been trying. I felt reckless and optimistic at first, and you were such a brave woman to come with me. Now I want only to merge with my Marlane in every way," he said, pressing himself against me.

"It's too soon for merging, kids," Amazing said, appearing from behind a magnolia tree. "Sorry, but I overheard."

"Why do you say it's too soon?" Garreth asked.

"Because Marlane's not ready. Her heart is full of hesitation."

"But now that you're one of us, how can I trust you?" I asked the dark clown.

"You can trust me because of your knowledge of my flaws. I am no tin man. I will come back for you later, Marlane. As for you, Garreth, go slowly for her sake and yours."

"I do trust him," I said to Garreth.

—

"Aren't the breezes soft?" Garreth asked, holding me gently.

I looked at his black-and-white face and laughed.

"What are we doing here dressed as clowns?" I asked.

"What other choice is there, Marlane? Even you don't want to stay in Memory House forever. I hoped there was something here for us."

"*Us,* always *us.* What is this *us* you invent every other moment?"

"I thought you felt it too. Don't you believe that we belong together, Marlane?"

"Not at all. I think you pulled me into something before I could decide. Everything here is topsy-turvy. We may never escape."

"The world is full of surprises, Marlane. Why can't we enjoy them together? Is that so hard?"

"It's obviously what you want, Garreth," I said bitterly.

"And you?"

"I don't know what I want. I have a husband."

"Marlane is faltering," called Doctor Amazing from a tree branch directly above.

"And I thought she loved me. Amazing, shouldn't lovers weep together and be clowns marching side by side down roads and up mountains? Despite the passage of time each meeting could be a new adventure," Garreth said.

"Don't you see, Doctor Amazing, how once again someone is choosing everything? He's so sure and so loving that I am lost."

"That makes no sense to me, Marlane," Garreth said.

"He's doing all the choosing just like my father," I said.

"So he is! You must have your turn. Go, Garreth, continue with clown circles or rest in your room. We've given you 711. Here's the key," he said as Garreth looked at me forlornly. I waved listlessly as he put the key in his clown shoe and walked slowly in the direction of the games.

"We have some work to do," said Doctor Amazing, taking my hand.

"What work?" I asked in a tone of annoyance.

"Marlane, we're going to explore the mystery of your bungalow once more. Come!" Doctor Amazing took my hand.

"Why? I thought that was all over. When I threw them out of the white bungalow I thought it was finished. Then you took me back again. It was terrible!"

"It's time to go back there once again. Something is still missing. The way you run from Garreth. Your indecisiveness. It has to be there."

"No! Nothing is missing! I won't go! I don't want to see the bungalow again."

"Please! I beg of you to let me free you. I have nothing else. Don't you understand now? I'm at the end of the line."

All the time he was leading me farther away from the games and clowns, I looked back wistfully. When a brick tunnel appeared in the distance, Doctor Amazing stopped.

"We're going through it together," he said.

"I resent this," I heard myself saying. "You were very abrupt, intruding upon Garreth and me like that; I have no desire to go on another of your journeys. Besides, you have work to do yourself, don't you? Perhaps another round with the whipper. You're still thinking of Sol's death, aren't you?"

"I think of it every day, Marlane, but this has nothing to do with it."

"Until you solve your own feelings about his death you should leave me alone!"

"Is that my little Marlane? I can hardly believe my ears. And yet it makes me certain that you are strong enough for any journey. Before you know it, you'll be back."

"We're done, done with the bungalow," I chanted.

"I won't pull you, but please go through to the other side," he said when we had reached the yellow brick structure.

"Are we here already? It seemed farther away," I said, looking through the dark tunnel. To my relief, there was sunlight at the other end.

"Okay," I said, and ran right through.

"Excellent," he said, clapping.

"Where is the room?" I asked, emerging into a meadow of trees.

"No room. We will work here in the shade of the old ginkgo tree. I like the odor."

"Pew!" I said.

"I have my scents and applicators inside the tree trunk," he said, reaching into a hole.

"Voilà!" he said, bringing forth a small palm tree, a fake parrot, and his tray of bottled scents.

"Lie down, Marlane. Right here beneath the fan-shaped leaves."

"What are you going to do to me?" I cried.

Doctor Amazing looked at me silently.

"Marlane, I was no part of whatever was done to you before. I am only your guide."

"I'm scared," I said. "Each time I'm more frightened."

"Close your eyes and breathe deeply. Inhale these scents," he said, gently pushing the swabs up my nose.

"Johnson's Baby Shampoo!" I exclaimed, feeling my body relax.

"That's it. Way back when you were three or four. What is your name?"

My name is Marlane and I like the way my peach dress moves around me. My socks and panties are dry and soft. I wish the curls didn't take so long and hurt. I don't want to wear a hat. I like to see the squirrels run. They look soft. So is my cousin Debra. She was just born. I like to touch her soft thighs and tiny tiny toes. I kiss them. I love her. I want to be a mommy too. He runs right by jumping and curling his long tail. I want to play with the pretty squirrel or the pigeon with white feathers but I stand still watching. It's lonely with Mommy talking over there forgetting Marlane. I'm hot. My hat is bothering me. It's too tight under my chin but I say nothing. I'm too quiet. A shayna madel but zooks nicht a word, *my grandma says. I went on the wrong horsey the other day. I didn't say it. I wanted the black one with red lips and a pink tongue. I love his gold reins and long tail. But Daddy lifted me onto the white one. It doesn't move, Daddy. It doesn't go up and down. I have an old birthday box for all the things I want. When I learn to write I'll print them out. Now I draw with Crayolas. I hate the white horse so much. If Daddy wasn't waving and smiling each time I come around I would cry.*

"No, not the bungalow!" I shouted as he brings it closer. It's too white. I hate white. I hate the white horse. I hate the blue-and-red striped awnings and the smell of burnt lamb chops.

The white bungalow is full of clowns I never saw before. Even Mommy and Aunt Minna are wearing short clown suits with their plump, tanned legs showing below the shorts. Oh look! Their clown shirts have holes cut out for their breasts with those hard brown things that point. Distorting mirrors line the walls of the haunted house. "If you go in the haunted house, you get chicken pops, don't you know," Debra says. "Or whooping cough. Then they make it dark and you can't get out of bed."

"Don't talk about chicken pops anymore," I shout.

It was last summer I had the chicken pox. My eyes hurt and Mommy sighed and pulled down the shade. When any of them came into my room they looked like giants. Mommy didn't take my temperature. She doesn't like to put it in there but Aunt Minna did. It was high so she rubbed alcohol on my head. I hate the smell.

Jell-O all day and Pepsi-Cola. That is good but I want to go to the beach. Debra goes every day and I can't. She can't come too close to my bed.

She could catch it. The giants hurt my eyes and their voices are too loud so I stick my fingers in my ears.

"Deeper," Amazing said, spraying scents of flowers in the clown's bedroom. Empty gin bottles were lined up under the bed. "It is harder without fevers but there is no time for induction. I don't want to lose you, Marlane. You are at the doorway to the self. Our journey was incomplete, but we've both come a long way since the beginning. At times I have been close to squeezing out a tear."

"Are we doing all of it in our clown suits?"

"Of course. We *are* clowns, Marlane, and now we will take a steep, awe-inspiring, terrifying jump."

"To hell?" I asked, as he coated my face with Browntone Lotion. "It's delicious," I gasped. Banana oil too, clover, deep dark roses. A raindrop on the petal. The boardwalk wet, the ocean black with angry waves.

"You are a child of eight or nine," Amazing said, taking my hand in his.

"No, I don't want this journey."

It's too far away. Sweet lilacs. I suck them in and my fingers tingle. The grass is always dry. My uncle Ezra comes inside bouncing a ball across the linoleum floor. It is white with red stars. He wears a turban and his lips are painted red.

"That's my ball, Uncle Ezra, isn't it pretty?"

"You are. You're my favorite," he says, unbuttoning my white pinafore. I giggle and hold my arms around myself where tiny breasts have begun.

"Everyone's at the beach," Ezra says, "and you're almost over the chicken pox."

"I'm supposed to lie still," I say.

"And so you will. We will lie still together in the darkened room. Nothing wrong with that, is there?" He holds the monkey puppet, my favorite, who is giving birth to ping-pong balls.

I laugh and laugh but something hurts in my belly.

"All too soon you'll be a woman and nothing could be worse," he says.

I am so stiff and straight lying next to Ezra. Is he really my uncle Ezra?

"The game," he says suddenly, "is this: I touch you any place I want. Then you have a turn."

"Is it a real game?"

"Sure, Princess, I play it with Debra all the time."

"Why do you dress like a woman, Uncle Ezra?"

"It harms no one, and I like women's undies and silk stockings. It would have been better to be a girl."

"That's ridiculous, Uncle Ezra." Then I laugh, beginning to enjoy it. "I love you, Ezra," I say.

"I know," he says, taking my hands away from my tiny things and looking at them. "Later, Marlane, we'll have ice cream cones," he says, touching them lightly for a second. "You go first, Marlane."

I do. I put a finger on his cheek.

"Good. Now me." His hand is under my chin but slides down to those lumps again.

"No private parts," I say without looking at him.

"The rules of the game say any part and all parts," Ezra says, "are equal. But I won't hurt you. You're my favorite girl."

"Not Debra?" I ask.

"No, not Debra. Just you."

"We could switch," I say. "Daddy could take Debra and you could take me."

"A great idea," he says. "Now on with the game."

Doctor Amazing was wiping my forehead with a cool cloth.

Then his fingers crawl up my legs and touch me there.

"Don't touch me there. Don't do it."

"Shhhh," he says, and tickles me again down there.

That's when Grandma rushes inside, banging the screen door. Uncle Ezra is standing up, smoothing his turban.

"What are you doing with the kint?"

"Nothing, Mama. Mind your own business."

She hits him over the head with a dustpan.

"He blamed it on me. He lied. And I loved him so much. Ezra

was the only one I loved. He said I had tricked him into it and that it was I who invented the touching game. I didn't. I swear I didn't."

They imprison me inside. "She's not coming out of that room for the rest of the summer," Mommy says, the veins standing out on her neck.

"You're right, Ruthie. She's too precocious."

Ezra says that, never never looking into my eyes. I am locked inside. The door is opened only to bring me food. Except for my grandma. She knows and spits on the floor when she passes Uncle Ezra.

"Ruthie, Ruthie, it's a sin the way you treat your kint," Grandma says.

Mommy laughs back and puffs her cigarette.

"It will teach her a lesson," Daddy says. "When she comes out she'll be over the chicken pox and she'll be a more obedient girl."

I hate being in the room all the time but I don't cry. Sometimes when no one is looking Ezra knocks at my window from outside. He is working in the garden bare-chested. Sometimes when the furry monkey climbs up the window to see me, I feel better.

"We'll be watching you very carefully, Marlane," Daddy says. "Ezra told us what you did."

—

"Why did he lie?" I asked as Doctor Amazing and I exited the tunnel that had separated us from the rest of the clowns.

"Here, let me wipe the precious tears from your eyes, Marlane. You know the answer. Your uncle Ezra was afraid he'd lose everything if he told the truth."

"Garreth reminds me of Ezra in many ways."

"Look, there is your Garreth walking toward us. Do you feel up to seeing him now?"

"I feel fine, Doctor Amazing."

When Garreth neared, Doctor Amazing put one arm around his shoulders and the other around mine.

"The clowns have a special room for lovers. I think you'll both enjoy yourself there," he said.

"Wonderful!" Garreth exclaimed.

"I don't see where a room for lovers fits in with the games," I said.

"Why not, Marlane? Isn't true love the ultimate game of self-revelation?" asked Doctor Amazing.

"What is the Clown's Dominion all about? I don't understand its existence," I said, ignoring his question.

"Haven't you guessed that it is the final step, Marlane?"

"To what?"

"To your total renewal," Amazing said.

"And then?" Garreth asked.

"And then, hopefully, you each take over your own life."

"I'm tired. I never expected all this," I complained.

"Good, Marlane," Amazing said. "Sleep is not out of the picture. There are always choices."

"What a cliché that is," I said, laughing at him.

—

He led us through the game area and back into the dark wood-paneled dining room.

"Up these steps," he said, taking them two at a time as Garreth and I exchanged puzzled glances.

"In here," he said, stopping in front of one of the wooden doors. "After your escape, and the games, you'll appreciate the water room. I'm sure of it." Doctor Amazing turned a brass knob with a fish etched into its center and pushed open the ordinary wooden door.

"I can't see a thing!" Garreth exclaimed, taking a small step into the darkness.

"I hear the sound of a waterfall," I said, following Garreth inside.

CHAPTER 11

THE WAY OUT

"Stand still for a few seconds. Gradually your eyes will become accustomed. There is some very low illumination. Darkness is necessary for deep, honest communication. Between lovers, of course. You see, I am the creator of this room. Although I don't like to admit it, men in particular are easily distracted by visual stimuli. Their speech becomes disjointed and fragmentary, their concentration minuscule in lighted arenas." He laughed heartily. "Before you close your door, please disrobe. Throw your clown suits outside. They have no place in the water room. There are black and purple towels hanging from the ceiling if you feel the need to cover yourselves."

"One outrageous experience after another," I complained. "This is what my life has been like outside. People's desires and fantasies are presented to me and I'm supposed to comply."

"Marlane has a point, Amazing," Garreth said. "What in the world are we supposed to do in here?"

"Exactly as you like," Doctor Amazing replied. Then, smiling and waving, he ran down the hall and onto the stairway.

"Come here," Garreth whispered from a fur-covered bench on which he'd seated himself.

"The carpet is so thick and soft," I remarked as I walked around the periphery of the room. Garreth watched me as I pulled down a large towel and wrapped it around myself. "The water's in constant motion," I said, staring into an oval pool in the room's center.

"It creates a nice lapping sound. Come here, Marlane. Please. I feel as though you're avoiding me."

"Let me want to come to you. I'm exploring." I found a light switch. When I flipped it, a soft green light flooded the room. "Don't you see? The room's intent is too much for me," I said as I seated myself cross-legged on the soft carpet.

"If there's a lesson here, Marlane, it's adaptability," Garreth said.

"I've had enough lessons for one day. You brought me here and I resent it. I'm very angry about the whole thing. I am pulled and pushed wherever I go. Even by Doctor Amazing."

"Marlane, I'm sorry you're so unhappy, but I had no idea what was inside."

"I don't believe you anymore. And I don't like a room or a man dictating my activities."

"I understand that, but why can't we decide what we want to do here, Marlane? This room seems adaptable."

"It will end up being what *you* want to do and what you want me to do."

There was a loud knock at the door. I opened it to the whipper, who had brought a basket of wine, cheeses, and fruits, and two black silk bathrobes.

"You won't be disturbed again," said the clown.

"I won't deny it. This is the room of my dreams, Marlane. I know what I want to do here with you. But I understand how important it is for you to choose. I'll try to restrain myself."

"I want to lie down on one of those inflated mattresses floating in the water. All I want to do is float and rest," I said.

"I'll sit right here until you say otherwise."

I eased myself onto the nearest mattress and lay back, eyes

closed, letting it take me slowly over the rivulets. The air was warm with a light scent of orange rind.

"This is the first time I've seen you so relaxed," Garreth said.

"The sensations are wonderful. Why don't you get yourself one," I said.

"I would prefer to stand in the water and stroke your back," he said, rising from his bench. "Do you want me to?"

"Yes, but nothing more," I said, turning onto my stomach and throwing my towel toward the door.

He walked slowly to me, bathed in the slightly greenish light that illumined the room. I saw him hesitate, watching me, before he pulled his own towel from his waist.

The water was no higher than his shoulder.

"Your skin is lovely," he said, running his fingers slowly down my back and then in small circles. "Ask me for anything!" he whispered, while kissing my back.

I turned over for him, noticing that the motion of the water was diminishing. Its surging movements had changed to light rocking ones.

"Look into the water," he said. "Colored bubbles are coming from the bottom."

I looked down as he scooped them into his arms and let them fall over my breasts and belly. When he lifted me off my float and up against him, the bubbles fizzled between us.

"There is something in the water," I whispered. "I am turning into a receptacle of pleasure. Each touch increases and reverberates."

"I never imagined ecstasy like this," he said as we twirled, pressed together in unending circles. I was laughing with pleasure and he, I noticed, was crying.

"Something powerful in the bubbles," he sobbed as we slid back and forth, willing captives of the pleasure pool.

"I will lead you now." I heard my voice bursting through the room as sitting above, I pushed Garreth underneath the water.

My toes were hooked onto his shoulders until we rose to the surface.

"There is no stopping this," he gurgled, bubbles floating out of his mouth. "Or you," he added.

"Now onto the furry floor," I commanded as we stood up, our bodies dripping with pleasure.

We lay on the rug, breast to breast, our arms and legs tangled together, a few errant bubbles bursting on our skin.

"I'll never forget this," he said, smoothing my hair and drying my face with a corner of the towel I had thrown away.

"And I will never be the same Marlane Frack."

We dressed in our silken robes and ate the fruit and cheese.

"Even my sense of taste is heightened," I said as we sipped the sweet grape wine.

Afterward we slept deeply, still entwined, the bubbles and stars whirling around us.

—

When we awoke to look into each other's eyes, Doctor Amazing was sitting on the other side of the pool watching us.

"Although I am doomed, I've come to see how you're doing. Both of you."

"We're in total harmony. I suppose it has been brought about with the help of the water undulations and bubbles. Marlane is the programmer," Garreth laughed as I stretched and then smiled at Doctor Amazing.

"And that is how it should be and never was," Amazing said.

"However, Marlane, our business never seems to be complete," he added, throwing a rubber raft into the water.

—

Warm breezes began blowing on my skin and pulling me onto the inflated mattress. Amazing was taking it to the other end of the pool as I threw a goodbye kiss to Garreth.

"I am not really awake," I told my doctor. "So much ecstasy can be tiring."

"So it seems, and that is how I like you best on a sunny afternoon. How is it you smell of salty rind?"

"I've been in the ocean, but the waves are too high."

"Very high and fierce for a small child, Marlane."

I scream and look toward the shore. Mother, a dot of bright blue, is running herself. "Mother," I scream as Daddy pulls me farther into the deep writhing water. She looks toward us for a second and then turns away.

"Shut up," he says, "or I'll drop you down under the waves. If you continue to scream like that you'll be sorry."

I am silent; my tongue sticks to the roof of my mouth.

"Take me back, please," I cry.

"Goddammit," he says, "you are never any fun. The rough choppy water is fun and you don't even know it. Your cousin Debra knows how to ride the waves. I pinch her cheeks and she laughs."

"Don't drown me, please," I cry.

"You're nuts," he says. "Stay out of my way and don't go crying to your mother."

"I won't, I promise."

Mother is laughing with her friends under a green-and-pink-striped beach umbrella. Her stomach bulges under her bright blue tank suit.

"She doesn't like the water, Ruthie. She's no fun at all. Did you hear her screaming?"

"She always does," Mother says quickly, puffing a cigarette. "Who knew?" she says. "Just let her sit and dig, Lionel. What do you care? That's how she is."

My father sits with his thin lips pressed together. He stares at me for a long time.

"Why can't you be like everyone else?" he asks. Then he changes suddenly. He is smiling. "Look, Marlane! Look at your mother. She's always the life of the party. She's swell. She's the belle of the ball."

—

"Where's Garreth?" I asked, opening my eyes.

"He's there, Marlane. He's waiting for you in the corner."

"I want things my way for once," I told the doctor.

Doctor Amazing smiled his wide smile.

"That's a good girl, Marlane. Never give that up. Remember."

—

In a flat clearing, the oddly shaped ballerina was giving a recital.

I walked toward her while Garreth tried to pull me in another direction.

"Please! I love ballet."

"But the ecstasy. Have you forgotten already?"

"Of course I haven't forgotten, but ecstasy isn't everything," I said.

"It most certainly is," he said, his voice changing, his eyes cold. "Let's find a place where we can be alone."

"Not now, Garreth," I said, watching him recede, running way down the path leading to the highway. "Don't leave me," I cried out. Yet I remained seated.

All the clowns gathered around to watch the performance. Even the whipper was sitting up front.

"Look at the whipper!" I cried out.

"Well I'll be . . . the whipper has breasts," says a familiar-looking man who resembled one of the Memory House physicists.

"It shouldn't be," I said.

"Marlane, this shouldn't surprise you if you give the matter some thought," said Doctor Amazing from a seat across the aisle.

"The whipper is a woman!" I exclaimed.

"Female clowns wear breast flatteners. You must learn to do it yourself. Breasts don't fit in at all. Even Raggedy Ann has a flat chest!" said the Raggedy Ann clown with a quick look down at herself.

"Clowns are usually asexual," Amazing explained.

"This one isn't," I joked, indicating myself.

"Marlane," the whipper said, coming up to me, "don't you recognize me yet? I thought it was so obvious."

"I do now. It's you, Samantha, isn't it? I could have sworn you were Mr. Kaye."

"Yes, I am Samantha, and I'm going to whip the dancer's feet."

"Are you supposed to do that?" I asked.

"Certainly! Sugar candy only coated my rage."

"I heard that," the dancer said, stopping midway in her series of tours chaînés. "Marlane, you've had everything reversed," Samantha laughed. "The ballerina is Mr. Kaye."

"Mr. Kaye on pointe?" I asked incredulously.

"And why not?" the ballerina hissed through his teeth. "I envied and worshipped ballerinas. I even wanted to be one. My ardor was misconstrued. I was created to dance on pointe. Choreography is for those who have bad toes."

"Do you understand now, Marlane, that this is the final chapter for those who are ready?" Doctor Amazing asked.

"Did the other residents escape the way we did?" I asked.

"Not at all. When they are ready I move them. It's done secretly so that the Memory House residents believe they are going home."

"You mean *you,* personally, bring them here?"

"In all cases but yours. I followed your eager footsteps after seeing you slip through the brambles. I prepared to meet you."

"I see. Then this is the usual end to Memory House."

—

The ballet dancer jumped over the whip, leaped above it, and finished the dance in a series of entrechats high in the air. As I applauded, the whipper and a chubby female clown in red tights, red boots, and a short pink wig came toward me. While Doctor Amazing watched, they pulled me from my seat. Laughing gleefully, the red-booted woman dug her sharp nails into my arm.

"Stop! You're hurting me," I cried.

"It's useless! Veronica lifts weights and exercises herself daily," the whipper explained.

Doctor Amazing and Garreth, who had returned, laughed heartily as the two women dragged me farther away.

"I'm touched by your show of concern," I shouted to Garreth as he turned away. But in a second, after conferring with Doctor Amazing, he began to chase us.

When the whipper smacked her whip in front of Garreth's feet, he retreated.

"I hate men and always will," she said. "That klutz on pointe robbed me of my youth and individuality."

"Why were you dismissed, Samantha? I hear no progress in those familiar accusations," I said.

"You happen to be wrong, Marlane. I'm in the last phase of my journey. Doesn't this costume express my transformation? Aren't I the one in command? No one is going to step on me; I give the orders and whip lashes!"

"Samantha and I make some pair," said the short, muscular clown, her nails still digging into the flesh of my arm.

"Look at Marlane letting you claw her. She's a pussyfoot. You can do anything you want to her," Samantha said.

I listened silently, but my heart raced until my body began to tremble. "I'm in a rage!" I said.

"Despite all that sexy-wexy carrying-on in the water?" the muscular woman laughed.

"I'm in a rage," they mimicked in falsetto voices.

Everything went black then, until I realized that my teeth were sunk into Veronica's muscular arm.

"No one does that to Veronica!" she cried.

My teeth had penetrated her flesh, and blood gushed.

"Bitch, bitch! Help me, Samantha," she cried out.

"No, Ron. You deserved that. At last Marlane is becoming real."

I observed the blood oozing from her imprinted arm and became faint.

"If you were a man," the mannish clown screamed, "I'd kill you!"

"What the hell is happening to me?" I yelled.

"I put Veronica up to this, Marlane. We're encouraged to initiate games that can help others. Wait until you see the game I made for you with Doctor Amazing's help," Samantha said.

"Doctor Amazing helped *you*?" I asked in disbelief.

"He did. Will you come with us now?" Samantha asked.

"Yes. I'm curious," I answered, still shaking from my act of aggression. "I'm not myself. This isn't really me," I muttered.

We walked side by side. I was in the center, flanked by Ron and Samantha.

"Samantha . . ." I began.

"Call me Sam. I'm no longer Samantha Jocelyn Lewis, principal dancer of Mr. Kaye's Classic Ballet Theater Company."

"Here we are!" Veronica exclaimed. "There, right behind the Clown's Dominion, is a fenced-in clearing used with special permission. Today's psychodrama has been set up with you in mind!"

"Oh no!" I screamed as we neared the wrought iron bars surrounding the area. There was my husband hanging from a tree branch with a rope around his neck.

"I refuse to go in there," I cried.

"It's not real," Sam said. "All he is is stuffed clothing."

"He looks real to me! I know my husband's size and shape!"

"Come here," Veronica called, giving the dummy a push. "See, I'm releasing the target in his belly. We're going to do some shooting!"

"Here are the guns," Sam said, lifting a rock from the grass.

Reluctantly, I looked inside a deep hole and saw three rifles.

"This is not for me," I said. "I'm a pacifist."

"Bullshit! A little violence is what you're dying for. You proved it yourself! Look!" Veronica said, displaying her swollen, tooth-marked arm.

"I've never handled a gun before," I whined.

"The only thing you have to remember is not to pull the trigger when the gun is pointed at us or at yourself. Point the gun at Lenny!"

"I can't," I said.

Every time I looked, I saw my husband's gaunt face, bony rib cage, and crazy eyes.

"It will do you a world of good. You'll be free of him," Sam said. "We'll give you a new name."

"What is it?" I asked.

"Shoot first!"

"How could you have left me, babe, when I was falling apart? Now I'm nothing but old, stinking rags," Lenny is lamenting.

"You can do it," Amazing and Garreth cried out as they came toward the fence.

I did it. I cocked my rifle, took aim, and fired straight at the raging bull's-eye in his belly.

"I've had enough of you, Lenny!" I screamed as a hole formed right in his gut.

"Yes!" they cheered. "Your name is Mal."

"Good work!" called Doctor Amazing.

"No one will call you Alice Phallus again," said Garreth.

—

"Sam, I'll be back to work with you tomorrow after the games," Doctor Amazing said after we had cleaned up and locked the gate behind us.

"Go now, both of you. I must have a word with Marlane and Garreth."

"I can't believe you collaborated with them," I remarked to Doctor Amazing. But he just smiled.

"Listen, you'll be here for a few more days. Everything has been arranged for your departures. Garreth, I have all your documents, including a forged birth certificate. Anything not to your liking, such as your new name and address, can be changed."

"This is too abrupt," I protested. "I'm not ready to leave.

Maybe I'll go back to Memory House for a few weeks and get in touch with Garreth later on."

"Marlane, there is no turning back now. Ready or not you arrived here. The Clown's Dominion is absolutely the end," Amazing said.

"Am I to go back into the world with this face?" Garreth asked. "Won't I be recognized? After all, I was mourned and buried."

Doctor Amazing laughed loudly.

"I don't see the humor. My face is known everywhere," Garreth persisted.

"Not *this* face, Garreth. Don't you realize that your face has changed? You are a different person. No one will mistake your face for the visage of the narcissistic manipulator and brilliant composer you once were," Doctor Amazing said.

"Are you sure?" Garreth asked.

"It's true, Garreth. You don't even resemble the bitter, defeated man I met when I arrived," I said. "I barely remember that man."

"Grow a beard and dye your hair if you're concerned. But there are more important issues. Can you be comfortable with the fact that any post–Memory House achievements will be disconnected from the work of the great Garreth Styne?"

"I never thought of that. When I had my death staged, I didn't expect to compose again."

"We'll go over your new legal identity in detail before you leave, Garreth. You, Marlane, can keep your old identity, although you too are becoming unrecognizable."

"She is more beautiful every day," Garreth said.

"Where will I go?" I cried out.

You have many options, Marlane. You can go back to your husband, stay with Garreth, or live alone. We are endowed to prepay a temporary residence in any city until a resident gets on her feet.

"Uh-oh," he said, looking at his wristwatch, "I must get back to Memory House now. Perhaps tomorrow will bring me tears."

—

"Help me, Marlie!" It's Lenny's voice from the hallway.

—

"Go away. I can't talk to you anymore. Please!" I call back.

"Listen. You got to. Things are coming apart again. Open up. It's all hanging by a thread. The bones of my fingers have fallen off the thread. And my nose melted flat. The ribs broke through the skin too. I don't know why it's happening all over again."

"There's nothing I can do," I say.

"Fix it, Marlie. Please. String the bones up together. No one else knows how, babe."

"I can't do it anymore, Lenny. I forgot how to fix you. It's gone. Please forgive me, Lenny. Go away. Get someone else to do it!"

"You're not fooling me, Marlie. I know what you done. You went and ran away with another man. It's wrong. How could you do it to me? Where is he hiding, Marl? I gotta tell him you belong to me. You know it's true. We're married and that's forever. It ain't changed."

"How did you know I left Memory House?" I ask, staring at the door, expecting him to crash right through.

"Marlie, Marlie, you're my wife. That's how. What you're doing is wrong. It's even in your Old Testament. Not to commit adultery. I'm not doing it to be mean. My heart is pushing out too."

"No. I'm beginning a new life. I don't want to come home anymore!" I scream, shivering inside. I can hear his bones cracking, crawling, rolling along the floor outside, and his heart thumping loudly, breaking through his skinny body.

"I'm dying, Marlie. The least you could do is open the door."

"Will you never stop dying?" I scream angrily. But later, when the bones are silent, I feel ashamed of myself.

"Are you all right?" I call, but there is silence. He isn't going to answer me now. Not a sound. But I look under the crack of the door and see the tip of a bone, hear the uneven beating of a tired heart and the last exhalation of his breath.

I scream and scream.

—

"Do you believe I handled a real shotgun yesterday?" I asked Garreth before I closed my eyes.

"And you did it like a pro," he answered with a laugh.

"It wasn't really me . . . and yet it was," I said.

"No one was hurt, Marlane. Don't forget that."

—

The ocean waves roar around me. Suddenly I realize that my feet are touching the mud beneath. Every time a wave breaks it evaporates, leaving deposits of wild yellow flowers.

What was I so afraid of, *I wonder, as the next one breaks over me. I jump up and ride it to shore.* It is so easy, *I say to myself. When I notice that Doctor Amazing is watching, I call to him. I'm no longer afraid of being engulfed.*

"I think you finally see that the waves are only butterflies and that the progression of life is a dream," says Garreth from behind. "It is especially true if we love each other."

"You and I?" I ask incredulously.

Our eyes meet. "I thought it was Doctor Amazing, and all the time it was you, Garreth."

"I am a weaver, Marlane," he whispers, revealing the crimson web he is weaving with his tongue. "I am making a magic shawl so light you won't feel it. It fits your specifications perfectly."

"But what if I transform myself?" I say.

"Have faith. I will recognize you. I'll even step out of your way whenever you want me to. I'll reweave and reweave again. Please, please, come with me." His hand is outstretched.

I try to reach him but he is too far ahead.

—

Later that morning we ran past the meditating clowns, through the brick tunnel, and down by the ginkgo tree. Breathing heavily, he stopped to look into me.

"Are you ready yet, Marlane?" he asked.

"Almost," I said, taking his fingers in my hand.

—

Early the next morning two new clowns arrived. One wore a dazzling red velvet clown suit emblazoned with violet shields. A matching red fedora with a long red feather adorned her head. Her partner, of extremely delicate build, was dressed in royal purple, his pantaloons trimmed in black fur. Upon his bald skull sat a black hat with a black lion swinging from its tip. Their faces were starkly white except for eyes ringed in gold. And scarlet mouths.

"All clowns, breakfast is served in the main dining room," announced my pal the whipper.

Doctor Amazing, I noted, had seated himself with the elegant pair. No sooner had Garreth and I seated ourselves in a wooden booth than the red-feathered clown began to giggle.

"Marlane, I'd know you anywhere," she cried out, "even in clown white."

"No, I'm sure you're mistaken, Nadia; my daughter would never dress as a clown!" my father said.

"Lion, it's your daughter, Marlane, and she's a clown!" Nadia insisted, shaking with laughter.

Garreth and I looked at each other in silence.

"What was wrong with Memory House, Doc?" my father asked. "I was happy there."

"From time to time I clean it out, Judge," said Doctor Amazing. "The last rites are here."

"Doctor Amazing means the final push," I said, watching the hothouse smile I love.

"Who is that in the black-and-white suit?" my father asked, pointing at Garreth. "Never mind, I see she's still with the same old man. I would prefer it if you took up with a younger man, but I'm not going to butt into your business."

"I am a clown," I said, standing up. "What's more, Dad, I'm having a great time indulging in games of torture, water sex, and shotgun practice. Wait until you two get started."

"She's gotten so loud! You sound just like your mother, Ruthie. Your voice hurts my ears!" He plugged them up with his pinkies.

At that moment, Sam the whipper stood up. "Fellow clowns, let's say a prayer for tears! Oh, Creator of the Universe, please give us the salty tears of life!"

The room was silent as the clowns bowed their conical heads reverently.

"Why wouldn't you make love with me last night? You were so different in the water room," Garreth whispered.

"I can't exist just to please you. I won't swallow parts of myself anymore," I replied.

"I haven't asked you to, have I?"

"Sometimes you do. I'm not going to the games today. I need to be alone."

"I understand," he said with a hurt look.

—

My father came toward me outside. I watched as he approached in his ridiculous clown suit. Of all things, he held out a bouquet of huge brown leaves.

"I know you like unusual things," he said. "You wouldn't have wanted roses."

"I never wanted roses. These are very beautiful," I said, taking them from his tiny hands.

"I'm too weak for the whipping game, Marlane," he said. "Nadia went. That's the way we do things."

I said nothing.

"I am only beginning to live. It's a pity."

"Tears?" I said as he blew his nose and wiped his eyes.

"What can I say, Marlane? It's too late to make anything up to you. I wouldn't know how."

"Thanks for the bouquet of leaves," I called out after he had turned away.

—

I am caught with leaves, whipped around by the wind but carried safely in their orange and yellow-green wings. *Goodbye, goodbye,* they whisper. I hear their papery choral hymn of death as I soar above the last fragments of color. Then, looking down, I see the clowns. The shriveled one, in purple, now skips on bony legs—his skeleton brand-new.

—

There, below, clapping softly at my feat, Garreth awaits my return.

ABOUT THE AUTHOR

Elaine Kraf (1936–2013) was a writer and painter. She was the author of five published works of fiction—*I Am Clarence* (1969), *The House of Madelaine* (1971), *Find Him!* (1977), *The Princess of 72nd Street* (1979), and *Memory House* (2026)—as well as several unpublished novels, plays, and poetry collections. She was the recipient of two National Endowment for the Arts awards, a 1971 fellowship at the Bread Loaf Writers' Conference, and a 1977 residency at Yaddo. She was born and lived in New York City.

ABOUT THE TYPE

The principal text of this Modern Library edition was set in a digitized version of Janson, a typeface that dates from about 1690 and was cut by Nicholas Kis (1650–1702), a Hungarian working in Amsterdam. The original matrices have survived and are held by the Stempel foundry in Germany. Hermann Zapf (1918–2015) redesigned some of the weights and sizes for Stempel, basing his revisions on the original design.